Story by Fuse, Illustration by Mitz Vah

후세 지음
밋츠바 일러스트
도영명 옮김

전생했더니 슬라임이 있던 건에 대하여 ⑤

Regarding
Reincarnated to Slime

리무루의 모습을 한 자——
그건 의지가 없는 주인의 대행자, 라파엘이었다.
지혜지왕(智慧之王) '라파엘'은 눕혀져 있는
시온의 곁으로 걸어서 다가간다.

손을 뻗어 '해석감정'을 개시했다.
신중하게. 그리고 주인의 바람을 이루기 위해서.

전생했더니 슬라임이 었던건에 대하여 ⑤

Regarding Reincarnated to Slime

목차 — 마왕 각성 편

멸망의 날

Regarding Reincarnated to Slime

마왕 칼리온은 긴장한 얼굴로 하늘을 쳐다봤다.

　머나먼 저편에서 고밀도의 마력 덩어리가 날아오는 것을 느낀 것이다.

　숨길 의도도 없는 강대한 오라(요기), 틀림없이 마왕 밀림이다.

　노골적으로 전투태세를 갖추고 있었으며, 이 나라가 목표인 것 같았다.

　음속을 넘어서는 속도로 날아온 밀림은 칼리온이 머무르는 성의 상공에서 정지한다. 그리고 큰 소리로 통보했다.

　"왓핫하──!! 나는 밀림 나바. 마왕이다! 나는 이 자리에서 마왕 사이에 맺어진 모든 협정을 파기할 것을 선언한다. 파기할 내용에는 마왕 칼리온과의 약정도 전부 포함되어 있다! 그런 상황에서 선전포고를 하는 것이니 일주일 후에 다시 만나도록 하자. 열심히 노력해서 내게 대항할 수 있도록 준비를 해둬라!! 와──── 핫핫하────!!"

　위와 같은 내용으로 말이다.

　마왕이자 '비스트 마스터(사자왕, 獅子王)'인 칼리온은 이 일방적인 선언을 듣고 머리를 감싸 쥐었다.

　"저 바보가 무슨 생각을 하고 있는 거야──?!"

　하지만 고민은 나중으로 미루고 즉시 명령을 내린다.

"이 나라에 있는 모든 전사를 모아라! 지금 당장!!"

그 명령은 재빠르게 실행되었으며, 대광장에 삼수사를 비롯하여 수왕전사단이 전부 모인 것은 한 시간 후의 일이었다.

"칼리온 님, 그루시스를 제외한 전원이 집합했습니다."

"음."

'황사각(黃蛇角)' 알비스의 보고를 듣고 힘차게 고개를 끄덕이는 칼리온.

이 한 시간 동안에 생각을 다 정리한 모양이다.

자신의 말을 기다리는 일행을 앞에 두고 칼리온이 무거운 목소리로 말한다.

"일주일 후에 밀림 녀석이 우리를 공격하러 온다. 그 자식, 마왕 사이에 맺은 협정을 발푸르기스(마왕들의 연회)에 묻지도 않고 멋대로 파기하고 말았어. 이건 10대 마왕 전원을 적으로 돌리는 행위야. 도저히 이해가 안 돼. 확실히 그 녀석은 생각이 짧은 면도 있지만, 교활하고 사려 깊은 면도 있어. 무슨 일이 생긴 걸로밖에 생각이 안 되는군."

실제로 밀림의 목소리를 들었으니, 그 사실을 의심하는 자는 없다. 그러나 너무나도 현실과 동떨어진 사태에 다른 자들의 반응도 당혹스럽다는 의견이 많았다.

"다른 마왕 분들의 반응은 어떻습니까?"

냉정하게 묻는 자는 역시 알비스다.

"프레이랑 클레이만은 전혀 믿고 있지 않겠지. 발렌타인은 여진히 아무 언락이 없고, 라미리스는 새로운 수호자가 생겼다며 자랑하느라 남 얘기를 듣지도 않더라고. 기이는 자신과 관계없다는 듯 굴고 있고, 다른 세 명은 흥미를 보이지 않는다고 할까. 뭐, 나랑 밀림이 정말 전쟁을 벌이게 되면 그 녀석들도 믿을 수밖에는 없겠지만."

각 마왕들의 반응은 탐탁지 않다고, 칼리온은 내뱉듯이 말했다.

"그렇다면 전쟁뿐이군, 대장! 선봉은 내게 맡겨줘!"

'백호조(白虎爪)' 스피어가 기세 좋게 말하지만 그걸 말린 사람은 '흑표아(黑豹牙)' 포비오다.

"스피어, 너는 마왕 밀림이 얼마나 강한지를 모르니까 그런 마음 편한 소리를 할 수 있는 거야. 분명하게 말해두겠는데, 그자는 격이 달라. 수왕전사단 전원이 달려든다고 해도 순식간에 전멸당할 뿐이라고……."

혈기왕성한 포비오였지만, 지난번에 큰 실수를 경험하면서 신중함을 익히게 되었다. 그 덕분에 냉정한 사고로 상황을 분석할 수 있게 된 것이다.

그런 포비오가 내린 판단은 '싸우면 진다'라는 것이었다.

"포비오, 네 성장을 보니 나로서도 기쁘구나. 실제로 밀림의 실력을 본 네가 내린 판단이니, 그걸 의심하려는 생각은 없다. 그런 네가 보기에 나와 밀림은 어느 쪽이 강한가?"

칼리온의 직설적인 질문에 포비오는 대답하기 힘들다는 듯이 고통스러운 표정을 짓는다. 그러나 마음을 굳히고 칼리온의 눈을 봤다.

"실례되는 말씀이 되겠습니다만, 칼리온 님. 제 견해로는 마왕이신 두 분의 실력을 파악할 수는 없습니다. 하지만, 한 말씀 드리자면 마왕 밀림은 '디스트로이(파괴의 폭군)'라는 이름이 부끄럽지 않다고만——."

포비오의 대답은 뚜렷하게 밝히기를 피했지만, 칼리온은 그 말에 담긴 진짜 의미를 쉽게 읽을 수가 있었다.

"그런가, 나보다 강하다는 말이냐!"

그렇게 말하면서 크게 웃는다.

"그렇다면 이 기회에 너희에게 보여주도록 하지. '비스트 마스터'의 힘을 말이다!!"

마왕 밀림 나바와의 싸움——이건 오히려 기회일지 모른다고 칼리온은 생각했다.

이길 수 있다는 확신이 있는 건 아니지만, 강자인 자신의 힘을 과시할 수 있는 다시없을 기회라고 생각한 것이다.

칼리온은 자신의 힘을 과신하지 않는다.

밀림 쪽이 아마도 더 강할 것이라고 생각하고 있다.

그러나——.

"역시 적이 강하다고 해서 도망을 치면 마왕 노릇을 해먹을 순 없지 않겠어? 게다가 그 전설의 마왕과 싸울 수 있으니, 이런 재미있어 보이는 기회를 놓칠 수는 없지!"

피가 끓어오르고 마음이 두근거린다.

절대 강자인 마왕 밀림.

오래된 마왕이면서 그 외모와는 반대로 모든 자들로부터 경외받는 마왕.

그런 마왕과 싸울 수 있게 된 것이다. 흥분하지 말라는 게 말이 되지 않았다.

어릴 때 부모에게서 들은 적이 있다.

용의 공주의 포학함을 담은 옛날이야기를.

그건 밀림을 말하는 것일까, 아니면 다른 자를 말하는 것일까.

그때 부모로부터 들었던 말——.

용황녀(竜皇女)의 역린을 건드리면 나라가 멸망한다!

절대로 용황녀와는 싸워선 안 돼!

바보 같다고 칼리온은 생각한다.

수왕국 유라자니아는 풍부한 국토를 지닌 열강국(列强國)이다.

전투 민족답게 국민의 대부분이 전사였다.

다른 마왕령에 밀리지 않는 군사 강국인 것이다.

하물며——나라의 주인인 칼리온이 마왕이 된 이후로 수백 년 동안 국력은 점점 강해지고 있었다.

두려워할 자는 아무도 없다.

칼리온은 자신의 힘을 믿고 있었다.

그 힘을 충분히 발휘할 수 있는 기회를 얻으면서 칼리온의 투지는 격렬하게 불타올랐다.

동시에 칼리온은 왕으로서 냉정하게 판단하여 명령을 하나 내린다.

"밀림은 내가 상대하겠다. 그때 만약 밀림이 부하를 데리고 온다면 전사단은 그 녀석들을 상대하라. 하지만 밀림이 혼자일 경우에는 모두 재빨리 이 나라에서 탈출해야 한다. 나와 밀림의 싸움에 휩쓸리게 되면 너희들도 무사하진 못할 테니까 말이지."

"그, 그렇지만——?!"

"저도 같이——."

"칼리온 님, 저희는——."

삼수사가 차례로 의견을 말하려 하는 것을 칼리온은 일갈하며 제지했다.

"닥쳐라——!! 마왕 밀림 나바를 상대할 수 있는 건 나뿐이란 말이다!! 너희들은 국민을 지키는 걸 우선시해라. 우리 싸움에 끼어드는 건 허락하지 않겠다!!"

칼리온은 그대로 자신의 오라를 해방하면서 대광장에 모인 상위 마인들을 위압했다.

그 압도적이기까지 한 패기를 앞에 두고 반론할 수 있는 자는 존재하지 않는다.

그 자리에 있던 자들은 모두 일제히 무릎을 꿇고 칼리온의 명령에 순순히 따르겠다는 자세를 보였다.

"믿어라. 내가 이긴다!!"

""""우오오오오오오오오오——!!""""

대광장은 함성에 휩싸였다.

휘하의 마인들이나 가신들이 칼리온을 쳐다보면서 흥분하고 있다.

그렇게 많은 시간을 들일 필요 없이 대응 방침은 결정됐다.

이때를 기하여 수왕국 유라자니아는 전시체제로 돌입한 것이다.

일단 결정이 되자 수인들의 행동은 빨랐다.

곧바로 비전투원의 피난이 시작되었으며, 일주일이라는 짧은 시간 안에 국내에서의 퇴거가 완료된 것이다.

"음. 이런 때는 그 슬라임에게 부탁하는 게 좋지 않을까?"

"그 말씀은, 리무루 님을 말씀하시는 것인지요?"

"음, 그런 이름이었지. 맛있는 술을 준비해서 승리 축하 파티를 준비해달라고 전해다오."

"후후후, 그건 기대가 되는군요. 그러면 주민들의 피난처는 쥬라의 대삼림으로 잡겠습니다."

"그래. 너에게 맡기겠다, 알비스."

이렇게 마왕 칼리온의 명령에 따라, 삼수사 중의 한 사람인 알비스의 지휘를 받은 수만 명의 피난민이 템페스트(마국연방)로 향하게 된 것이다.

나라에 남아서 칼리온을 따르는 자는 스피어와 포비오가 이끄는 스무 명 정도의 수왕전사단뿐이다.

다가올 마왕 밀림과의 결전의 날을 앞에 두고 그들은 그 이빨을 조용히 간다.

──그리고 운명의 날.

성 뒤에 우뚝 솟아 있는 영봉(靈峯)을 쳐다보면서 자신의 힘을 확신하는 칼리온.

그리고 밀림을 상대하기 위해 일어섰다.

"오늘이야말로 내가 최강임을 증명하고 말겠다!!"

"칼리온 님, 무운을 빕니다!"

"밀림 님이 혼자인 걸 확인하면 저희도 안전권으로 후퇴하겠습니다."

포비오와 스피어에게 고개를 끄덕여 보인다.

그리고 칼리온은——.

"네가 싫진 않았어, 밀림. 좋은 친구가 될 수 있었을지도 모르는데 아쉽구나."

그렇게 나지막이 중얼거렸다. 그 목소리를 들을 수 있었던 자가 과연 있었을까……

그 목소리는 밀림이 접근하며 날아오는 소리에 상쇄되면서 전장으로 흩어져버렸다.

*

칼리온은 천천히 〈비행마법〉으로 공중에 뜬다.

밀림이 도착함과 동시에 일체의 대화도 없이 싸움은 시작되었다.

우선은 탐색전.

전력을 실은 주먹이 밀림에게 적중한다. 그러나 뭔가에 막히면서 밀림의 몸에는 대미지가 통하지 않는다.

밀림의 피부는 물리적인 간섭력조차 튕겨내는 '다중결계'로 보호받고 있는 것이다.

칼리온은 애용하는 무기인 백호청룡극(白虎青龍戟)을 소환하여 자세를 잡았다. 자신의 힘이 증가하는 것을 느끼면서 기분이 고양된다.

호흡을 살짝 내뱉으며 오라를 순수한 투기로 끌어올리는 칼리온. 그대로 단번에 다중 참격으로 밀림을 꿰뚫는다. 하나하나의 참격으로부터 기의 칼날이 날아가 밀림을 덮쳤다.

그러나——.

그 모든 공격은 밀림의 표피 한 장조차도 상처 입히지 못했다. 기의 칼날로 '다중결계'를 몇 장 날리는 데 그쳤을 뿐, 본체에는 도달하지 못한 것이다.

그것도 모자라 자신의 진정한 무기인 백호청룡극으로 날린 참격을 밀림은 마검인 '천마(天魔)'로 받아내고 있었다. 소녀처럼 자그마한 체구임에도 불구하고 칼리온의 괴력과 엇비슷한 힘으로.

마검 '천마'는 밀림에 어울리지 않게 크고 길면서 굽은 모양의 한쪽 날을 가진 불길하게 생긴 검이다. 그 칼날은 창백한 오라로 덮여 있다. 수많은 마인과 마왕을 죽였던 전설의 마검이다.

(쳇, 그 검을 빼 들었단 말이야?!)

칼리온은 혀를 차면서 일단 거리를 벌린 뒤에 자세를 바로 잡았다.

이 한순간의 공방으로 칼리온은 밀림에 대한 평가를 상향 조정했다. 결코 얕본 것은 아니었지만 예상 이상이었다.

칼리온도 진심으로 싸우고 있었지만 밀림의 한계는 도저히 보이질 않는다. 힘을 아낄 것이 아니라 전력을 다해 싸워야 한다고 직감했다.

"여어, 밀림. 왜 이런 짓을 하는 거지?"

"…………."

칼리온의 질문은 침묵으로 반격당한다.

밀림의 상태에 위화감을 느낀다. 의식이 희박한 것이, 마치 조종당하고 있는 것 같은 느낌이다.

"헷, 혹시 조종당하고 있는 거냐? 그렇다면 조금 아쉬운걸. 진심으로 싸우는 널 이겨서 내가 최강이라는 걸 증명하고 싶었으니까 말이야!"

"…………."

"무시하기냐. 혹시 정말로……? 하지만 관계없나. 어느 쪽이든 내가 이길 테니까!!"

그렇게 소리치면서 칼리온은 대담한 미소를 지었다.

마왕 밀림이 조종을 당하다니, 질 나쁜 농담도 다 있다. 하지만 그걸 일소에 부칠 수 없는, 이유 없는 불쾌감을 느꼈다. 만약 정말로 밀림이 조종당하고 있는 거라면…….

칼리온은 너무나도 기분 나쁜 그 모습을 보고 교섭은 소용이 없다고 판단했다.

이건 더 볼 것도 없이 서로를 죽여야만 끝난다고 생각한 것이다.

칼리온은 주저 없이 그 힘을 해방했다. 그가 마인, 그리고 마왕으로 올라간 과정, 그 계단을 통째로 날려버리고──.

'비스트 마스터(사자왕)'라는 이명의 유래대로 칼리온은 사자의 수인이다.

수많은 수인 중에서도 최강의 짐승이 깃든 자.

그런 칼리온의 종족 특유의 고유 능력인 '수인화'는 마왕이 되면서 더욱 강한 힘을 얻은 상태였다.

──유니크 스킬 '백수화(百獸化)'로.

그 자리에 나타난 것은 수마(獸魔)의 왕──'비스트 마스터' 칼리온.

사자의 위용을 자랑하는 머리.

코끼리의 단단함을 드러내는 육체.

곰의 강인함과 원숭이 같은 능수능란함을 동시에 갖춘 팔.

그리고 고양잇과 동물의 유연한 각력.

그 등에는 커다란 매의 날개.

여러 짐승의 장점이 아름답게 조화되면서 백은의 단단한 털에 덮여 일체화되어 있었다.

그 몸을 지키는 것은 레전드(전설) 급의 무기와 방어구이다. 극히 일부만 존재하는 유니크(특질) 급이 오랜 세월을 거쳐 진화한 최고의 무기와 방어구인 것이다.

사자의 머리에는 주작의 관이 빛을 발한다.

그 허리를 장식하는 현무의 보석 허리띠.

그 손에 쥐고 있는 것은 백호청룡극.

그 모든 무기와 방어구는 칼리온에게서 흘러들어 오는 마력을 띠면서 원래의 광채와 힘을 유감없이 발휘한다.

압도적인 힘.

변신 전과는 비교도 되지 않는다──.

이것이 마왕 칼리온의 진정한 모습인 것이다.

그 모습을 본 밀림의 눈에 한순간이나마 살짝 빛이 반짝였던 것을 칼리온의 눈이 포착했다. 어쩌면 그건 기분 탓일지도 모르지만…….

칼리온은 신경 쓰지 않고 밀림에게 말한다.

"자, 밀림. 안됐지만 이 모습을 보여준 이상 넌 퇴장해줘야겠어. 아쉽지만 이걸로 작별이다!!"

싸움에는 감상 따윈 불필요한 것이다.

그렇게 소리치자마자 칼리온은 온몸에서 끌어낸 오라(투기)를 백호청룡극으로 집중시켰다.

지상이라면 그 투기가 뿜어내는 파동을 뒤집어쓰면서 땅은 갈라지고 주위의 사물은 박살이 났을 것이다.

공중을 가득 채우는 오라의 잔재. 그 남은 에너지로 공기조차도 불타버릴 것 같았다.

"이 세상에서 사라지도록 해라! 비스트 로어(수마입자포, 獸魔粒子咆)!!"

그건 마력으로 발사되는 입자포였다.

백호청룡극의 끝부분은 마립자(魔粒子)로 환원되면서 흔적도 남아 있지 않다.

지상에서 발사되었다면 직선상의 모든 것을 흔적도 없이 날려버렸을 '비스트 마스터' 칼리온의 궁극의 필살기였다.

원래라면 그 사정거리는, 100m 지점까지는 위력이 낮아지지 않는다. 그 지점부터 서서히 위력을 확산시키면서 2㎞ 지점까지 도달하는 것이다.

사정거리가 길면서 동시에 여러 명을 노리고 쓰는 필살기지만, 이 기술을 한 명을 노리고 쓰기 위해 위력을 한곳으로 집중시킨 것이다.

비스트 로어를 한 명만 노리고 쓴 것은 처음이었지만, 이걸 맞고 살아남을 수 있는 사는 존재하지 않는다고 칼리온은 확신하고 있다.

힘을 아끼느라 위력을 조절하진 않았다.

일체의 힘 조절도, 그 다음 일도 생각하지 않고, 지금 낼 수 있는 모든 힘을 쏟아부은 것이다.

급격하게 몸 안의 에너지(마력요소)가 줄어듦을 느낀다. 비행도 불안정해졌다.

그러나 그 정도의 대가로 끝낼 수 있다면 싼 편이다.

평소라면 두 발이나 세 발도 별문제 없이 날릴 수 있었지만, 이번에는 상대가 좋지 않다.

뭐니 뭐니 해도 상대는 그 '디스트로이(파괴의 폭군)' 밀림 나바이니까.

자신에게도 반동으로 영향이 생길 정도로 한계까지 위력을 높이고 극한까지 범위를 좁힌 최고의 일격. 이거라면 어떤 상대라도 생존은 불가능하다――칼리온은 그렇게 믿고 의심하지 않는다.

후우――――하고 안도의 한숨을 내뱉으면서 지상으로 내려가려다가――.

놀라서 피하는 칼리온. 등 뒤에서 날아오는 강렬한 살의를, 짐승의 본능이 느낀 것이다.

그 한순간의 판단이 칼리온을 구했다. 차가운 검 공격으로 옆구리에서 피가 솟아올랐지만 기합으로 지혈한다.

서둘러 뒤를 돌아본다. 확인할 것도 없었지만, 믿고 싶지 않은 심정이었다.

그곳에는 역시 칼리온이 예상한 그 인물이 공중에 떠 있었다.

용의 날개를 펼치고 그 아름다운 플라티나 핑크의 머리카락을 바람에 나부끼면서.

방금 전까지만 해도 없었던, 이마에서 돋아난 아름다운 붉은색의 뿔.

맨살이 노출되어 있었던 의상은 어느샌가 칠흑의 갑옷으로 바뀌어 있다.

(아아…… 그게 네 본래의 전투 형태란 말이냐——.)

자신은 마력이 떨어지기 직전인데도 상대는 상처 하나 없다. 칼리온의 불굴의 투지도 이렇게까지 되면 절망의 빛으로 물들 수밖에 없다.

(농담도 정도껏 하라고. 그걸 맞았는데 상처 하나 없단 말이야?! 너무하잖아, 정말이지…….)

그렇게 울고 싶은데 웃고 싶어지는 신기한 기분을 느끼고 있었다.

"와하하. 제법인데, 재미있었어. 왼손이 저리는 건 오랜만이야. 답례로 비장의 기술을 보여주지."

이 전투에서 처음으로 밀림이 먼저 말을 걸어왔다.

국어책을 읽는 것 같은 말투에 의아함을 느꼈지만, 그 말에서 느껴지는 위험한 예감이 칼리온에게 그걸 신경 쓸 여유를 주지 않는다.

솔직히 보고 싶지 않다. 진심으로 그렇게 생각했다.

이 자리에 부하들이 없는 게 다행이었다. 주민들도 피난이 끝났으니 도시를 신경 쓸 필요도 없다.

칼리온은 전속력으로 그 자리에서 도망칠 생각을 한다.

본능이 외치고 있었다. 그 자리에 남아 있으면 죽는다고.

용의 눈동자를 활짝 뜨고 용의 날개를 크게 펼치면서.

밀림이 포효했다!

"드라고 노바(용성폭염패, 竜星暴炎覇)!!"

그건 별빛을 방불케 하는 아련하고 아름다운 빛.

그 빛이 쏟아지면서 성뿐만 아니라 그 아래에 펼쳐져 있는 거리들이 소리도 없이 소멸한다.

인간의 가청 영역 따윈 쉽사리 넘어서면서, 그 소리와 충격파만으로 눈에 비치는 넓은 범위를 모조리 파괴한 것이다.

빛의 직격을 받은 것은 아무런 저항도 허용되지 못한 채, 그저 붕괴될 뿐이다.

궁극이자 최강의 마법.

마왕 밀림이 오랜 세월 동안 이어진 싸움을 거치고도 늘 정점에 계속 군림해왔던 이유 중의 하나였다.

(이런 공격이 있다니!!)

칼리온은 겨우 밀림보다 위쪽으로 도망치는 데 성공했다. 다행히도 드라고 노바가 밀림을 기점으로 하여 앞으로만 발사되는 공격이었다는 것이 그 목숨을 구한 것이다.

그리고 자신의 눈 아래에 펼쳐지는 광경을 보고 칼리온은 할 말을 잃고 절규한다.

자연과 조화된 소박한 석조 건물들로 이뤄진 거리가 깨끗하게 사라졌기 때문이다.

저게 바로 '디스트로이(파괴의 폭군)' 밀림 나바.

절대로 적으로 돌려서는 안 된다고 일컬어지는 마왕.

지금의 칼리온이라면 부모가 했던 말에 순순히 고개를 끄덕일 수 있다.

저 녀석은 상대해선 안 된다. 차원이 너무 다르다.

그러나——.

"하지만 저 녀석, 혹시……."

"혹시? 어머나, 그게 뭐지? 나한테도 가르쳐주면 좋겠는데."

칼리온은 목에 얇은 날붙이가 닿는 걸 느꼈다.

등 뒤로 소리도 없이 날아온 한 명의 여성의 기척.

천공에서는 절대적인 지배권을 지니는 마왕——'스카이 퀸' 프레이.

밀림이 숨길 생각도 없이 내뿜는 압도적인 오라가, 프레이가 기척을 죽이고 접근하는 것을 감추기 위한 것이었음을 칼리온은 그때 겨우 깨달았다.

"쳇, 프레이……. 너도냐……?!"

"어머나, 나도라니, 뭐가 말이지? 나중에 천천히 들려주면 좋겠네."

프레이의 손이 움직였고, 그리고 칼리온의 의식은 어둠에 휩싸였다——.

수왕국 유라자니아에게 있어서 최악의 날.

그날은 나중에 라이칸스로프의 역사 속에서 멸망의 날이라고 불리게 된다.

밀림

제1장

평온한
나날

Regarding Reincarnated to Slime

——이야기는 멸망의 날로부터 한참을 거슬러 올라간다.

　마인 뮬란은 다시 리무루 일행을 조사하고 있었다.

　매직 아이템(마법 도구)을 직접 전달받았을 때, 주인인 클레이만
이 잠입 조사를 명령한 것이다. 그가 말하길, '정체불명의 마인을
상세히 조사하고 그 약점 내지는 어떤 것이든 좋으니 교섭에 이
용할 수 있을 만한 정보를 모아라'라는 내용이었다.

　　　…………………．

　　　……………．

　　　……．

　몇 개월 전에 뮬란이 보고한 내용은 다방면에 걸쳐 있었다.

　대상이 되는 마물의 도시와 분위기, 문화 수준, 밀림이 도시의
수장인 정체불명의 마인과 친구가 된 것으로 보인다는 내용. 그
리고 그 수장은 슬라임이며, 이전에 영상으로 본 적이 있는 가면
을 쓴 마인이었다는 등의 내용을 보고했다.

　더욱 중요한 것이 그 슬라임이 쥬라의 대삼림의 관리자인 드라
이어드에게서도 맹주임을 인정받은 것으로 보인다는 내용이었
다. 이제 와서는 함부로 손대기 곤란한, 마왕에도 인류에도 속하
지 않는 제3의 세력이 되었다는 사실을.

마왕 밀림이 관찰 대상인 정체불명의 마인과 친구가 되었다는 이야기에는 클레이만도 놀라는 모습을 보였다.

약해 보이는 슬라임이 정체불명의 마인의 정체이며 도시를 다스리는 자였다는 것도 놀랍지만, 밀림의 행동은 더더욱 의미 불명이었다. 전대미문, 상상의 범위 밖에서 일어난 일이다.

마왕이 어디의 누군지도 모르는 마인과 친구가 되다니, 폭거라고 해도 좋을 레벨이다 보니 혼란스러워질 수밖에 없는 이야기였다.

평범한 자신은 마왕의 생각 따윈 이해할 수 없다. 그걸로 충분하다고 뮬란은 생각하고 있다.

그 마왕은 약간, 아니, 상당히 이상하지 않은가? 그런 의문이 떠오르지 않을 수 없다는 것이 진심이긴 하지만…… 마왕의 생각을 이해하는 건 뮬란의 역할이 아닌 것이다.

신경 쓰지 않고 사실대로 보고를 했다.

그 보고를 받은 클레이만은 아주 유쾌한 표정으로 웃으면서 "과연…… 이건 이용할 수 있겠군요. 아주 흥미진진한 얘기입니다"라고 말했다.

보아하니 마음에 들어 하는 것 같았기에 뮬란은 가슴을 쓸어내린다.

그런 뒤에 비장의 수단이라 할 수 있는 가장 중요한 매직 아이템인 수정구를 제출한 것이다.

뮬란이 건넨 정보 기록에는 카리브디스(폭풍대요와, 暴風大妖渦)와 정체불명의 마인들의 싸움, 그리고 마왕 밀림이 지닌 힘의 일부가 담겨 있었다. 그 가치는 실로 다 계산할 수 없었으며, 마왕 클레이만도 아주 기뻐했지만…….

그것만으로 뮬란이 해방되는 일은 없었다. 좀 더 큰 공을 세우
지 않으면 클레이만은 만족하지 않는다. 이제 와선 이용 가치가
낮아졌다고 해도 상위 마인을 그리 쉽게 놓아줄 남자가 아니다.
뮬란은 그 사실을 충분히 예측할 수 있었다.

그러나 상당히 큰 실적을 낸 것도 확실하다. 나름대로의 신용
을 얻는 데 성공한 것이다.

단독 임무를 속행하라는 명령은 뮬란으로서도 바라 마지않던
것이었다. 마왕 클레이만으로부터 도망치기 위해서는, 그의 눈이
닿지 않는 곳에서 준비를 하는 것이 더 편하기 때문이다.

그리고 어느 정도의 권한을 인정받으면서, 뮬란은 클레이만에
게 연락을 하지 않고 자유행동을 취하고 있었던 것이다.

다시 마물의 도시로 돌아가 관찰을 계속하는 뮬란.

마왕 밀림이 도시에 머무르는 동안은 일절 '마법통화'를 하지
않았다. 그러기는커녕 아예 마법을 전혀 구사하지 않았다. 가급
적 오라(요기)를 억누르고 숨을 죽이듯이 잠복하고 있었던 것이다.
오히려 그 사실을 이유로 들어 클레이만도 아무 연락을 하지 않
았다. 그건 뮬란의 입장에선 아주 바람직한 상황이었다.

마왕 밀림에겐 존재가 들켰으니 더욱 신중하게 행동을 취할 필
요가 있었던 것은 사실이다. 쓸모없는 짓일지도 모르지만, 뮬란
은 최대한 경계하면서 임무에 임하고 있었다.

그랬던 보람이 있었는지, 그 후 뮬란의 존재는 아무도 알아차
리지 못하고 있었다.

그리고 시간이 지난 후에 마왕 밀림도 마물들의 도시를 떠났다.

지금은 어디서 뭘 하고 있는 건지……. 애초에 뮬란이 받은 명령은 어디까지나 정체불명의 마인들에 관한 조사였으므로, 마왕 밀림에 대해선 신경을 쓸 필요는 없었다.

여기서 한숨 돌리는 것도 좋았겠지만, 한번 파고든 경계심이 뮬란을 망설이게 만들었다.

그대로 조용히 관찰을 계속하는 뮬란.

그 결과, 마물의 도시에 드나드는 인간의 집단을 이용하기로 한 것이다――.

……………….

………….

…….

그리고 현재.

뮬란이 마왕 클레이만에게 보고를 마친 뒤로 몇 개월이 지났다.

그 후로도 뮬란은 열심히 활동하고 있었지만 클레이만에게선 연락이 없었다.

마왕 밀림이 떠난 시점에서 보고를 한 번 하기는 했지만, 임무를 계속 유지하라는 명령만 받았을 뿐이었다.

그런 걸 봐도 뮬란에 대한 흥미가 식었다는 사실을 알 수 있었다. 그러므로 뮬란은 대담한 방법을 선택했다.

정보 수집이 목적이기 때문에 도시에 들어갈 방법을 고안하고 있었다. 그때 눈에 들어온 것이 인간의 집단이다.

뮬란은 신중하게 정보를 모아서, 그 집단이 마물의 도시와 거래를 하고 있는 무장 집단——리무루라는 정체불명의 마인이 인간들의 영웅으로 내세우려 하고 있는 집단이란 걸 밝혀냈다.

그렇다면 그 집단에 숨어들면 된다——그렇게 생각하고 작전을 세웠다. 그 집단에 섞여 들어가면 당당하게 마물의 도시에 침입할 수 있게 될 것이다.

원래 인간이었던 그녀에겐 인간으로 변하는 건 딱히 어렵지도 않은 일이었다.

지금은 클레이만을 따를 수밖에 없지만, 자신의 해방을 위해선 수단을 가리지 않을 것이다. 이용할 수 있는 건 뭐든지 이용한다. 그게 뮬란의 방침이다.

인정하고 싶지 않지만, 주인인 마왕 클레이만의 사고방식에 물들었다고도 말할 수 있었다.

그리고 뮬란은 그 인간들이 가는 곳——파르무스 왕국으로 향했다.

*

휴우, 인간의 도시도 발전을 했군.

뮬란은 그렇게 생각하며 한숨을 쉬었다.

뮬란이 인간이었던 것은 몇 백 년도 더 지난 옛날이다.

당시에 도시라고 부를 수 있는 건 왕이 사는 수도 정도였다. 그 외에는 잘해야 마을이라 할 수 있는 정도였으며, 이렇게까지 사람들이 많이 살지는 않았던 것이다.

뮬란은 사람들을 피해 도시를 걸으면서 어떤 장소를 찾고 있었다.

이곳, 니들 마이검 백작령에 있는 자유조합 지부를.

해가 저물어가는 시각이 되어서야 겨우 뮬란은 목적지를 발견했다.

문을 열고 안으로 들어가자, 그곳은 거칠어 보이는 자들로 가득했다.

접수처에서 교섭 중인 걸쭉한 목소리에, 비싸게 팔려고 큰 소리로 주고받는 자들의 목소리, 오늘 성적을 자랑하면서 서로 즐겁게 이야기하는 목소리……. 그런 수많은 목소리가 정보 수집을 위해 높여놓은 청력으로 집중된다. 너무나도 많은 그런 잡음들 때문에 자신도 모르게 현기증이 일어날 정도였다.

그래도 마법을 중단할 수는 없기 때문에, 뮬란은 의식적으로 귀에서 들리는 소리를 멀리하는 것으로 대처한다.

그런 뮬란에게 휘파람 소리가 들렸다. 보아하니 피 냄새를 상쇄시킬 정도로 달콤한 향기를 맡았는지, 거친 사내들 중의 한 남자가 그녀를 발견한 것이다.

"이봐, 저기 봐! 엄청난 미인인데?"

"오오, 이거 대단한걸. 아가씨, 이런 곳에 무슨 볼일이지?"

"어때, 이 사냥감. 이 녀석을 판 돈으로 이제부터 한잔하러 갈 예정인데, 아가씨도 같이 가겠어?"

(——쳇, 귀찮은 것들.)

불쾌한 기분에 얼굴을 찌푸리는 뮬란.

왜 이렇게까지 자신이 주목을 받는 것인지 이해가 되지 않았다.

뮬란은 인간을 피해서 마법 연구만을 하는 은거 생활을 보내고 있었던 탓에, 자신이 아름다운지 추한지에 대해 전혀 모르고 있었던 것이다.

뮬란은 약간 녹색기가 있는 은발에 벽안을 가졌으며, 아주 조용해 보이는 분위기를 띠고 있다. 누가 어떻게 봐도 미녀였다.

그런 그녀가 거친 사내들이 모인 조합지부에 들어왔으니, 이런 소동이 일어나는 것도 당연했다.

게다가 시간대도 안 좋았다. 가장 사람이 많이 모이는 저녁시간이었으니까.

"이봐, 어때?"

"죄송해요, 전 볼일이 있어서요."

쌀쌀맞게 거절하지만, 남자는 포기하지 않는다.

"그러지 말고, 잠깐 같이 놀자고."

"시끄럽네요, 볼일이 있다고 했잖아요?"

뮬란은 마인치고는 온순한 성격이지만, 그렇다고 해서 낯선 인간이 친근하게 구는 걸 허용할 정도로 관용적이지도 않았다.

"시끄럽다고? 사람이 좀 얌전하게 대해주니까 잘난 척 군단 말이지……"

"그만해요, 이사크 씨. 길드 마스터한테 한 소리 들을 겁니다. 여긴 술집이 아닌 데다, 길드에 의뢰를 하러 온 사람인지도 모르잖아요?"

"쳇, 알았어."

이사크라고 불린 남자는 포기했는지 얌전해졌다. 그러나 그 시선은 여전히 뮬란을 노려보고 있다.

뮬란은 이사크를 진정시킨 남자에게 가볍게 머리를 숙여서 감사 인사를 하고는, 주저 없이 일반 접수처를 향해 걸어갔다.

"등록을 하고 싶은데요."

"등록 말인가요? 혹시 일반 조합원으로 등록하는 것과 착각하신 건 아닌가요?"

"아니요, 모험가로 등록하고 싶어요. 잠시만요——."

뮬란은 채집, 탐색, 토벌의 세 부문 중에서 어느 것으로 등록할지를 잠깐 망설이다가, 옛날에 약초 채집을 잘했었던 것을 떠올렸다.

지금은 재배를 하는 것이 주가 되었지만, 젊었을 적에는 숲에서 찾아다니면서 모았던 것이다.

"——그럼 채집 부문으로 등록을 부탁하겠어요."

"채집, 이란 말씀이죠? 시험이 필요한데, 괜찮겠습니까?"

"네. 그러면 뭘 하면 되죠?"

"우선은 여기다 개인 정보를 적어주세요."

말하는 대로 신분증 발행에 필요한 정보를 기록 용지에 적는 뮬란. 그런 그녀에게 이사크가 다시 말을 건다.

"이봐, 이봐, 여자 몸으로 모험가라고? 설마 혼자서 말이야? 정 뭣하면 내가 시험을 도와줄 수도 있는데?"

히죽거리며 웃고 있지만, 그렇게 선언한 목적은 다른 모험가에 대한 경고였다.

여기서 뮬란이 호위를 고용하려고 해도 이사크가 먼저 이야기를 꺼낸 만큼, 다른 모험가들은 의뢰를 받아들이기 어려워진다. 받아들였다간 이사크를 적으로 돌리게 되기 때문이다.

이 이사크라는 남자는 이래 봬도 길드 내에선 상당히 얼굴이 알려진 자인 것이다.

C랭크 하급 정도의 실력밖에 없지만, 변경의 자유조합지부에 소속된 자들 중에선 높은 축에 속한다. 정말로 실력이 있는 상위 모험가들은 대도시에 진을 치고 있으며, 지방에서 온 의뢰를 받아 움직이기 때문이다.

그런 이유로 이사크는 실력도 없는데 착각을 하고 있었다. 이 도시에서 자신은 상당한 거물이며, 누구도 자신을 거역할 수 없다고.

(골치 아프네. 잔챙이한테 얽히는 건 귀찮으니 이참에 아예 죽여버릴까?)

뮬란은 눈을 가늘게 뜨면서 이사크를 죽일까 생각한다. 그러나 그 생각은 즉시 포기했다.

당당히 죽였다간 큰 문제가 될 것이고, 몰래 처리하는 건 다른 자들에게 본보기가 되지 않는다. 그러기는커녕, 자칫했다간 살인 혐의를 받을 뿐이라 뮬란에게는 이로울 것이 하나도 없는 것이다.

그래선 의미가 없다.

그럼 어떻게 할까?

"후우, 아무래도 제 실력을 보여주는 게 제일 빠를 것 같군요. 채집은 그만두고 토벌로 하겠어요. 토벌이라면 여기서 시험을 받을 수 있죠?"

조용한 목소리로 묻는 뮬란에게 접수처 직원이 규약을 알아본 후 고개를 끄덕인다.

그리고 시험은 치러졌으며——.

"헤헤, 누님. 여기가 여관입니다!"

이사크는 뮬란의 실력에 겁을 먹고 부탁하지도 않았는데 부하가 된 것이다.

그리고 며칠 동안.
뮬란은 예정대로 길드에서 의뢰를 받으면서 지냈다.
이제 곧, 자신이 노리는 무장 집단——요움 일행이 올 것이다. 그걸 기다리고 있다.
이사크는 의외로 성실한 면이 있어서 정보 수집에 도움이 되었다. 도시를 안내하는 것도 익숙하기 때문에 인간의 상식을 잘 모르는 뮬란에게 많은 도움을 주었다. 요움 일행에 관해서 상세하게 알고 있었던 것도 생각 못 한 수확이었다.
죽이지 않길 잘했다고 뮬란이 생각하고 있으려니, 이사크가 보고를 하러 왔다.
"누님, 왔습니다!"

그리고 작전을 실행할 날이 도래했다.

뮬란이 세운 작전은 간단하다.
이 도시의 길드 마스터(자유조합 지부장) 프란츠에게 자신을 요움에게 소개해달라고 부탁한 것이다.
최근 며칠 동안의 활동으로 뮬란의 실력은 널리 알려져 있었다.
시험관을 맡은 길드 마스터 프란츠에게도 인정을 받으면서, 이미 길드 안에서 뮬란을 모르는 자는 없을 정도였다.
"계속 이 길드에 있어주면 좋겠군."

그런 말까지 들었지만, 그건 뮬란의 목적과는 관계가 없다. 그저 신분증이 필요했을 뿐이었으니까.

"저는 이래 봬도 마법이 특기라서, 영웅이라고 불리는 분의 도움이 되고 싶습니다. 듣자하니 요움 님의 밑에는 마법사가 적다고 하더군요."

"그거 참 아쉽군. 하지만 영웅 요움의 도움이 되어주겠다면, 결국은 이 길드에도 도움이 된다는 뜻이지. 좋아, 나도 추천을 해주도록 하겠네."

이야기가 그렇게 진행되면서 아주 쉽게 일이 해결될 것 같았지만…….

그리고 지금.

어쩌다가 일이 이렇게 된 거지? 뮬란은 그렇게 생각하면서 머리를 감싸 쥐었다.

소개를 받은 것까지는 좋았다.

"뭐어? 마법사는 소서러(법술사)인 롬멜에 마야(요술사)인 재기가 있어. 여자가 무슨 도움이 된단 말이야? 이 이상은 필요가 없다고!"

그렇게 거절당하는 바람에 머리에 피가 솟구칠 정도로 분노했다.

"흐응. 그렇다면 진짜 위저드(마도사)의 무서움을 보여드리죠."

그렇게 말하면서 자신도 모르게 싸움을 걸고 말았다. 그리고 단단히 혼을 내주었다.

원래 노리던 대로 참가를 허락받을 수는 있었지만, 무슨 이유인지 뮬란이 요움 다음가는 지위에 오르고 만 것이다.

부대의 방침을 정하는 권한을 지닌 군사고문으로서.

부관인 카질이랑 참모인 롬멜과도 어깨를 나란히 하는 위치였다.

(이런, 이런, 샤먼(주술사)으로서 눈에 띄지 않게 참가할 생각이 었는데…….)

어쩌면 자신은 스스로 생각하는 것보다 참을성이 없는지도 모르겠다──고 뮬란은 아주 조금 반성했다.

●

요움은 그날, 사람을 겉모습만으로 판단해서는 안 된다는 사실을 재차 마음속에 새기게 되었다.

장소는 이목이 적은 도시 외곽의 숲 속.

입회인은 뮬란이라는 마법사를 소개한 프란츠와 삼류 모험가인 이사크다.

요움은 코웃음을 친다. 여자 따위에 질 리가 없다고.

걱정이 많은 부하들이 몇 명 정도 따라오긴 했지만, 그자들은 승부를 지켜보기만 할 뿐이다. 애초에 자신 혼자만으로도 충분히 이길 수 있다고 생각하고 있었다.

요움의 장비는 리무루에게서 받은 최고의 갑옷──엑소 아머(골갑전신갑주, 骸甲全身甲冑)인 것이다. 마법에 대해 높은 내성을 갖추고 있어서 어중간한 마법 공격 정도는 무효로 만든다.

(흥! 마법사 정도야 단숨에 거리를 좁혀서 베어버리면 끝이지!)

그렇게 생각하고 있었다. 사실, 지금까지 요움은 마법사를 상대로 고전한 기억이 없는 것이다.

"세 명이 동시에 덤비세요. 정 뭣하면 다 덤벼도 좋습니다."

뮬란이 뱉은 말을 듣고 요움의 자제력은 단숨에 날아가 버렸다.

"얕보지 마라, 여자! 롬멜, 재기, 봐줄 필요 없다. 회복약도 있으니까 전력을 다해 공격해라!"

롬멜은 내키지 않는 표정으로, 재기는 냉정하고 담담하게, 각자 요움의 명령에 따라 준비를 한다.

이리하여 프란츠의 신호와 함께 승부가 시작됐다.

3 대 1.

평범하게 생각하면 질 리가 없다.

시작 신호와 동시에 롬멜로부터는 강화마법을, 재기로부터는 보조마법을 받으면서 요움은 자신의 육체가 극한까지 강해지는 것을 느꼈다. 그 기세를 그대로 살려서, 절대적인 자신감을 가진 채로 필승의 간격으로 파고들었고——그리고 함정에 빠진다.

"뭐야?!"

뮬란의 눈앞에서, 그야말로 필살의 일격을 날리기 위해 한 발 내디딘 그 다리가 지면에 박힌 것이다.

"원소마법 : 어스 록(지면 고정)."

동요하는 요움에게 조용한 목소리가 들린다.

원래는 발 디딜 곳을 고정하기 위한 마법이다. 하지만 함정에 빠진 상태에서 그 마법을 상대가 구사하면 그건 온몸을 묶어버리는 족쇄가 된다.

요움은 시합이 시작되자마자 전투 불능에 빠진 것이다.

"이럴 수가?!"

"저런 단순한 마법에 저런 사용법이!!"

경악하는 재기와 롬멜.

그것도 무리는 아니다. 뮬란이 사용한 것은 지면을 부드러운 진흙 상태로 바꿔서 함정을 만드는 마법과 그걸 고정시키기만 하는 단순한 마법이다. 마법 저항이 뛰어난 장비라고 해도 지면이 물리적으로 함몰되어버리면 의미가 없었다.

요움의 행동을 이미 파악한 상태에서 짜낸 단순 명쾌한 작전.

당황하는 두 사람에게 "상태이상 : 사일런트(음성차단)"라고 말하는 뮬란의 맑은 목소리가 들렸다.

"————?!"

"————윽!!"

끝났다.

"어이가 없군요. 설마 당신들 상태이상에 대한 대책도 세우지 않았단 말인가요? 그러다가 마법전이 벌어지면 대체 어떡할 생각이죠……?"

진심으로 어이없다는 표정으로 말하는 뮬란.

시합이 시작된 지 불과 3분도 되지 않아서 뮬란의 승리가 확정된 것이다.

요움도 결국에는 뮬란의 실력을 인정할 수밖에 없었다.

그날 밤, 술집에서.

뮬란의 가입을 축하하는 의미로 작은 연회가 열렸다.

"아아— 앗핫힛핫하! 아가씨는 정말 강하군요. 형님께서 지실 줄은 생각도 못 했습니다."

부관인 카질이 크게 웃으면서 말한다.

"시끄러워, 카질. 설마 그런 단순한 방법이 있었을 줄이야. 재기, 그런 마법은 마법사들 사이에선 일반적인 것 아냐?"

"그런 말도 안 되는 소리 마십시오, 두목. 눈앞에 숙련된 전사의 검이 다가오는 걸 보고 떨지 않을 마법사는 없단 말입니다……. 함정을 파려면 위치를 지정할 필요가 있기 때문에 자신을 미끼로 삼고도 동요하지 않을 담력이 필요하다고요. 저 자신이든 다른 마법사든 그런 짓은 쉽게 할 수 있는 게 아니란 말입니다."

"그래요, 요움 씨. 그 도발도, 모든 게 이미 다 계산된 거였어요. 확실히 우리는 뮬란 씨의 말대로 마법전은 전혀 안 될 것 같네요."

카질이 놀리는 소리에 기분이 상한 나머지, 화풀이 겸 같은 부대의 마법사에게 질문을 하는 요움. 그 질문에 대한 대답은 자신들의 실력 부족을 재확인시키는 것뿐이었다.

"쳇, 확실히 그렇긴 하군. 실력으론 밀리지 않는다고 호언한다 해도 결과가 모든 것이니까. 우리는 셋이 덤비고도 당신에게 지고 말았어. 그건 인정하지. 그러니까 말이야, 미안하지만 우리에게도 마법사가 싸우는 법을 가르쳐주면 좋겠어."

요움은 솔직하게 패배를 인정하고 뮬란에게 가르침을 청했다.

"실제로 마법 학원에서도 그런 전법은 배우지 못했어요. 레기온 매직(군단마법) 수업에선 그런 식으로 지형을 이용하는 마법도 배우긴 했지만……."

요움을 따라서 롬멜도 뮬란에게 한 수 배우고 싶다고 청한다.

"약간이라면 좋아요……."

"감사합니다! 좀 더 지식을 두루 습득해서 마법의 유효한 활용법을 익히겠어요!"

"오오, 저도 꼭 좀 부탁드리겠습니다!"

"알았어요. 하지만 정말로 조금만이에요?"

기뻐하는 롬멜과 재기.

"왠지 미안하지만, 앞으로도 잘 부탁하겠소."

요움도 또한 마법전을 배울 수 있게 지도를 청할 생각이었다.

넉살도 좋게 이야기에 끼어들어 부탁하면서 뮬란의 승낙을 얻어낸 것이다.

이렇게 뮬란은 요움 일행의 동료로 들어가 조언을 해주는 군사 고문의 역할을 맡게 된 것이다.

●

뮬란은 이러쿵저러쿵 투덜대면서도 자신이 사람이 좋은 것 같다고 생각했다.

마물의 나라를 조사하기 위해서 요움 일행 사이에 숨어들었다. 그건 좋다. 그건 좋은데, 어째선지 중책을 맡고 말았다.

(바보 같은 사람들. 내가 마인이라는 걸 의심도 하지 않는 것 같네.)

깔보듯이 그렇게 생각하면서도, 그 입가에는 살짝 웃음이 실린다. 오랫동안 어울린 적이 없었던 사람들과의 교류가 그녀의 마음을 묘하게 늘뜨게 만들었던 것이다.

한동안은 이대로 있어보자. 내심 바라자면, 조금만 더 이 상황을 즐기고 싶다.

그녀는 스스로도 의식하지 못하면서 그런 소원을 빌었다.

그리고 내키지 않는 얼굴로 늘 그러듯이 자신의 임무로 돌아 갔다.

요움 일행에 참가했기 때문이긴 하지만 뮬란은 매일 엄청나게 바빴다.

뮬란이 할 일은 대원에게 전술을 가르치는 것이다. 마물에 대항해서 싸울 때와 마법사에 대항해서 싸울 때에 연계를 취하는 법 등을 실전 형식으로 가르쳐준다.

뮬란은 의도하지 않게 그만 자신이 위저드임을 밝히고 말았다. 반성한다 해도 이미 늦은 뒤였고, 한번 뱉은 말은 주워 담을 수 없었다.

그러므로 어쩔 수 없이 롬멜이랑 재기뿐만 아니라 마법을 어느 정도 습득한 자들에게도 지도를 하게 된 것이다.

전술 지도만으로도 큰일인데 마법까지.

단순한 술법이라면 쉽게 가르칠 수 있다. 원래는 마녀였기 때문에 인간이 다루는 마법을 가르치는 것은 쉬운 일이었다. 그러나 고등마법이 되면 이야기는 달라진다.

마인밖에 다루지 못하는 마법도 있어서 섣불리 모든 걸 다 공개하면 큰 문제가 일어날 수 있다.

어디까지가 인간이 다룰 수 있는 영역인지, 그걸 우선 알지 않으면 안 되는 것이다.

(정말 귀찮게 됐네. 왜 일이 이렇게 됐담…….)

그렇게 한탄해봤자, 모든 것은 자신에게서 비롯된 일이었다.

군사고문에겐 또 한 가지의 역할, 행동 방침을 결정하는 것도
있었다.

이게 또 번거로우면서 당초에 예상했던 것 이상으로 격무였다.

각 마을마다 설치해두었다는 통신용 수정을 통해 정기 연락이
올 때마다 간부가 모여서 행동 방침을 서로 논의한다. 뮬란도 간
부이므로 이 모임에 참가하긴 하지만…….

남자들은 머리가 그다지 좋지 않은지, 이야기가 좀처럼 잘 정
리되질 않는 것이다.

고가의 매직 아이템(마법 도구)을 설치해놓고도 쓸데없는 일로
시간을 낭비하다니, 뮬란의 입장에서 보자면 참을 수 없는 일이
었다.

너무나도 낭비가 많은 그 방식에 결국은 의견을 제시한 게 패
인이었다. 그 뒤로는 각 부대에 대한 지시와 회합, 그리고 요움에
게 보고하는 것까지.

모든 걸 뮬란이 맡게 되어버린 것이다.

애초에 신참인 자신이 맡을 만한 일이 아니라고 뮬란은 생각한
다. 그러나 달리 적임자가 없기 때문에, 마침 잘됐다는 식으로 맡
게 되어버린 것이다.

그나마 성실한 사람은 롬멜 하나뿐이다.

"야아, 뮬란 씨가 와줘서 정말 도움이 되네요!"

진심 어린 감사를 받는 바람에 뮬란도 무정하게 거절할 수 없
었다.

(마인을 믿다니, 사람이 좋은 것도 정도가 있지!)

그렇게 불평을 쏟아내고 싶지만, 그 말은 할 수 없었다.

롬멜은 마법 학원을 졸업한 후 곧바로 이 도시의 영주 직속 마법사로 취직이 되었다고 하는데, 그래서인지 실전 경험은 거의 없다고 할 수 있었다. 그런 롬멜로서는 판단이 되지 않는 일도 많았기 때문에 뮬란이 올 때까지는 시행착오의 나날을 보내고 있었던 모양이다.

머리는 그런대로 좋은 것 같아서, 뮬란의 지도를 받으며 점점 성장하고 있는 것이 느껴졌다.

이대로 빨리 성장해서 자기 일을 대신 맡아주면 좋겠다. 뮬란의 당장 급한 목적은 롬멜을 단련시키는 것으로 바뀌어 있었다.

행동 방침이 정해지면 그에 따라 행동으로 옮긴다.

각 마을을 우선순위에 따라 돌면서, 출현한 마물을 토벌한다.

체류하고 있는 대원의 보충이나 교대 등을 하면서 원활하게 부대가 운영될 수 있게 조정한다.

(왜 내가 이런 일까지 해야 하는 거지? 이건 말이 안 돼, 정말…….)

불만을 이야기하고 싶지만, 원래 목적인 마물의 나라로 잠입할 때까지는 화를 내고 그만둘 수도 없다. 이 작전은 실패했다고 생각하면서도 이제 와서 중지할 수는 없었다.

이래저래 용케 잘 어울리면서, 뮬란도 요움 일행과 같이 행동을 한다.

마물을 퇴치하고 여러 마을을 구하면서…….

뭔가 잘못되었다.

이제 그만 적당히 좀 했으면 좋겠다.

그런 불만을 느끼면서도 만족스럽게 채워지는 감정도 있었다.

오랜만에 사람들과 어울리면서 잊어버리고 있었던 감정을 떠올린 것이다——.

그리고 이제 겨우 자신이 노리던 목적지로 일행은 이동한다.

마물의 도시——템페스트(마국연방)의 수도로.

●

마인 그루시스는 손님 자격으로 전투 훈련에 참가하고 있었다.

"아야야, 저 영감탱이, 오늘도 전혀 봐주질 않는군요!"

"고, 고부타 군…… 저 악마, 가 아니라 하쿠로우 님은 매번 저런 식인가?"

온몸을 실컷 강타당한 그루시스가 자신과 같이 엉망진창으로 당한 동료이자 홉고블린인 고부타에게 묻는다.

"그렇습니다요, 나 참. 농담이 아니라니까요."

본인의 눈앞에서 도저히 입 밖으로 뱉을 수 없는 불평을 늘어놓는 고부타. 그루시스도 동의하지만, 그래도 손님이므로 섣불리 말로 하지는 않았다.

그것이 명암을 갈랐다.

"호오? 영감탱이란 건 설마 날 말하는 건 아니겠지?"

"케, 케에엑—!! 왜, 왜 스승님이 거기에—?!"

"입 닥쳐라, 이 멍청아! 네놈이 내 제자를 자처하기엔 아직 백년은 이르다!!"

기척을 전혀 느낄 수 없었다. 이미 그 자리를 떠났어야 할 하쿠로우가 그 자리에 서 있었던 것이다.

아래로 내리치는 목도. 그루시스의 눈에도 보이지 않는 속도로, 그 목도는 훌륭하게 고부타의 정수리에 작렬한다. 고부타는 한순간에 눈의 초점을 잃더니 그대로 기절했다.

불쌍하게도 그대로 끌려가서 새로운 수행을 받게 될 고부타를, 연민의 눈빛으로 배웅하는 그루시스.

그가 할 수 있는 일은 친구의 무사함을 비는 것뿐이었다.

그루시스는 삼수사 중 한 명인 포비오의 명령을 받아 이곳 템페스트(마국연방)에서 견문을 넓히고 있었다.

이 나라의 맹주인 리무루는 자리에 없지만, 하고 싶은 대로 편하게 지내도 된다고 허가를 받았으니 문제는 없다. 맹주 스스로가 외유 중이라는 것이 그루시스는 믿어지지 않았지만, 이 나라에선 누구도 의문스럽게 느끼지 않는 것 같으니, 원래 그래도 되는 것으로 생각하고 말았다.

그보다도 그루시스는 이 기회를 이용해서 다양한 지식과 경험을 익히려고 노력하고 있었다.

그 일환으로 매번 하쿠로우가 지도하는 훈련에도 참가하고 있다.

인간으로선 처음 사귀게 된 친구인 요움이 권유해준 것이 계기였다.

그때는 이렇게까지 힘든 훈련이 될 거라고는 생각하지 않았지만, 이번에는 그 강도가 달랐다.

이 도시의 주민만으로 행하는 훈련은 전혀 다른 양상을 보인 것이다.

(정말 힘들군. 지금까지 했던 수행은 요움 일행이 인간이기 때문에 제대로 버텨낼 수 있을 정도로 봐주고 있었던 거야…….)

감탄하기도 했지만, 그 격차에 놀라기도 한다.

요움 일행과의 훈련은 약간의 기초 훈련에 기술 지도를 더한 것에 가까운 느낌이었다. 그러나 이번 훈련은 거의 모든 것이 기초 훈련이었던 것이다.

"네놈들 같이 나약한 녀석들에게 아츠(기술)를 가르쳐줄 거란 생각은 마라! 내게서 아츠를 훔쳐낼 각오를 하고 눈으로 보고 죽을 각오로 익히는 게야!!"

그런 꾸지람 소리를 들으면서, 모두 실전 형식으로 싸우다가 목도로 실컷 두들겨 맞았다.

그들 중에는 당연히 그루시스도 포함되어 있었다.

나름대로 자신을 가지고 덤볐던 그루시스였지만 결과는 보다시피였다. 순식간에 거리를 좁히고 들어와서 눈으로 좇을 수 없는 속도의 참격을 온몸에 맞았다.

(목도가 아니었으면 죽었을지도 몰라……. 아니, 어떻게 목도로 이 정도의 대미지가 남는 거지?!)

회복 능력이 높은 라이칸스로프(수인족)임에도 불구하고, 두들겨 맞은 곳에는 묵직한 통증이 남아 있다. 아무래도 그루시스가 모르는 아츠로 신체에 깊이 파고드는 대미지를 주는 것 같다.

정말 지독한 악마 영감탱이다, 라고 그루시스도 고부타의 말에 마음속으로 동의했다.

다른 홉고블린들보다 잘해야 겨우 몇 초 더 오래 버틸 수 있었던 정도랄까.

그루시스의 자신의 실력에 대한 자신감은 가루가 될 정도로 박살 나버렸다.

그런 그루시스는 고부타의 부하들에게 흥미를 느꼈다.

보기 드문 진화를 이룩한 스타 울프(성랑족, 星狼族)를 모는 홉고블린들. 고블린 라이더라고 부르는, 이 도시의 경비를 맡고 있는 자들이다.

하쿠로우와의 수행에서도 개인기보다 연계를 중요시하는 것 같았으며, 그 호흡은 딱딱 맞아 떨어졌다. 숙련된 콤비처럼 보였으며, 높은 완성도를 엿볼 수 있는 움직임이었다.

(이자들을 상대로 하려면 다섯 명이 한계일까——.)

그루시스는 그렇게 생각하며 혀를 찬다.

가능하다면 무슨 일이 있어도 수왕국에 오도록 권유해보고 싶다. 뭐, 무리일 거라는 건 깨닫고 있지만…….

이 도시의 주민들을 살펴본 바로는, 그 제안에 응할 가능성은 없을 것 같다.

이 도시에는 그루시스의 상상을 넘어설 정도로 용맹한 자들이 많이 있었다.

방금 같이 수행을 했던 고부타는 키진(귀인, 鬼人)족인 하쿠로우의 수행에 불만을 늘어놓으면서도 계속 어울리고 있다. 그것만 봐도 얕볼 수 없는 존재다.

그 외에도 강자는 많이 있었다.

경비대장인 리그루라는 자는 고부타를 상회하는 힘을 지니고 있다고 한다.

가끔씩 보이는 드라고뉴트도 얕볼 수 없는 힘을 지닌 것 같다.

공작병으로 활동하고 있는 하이 오크들 중에도 가끔씩 상위 개체가 섞여 있는 것을 목격하곤 했다. 그중에서도 게루도라는 이름의 오크 킹은 오크 로드의 재래가 아닌가 싶을 정도의 풍모와 힘을 갖추고 있었다.

싸운다면 호각. 자칫하면 그루시스가 패배할 것 같은 생각이 들었다.

그리고 마지막으로 키진들.

가까이서 대해보면 그 강함을 잘 알 수 있다.

그루시스가 이길 수 있으리라 확신할 수 있는 자는 쿠로베라는 대장장이와 슈나라는 이름의 가련한 소녀뿐. 전혀 자랑거리라 할 수 없었다.

그 외에 네 명의 키진들에겐 전혀 통하지 않을 거란 직감이 들었다. 그루시스가 수왕전사단 중에선 제일 아래에 위치한다고 해도 이건 명백히 이상한 일이란 생각이 들었다.

그 직감이 옳았다는 생각이 드는 것이, 지금도 마침 하쿠로에게 실컷 두들겨 맞은 것이다.

(이게 뭐야, 이게 대체 뭐냐고. 이 도시는 이상하다는 수준이 아니야! 자칫하면 우리나라와 전쟁도 가능한 수준의 전력이잖아?!)

그들의 왕인 마왕 칼리온이 이 도시와의 전쟁을 피한 건 정답이었다. 그루시스도 그렇게 생각하면서 안도했다.

*

그 후로 며칠이 더 지난 후, 다시 요움 일행이 돌아왔다.

"여어, 잘 지냈나?"

"그래. 너도 잘 지내는 것 같아서 다행이군."

그렇게 말하면서 그루시스는 요움과 서로 마주 보면서 웃는다.

그런 그루시스의 흥미는 요움 일행 중에서 가장 눈에 띄는 미모의 여성에게 집중되고 있었다.

"그런데 저 사람은 누구지?"

"호오? 마인 주제에 여자에게 흥미를 느끼는 건가?"

"멍청하긴! 마인이라고 해도 여러 타입이 있는 거야. 수인은 말이지, 마인이라기보다 아인에 가깝다고. 인간과 짝을 이뤄서 아이를 낳는 자도 드물지 않아."

"헤에, 그런가. 하지만 저 사람은 좀 위험할걸? 나도 얕보고 덤볐다가 실컷 혼이 났거든——."

"뭐? 무슨 말도 안 되는 소리를……?"

그루시스는 당혹스러워한다.

자신이 인정한 사내가 전투 능력 같은 건 전혀 없어 보이는 여자에게 지다니, 갑작스럽게 믿기는 어려운 말이었다.

"그럼 너도 한번 시험해보겠어?"

"재미있군. 진심을 다할 필요까지도 없어 보이지만, 상대해보지!"

단순한 성격의 그루시스. 그런 말을 들으면 당연히 물러설 수 없다.

요움의 제안을 받아들여 요움 일행의 군사고문이 되었다는 여자와 시합을 하게 된 것이다.

장소는 늘 훈련을 하는 훈련장.

요움은 여자를 데리고 왔다.

"왜 제가 그런 쓸데없는 짓을 할 필요가 있는 거죠——?"

진심으로 내키지 않는 표정으로 불평을 말하는 여자.

"자자, 뮬란. 이 녀석한테도 네 실력을 가르쳐주면 좋겠어."

"그러니까 그런 짓을 할 이유가 없다고 말하고 있잖아요."

"이유라면 있어! 이 녀석이 너를 바보 취급했기 때문이야. 난 말이지, 네가 바보 취급을 당하는 것을 참을 수가 없다고!"

억지소리를 하는 요움을 어이없는 표정으로 바라보면서, 그루시스는 여자를 관찰했다.

(헤에, 이름이 뮬란이란 말인가. 이렇게 보니 정말 멋진 여자로군. 그건 그렇고 요움 녀석, 왜 나를 속이려 하는 거지?)

뮬란에게선 달콤하고 화사한 향기가 풍기는 것이, 도저히 강한 자로는 보이지 않는다. 그루시스는 요움이 졌다는 사실을 도저히 믿을 수가 없었다.

그런 요움은 뮬란을 설득하는 데 겨우 성공했는지, 그루시스를 바라보면서 씨익 웃었다.

"헤헤, 겨우 설득했어. 그루시스, 네가 이 사람에게 이긴다면 나는 네 동생이 되도록 하겠어. 하지만——이 사람이 너한테 이긴다면 네가 내 동생이 되는 거야!"

"뭐어? 무슨 소리를 하는 건지 이해가 안 되는군?!"

"아아, 그렇군. 자신이 없는 거지?"

"……좋아. 그 제안을 받아들이지. 넌 오늘부터 날 형으로 부르게 될 거야!"

요움의 도발에 쉽사리 넘어가는 그루시스.

"당신, 날 여자라고 업신여기고 있는 것 같군요? 내기 대상이되는 건 정말로 바보 같은 일이라고 생각하지만, 상대가 되어드리죠. 일단 충고해두겠어요. 나는 위저드(마도사)니까, 그걸 알고덤비도록 하세요."

"호오, 위저드라. 그렇게까지 자신의 수를 다 드러내도 괜찮은가? 뭐, 그 모습을 보니 마법사라는 건 단번에 알겠지만."

위저드는 세 계통 이상의 마법 체계를 습득하고 있는 자를 가리킨다. 소서러(법술사)나 마야(요술사)보다도 월등히 격이 높은 마법사인 것이다.

당연하지만, 다루는 마법은 다종다양하며, 공격 마술의 위력은통상의 마법사보다 배 이상은 된다고 일컬어지고 있다.

뮬란은 마법사 중에서도 상위의 실력자라고 선언하고 있는 것이다.

그루시스는 그 말을 똑바로 받아들이면서 뮬란에 대해 호감을느꼈다.

그러나 그렇다고 해서 특별히 경계하진 않는다. 상위 마인인그루시스는 '마법내성'을 보유하고 있기 때문이다. 게다가 어지간한 상처가 아니면 '자기재생'에 의한 치유로 회복도 할 수 있다.그러므로 치명상이 되지 않는 마법이라면 무시할 수 있었다.

(그리고 나를 일격으로 죽일 수 있는 마법이라면 주문을 외우는 데 시간이 걸리겠지. 마법사 따위는 빈틈투성이라서 주문을 읊는 동안에 쓰러뜨릴 수 있어.)

마치 서로 짜기라도 한 것처럼 요움과 같은 생각을 하는 그루시스.

그리고 결과는 말할 것도 없이——.

……………….

………….

…….

"와———핫핫핫하! 거봐, 내가 뭐랬어!"

대폭소하는 요움을 씁쓸한 표정으로 쳐다보는 건 말할 것도 없이 그루시스였다.

(비, 빌어먹을!! 이럴 수가 있나?!)

배를 붙잡고 계속 대폭소 중인 요움.

어이가 없다는 표정을 짓는 뮬란.

가슴 언저리까지 땅에 묻힌 그루시스는 수치스러움으로 얼굴이 새빨개진 채, 분한 마음에 나오려는 눈물을 애써 참고 있었다.

그런 일을 겪으면서 그루시스도 뮬란을 인정했다.

"순서가 바뀌었지만 내 이름은 그루시스. 진 뒤에 이런 말을 하는 것도 그렇지만, 이래 봬도 수인이자 상위 마인이다. 변신했다면 내가 이겼겠지만, 그래봤자 의미가 없을 테니 겁을 먹을 필요는 없어."

"뮬란이에요. 만약 당신이 변신을 했다면, 이동 속도 때문에 함

정은 설치해도 의미가 없었겠군요. 뭐, 그때는 하늘로 날아서 도망갔겠지만 말이죠."

서로 인사를 나누는 그루시스와 뮬란.

본인들에겐 별 뜻이 없는 말이었지만, 그건 변명과 비꼬는 말을 주고받은 것으로밖에 보이지 않았다.

"자자, 사이좋게 지내자고. 그리고 그루시스. 방금 했던 약속 말인데——."

"응? 아아. 요움, 오늘부터 네가 내 형으로 행세해도 좋아. 내 주인은 마왕 칼리온 님 한 분뿐이지만, 딱히 내가 인정한 사내를 윗사람으로 모시는 것 정도는 별문제 없으니까."

"정말 괜찮겠어? 네 투지를 좀 높여볼까 해서 농담 삼아 말해본 건데……."

"상관없어. 하지만, 솔직히 말해두겠는데, 칼리온 님이 널 죽이라고 내게 명령하신다면, 나는 망설이지 않고 널 죽이러 갈 거야. 미안하지만 그게 내 안에 있는 절대적인 룰이니까."

"알았어. 명심해두지."

솔직한 수인답게 그루시스는 요움의 제안을 깔끔하게 받아들인다. 약속을 어기는 일이 없는 깨끗한 성격인 것이다.

"자, 그렇게 하기로 정했으니 나도 네 일행에 가담하지. 이 도시에도 꽤 익숙해졌으니 슬슬 다른 인간들의 나라를 보고 싶기도 하고."

"그래도 되겠어?"

"그래. 나는 견문을 넓히는 것이 임무니까. 연락이 올 때까지는 내 마음대로 해도 돼."

그렇게 말하면서 너털웃음을 짓는 그루시스. 그리고 겨우 함정에서 기어 나와 쓴웃음을 지었다.

이리하여 그루시스도 요움 일행에 참가하게 되었다.

●

그런 그루시스 일행에게 숨어드는 자가 있었다.

고부타였다.

(훗훗후. 전 봤습니다요. 저 사람이라면──.)

고부타는 속으로 나쁜 꿍꿍이를 숨기면서 화기애애한 분위기의 그루시스 일행에게 말을 건다.

"방금 그 싸움, 잘 봤습니다요! 정말 훌륭했습니다요. 실로 대단하더군요. 아가씨의 실력에 완전히 반했습니다요. 그런 아가씨에게 부탁드릴 게 있는뎁쇼."

수상쩍은 웃음을 지으면서 고부타는 말한다.

요움은 물론이고 그루시스도 고부타와 친하기 때문에 또 뭔가 나쁜 꿍꿍이를 꾸미고 있다는 걸 바로 알아차릴 수 있었다.

뮬란 혼자만이 처음 보는 고부타에게 당혹스러운 표정을 감추지 못한다.

"뮬란, 이 사람은 고부타라고 해. 음, 말하자면 이 도시에서도 나름대로 실력자에 속하지."

"테헤헤, 그 정도는 아닙니다요."

"아니, 아니, 이 고부타 군은 대단한 자야. 방금도 그 악마 교관

에게 실컷 당했으면서도 아무렇지 않게 수행에 참가하고 있었으
니까."

"야아, 그건 정말 지독했습죠……."

요움에게 칭찬을 받고 쑥스러워하던 고부타였지만, 그루시스
의 말에 원래 목적을 떠올리면서 표정이 굳어진다.

그리고 본론에 들어갔다.

"실은 말입죠, 방금 아가씨의 그 작전으로 이겨주길 바라는 사람
이 있습니다요. 그 악마, 가 아니라 영감탱이, 가 아니라 그 노인장
은 말입죠. 늘 잘난 체 위세를 부린단 말입죠. 그러니까――."

목소리를 죽이고 주위를 경계하면서 말하는 고부타.

그리고 이야기를 듣자마자 요움과 그루시스도 힘차게 고개를
끄덕인다.

"뮬란. 도와주자고. 그 사람을 쓰러뜨리면 우리도 실력을 인정
받게 되겠지. 게다가 말이야, 나도 그 사람이라면 어떻게 대처할
지를 꼭 한번 보고 싶거든."

"그 작전은 정말 훌륭했어. 그런 작전이라면 아무리 키진이라
고 해도 어쩔 수 없을 거야!"

고부타뿐만이 아니라 요움에 그루시스까지 부탁을 하는 바람
에 뮬란은 내키지 않으면서도 승낙했다.

"정말 이번만 하고 끝내는 거죠? 그런 단순한 작전이 몇 번이
나 성공할 리가 없으니까요."

"괜찮다니까! 근접전, 그것도 검사. 속도에 자신이 있는 그 영
감이라면 반드시 걸려들 거야!"

"그렇습니다요! 평소에도 늘 잘난 체하면서 구니까, 때로는 아

픈 꼴을 좀 겪게 만들어주고 싶습니다요!"

"뭐, 나도 걸려들 정도의 작전이었으니까 말이지. 파고들 위치를 미리 알아차린다면 다리의 움직임에 중점을 두는 근접형 전사는 어려운 점이 있겠지만."

그건 당신들이 단순하다고 생각해서 세운 작전이라 자주 쓸 수 있는 게 아니에요.——라고 뮬란은 생각했다.

하지만 굳이 입 밖으로 뱉진 않는다. 입 밖으로 뱉은 건 다른 말이다.

"그래서, 무슨 핑계를 대고 시합을 신청하면 되는 거죠?"

이유도 없이 싸움을 걸 수는 없다고 뮬란은 말한다.

"그러네요……. 마술사를 상대로 싸우는 방법을 가르쳐달라고 부탁해서 그 영감을 데리고 오겠습니다요."

"그러면 어디까지나 모의전이면 된다는 거죠?"

"그거면 충분하지 않겠어? 어디까지나 첫 공격을 먼저 맞추는 쪽이 이기는 걸로 하면 의심하지도 않을 테고."

"확실히 그렇겠군. 그런 규칙이라면 '마법내성'은 관계가 없으니까 마법사는 마법을 맞추기만 하면 승리가 되겠지. 검사의 입장에서도 먼저 공격을 맞추면 승리가 되니까, 이 승부는 속도를 겨루는 것이 될 거야."

"……저기. 그런 규칙을 내가 받아들일 리가 없잖아요. 일반적으로 생각해서 마법사가 너무나도 불리한 거 아닌가요. 속도로 앞서는 검사를 상대로 주문을 읊어야 하는 마법사가 속도를 겨뤄서 어쩌자는 거예요?!"

"……그, 그것도 그렇겠습니다요."

"상대의 실력도 모르는데, 능력을 한정하는 식의 작전은 내가 위험하다고요."

근본적으로 성실한 뮬란에겐 고부타의 될 대로 되라는 작전은 듣기만 해도 머리가 아파지는 것이었다.

애초에 그런 규칙을 제시한 시점에서 뭔가 함정이 있다는 걸 상대에게 알려주는 꼴이 된다. 뇌까지 근육으로 이뤄진 이 남자들은 그걸 이해 못 하는 모양이다.

한숨을 쉬면서 뮬란은 자세하게 설명했다.

"그럼, 뮬란이 싸우는 건 취소하지. 중요한 건 마법 실력을 인정하게 하면 되는 거야. 그렇다면 여기선 일단 맨 먼저 말을 꺼낸 고부타가 미끼가 되도록 하자고."

"그렇군. 고부타가 상대라면 그 사람도 받아들이겠지."

점점 이야기가 이상한 방향으로 흐르기 시작하자 당황하는 고부타.

"잠깐만 기다리십쇼!"

놀라서 소리쳐보지만 요움은 물론이고 그루시스까지 작전을 짜내느라 정신이 없다. 이제 와서 중지하자고 말하기 어려운 상황이 되어버렸다.

(크, 큰일났습니다요. 이대로 작전이 실패하면 저 자신이 상당히 위기입니다요. 이렇게 되면 제대로 작전을 세울 수밖에 없겠습니다요…….)

뮬란이 싸워줄 것이라고 생각하고 낙관적으로 생각했던 고부타였지만, 자신에게 위험이 닥칠 가능성이 생긴 순간 신중해졌다. 그리고 진지하게 작전을 세우는 데 가담한 것이다.

"그러면 확인하겠습니다요. 제가 승부를 겨루자고 도전할 테니까, 제 주위를 전부 함정으로 만들어주면 좋겠습니다요!"

"그 정도 범위라면 땅을 액체로 만들어서 발을 묶는 게 확실할 거예요."

"그건 어떻게 되는 겁니까요?"

고부타의 질문을 받고 지면 일부를 액체로 만들어 보이는 뮬란.

그걸 밟아보고 발이 쑥 빠지는 걸 확인하는 고부타.

"이 정도면 괜찮겠습니다요!"

만족스러운 표정으로 고부타가 고개를 끄덕이면서, 그대로 최종 확인이 끝났다.

"내 역할은 시작 신호 직전에 지면의 성질을 변하게 만드는 것. 그거면 되는 거죠?"

"그렇게 부탁드리겠습니다요!"

이렇게 작전은 정해졌고, 실행에 옮겨지면서——.

··················.

············.

······.

"어디, 설명을 해보겠나?"

무릎을 꿇고 앉아 있게 된 쪽은 고부타, 요움, 그루시스였다.

뮬란도 같이 무릎을 꿇으려고 했지만, 하쿠로우는 성격 좋은 할아버지 같은 표정을 지으면서 그걸 말렸다.

"아가씨는 됐소. 보나마나 이 바보 놈들이 부추겼을 뿐일 테니까."

"그럴 수는……."

"됐소, 괜찮아. 어차피 이 녀석들은 자신들이 걸려들었으니, 똑같은 방법으로 나를 함정에 빠뜨려보려고 한 거겠지? 그 마법은 훌륭했지만, 이 녀석들의 시선을 보고 다 알아차렸다오."

아아, 역시──. 뮬란은 그렇게 생각하고 한숨을 쉬었다.

그리고 방금 전에 벌어진 싸움을 회상한다──.

작전이 정해지면서 하쿠로우라는 노인을 불러냈다. 거기까지는 괜찮았다.

뮬란은 그 노인을 한번 보고 그가 메갈로돈(공영거대교, 空泳巨大鮫)을 일도양단한 달인이었다는 걸 떠올린다. 그리고 그 범상치 않은 기운을 느끼면서 자신들의 작전이 실패로 끝나리라는 것을 예감하고 있었다.

이게 모의전이 아니라 실전이었다면 재빨리 물러날 것을 제안했을 것이다. 그러나 지금은 단순한 장난이니, 패배도 또한 성장의 거름이 될 것이라고 뮬란은 생각한 것이다.

(어차피 실패하겠지만, 이 하쿠로우라는 인물이 어떻게 싸울 것인지 이 자리에서 봐두는 것도 좋겠지.)

그렇게 생각하면서 이대로 작전에 어울려주기로 했다.

"그 마음가짐은 좋구나! 기왕이면 오랜만에 실전과 마찬가지 수준으로 가르쳐주기로 하마. 너희들, 세 명이 동시에 덤비도록 해라. 거기 처음 보는 아가씨는 보아하니 마법사인 것 같은데, 참가하겠는가?"

그게 하쿠로우의 대답이었다.

"잠깐, 영감, 아니, 스승님! 우리를 너무 얕보는 거 아닙니까요!"

"그러게 말이오, 영감님. 아무리 그래도 그건 좀 자신이 지나친 것 아닙니까?"

"훗훗후, 나도 손님이라 사양하고 있었지만 그렇게까지 말한다면 진짜 실력을 보여줄 수밖에 없겠군요."

하쿠로우의 도발에 금세 넘어가 버리는 세 사람. 그걸 보면서 뮬란의 예감은 확신으로 바뀐다.

(이건 싸우기도 전에 이미 끝났네. 나중에 확실하게 가르쳐주지 않으면 안 될 것 같아──.)

뮬란은 늘 불평을 하면서도 요움의 군사고문──이라는 이름의 참모직──에 벌써 길이 들어버린 모양이다.

원래 책임감이 강한 성격이기도 하다 보니, 이 시합이 요움 일행의 경험이 될 것이라 낙관적으로 생각한 것이다.

그리고 시작된 시합은 뮬란의 예상대로 참담하게 끝났다.

지면을 액체로 만들었음에도 불구하고 하쿠로우의 움직임은 막힘이 없었다.

"으엑! 어떻게 아무렇지 않게 움직이는 겁니까요?!"

전 방위를 골고루 액체로 만들었기 때문에, 도망치려고 뒤로 움직이는 고부타에게 맞춰 마법을 해제시켰다. 그와 동시에 위치를 지정하면서 함정을 발동시켜봤지만, 하쿠로우는 공중을 달리는 것처럼 그걸 무시한 움직임을 선보인다.

(아아, 역시 들켰네. 하지만 상관없는 것 같아. 저 움직임은 '순동법(瞬動法)' 같으니까.)

달인만이 도달한다고 하는 높은 경지, 〈기투법〉이라는 독자적인 아츠(기술) 중에서도 난이도가 높은 기술이다. 그걸 훌륭하게 구사하는 하쿠로우 앞에서 잔재주는 무의하다는 사실을 뮬란은 깨달았다.

"쳇, 이쪽이오, 영감님!"

일부러 소리를 쳐 주의를 끌면서, 요움이 칼을 휘둘렀다. 그러나 그 움직임은 이미 읽힌 상태였다.

그 소리에 맞춰 뒤로 구르면서 피하려는 고부타. 그러나 그 정수리를 목도가 때린다.

"또입니까요——."

그 말을 남기고 고부타가 침몰했다.

그리고 요움도.

고부타를 구하기 위한 행동이 아니라 진짜 목적은 달리 있었지만…… 그건 의미가 없게 되었다.

하쿠로우의 움직임은 너무 빨랐다. 요움이 칼을 휘두른 동작이 끝나기 전에 고부타를 가라앉히고 요움의 뒤로 돌아들어간 것이다.

"말도 안 돼!! 전혀 안 보였——."

"어설프다."

단칼에 땅에 박히는 요움.

발 디딜 곳을 무너뜨리는 작전이 실패한 시점에서 요움은 고부타와 자신을 미끼로 삼아서 그루시스에게 기습을 가할 시간을 주려고 했다. 그러나 그 행동은 소용이 없었다. 그루시스가 요움의 의도를 알아차리기도 전에 하쿠로우가 고부타와 요움을 쓰러뜨렸기 때문이다.

뮤란은 그 일련의 흐름을, 마치 한편의 시범을 보는 것처럼 아름다운 동작이라고 감탄하면서 바라보고 있었다.

그건 시력이 아니라 '마력감지'를 동원한 이해.

하쿠로우의 움직임은 시력으로 좇아갈 수 있는 영역이 아니었던 것이다.

그리고 뮤란은 그저 바라보고만 있는 것이 아니었다.

상위 마인으로서의 실력을 숨기기 위해 주문을 읊으면서 마법을 준비하고 있었다.

(그렇다곤 해도……. '마력감지'로 겨우 포착할 수 있는 자를 상대하려면 주위까지 휩쓸리는 범위마법 말고는 방법이 없겠지. 그건 지금 쓸 수 없는 상황이니, 승부는 이미 난 셈이네.)

애초에 저렇게 빠른 속도로 움직이는 자에게 주문을 읊어야 하는 마법 같은 것이 통할 리가 없다. 그런 자를 상대로 하는 마법전을 상정한다면 사전에 미리 주문을 다 읊어두고 발동을 대기 중인 마법을 여러 개 준비해둘 필요가 있다. 방아쇠를 당기기만 해도 발동하는 마법을.

──또는 '영창파기'를 동원하든가.

(하지만 내 실력으로 '영창파기'를 동원한다 해도 기껏해야 중급 마법까지가 한계니까 진지하게 싸워도 못 이길지 몰라──.)

에너지(마력요소)양으론 뮤란이 더 유리하지만 실력으론 비슷할 것이라고 뮤란은 판단했다. 그것만으로도 이 놀이에 어울린 보람은 있다는 생각이 든다.

그런 식으로 경계하는 뮤란과는 달리, 하쿠로우의 표적은 그루시스다. 마법사인 뮤란을 무력화하기 전에 이 네 명 중에서 최대의 장애가 될 그루시스를 쓰러뜨리기로 한 것이다.

그건 즉, 뮬란의 마법은 문제가 되지 않는다고 판단하고 있다는 이야기가 된다.

(얕보이고 있지만 어쩔 수 없어. 인간으로 변신한 지금의 내 마법은 하쿠로우 님이라면 전부 대처할 수 있을 테니까. 그래도 최소한 한 발이라도──.)

그렇게 냉정하게 분석하면서 준비한 작은 폭발을 세 발, 시간차로 발동하도록 세트했다.

그루시스에게 덤벼드는 하쿠로우의 눈앞에서 첫 번째가 발동한다.

첫 번째의 작은 폭발에는 살상력이 없다. 블라인드(암막탄)에 의해 하쿠로우와 그루시스의 주위를 어둠이 감쌌다.

"음?!"

그렇게 소리를 지르면서도 하쿠로우는 동요도 망설임도 없이 어둠 속으로 돌진한다.

후각에 뛰어난 그루시스라면 시력을 뺏긴다고 해도 전투 능력에 영향을 받지 않는다. 그렇게 생각하고 시도한 작전이었지만, 하쿠로우도 시력에 의존하지 않는 모양이다.

(역시 소용이 없나. 기척을 읽고 있는 거야? 그게 아니면…….)

하쿠로우에게 블라인드가 통하지 않을 것이라고 예상하고 있던 뮬란은 당황하지 않고 다음 마법을 발동시켰다.

플래시 뱅(섬광음향탄)──섬광과 폭음을 터뜨려 시각과 청각의 마비를 목적으로 하는 마법. 실외에서도 문제없이 효과가 발휘되는, 뮬란의 대인마법 중 하나였다.

이번에는 블라인드에 의해 동공이 줄어든 상태이니, 더 큰 효과를 기대할 수 있다. 그것도 또한 뮬란의 계획대로였다.

그루시스에게 육박했던 하쿠로우였지만, 어둠 속에서 마법이 발동하기 직전에 후방으로 후퇴하였다. 그래도 빛과 소리의 직격을 분명히 받았을 텐데, 하쿠로우는 개의치 않는 모습을 보이면서 행동을 재개했다.

(역시——?! 아무래도 하쿠로우 님도 '마력감지'를 습득하고 있는 것 같네…….)

방금 그 플래시 뱅을 경계한 움직임은 마법의 흐름——즉, 마력요소의 움직임을 읽을 줄 아는 자의 움직임이었다. 게다가 그 후에 터진 섬광과 폭음에는 전혀 영향을 받지 않은 것 같다.

즉, 하쿠로우도 뮬란과 마찬가지로 '마력감지'를 보유하고 있다고 판단할 수 있다. 그렇다면 마법의 발동은 모두 미리 파악당할 것이기 때문에, 뮬란이 이 승부에 개입하려면 큰 마법을 사용하는 것 말고는 방법이 없다는 이야기가 된다.

뮬란을 무시하고 그루시스를 상대로 하는 것은 실로 이치에 맞는 행동이라 할 수 있는 것이다.

직접 공격 마법이 아니라 상태이상을 동원한 원호에 무게를 뒀지만…… '마력감지' 앞에는 의미가 없다. 작전의 근간이 무너진 것이다.

——하지만 그런 행동이 마법을 우습게 보는 것 같아서 뮬란의 자존심에 상처가 생겼다.

(재미있는걸. 딱히 내키진 않았지만, 위저드(마도사)를 우습게 보면 어떻게 되는지 확실하게 알려주도록 하지!)

그렇게 분노에 불타면서 그루시스 쪽으로 시선을 돌리다가──,
뮬란의 투지가 순식간에 사라졌다.

"끄오오오오!! 누, 눈이, 귀, 귀가아아아!!"

"뭐 하는 거야, 이 바보!"

자신도 모르게 화를 내고 마는 뮬란.

단일지향성의 플래시 뱅에 그루시스는 큰 영향을 받지 않을 텐데…… 하필이면 그루시스는 굳이 작은 폭발을 응시하고 말았던 모양이다.

뮬란이 사전에 사용할 마법을 가르쳐주었음에도 불구하고 말이다. 그루시스라는 수인은 보지 말라는 말을 들으면 자신도 모르게 보고 마는──그런 성격을 가진 자인지도 모른다는 생각이 들면서 뮬란은 어이가 없었다.

(──왠지 이게 다 바보같이 느껴졌어. 수인은 정말 멍청할 정도로 정직해서 다루기 쉬울 거라 생각했는데, 오히려 더 다루기가 어렵네…….)

뮬란은 두 손을 들고 항복할 뜻을 나타낸다.

"방금 그게 통하지 않았다면 우리가 진 거예요. 그루시스도 저런 상태에선 아무것도 못 하겠죠."

"허허허, 판단이 빠른 아가씨로군. 이 세 명보다도 훨씬 상황을 더 잘 파악한 모양이구려. 그럼 마지막 마법은 쓰지 않아도 되겠소?"

"네. 어차피 통하지 않았을 거라 생각하니까요."

마지막 하나는──비장의 수단 격으로 설치한 슬리프 미스트(잠이 드는 안개)였다.

하쿠로우를 완전히 잠들게 만드는 건 무리였겠지만, 그루시스와 서로 공격을 부딪치는 순간에 사고력을 빼앗으면, 그것만으로도 승리할 가능성이 있다고 봤던 것이다. 그렇게 되지 않는다고 해도 이 슬리프 미스트를 기점으로 뮬란은 큰 마법을 한 방 날려줄 생각을 했지만, 그루시스의 한심한 모습을 보면서 그럴 생각이 사라졌다.

뮬란은 한숨과 동시에 마법을 해제했다.

이렇게 고부타가 제안한 하쿠로우와의 모의전은 뮬란 일행의 완패로 막을 내렸다.

──방금 하쿠로우가 한 "시선을 보고 다 알아차렸다"라는 말을 듣고 뮬란은 역시나 하고 납득한다.

모처럼 마법을 들키지 않게 준비했는데, 고부타랑 그루시스의 시선이 때때로 지면을 보고 있었던 것이다.

(그 모습은…… 뭔가가 숨겨져 있다고 알려주는 꼴이었지. 요움은 나름대로 잘 버렸지만, 결국은 인간. 하쿠로우 님에겐 통하지가 않네.)

그런 자신의 생각을 한숨에 실어서 내뱉는 뮬란.

"허허허. 아가씨가 아무리 좋은 책사라고 해도 아군의 성격을 파악해두지 못한다면 능숙하게 연계를 취하는 건 무리라네. 즉석에서 만든 팀으론 내겐 이기지 못하지."

위로하는 듯한 하쿠로우의 말을 듣고 뮬란도 고개를 끄덕인다.

"그 말씀이 맞네요, 좋은 공부가 되었습니다. 저는 우선 저자들의 성격을 배우는 것부터 시작해야겠어요."

"그래. 그게 좋겠군."

응응 하고 하쿠로우는 자상한 표정으로 고개를 끄덕인다.

그리고 고부타를 비롯한 세 사람 쪽을 보면서──,

"자, 빨리 답을 하는 게 좋을 게야. 내가 목도를 진검으로 바꿔 잡기 전에 말이지."

뮬란을 보던 사람 좋은 할아버지 같은 표정은 이미 사라졌다. 악마의 표정을 하고 위협하는 하쿠로우가 있었다.

"꺄!"

"우오?!"

"잠깐──!!"

그리고 세 시간 뒤.

세 사람은 다리가 저려서 움직이지 못할 때까지 계속 무릎을 꿇고, 진심으로 두 번 다시는 나쁜 꿍꿍이를 꾸미지 않겠다는 생각이 들 때까지 억지로 반성을 하게 되었다.

뮬란은 그 모습을 곁눈질로 본 뒤에 혼자 숙소로 돌아가면서, 앞으로는 이런 바보 같은 장난에는 참가하지 말자고 굳게 결심했다.

●

한편 고부타 일행 쪽은──,

"그리고 너희들, 만일을 위해서 미리 말해두겠다만, 실수로라도 절대 리무루 님을 시험하는 짓은 하지 말아라."

하쿠로우가 걱정스러운 목소리로 말했다.

"무슨 말을 하는 겁니까요? 리무루 님한테 이런 게 통할 리가 없습니다요!"

"──과연 그럴까? 내가 생각하기엔 의외로 잘 걸릴 것 같은 느낌이 드는데 말이지……."

"하하하, 영감님. 걱정이 너무 지나치군요. 리무루 나리는 우리같이 그런 잔재주에 걸릴 사람이 아니라고요."

"그렇다면 다행이다만. 만에 하나라도 성공하게 되면 큰일이 벌어질 게야."

그 말에 세 사람은 그 장면을 상상하고는 얼굴이 창백하게 변한다.

"그, 그렇겠습니다요. 리무루 님을 시험할 마음은 처음부터 없었지만 그것만큼은 절대 하지 말아야겠습니다요."

"그러게. 그리고 그 폭력녀를 건드리는 것도 위험하겠지."

"폭력녀? 시온 씨 말입니까요? 아니면 밀리──."

"잠깐, 고부타 군. 그 이상 말하는 건 위험해."

놀라서 제지한 요움을 보고 고부타도 고개를 힘차게 끄덕였다.

상황을 잘 모르는 그루시스도 그 대화에 가담하는 건 위험하다고 판단했는지, 아무 말도 하지 않았다. 현명한 판단이지만, 본인은 깨닫지 못하고 있으리라.

그런 세 사람에게 하쿠로우는 묵직한 말투로 입을 연다.

"뭐, 됐다. 소우에이 녀석은 신중하니까 걱정할 필요가 없겠지만, 리무루 님과 베니마루 님은 약간은 멍한 부분이 있어서 말이지. 특히 리무루 님은 '마력감지'에 제한을 걸어두고 계시니 더더욱 그렇고……."

그리고 그렇게 충고했다.

"왜 그런 제한을 걸어두신 겁니까?"

"모르겠군. 애초에 '마력감지'라는 스킬(능력)은 내가 전혀 모르는 분야라서 말이지."

서로의 얼굴을 마주 보는 고부타와 요움. 그런 두 사람에게 그루시스가 자랑하듯 말한다.

"나는 잘 알겠군. 역시 리무루 님은 칼리온 님에게 인정을 받으신 사내라 할 수 있어. 쉽게 말하자면 평소에도 자신의 몸에 제한을 걸어두는 것으로 늘 수행을 하시고 계시는 거야!"

"뭐라고?!"

"그렇단 말입니까! 역시 리무루 님이십니다요!"

"과연. 역시 나리는 생각하는 게 달라!"

이 그루시스의 의견은 하쿠로우까지 받아들이게 되면서 마물들 사이에선 자신에게 제한을 걸어두는 수행 방법이 유행하게 되었다.

──하지만, 그건 리무루에겐 관계없는 이야기이다.

그건 그렇고, 세 사람은 하쿠로우를 함정에 빠뜨리려는 작전에 실패했지만, 지면을 굴러다니느라 진흙투성이가 되어 있었다. 그래서 이 도시의 명물인 목욕탕에 들어가게 되었다.

"그건 그렇고, 그 마법사 아가씨는 정말 실력이 대단합니다요. 미인이기도 하굽쇼."

"그렇지? 그리고 멋진 여자고 말이야."

"그 의견에는 나도 반대하지 않아. 뮬란이라고 했던가? 내 아이를 낳아줄 수는 없을까——."

"잠깐, 그루시스. 그건 안 되겠는데? 그 사람은 내 부하니까 말이야."

"이봐, 요움, 부하라는 사실은 관계가 없잖아? 연애는 자유, 빠른 자가 이기는 법이니까."

"빠른 자가 이기는 겁니까요? 잘 알았습니다요!"

"잠깐, 고부타! 너까지 무슨 소리를 하는 거야?"

"하하, 그거 좋군! 그럼 나도 조금은 진심으로 말을 걸어보기로 할까."

"인마, 그루시스, 그렇게 따지면 형님인 내가 먼저지!"

"바보 아냐, 요움? 연애는 자유라고 말했을 텐데!"

"그러게 말입니다요!"

그렇게 소란스럽게 다투면서도 목욕탕에 도착하는 세 사람.

그리고 몸을 씻은 뒤에 욕조에 들어가자마자 또 고부타의 눈에 나쁜 꿍꿍이를 꾸미는 빛이 번뜩였다.

"그러고 보니 얼마 전에 카발 씨가 왔을 때 했던 말이 있는뎁쇼——."

그렇게 이야기를 꺼내는 고부타.

"세상에는 '혼욕'이라는 멋진 규칙이 있다고 합니다요. 리무루 님에게서 들었다더군요. 제가 생각하기에 리무루 님의 명령은 절대적이 아닌가 생각하는데 말입죠."

"잠깐만, 고부타. 리무루 나리의 명령이라고 말한다면, 다들 지켜야만 하겠지?"

"그렇겠지요? 저도 그렇게 생각합니다요!"

"이봐, 고부타 군, 무슨 뜻인지 자세하게 말해보게! 그 혼욕이란 건 대체 어떤 것인가?"

"으헤헤, 그루시스 씨도 흥미가 있나봅니다요? 좋습니다요, 혼욕이란 말입지요――."

혼욕에 대해서 열성적으로 이야기를 하는 고부타.

그걸 열심히 귀에 담는 요움과 그루시스.

"즉, 뮬란뿐만 아니라 슈나 님이랑 시온 씨도……?"

"잠깐, 잠깐, 그게 사실인가? 고부타 군. 이 도시에 그런 규칙이 있었다니 지금까지 전혀 모르고 있었는데……."

온천물의 기분 좋은 열기도 더해지면서 세 사람은 기분이 들뜨고 있었다. 그리고 자연스럽게 목소리도 커지면서, 그 나쁜 꿍꿍이의 내용은 실내에 울렸다.

그 목소리는 벽을 뚫고 넘어가 옆의 욕실에도 또렷하게 들렸다.

그리고 그곳에는 뮬란을 초청하여 같이 온 슈나와 시온의 모습도 보였다.

"바보한테 잘 듣는 약을 개발해야 할 것 같네요."

"안심하십시오, 슈나 님. 눈물을 쏙 뺄 정도로 두들겨 패서 놈들의 근성을 고쳐놓겠습니다."

"저도 도와드리죠."

그 후에 세 남자들이 어떻게 되었는지, 그에 관한 기록은 남아 있지 않다…….

●

그리고 몇 주가 흘렀고, 뮬란이 요움 일행과의 생활에 익숙해졌을 무렵.

"뮬란, 할 말이 있는데."

요움이 진지한 표정으로 말을 걸어왔다.

"좋아요, 뭐죠?"

"여기선 좀 그런데……."

"?"

의아하게 생각했지만, 뮬란은 얌전히 요움을 따라 걷기 시작한다.

요움은 도시를 나와서 인기척이 없는 숲으로 향하기 시작했다.

(응? 설마 내 정체가 들켰나? 아니, 이 앞에 함정이나 매복의 낌새는 느껴지지 않는데…….)

요움의 동료들은 여전히 도시에 머무르고 있었으며, 뮬란은 모두의 위치를 파악하고 있다. 호출을 받기 전에 요움과 그루시스가 서로 눈짓을 주고받는 게 마음에 걸렸지만, 자신의 정체를 알아챈 것 같지는 않았던 것이다.

(대체 무슨 일이지……?)

요움의 속셈을 알지 못하는 채로, 드디어 숲의 입구 부근까지 오고 말았다.

"이쯤이면 괜찮지 않나요? 대체 무슨──."

"뮬란!"

자신을 부른 목적을 물어보려고 한 뮬란의 말을, 요움의 큰 목소리가 가로막았다.

살짝 놀라면서 경계하는 뮬란.

(설마 정말로?!)

정체가 들킨 것이라면, 그 사실은 모두에게 알려진 것일까?

그렇지 않으면 요움 혼자만 알아차린 것일까? 어느 쪽이든 간에 뮬란은 재빠르게 대응 방법을 생각하려 했지만——,

"널 좋아해! 너를 처음 봤을 때부터 첫눈에 반했어!!"

그런 말을 듣자 머리가 멈춰버렸다.

(——뭐?! 방금 뭐라고 말했지?)

"네?"

수많은 의문점이 머릿속을 스치고 지나가지만, 말로 나온 건 그 한마디뿐이었다.

요움을 바라보는 게 다였다.

떠올려보면 뮬란은 잠입했을 때부터 시선을 느끼고 있었다. 그 시선의 주인은 요움이었으며, 눈이 마주치면 어색하게 시선을 돌리곤 하는 일이 몇 번인가 있었던 것이다.

조심성이 많은 남자라고 생각하며 경계하고 있었지만, 혹시 그건…….

"진심으로 하는 말인가요?"

"그래. 반드시 널 행복하게 해줄게. 약속하겠어!"

직접적으로 자신의 마음을 고백하는 말을 듣고 뮬란의 얼굴은 새빨갛게 물들었다.

아직 젊은 처녀였을 때, 그건 이미 700년도 더 된 옛날이야기다. 그때 일은 잘 생각나지 않는다. 사람과 사귀었던 기억도 없다.

솔직하게 말해서 그녀에게 연애라는 것은 경험한 적이 없는 미지의 영역인 것이다.

기쁨보다도 불안이 더 크다. 게다가——,

(행복하게 해주겠다니…… 나는 '마리오네트 하트(지배의 심장)'로 마왕 클레이만의 조종을 받는 인형이 되어 있어. 진짜 심장을 되찾지 못하는 한 나는 자유롭게 될 수 없다고. 나를 그렇게 만들어줄 순 없잖아……. 그리고——금방 수명이 다 되어 죽어버릴 인간이 어떻게 나를 사랑해줄 수 있단 말이야——.)

결국 뮬란은 대답을 미루기로 했다.

이성은 거절하라고 말했지만, 어째서인지 거절할 용기가 생기질 않았던 것이다.

뮬란이 마인이 된 후로 400년. 이렇게도 불안한 기분이 든 것은 처음 겪는 경험이었다.

요움에게 고백을 받은 뒤에도 평소와 다름없는 생활이 이어졌다.

평소에는 경박스럽게 굴던 요움이었지만, 뮬란의 뜻을 존중해주는 것인지, 먼저 손을 대는 짓은 하지 않는다. 그렇게 했다면 뮬란도 확실히 마음을 정할 수 있었겠지만.

마물을 사냥하기 위해 마을을 돌아다닐 때도, 도시에서 긴장을 풀고 쉬는 중에도. 계속 뮬란에게 마음을 써주기만 할 뿐, 그녀의 대답을 재촉하는 듯한 행동은 하지 않았다.

(나는——나는 대체 뭘 생각하고 있는 거지? 그런 건 마왕 클레이만이 있는 한, 그런 소원이 이뤄질 리가 없는데…….)

언젠가부터 뮬란은 자신이 요움과 맺어질 날을 꿈꾸게 되어버렸다. 이뤄질 일이 없는 소원이라고 이성이 부정함에도 불구하고 도저히 저버릴 수 없는 소원이 되어버린 것이다.

그런 뮬란을 바라보는 그루시스가 쓸쓸한 표정을 지으며 얼굴을 흐리고 있다는 것도 알아차리지 못할 정도로 뮬란의 마음도 요움을 향하기 시작하고 있었다.

그렇게 평온한 나날을 보내고 있었다.

──그리고 멸망의 날이 오기 일주일 전의 날을 맞았다.

＊

'오랜만이군요, 뮬란. 그쪽은 변한 게 없습니까?'

뮬란에게 클레이만의 '마법통화'가 들려왔다.

갑작스러운 '마법통화'에 뮬란은 놀라면서 당황한다.

'크, 클레이만 님. 이렇게 일부러 연락을 주시다니, 무슨 일이 있습니까?'

뮬란에게 있어서 클레이만은 충성의 대상이 아니다.

가능하다면 빈틈을 노려 죽이는 것도 망설이지 않을 것이다. 그러지 못하는 것은 실패할 것이 명백하기 때문이다.

저 방심하지 않는 마왕에겐 그런 빈틈이 전혀 없는 것이다.

전에 보고를 했을 때 클레이만은 이상하게 기분이 좋았다.

그리고 지금도.

이건 위험하다고 뮬란의 본능이 최대한의 경보를 울린다.

평소에는 부하에게 감정을 보이는 일이 없는 클레이만이 이 정도로까지 즐거운 모습을 보인다는 것은 너무나도 순조롭게 생각대로 사태가 진행되고 있다는 사실을 증명하는 것이니까.

그리고 그 사실은 뮬란에겐 결코 바람직한 것이 아니라는 생각이 들었다.

──그 생각은 옳았다.

경계하는 뮬란에게 클레이만이 말한다.

'당신이 가져온 정보 덕분에 이쪽은 아주 순조롭습니다. 정말 훌륭하게 움직여줬어요. 당신에게서 맡아둔 심장을 되돌려주고 슬슬 해방시켜줘도 좋지 않을까, 그런 생각이 들 정도로 말이죠.'

갑작스런 제안에 당혹스러워하는 뮬란. 그 머릿속에 아주 잠깐 요움의 얼굴이 떠올랐다.

뮬란은 마음이 들뜨는 걸 느꼈지만, 당황하지 않고 대답한다. 클레이만에겐 절대로 자신의 본심을 들켜선 안 된다.

상대는 마왕. 아무렇지 않게 부하조차도 속이는, 성격이 나쁜 '마리오네트 마스터(인형괴뢰사, 人形傀儡師)'이니까.

'감사합니다. 갑작스러운 말씀에 그저 당혹스러울 뿐입니다만, 그 말씀은 제가 이젠 쓸모가 없다는 뜻인지요?'

그렇게 무난하게 답하는 선에서 마무리하는 뮬란.

'하───앗핫핫하. 역시 뮬란이군요. 겸손하게 굴 것 없습니다. 당신과 같은 우수한 장기말이 쓸모없을 리가 있나요? 물론 아직 제 역할을 잘 해주길 바라고 있습니다.'

'그렇습니까, 그 말을 듣고 안심───.'

'뮬란.'

경계하면서 대답하는 뮬란의 말을, 클레이만이 조용히 가로막는다. 그리고 말했다.

'경계하지 않아도 됩니다. 당신이 마지막으로 한 가지 일을 더 해주길 바라니까요. 물론 거절하진 않겠지요? 당신도 죽고 싶지 않을 테고, 당신이 사랑하는 남자가 살해당하는 걸 보고 싶지도 않을 테니까요!'

그 말을 듣고 뮬란은 단번에 핏기가 가시는 걸 느꼈다.

'사, 사랑하는 남자라뇨——?!'

'그런 사람이 없다고 말하는 건가? 나를 얕보지 마라, 뮬란. 넌 그저 내 명령에 따르기만 하면 돼. 해방이라는 달콤한 꿈을 보여 줬으니, 오히려 감사하게 여겨줘야 할 것 같은데 말이지. 그럼 다시 명령을 내릴 때까지 얌전히 지내도록 해——.'

그리고 일방적으로 말을 전한 뒤에 마법통화는 끊어졌다.

유감스럽게도 뮬란에겐 그를 거역할 방법이 없다.

누군가가 불행해진다 하더라도, 자신의 목숨이 구원을 받으려면 명령에 따르는 것 말고는 다른 길이 없는 것이다.

뮬란의 마음에 남은 것은 '모든 게 끝나면 해방시켜주지. 사랑하는 남자와 같이 지내게 되는 것도 꿈은 아니게 될 것이야'라는 마왕 클레이만의 말뿐이었다.

이건 함정일까?

——아니, 틀림없이 함정일 것이다.

그러나 뮬란이 할 수 있는 건 그 말을 믿는 것뿐이다.

의심하게 되면 자신뿐만이 아니라 요움까지 휩쓸리면서 비참한 일이 일어나게 될 것이다. 그렇게 될 바에야 명령에 따르면서 클레이만의 변덕에 기대를 하는 게 더 나았다.

지금까지도 그랬던 것처럼 뮬란이 할 수 있는 건 명령에 따르는 것뿐이었다.

그렇지만 만약 정말로 해방이 될 수 있다면——.

(나는 그를 받아들일 수 있을까?)

그런 생각을 하는 것이 허용될 리가 없다는 걸 알면서도 뮬란은 생각하지 않을 수가 없었다.

(이 소원이 이뤄진다면 나는 악마에게라도 혼을 팔겠어.)

가슴속으로 결의하면서 뮬란은 각오를 굳힌다.

그리고 뮬란은 아무 일도 없었던 것처럼 행동을 재개했다.

제2장

재앙의 전주곡

Regarding Reincarnated to Slime

파르무스 왕국의 에드마리스 왕은 보고서를 받아 들고 얼굴을 찌푸렸다.

현재 파르무스 왕국을 둘러싼 환경에 큰 변화가 생겼기 때문이다.

사태의 발단은 쥬라의 대삼림에 봉인되어 있던 '폭풍룡' 베루도라가 사라진 것이었다.

숲에 인접한 변경 영지의 영주들, 니들 마이검 백작을 필두로 하는 다수의 귀족들로부터 지원 요청과 기사단의 파견 요청이 산더미처럼 몰려들기 시작한 것이다.

당연히 나라 입장에서도 이 문제를 방치할 수는 없었으며, 즉각 대책을 마련하도록 지시를 내린 상태였다. 단, 그건 각 영주들이 바라는 방식이 아니라, 왕의 권한을 더욱 강화시키는 목적으로 발령된 것이었다.

'변경 영지가 한두 곳 정도 마물에게 당한 뒤에 마물들을 일망타진하는 게 좋지 않겠습니까.'

'그렇게 한다면 기사단의 위용을 보여줄 수 있겠군요.'

'큭큭큭. 저 시끄러운 자유조합 놈들이 희생이 되겠지만, 우리가 손해 볼 일은 없지요. 지불할 곳이 사라지면 돈을 지불할 필요

는 없을 테니까요.'

'그렇고말고요. 그뿐만이 아니라 왕의 권위를 높일 수 있는 최고의 무대가 될 것입니다!'

피해는 처음부터 감수하고 있었던 것이다.

자신에게 충실하며, 평소에도 왕명에 따라 영지를 지키고 있는 자라면, 그 안전을 보장해주는 것이 왕이 할 일이라고 에드마리스 왕은 생각한다. 그러나 니들 마이검 같이 자기 배를 불리는 데만 최선을 다하는 자를 나라가 지켜줄 필요는 전혀 없는 것이다.

상황은 극적으로 움직였지만, 대비를 게을리한 것은 자업자득이니까.

다른 나라로 퍼질 소문은 안 좋아지겠지만, 그 후에 기사단의 위용을 보이면 그 소문은 상쇄될 것이다. 모든 영토를 고루 지키는 것보다 공격을 받은 뒤에 반격하는 것이 싸게 먹히면서 확실한 것이었다.

변경에 있는 영지는 파르무스 왕국 본토를 지키는 방패인 것이다.

잃어도 대체할 수 있는 편리한 도구에 지나지 않는다. 도구를 목숨을 걸고 지킬 필요는 없다.

그러나──.

마물의 침공에 대비하고 있던 중앙정부는 예상 밖의 일로 허탕을 치게 되었다.

한 명의 영웅, 요움이 등장했기 때문이다.

놀랍게도 백성들 사이에서 봉기했다는 영웅 요움 일행에게 오크 로드의 군대가 패배했다는 소문이 흘러들어 온 것이다.

사실, 마물의 피해는 예년과 비교해서도 적었고, '폭풍룡' 베루도라가 사라지면서 마물이 더욱 활성화되었다는 보고는 일절 들어오지 않았다.

그 사실이 영웅 요움에 관한 소문의 신빙성을 더 높이고 있었다.

'영웅이라고? 어처구니가 없군.'

'믿어지지 않는군. 하지만 오크 로드가 출현했다는 사실은 자유조합도 보고를 했었소. 아무래도 전부 다 헛소문은 아닌 것 같소.'

'확실히 그런 것 같군. 군대라고 할 정도까진 아닌지도 모르지만, 이제 갓 태어난 왕이 수백 마리 정도 되는 오크 병사들을 이끌고 있었을지도 모르지. 그래도 변경의 수준으로 보면 충분한 위협이 되었겠지만……'

'흥! 말도 안 되오. 그 정도라면 나 혼자로도 물리칠 수 있소! 그 정도를 가치고 영웅이라고 까불다니——'

정부의 중추, 에드마리스 왕이 신뢰하는 자들은 차례차례 상황을 서로 보고하면서 결론을 내렸다.

'하지만 뭐, 위협거리가 사라졌으니 좋은 거 아니겠소. 파르무스 왕립 기사단이 등장할 차례가 사라지긴 했지만 말이오.'

기사단장인 폴젠은 왕궁 마술사장 라젠의 말에 불만스런 표정을 지었지만, 그 자리는 그런대로 넘어갔다. 라젠의 말은 비꼬는 것이 아니라, 사실을 말했을 뿐이라는 걸 이해하고 있었기 때문이다.

애초에 스스로 원해서 싸우러 갈 필요는 없다.

에드마리스 왕도 그런 측근들의 결론을 받아들이고, 그 자리는 그걸로 끝을 내긴 했지만……

그 뒤에 발생한 문제는 결코 가만히 바라볼 수만은 없는 것이었다.

세수(稅收)가 감소한 것이다.

원래 국고의 손익이 명확해지려면 적어도 몇 년 이상의 장기적인 시점에서 분석할 필요가 있다. 그러나 이번 경우엔 전년도에 비해 뚜렷하게 큰 감소가 확인되었다.

전년도 대비 월별로 살펴보면 그 차이는 더욱 명백하다. 어떤 때를 경계로 하여 무역에 관한 이익이 급격히 줄어들고 있었던 것이다.

파르무스 왕국은 지리적인 위치 때문에 드워프 왕국과의 거래를 독점적으로 담당하고 있다. 그리고 그것이 서방 열국의 현관문이라고 불리는 이유이다.

위험한 해로나 육로를 통하지 않고 직접 거래할 수 있는 장점이 있었다. 그렇기 때문에 수입한 물건에 고액의 세금을 붙여 판매하면서 많은 이익을 얻고 있었던 것이다.

하지만 어느 날을 경계로 하여 모험가들의 유입이 줄었다.

그때까지는 드워프 왕국에서 만든 무기나 방어구를 사려고 나름대로 돈을 모은 모험가들이 찾아오면서 제법 북적거렸다. 그중에서도 포션(회복약)은 목숨과 관계된 것이니만큼 모험가들에겐 인기 상품이었는데…….

그러다가 모험가들뿐만 아니라 행상인의 유입도 감소 기미를 보이기 시작했다. 잉그라시아 왕국 방면에선 지금까지와 별 차이 없는 수의 상인들이 찾아왔지만, 블루문드 왕국이나 그 외에 쥬라의 대삼림의 주변 국가로부터 찾아오는 상인들은 눈에 보일 정도로 그 수가 줄어든 것이었다.

여기서 중요한 것은 쥬라의 대삼림의 주변 국가에서 오는 상인 쪽이 더 수익성이 높은 거래처였다는 것이다. 달리 경쟁 상대가 없다는 것을 좋은 핑계로 삼아 파르무스 왕국은 상당한 폭리를 취하는 요금 설정으로 상인들에게 포션 등을 팔아치웠기 때문이다.

그런 상인들이 모습을 감추었으니 가만있을 수가 없었다.

다른 나라에서 오는 방문객들이 모조리 모습을 감추면서, 그들의 체류로 인해 이익을 얻고 있던 여관이나 음식점에도 영향이 생기기 시작할 때까지는 그리 시간이 걸리지 않았다.

한 달도 되지 않아 매상의 감소가 적자로 나타났기 때문에, 경제 담당 대신이 놀라서 원인 규명을 명령한 것이다.

그리고 보고받은 내용에 다들 놀라고 말았다.

'쥬라의 대삼림에 새로운 도시가 탄생. 더욱이 그 도시는 마물이 사는 도시임.'

그것이 밀정이 가지고 온 보고 내용이었던 것이다.

에드마리스 왕도 보고를 받자마자 "있을 수 없는 일이다"라고 중얼거렸다.

그러나 나라를 다스리는 자, 왕으로서의 권위를 보이려는 듯이 태연한 표정은 애써 유지하고 있었다.

(믿어지지 않지만, 믿을 수밖에 없군. 그보다 이 상황을 어떻게 우리의 이익으로 연결시킬 것인가, 그 점이 중요하다.)

그리고 한발 앞선 생각으로 미래의 일을 예상하려고 했다.

에드마리스 왕이 내린 명에 따라 제후들이 모여서 긴급회의를 열었다.

"그러나, 폐하. 이익에 밝은 상인들은 이미 우리나라를 경유하지 않고 마물의 나라로 향하고 있습니다."

"듣자하니 그 나라를 경유하여 안전하게 드워프 왕국까지 갈 수 있는 길이 완성되어 있다고 하던데……."

"그 얘기는 나도 들었소. '교번(交番)'이라고 불리는 기사의 대기소 같은 장소가 20㎞ 지점마다 설치되어 있다고 하더구려. 그곳에는 마물의 병사가 대기 중이라고 하던데……."

"믿기 어려운 얘기지만 친하게 지내는 상인들로부터 확인도 받았소. 여행 도중에 마물에게 습격을 받았다면 출발할 때 건네받은 조명탄을 사용해 연락하면 된다고 하오. 5분 이내에 구조대가 온다고 하더군."

"말도 안 돼!!"

긴급 호출에 응한 대신과 귀족들도 각자 정보를 서로 교환하고 있다. 자신들이 들은 믿을 수 없는 이야기가 다른 사람들의 입에서도 튀어나오는 것에 놀라움을 감추지 못하고 있는 것 같았다.

쥬라의 대삼림에는 수많은 마물이 서식하고 있다. 그 광대함 때문에 인간의 문명권 부근에는 위협도가 낮은 마물밖에 살고 있지 않았다. 그러나 때로는 B랭크를 넘는 마물도 출현하곤 한다.

그런 위험한 장소에 도시를 만들고, 그것도 모자라 블루문드 왕국부터 무장 국가 드워르곤까지를 도로로 연결했다고 한다.

얼마나 되는 예산, 그리고 전력이 필요하단 말인가.

그 자리에 있던 자들에겐 상상조차 되지 않는 이야기였다. 애초에 마물의 서식권에서 벗어난 주변의 마을이나 도시조차도 그곳을 방어하기 위해 상당한 세금을 투입하고 있기 때문이다. 나라를 지키는 방패라고 해도 어느 정도의 관리는 필요한 법이다.

그것도 모자라 그 나라의 도시에는 마물들이 산다고 한다.

전대미문이었다.

그 나라의 주인은 쥬라의 대삼림의 맹주라고 한다. 그러나 마왕을 자칭하지는 않으며, 인간들의 국가와 융화하는 것을 목표로 하고 있다고 한다.

건국한 자가 마물이라는 이야기가 있다. 쉽게 믿을 수 있는 내용이 아니다.

그러던 중에 에드마리스 왕이 한 손을 들어 모두를 조용히 시키더니, 대신을 바라봤다.

왕의 명령을 받아서 대신이 입을 연다.

"그 나라의 이름은 '쥬라 템페스트 연방국'이라 한다고 들었습니다. 상인들은 '템페스트(미국연방)'라고 부르고 있었습니다. 맹주는 리무루 템페스트라는 이름을 가진 슬라임이라고 하는데――."

"슬라임이라고? 우릴 바보로 아나?!"

대신의 말을 가로막듯이 큰 소리를 지르면서 일어선 자는 검은 머리와 검은 눈을 가진 청년이다.

왕을 앞에 둔 자리에서 대신이나 귀족들조차도 그런 무례한 짓을 할 자는 없다. 그러나 그 청년은 그런 예의와는 인연이 없는 세상에서 살아왔다. 그뿐만이 아니라 그 무례한 행동이 어느 정도는 허용되는 입장에 있는 인간인 것이다.

즉——'이세계인'——.

이 나라의 영웅 중의 한 명이다.

그렇기 때문에 그 언동을 불쾌하게 여기는 자는 없었다. 아니, 그렇게 여기더라도 입 밖으로 뱉을 자는 없다는 것이 정확할 것이다.

대귀족 중에는 명백하게 청년을 깔보는 자도 있었지만, 그런 태도를 노골적으로 보이는 것은 자신의 이익을 잃는 것과 마찬가지임을, 누구에게서 듣지 않아도 잘 이해하고 있었던 것이다.

파르무스 왕국이 3년에 한 번씩 행하는 '소환 의식'에 의해, 가장 전투에 특화된 능력을 지닌 채로 불려온 인간 병기.

타구치 쇼고, 20세의 일본인이었다.

"쇼고, 얌전히 굴어라. 그리고 보고를 마지막까지 듣도록 해."

왕궁 마술사장 라젠이 쇼고의 무례함을 꾸짖었다.

"하지만 슬라임 따윈 잔챙이잖아? 왜 그런 잔챙이가 숲의 맹주가 될 수 있는 거냐고! 아니면 뭐야? 숲에는 잔챙이들밖에 없단 말인가? 내가 매일같이 특훈을 받고 있는 건 그런 잔챙이들을 쓰러뜨리기 위해서란 말이야?!"

쇼고가 전투 훈련이라고 칭하고 기사단의 정예 십수 명에게 큰 부상을 입힌 건 불과 어제 일이었다. 그걸 떠올리면서 라젠은 씁쓸한 표정을 짓는다.

이 쇼고라는 청년은 확실히 커다란 힘을 지니고 있다. 그러나, 그 강대한 힘을 다루기에는 마음이 너무 미숙하다는 생각이 들었다.

열일곱 살의 나이로 이 세계에 불려온 뒤로 3년. 라젠은 그 흉포한 성격이 날마다 점점 심해지는 것 같다고 느끼고 있었다. 소환 시에 같이 심어놓은 지배의 마법으로 복종시키지 않았다면, 그야말로 나라를 멸망시킬 폭탄이 되기에 충분한 성격을 가지고 있었던 것이다.

그러나 이 지배의 마법은 절대적이다.

"'입 닫으라'고 했다."

"큭──."

쇼고는 라젠의 '트리거(건언, 鍵言)'에 따라 얌전히 자리에 앉았다.

그 눈동자는 흉포한 분노로 불타오르고 있었지만 라젠은 대마법사의 관록으로 그걸 무시한다.

그런 라젠에게 산뜻한 목소리로 누군가 말을 걸었다.

"라젠 님. 쇼고 씨는 악의가 있어서 그런 게 아닙니다. 저희 세계에선 슬라임은 삼류 몬스터로서 유명하거든요. 게임에 따라선 강적이 되기도 하지만, 역시 아무래도 전자의 이미지가 강하죠."

"쿄야인가. 네가 있었다면 쇼고를 좀 얌전히 굴게 해라. 왕의 어전이다. 이 이상 날 창피하게 만들지 말고!"

쿄야라고 불린 청년도 또한 일본에서 소환된 '이세계인'이었다.

본명은 '타치바나 쿄야'라고 한다. 2년 전에 파르무스와 인접한 작은 나라에서 소환되어 이곳으로 끌려왔다. 파르무스 왕국에 머무르고 있는 '이세계인' 중에선 가장 신인이었다.

쿄야는 어깨를 으쓱하며 공손히 따르겠다는 자세를 보이면서 쇼고를 바라본다. 쇼고도 고개를 끄덕이면서 분노를 가라앉히더니 잠자코 이야기를 들을 자세를 보였다.

그런 두 사람을 곁눈질로 보면서 라젠은 대신에게 이야기를 계속하기를 청했다.

그 '템페스트'라는 도시에는 고블린과 오크가 진화한 것으로 보이는 마물이 다수 살고 있다고 한다.

중립을 공표한 드워프 왕국에선 홉고블린이나 하이 오크에 코볼트 같은 존재도 드물지 않지만 그건 어디까지나 일부의 예외다.

그 보고에 들어 있는 주민 전원이 진화 종족이라는 사실은 지금까지의 상식으로 보면 생각할 수 없는 이야기였다.

무리를 통솔하는 어떤 개체가 상위 종족으로 진화한다. 이건 수백 년에 한 번은 확인되는 현상이기도 했다. 그런 개체는 곧 발견되기 마련이며, 더 강하게 성장하기 전에 토벌 대상이 되어 즉시 처분되는 일이 많다. 그런 마물과 어울리는 드워프 왕국 쪽이 인류 사회의 기준으로 보면 이단인 것이다.

그러나 이번 경우에는 도시의 주민 전체가 진화한 개체라고 한다. 그런 사례는 수백 년을 거슬러 찾아봐도 확인할 수 없을 것이다. 그러나 현실적으로 밀정의 보고는 의심할 여지가 없었다.

그렇다면 일단 맨 처음 생각할 수 있는 것이 토벌이지만…… 이번 경우에는 그러기도 어렵다.

아인이 된 마물들은 지혜와 기술도 가지게 되면서, 숲을 개척하여 도시와 도로를 정비했다. 그리고 지금은 인간의 언어를 말하며 장사도 시작하고 있는 것 같다.

그리고 방금 소문에 관한 이야기를 나눌 때도 나왔던 '교번'이라는 제도, 이것도 또한 밀정을 통해 보고로 올라와 있었다. 경비를 맡은 자가 교대를 하는 제도를 가리키는 호칭이며, 그 건물은 '파출소'라는 것이 정식 명칭이라고 한다.

대신은 그런 보고를 자세히 설명하고 있었다.

그런 '파출소'가 도로의 요소에 설치되어 있다고 한다. 듣자하니 도로 정비를 할 때의 임시 숙사가 그대로 경비 거점으로 개장된 것이라고 한다.

그리고 그 거점마다 대기하고 있는 마물들 덕분에 여행자의 안전이 지켜지고 있다고 한다.

"파출소라니, 무슨 경찰도 아니고!"

쇼고가 비꼬는 투로 살짝 지적을 날렸다.

그걸 듣고 라젠이 꾸짖었다.

"쇼고——."

"네, 네. 입 닥치고 있으면 되는 거지?"

"그런 뜻이 아니다. 그 경찰이란 건 대체 뭐냐?"

"뭐어? 경찰은 경찰인데……?"

서로 초점이 맞지 않는 두 사람의 대화에 쿄야가 웃으면서 끼어들었다.

"라젠 님. 경찰이란 건 말이죠——."

그리고 요점만 간추려서 간단하게 설명하는 쿄야.

"——호오. 그러니까 위병의 역할을 세분화시킨 것 같은 조직, 이란 말인가. 그렇지만 마물들이 그런 조직을 운영할 줄이야……."

"어쩌면 우리 같은 '이세계인'이 그 나라에 있을지도 모르겠군요. 어떤 능력을 가진 자라면 의외로 쉽게 마물들과 사이가 좋아졌을 수도 있지요."

"뭐어? 그런 귀찮은 짓을 할 녀석이 있나! 힘을 얻었다면 이 세계에서 살아남는 건 아주 쉬운 일이잖아. 뭣 때문에 그런 눈에 띄는 짓을 할 필요가 있는 거야?"

"그 말을 듣고 보니 또 그렇긴 하네요."

쇼고와 쿄야는 곧바로 그 화제에서 흥미를 잃었지만, 라젠은 표정을 진지하게 바꾸면서 생각에 잠겼다.

(──'이세계인'이라고? 그런 가능성이 있었나. 아니, 그렇게 생각하면 납득이 가는군.)

라젠은 그렇게 생각했지만, 에드마리스 왕의 시선을 느끼고 작게 고개를 끄덕여 보인다.

문제가 되는 나라에 '이세계인'이 존재하는 흔적이 있는 것은 마음에 걸리지만 그래도 계획에 지장은 없다는 사인이었다.

라젠의 제자들이 소환한 '이세계인'은 쇼고와 쿄야만이 아니었던 것이다.

가능성은 결국 가능성일 뿐이다. 그것도 미리 감안해둔 상태에서 행동을 벌이면 될 뿐이니 아무런 문제도 없었다.

(후후, 만약 '이세계인'이 있다고 해도 내 최강의 장기말인 쇼고에겐 못 이길 거다──.)

라젠은 그렇게 생각하며 설명을 다시 시작한 대신의 목소리에 귀를 기울였다.

상인들의 유입이 감소하면서 일어난 재정 상황의 악화.

그 이유에 대한 설명이 끝나자, 오늘 긴급회의를 가진 원래의 주제에 관한 논의에 들어갔다.

쥬라의 대삼림에 도시가 생겼다는 점이다.

모험가들은 그 도시를 거점으로 삼아 마물의 재료를 모으고 있다고 한다.

그 도시에는 드워프 왕국에서 생산되는 것과 동등하거나 그 이상의 성능을 지닌 포션과, 무기와 방어구의 정비 정도는 해주는 대장간도 있다고 한다.

상인들도 머무르고 있기 때문에 하나하나 모은 재료를 팔기 위해 되돌아가야 할 수고도 덜 수 있다고 한다. 그렇게 되면, 모험가들이 많이 모이는 것은 당연하다고 할 수 있다.

삼림부에서 떨어진 파르무스 왕국의 수도까지 일부러 갈 이유도 없어지는 것이다.

그보다도 더 큰 문제가 있다.

그게 바로 이번에 귀족들을 소집한 표면상의 이유이긴 한데…….

쥬라의 대삼림을 통과하면서 드워프 왕국과 블루문드 왕국을 이어주는 육로가 만들어져버렸다. 그것도 마물인 아인들에 의해 안전이 보장된 교역로로서.

이로 인해 상인들의 대부분이 파르무스 왕국을 경유하는 일 없이 드워프 왕국으로 갈 수 있게 된 것이다.

이건 도저히 무시할 수 없는 이야기이다.

이걸 허용하면 파르무스 왕국에게는 사활이 걸린 문제가 되어 버린다.

기본적으로 파르무스 왕국은——.

눈에 띄는 특산물은 물론이고 광산 자원도 없다.

우수한 공업 국가인 드워프 왕국이 옆에 있었기 때문에 자국의 공업 레벨은 낮다.

자국민이 굶주리는 일은 없을 정도의 농작물은 수확되고 있지만, 국고를 비축할 수 있을 정도의 세수는 전망할 수 없다.

관광과 교역의 두 분야로 나라의 세금을 충당하고 있는 나라이기 때문이다.

대신이 설명을 끝내고 에드마리스 왕에게 묵례했다.

에드마리스 왕도 고개를 끄덕이면서 제후를 둘러보고 물어보듯이 말했다.

"자, 이제 어떡하면 좋겠나?"

왕의 물음에 답하는 자는 없다.

현재 소집된 귀족이나 대신들에게도 왕이 본 것과 같은 보고서가 배부되어 있다. 그 보고서에는 방금 대신이 했던 설명이 상세히 기록되어 있었다.

여기 모인 자는 국가의 운영을 맡고 있는 상급 귀족이며, 부의 중심부에 둥지를 튼 자들이었다.

중앙정부의 구성원——자국의 우위성과 세수가 없어질 경우의 손실, 그걸 누구보다도 잘 알고 있는 자들인 것이다.

모두 대답은 하지 않지만 생각은 하나였다. 단, 그 생각을 입 밖으로 뱉었다간 모든 책임을 뒤집어쓰게 된다. 그렇게 될 것을 두려워하여 말로는 할 수가 없었다.

——그 도시를 공격해서 없애버리자고.

파르무스 왕국은 대국이다.

그 국력으로 동원할 수 있는 최대 군사 수는 10만 명의 규모가 된다. 그러나 상대는 진화한 마물이다. 평범한 병사로는 상대가 되지 않는다. 전투 훈련을 쌓은 기사나 싸움에 익숙한 용병을 투입할 필요가 있었다.

인간을 상대로 하는 전쟁이 아니라, 죽느냐 사느냐의 토벌전인 이상, 싸움을 모르는 자가 나설 차례는 없다. 괜히 죽는 사람의 수를 늘릴 뿐이며, 도리어 방해가 될 수 있기 때문이다.

그러면 10만 명의 병사들 중에 실제로 쓸 만한 것은 얼마나 되는지 따져보자면…….

파르무스 왕립 기사단——5,000명.

기사단장 폴겐이 이끄는 파르무스 왕국의 최강 기사단이다. 국왕의 명으로 자유롭게 움직일 수 있는 왕 직속의 정예들. 개개인의 전투 능력은 B랭크이며, 서방 열국 중에서도 최강이라는 평가를 받고 있다.

파르무스 마법사연단(魔法士連團)——1,000명.

왕궁 마술사장 라젠이 이끄는 왕립 마법 학원을 졸업한 엘리트 집단. 전투계 마법에 특화된 자들을 선별한 마법의 전문가들.

파르무스 귀족 연합 기사단——5,000명.

대귀족들이 직접 고용하여 부리는 기사들 중에서 선별되었으며, 귀족의 자제들도 포함된 엘리트 기사들. 단, 실전 경험이 적기 때문에 직업 군인이긴 하지만 그 전투력에 불안한 면이 남아 있다.

파르무스 용병 유격단——6,000명

평소에는 최소한의 인원으로 국내외의 치안 유지를 맡고 있지만, 긴급 시에는 소집되어 그 힘을 유감없이 발휘한다. 실력주의의 집단이며, 공을 세워 정식 기사의 자리를 노리는 야심만만한 자들로 구성되어 있었다.

이 1만7천 명의 인간들이 당장 움직일 수 있는 파르무스 왕국의 상주 전력이었다.

다른 나라를 압도하는 큰 전력이다.

하지만, 마물의 나라에 있는 주민들의 수는 1만을 넘는다. 진화한 마물이라면 그 힘은 C랭크 이상일 가능성이 높다. 낮게 잡더라도 B랭크에 도달한 자가 있어도 이상할 것이 없는 상황이다.

그렇게 되면 파르무스 왕국의 승리가 확실하다고 해도 결국에는 피해가 발생할 것이다. 하물며 나라의 보배라고 할 수 있는 왕 직속의 기사단이나 마법사연단에 피해가 생기면 그 책임을 추궁당하는 것은 필연적이다. 큰돈을 들여 길러낸 자들인 만큼 쓸모없는 전쟁으로 소모하는 건 아예 논외이기 때문이다.

이익이 줄어드는 것이 두렵다는 이유만으론 귀족들은 납득하지 않을 것이다. 그렇다고 해서 용병 유격단만으론 승리할 수 없을 거란 생각이 든다…….

확실한 승리를 거두기 위해선 역시 모든 전력을 투입하는 것이 필수적이다. 그게 이곳에 모인 자들이 바로 내린 결론이었다.

그러나 여기서 전쟁을 벌이자는 의견을 냈을 경우 군단을 유지 및 관리하는 자금, 나아가 피해에 대한 손해 보상을 어찌할 것인지, 그런 책임들까지 전부 다 뒤집어쓰게 될 수도 있다.

또한 서방 열국에 대한 설명도 귀찮은 일이었다. 특히, 현재 이미 교류를 맺고 있는 블루문드 왕국으로부터는 엄중한 항의가 날아올 것이다.

외교를 담당하고 있는 자는 아예 그런 문제를 넘어서 그 뒤의 전개까지 생각하고 있다. 그러므로 경솔한 발언을 하지 못했다.

이권을 잃고 싶지는 않지만, 자신이 손해를 입는 건 바람직하지 않다. 그렇다고 해서 이대로 손을 놓고 있다간 손실이 발생하는 걸 피할 수 없다. 그러기는커녕 자칫하면 국력이 저하되면서 나라가 기울어질 우려조차 있었다.

──무슨 수를 써야 한다. 누군가가 먼저 나서주기만 한다면…….

여기 모인 자들의 생각은 그 생각 하나로 일치되어 있었다.

각 나라를 입 다물게 하는 외교.

승리를 확실한 것으로 만드는 전력.

그리고 무엇보다 중요한 것이, 마물의 도시에 머무르는 모험가들에 대한 사전 공작이다. 자칫 실수하여 적대하지 않도록, 가능하다면 아군이 되도록 움직이게 만들 필요가 있다.

이 정도로 문젯거리가 있는데 얻을 수 있는 이익은 없다. 쥬라의 대삼림은 유지하기가 어렵기 때문에 마물의 나라를 공격하여 멸망시킨다 해도 자신의 영지로 만들 수도 없는 것이다.

스스로 원해서 지원할 자는 없다. 그건 당연한 이야기였다.

그런 귀족들의 생각을 에드마리스 왕은 손바닥 보듯 뻔히 읽을 수가 있었다.

에드마리스 왕도 생각은 마찬가지이다. 그러나 그가 귀족들과 다른 것은 이미 대책을 생각해서 손을 써놓았다는 점이다.

에드마리스 왕은 보고를 듣자마자, 측근을 모아서 대책을 짜두었던 것이다.

중요한 건 어떻게 하면 국익을 해치지 않는 선에서 끝낼 수 있을까 하는 점이다. 그 조건을 만족시킨 상태에서 더 큰 이익을 얻으려면 어떻게 하는 게 좋을지, 그걸 논의한 것이다.

"마물의 나라를 방치해두면 결국엔 서방 열국에게도 소문이 퍼지면서 손을 댈 수 없게 될 것입니다. 치려면 지금 쳐야 합니다."

라젠이 말한다.

"흥! 마물이라고?"

기사단장 폴겐이 내뱉듯이 소리쳤다. 그러나 왕의 어전이라는 걸 뒤늦게 떠올리고 황송해한다. 그 뒤에는 냉정을 되찾아 객관적인 분석을 말하기 시작했다.

"확실히 진화한 마물은 상대하기 번거롭습니다. 아인 수준이 되면 지혜가 생기는 만큼 상당한 강적이란 건 틀림이 없습니다. 게다가 어느 정도는 조직적인 움직임도 보이고 있습니다. 그리고 그 수는 약 1만. 그렇게 되면 그 위험도는 낮게 잡아도 캘러미티(재액, 災厄) 급, 어쩌면 디재스터(재화, 災禍) 급에 해당할 수도 있을 것으로 예상됩니다. 만약 그 마물들의 맹주가 인간들에게 적대적인 입장에 있었다면…… 새로운 마왕의 탄생했을지도 모릅니다."

"뭐라고? 만약 정말로 디재스터 급이라면 우리 힘만으로 대처하는 건 멍청한 짓이 아닌가!"

에드마리스 왕은 경악하며 외쳤다. 그 말에 대답하는 자는 없다.

라젠도 폴겐에게 동의하는 것인지, 끼어들지 않고 고개만 끄덕일 뿐이었다.

"안심하십시오, 폐하."

그렇게 말한 자는 레이힘, 파르무스 왕국의 최고 사제이다.

서방성교회에서 파견된 대사제이며, '루미너스 교'를 국교로 삼고 있는 파르무스 왕국에선 명목상으로는 왕과 동격인 존재였다. 그러나 그건 어디까지나 표면상의 위치일 뿐, 실제로는 왕의 권위가 더 위에 있다.

"오오, 레이힘. 뭔가 좋은 생각이 있는가?"

에드마리스 왕이 의지하는 심복이기도 한 레이힘은 성직자에 어울리지 않는 잔인한 미소를 지으면서 말한다.

"네에, 물론입니다. 이번 마물의 나라 건 말입니다만, 본부는 상당히 위험하다는 판단을 내린 것 같습니다. 얼마 전에 니콜라우스 슈펠터스 추기경으로부터 연락이 왔는데, 신에 대한 명확한 적대국으로 보고 토벌을 할 예정이라고 하더군요. 단, 아직 피해가 전혀 없는 데다 인간들의 국가 중에 배신자까지 나오는 판국이라……. 본부로서도 평의회를 적으로 돌리는 사태는 피하고 싶으니, 만약 어느 나라에서 도움을 청해 온다면 좋겠다고…… 그렇게 말씀하셨습니다."

"뭐라고! 교회가 그 나라를 신의 적대국으로 인정했단 말인가……. 그건 그렇고 도움을 청하는 나라라……."

에드마리스 왕의 눈이 빛났다.

신성교황국 루벨리오스의 최고 지도자인 교황의 심복이면서 서방성교회의 사실상 정점에 군림하고 있는 남자, 니콜라우스 슈펠터스 추기경. 레이힘 대사제의 원래 상사이기도 한 그 남자는 성자의 가면을 쓴 악마라는 평을 받을 정도로 오만하고 냉혹한 사내이다.

에드마리스 왕도 한 수 접고 들어갈 정도로 무시무시한 수완가인 것이다.

그 남자가 결정을 내렸다. 그건 즉, 그 뒤에 있을 그 여자가 움직인다는 뜻이기도 하다.

자연스럽게 입꼬리가 올라가는 에드마리스 왕.

"만약의 얘기네만……. 그 나라에서 우리 국민이 피해를 입으면 과연 어떻게 되겠는가?"

"그때는 서방성교회가 책임을 지고 신도를 구하기 위해 움직이겠지요."

"호오, 그래, 그렇겠군. 우리는 경건한 신의 아이들이니 말이네."

"네에. 그렇고말고요."

서로를 바라보면서 웃는 에드마리스 왕과 레이힘 대사제.

폴겐이 그 사이에 끼어들었다.

"그럴 경우엔 우리도 당당하게 마물을 토벌하러 나설 수가 있겠군. 왕립 기사단만으로도 마물의 나라를 섬멸할 수는 있겠지만 대비는 철저히 하고 싶소. 레이힘 공, 교회도 전력을 투입할 수 있겠소이까?"

레이힘은 그 질문을 이미 예상했는지, 더욱 깊이 미소를 지었다.

"물론입니다, 폴겐 공. 그런 걱정은 당연한 것이지요. 니콜라우스 추기경으로부터 허가는 받았습니다. 템플 나이츠(신전기사단, 神殿騎士團)를 움직여도 좋다고 말이죠."

템플 나이츠란 것은 중앙의 성교회신전에서 각국으로 파견되어 있는, 교회에 직속된 기사들의 총칭이다. 그 수는 수만을 넘는다고 일컬어지며, 교회의 절대적인 영향력을 증명하고 있었다. 이 중에서 특히 우수한 자가 크루세이더(성기사단)에 소속되는 걸 허락받으면서 홀리 나이트(성기사)라고 불리게 되는 것이다.

템플 나이트(신전기사)는 이곳 파르무스 왕국의 교회에도 당연히 소속되어 있으며, 그 수는 3천 명이나 된다. 이 근처의 국가 중에선 최대 규모의 보유 숫자를 자랑하고 있는 것이다.

대사제인 레이힘에게도 그들을 움직일 권한은 없다. 그러나 이번에는 니콜라우스 추기경으로부터 허가를 받은 것이다. 아무런 문제 없이 모든 전력을 투입할 수 있었다.

"템플 나이츠를 움직일 수 있는 허가를 내리다니……. 성교회는 진심이로군──."

폴겐이 만족스러운 표정으로 고개를 끄덕였다.

에드마리스 왕도 마찬가지로 고개를 끄덕이면서 생각한다.

(서방성교회의 '마물은 인류 공통의 적'이라는 교의에서 보면 그 나라의 존재를 인정할 수는 없겠지. 그렇다고 해서 대의명분이 없다면 인심은 멀어질 것이고. 그렇기 때문에 우리를 이용하겠다는 말인가. 후후후후후, 이건 서로에게 좋은 일이로군.)

서로의 생각이 일치한다면 지금은 순순히 같이 싸우는 것이 좋다. 에드마리스 왕은 그렇게 판단한 것이었다.

그리고 그 자리를 마무리하듯이 레이힘이 말했다.

"서방성교회가 토벌 선언을 내림과 동시에 우리가 선발대로 공격을 하는 것이 좋습니다. 그렇게 하면 인류를 위해 싸우는 검이라는 영예를 얻을 수도 있을 테니까요!"

그 말에는 에드마리스 왕도 동의한다.

외교와 전력에 관한 것은 교회가 뒤를 받쳐준다면 문제가 없다.

남은 문제는──.

"남은 건 귀족들을 움직이기 위한 미끼, 로군⋯⋯."

귀족들도 병사를 동원하도록 만들고 용병에게도 상을 내려야 한다.

대의명분만으로는 그들은 움직이지 않을 것이고, 자칫하면 적으로 돌아설 수도 있다.

"영예만으로는 움직이지 않겠지요."

라젠도 동의하는지 진중한 표정은 여전히 어두웠다.

"왕립 기사단과 마법사연단, 그리고 이 나라에 머무르는 템플 나이츠를 합친다면 9,000이나 되는 병력이 됩니다. 이것만으로도 승리는 확실하겠지만⋯⋯."

총알받이 역은 달리 필요하다는 것이 레이힘을 제외한 세 명의
공통 인식이었다.

그러나 그런 분위기를 깨뜨린 것은 이번에도 레이힘이었다.

"아, 그렇지. 그 일에 관해서도 니콜라우스 추기경께서 전하신
말씀이 있었습니다. '마물은 인간이 아니다'라는 것이었습니다.
그리고 그 땅에 관해선 '교회는 관여하지 않겠다. 좋을 대로 하라'
고 말씀하셨습니다."

그렇게 웃는 얼굴로 말을 전하는 레이힘.

'마물은 인간이 아니다'라고? 무슨 당연한 소리를──그렇게
말하려다 에드마리스 왕은 입을 급히 닫는다. 마물의 나라를
공격하여 멸망시킨 뒤에 그 땅을 관리할 수 없게 된다면 보물을
썩혀두는 것이며, 아무런 보람도 없는 일이 된다. 하지만 관리를
할 수 있게 된다면……?

마물의 도시를 항복시킨 뒤에 그 도시를 통치하는 권리를 인정
하겠다면 어떨까?

마물을 지배하는 것에 윤리적인 기피감은 없다. 마물을 노예로
삼는 것은 드문 일이 아닌 것이다.

교섭 결과에 따라 자신들에게 복종하겠다면 파르무스 왕국의
이름으로 보호를 해도 된다. 그건 어디까지나 신의 충복으로서
귀의시킨 뒤의 이야기가 되겠지만.

복종하지 않겠다면 그 나라를 공격하여 멸망시키고 살아남은
마물을 노예로 삼는다. 그리고 그 도시는 자국의 영토로 유입시
키면 되는 것이다.

드워프 같은 아인이라면 문제가 일어날 수도 있겠지만, 진화하

기만 한 마물이라면 인간이라고 할 수 없다. 노예화의 마법을 사용한다 해도 아무런 문제가 되지 않는 것이다.

"과연, 역시 니콜라우스 추기경이로군. 그렇게까지 미리 앞을 내다봤단 말인가."

"네에, 그렇습니다. 그분은 파르무스 왕국의 발전을 무엇보다 바라고 계시니까요."

음 하고 고개를 한 번 끄덕이는 에드마리스 왕.

파르무스 왕국은 새로운 영토를 획득하면서, 쥬라의 대삼림에서 얻을 수 있는 혜택도 손에 넣을 수 있다.

노예화시킨 마물들에게 방어를 맡겨도 아무도 불평하지 않을 것이다. 마물을 노예로 부리는 것이라면 평의회도 인정하고 있으니까 말이다.

그리고 무엇보다 중요한 것은 새로운 교역로의 획득이었다. 그곳을 확보함으로써, 블루문드 왕국의 머리를 뛰어넘어 드워프 왕국과의 교섭을 계속 유지할 수 있다.

정비된 도로의 사용료를 징수하면 더 큰 수익과도 연결될 것이다. 그 권리와 이익을 슬쩍 내놓으면 엉덩이가 무거운 귀족들도 모조리 전쟁에 참가할 뜻을 표명할 것이다.

(그렇게 된다면…… 그 나라의 기술자를 무슨 일이 있어도 예속화시켜서 짐이 확보해두고 싶군…….)

문제가 해결되면 욕심이 생기기 마련이다.

에드마리스 왕도 그 점은 마찬가지였으며, 최근에 매료된 물건을 떠올리고 있었다.

그건 옷감류의 직물들. 그 나라에서 입수한 것이라고 하는데,

지금까지의 천과는 비교가 되지 않을 정도로 촉감이 좋았다.

마법 섬유나 삼베 같은 것과는 비교하는 게 황송할 정도였다. 해석을 맡긴 결과, 마물인 헬모스의 고치에서 채취한 실을 꼼꼼하게 짜서 만든 천이라고 한다.

헬모스는 B랭크로 위험도가 높은 마물이라, 그 고치를 재료로 삼는 건 생각도 할 수 없는 일이었지만…… 현실을 보면 이 훌륭한 천이 자신의 손에 있었다.

무슨 일이 있어도 이 제조법을 입수하여 이 나라의 특산품으로 삼아야 할 것이다. 그 외에도 다른 주목할 만한 물건들도 시장에 돌고 있다고 하는 내용의 보고서를 읽고 모든 상품을 모으도록 명령해놓았다.

하지만 그것도 그 나라를 항복시키면 모두 손에 들어온다. 아주 간단한 이야기였다.

자신도 모르게 욕망으로 얼굴이 일그러지려는 것을 필사적으로 참아내는 에드마리스 왕.

서방성교회의 보증을 받을 수 있다면 이 전쟁은 '성전'이 된다. 이 전쟁을 지휘하여 승리를 이끌어냈다는 명예는 큰 의미를 지니게 된다. 스스로의 기반을 확고하게 다지면서 상급 귀족이 설 자리를 적당히 제압하는 결과로도 이어질 것이다.

그렇게 되면 이 전쟁의 총지휘관 자리는 국왕인 자신이 맡아야 한다고 에드마리스 왕은 생각했다. 이 마물을 굴복시키기 위한 성전이 끝났을 때, 자신이 영웅왕이라는 명성을 원하는 대로 얻기 위해서.

폴겐은 디재스터 급을 물리친 영웅으로.

라젠은 그걸 보조한 현자로.

각자가 명예를 얻을 수 있다.

레이힘도 니콜라우스 추기경이 그를 좋게 보면서, 차기 추기경으로 가는 결정적인 계기를 마련할 수 있을 것이다.

각자가 모두 이번 전쟁에서 큰 이익을 얻을 수 있는 것이다.

서방성교회에도 보답을 할 필요가 있겠지만, 손에 넣을 수 있는 부를 생각한다면 싼 편이다.

공을 세운 귀족에겐 그 나라를 영지로 주면 된다. 중요한 것은 산업과 그것을 받쳐주는 기술이지, 영지 그 자체는 아니기 때문이다. 관세권만 쥐고 있으면 떡고물을 주는 것쯤은 문제가 되지 않는다. 방위비를 생각한다면 오히려 싸게 먹힐지도 모를 정도다.

에드마리스 왕은 그 나라에 있는 부를 독점할 생각이었다. 그러기 위해서라도 귀족들이 이 전쟁에 솔선해서 입후보하지 않았다는 상황을, 나중에 그들의 불평을 허용하지 않는 상황을 만들 필요가 있다고 생각하고 있었던 것이다——.

*

이번 회의는 그것을 위한 연극이었다.

모두가 나서지 않는다면 어쩔 수 없이 왕인 자신이 나선다는, 그렇게 여기도록 만들기 위한 연극.

대귀족과 대신들을 돌아보면서 아무도 입을 열려 하지 않는 것을 확인한다.

이것으로 왕 스스로가 나서지 않으면 안 되는 분위기를 만들어 낼 수 있었다.

때가 된 것이다.

"경들에게 부탁하고 싶었지만, 짐이 조금 무거웠단 말인 가……."

그렇게 말하면서 말을 이어가려고 하는 에드마리스 왕.

그러나 그 말을 막듯이 귀족 한 사람이 손을 들고 발언한다.

"폐하, 황송하오나 아뢰겠습니다! 이 템페스트(마국연방)라는 마물의 나라는 이미 무장 국가 드워르곤과 블루문드 왕국과 국교를 맺고 있다고 합니다. 모험가들끼리의 거래도 시작된 상태라고 하니, 섣불리 손을 대는 건 위험하지 않을는지요……."

"그렇습니다. 게다가 드워프 대장장이들의 협조도 받으면서 독자적인 기술을 개발하고 있다고 하던데……. 우리가 병사를 일으킨다면 주변 국가의 반응도 시끄러워지게 될 것입니다!"

두 사람의 귀족이 반대 의견을 말했다.

파르무스 왕국 중에서도 귀족 파벌을 통솔하는 뮐러 후작과 그를 추종하는 헤르만 백작이다.

왕은 속으로 혀를 차고 싶은 심정을 참으면서, 슬쩍 라젠에게 눈짓으로 신호를 보낸다.

"──확실히 그 말씀은 맞습니다. 솔직하게 말해 저도 괜히 긁어 부스럼을 만드는 것 같아서 약간 걱정은 됩니다만……."

"라젠, 짐도 그 말에는 동감이다. 그러나──."

"예, 잘 알고 있습니다, 폐하. 그 나라를 방치해두면 우리나라는 그 권위가 실추되겠지요. 그렇게 되기 전에 확실하게 밟아둘 필요가 있습니다. 이익을 도외시한다고 해도……. 이건 생존경쟁인 것입니다."

음 하고 고개를 끄덕이는 에드마리스 왕의 눈은 욕망으로 탁해진 빛을 내뿜고 있었다.

그리고 라젠도 마찬가지다. 이건 사전에 합의해둔 내용이지, 진심은 아닌 것이다. 나라를 생각하는 왕과 그 충신, 그런 연기를 하고 있는 것이다.

이 모습을 본 귀족들은 훌륭하게 에드마리스 왕의 계략에 빠져들었다.

"그리고 여러분께 보고드릴 게 있습니다. 아직 공표는 되지 않았지만, 이미 신의 신탁은 내려와 있습니다. 마물의 나라는 토벌해야 한다고 말이죠."

슬며시 이 전쟁이 '성전'이 될 것이라 알리는 레이힘.

귀족들 사이에 동요가 일어났다. 이게 성교회가 인정하는 전쟁이라면, 대의명분을 얻은 것과 마찬가지임을 깨달은 것이다.

"뮐러 후작에 헤르만 백작이 걱정하는 것도 당연하다. 그러나 성교회를 의심하는 것은 짐은 감히 생각할 수 없는 얘기로다."

"——그리고 이렇게 생각할 수 없겠소? 우리가 그 나라에 속고 있을지도 모르는 여러 나라의 눈을 뜨게 만들어주는 것이라고. 마물 따위는 믿을 수 없는 존재요. 그걸 지금 한 번 더 깨닫게 만들어주면 되는 것이오!"

폴겐이 힘찬 목소리로 울부짖는다.

"그, 그렇지만——."

"그랬다간 우리가 책임을 뒤집어쓰는 꼴이……."

"호오, 그럼 어떡하면 좋겠는가?"

납득하지 못하는 두 사람에게 에드마리스 왕이 자상한 목소리로 묻는다.

주변 국가의 눈 따윈 성교회가 뒤를 받쳐주는 시점에서 아무렇지 않게 넘길 수 있다. 파르무스 왕국은 대국이며, 평의회 안에서도 발언력이 강하니까. 정치와 종교 양쪽에 명목상이라도 대의명분만 존재한다면 다른 나라의 간섭 따윈 퇴짜 놓는 것도 어려운 일이 아닌 것이다.

그 질문에 두 사람은 서로를 바라보다가 대표로 뮐러 후작이 대답했다.

"사자를 보내보는 건 어떻겠습니까? 우리도 그 나라와 교류를 해보면 신용할 수 있는 자들인지 아닌지 알 수 있을 것입니다! 친하게 지낼 수 있게 된다면 마물의 위협도 사라지면서, 걱정할 일도 없을 것입니다. 성교회가 공표를 하지 않고 있는 것은 정의로운 존재인지 사악한 존재인지 파악하기 위함일 테니까요."

"그 말이 맞습니다!"

헤르만 백작도 고개를 끄덕이면서 그 의견을 지지하는 모습이었다.

뮐러 후작과 헤르만 백작은 자신의 영지가 숲과 인접하고 있기 때문에 그 방어에 늘 고민하고 있었다. 또한 뮐러 후작의 영지는 블루문드 왕국과 인접해 있어서 좋은 관계를 유지하고 있다.

그런 사정이 있다 보니, 그 나라를 토벌하는 것에는 반대하는 것이리라.

(그것 참. 혹시나 블루문드 왕국에 뇌물이라도 받고 있는지도

모르겠지만, 이건 이미 결정된 사항이라네.)

한발 늦었다고, 에드마리스 왕은 속으로 슬쩍 웃으면서 이 두 사람은 요주의 인물이라고 마음속으로 기억해뒀다. 이미 에드마리스 왕의 머릿속은 앞으로 자신이 손에 넣게 될 부와 명성으로 가득 차 있는 것이다.

그리고 그런 에드마리스 왕을 대신하여 두 사람의 말에 응한 것은 레이힘의 차가운 목소리였다.

"아닙니다, 뮐러 경, 헤르만 경. 신탁은 이미 내려졌습니다. 루미너스 신은 어떤 마물의 존재도 허용하지 않으십니다. 하물며 나라라니요……. 그건 새로운 마왕의 탄생과 같은 뜻! 그런 더러운 존재를 그냥 보고 넘기는 것은 절대 용서받지 못할 큰 죄입니다!!"

뮐러 후작과 헤르만 백작은 그 박력에 밀려 숨을 제대로 쉬지 못한다.

그 말에 추격타를 날리듯이 에드마리스 왕의 엄숙한 목소리가 울려 퍼진다.

"경들의 의견은 잘 알았소. 그럼 묻겠는데, 그 마물은 믿을 수 있단 말이오? 앞으로 그 마물들이 인간을 습격하지 않는다는 보장은 대체 누가 한단 말이오? 경들이 책임을 지고 보장하겠다는 것인가? 짐의 친애하는 국민들의 생명과 재산을 경들이 지켜주겠다는 말이오? 상대는 마물이오. 무슨 생각을 하고 있는 건지 모르며, 인간과 같이 어울릴 수 없는 자들이 아닌가? 경들의 생각은 조금 지나치게 얕은 것으로 보이네만?"

위압감을 담아서 그렇게 묻는 에드마리스 왕.

질문을 받은 두 사람은 얼굴이 창백해지면서 대답하지 못한다. 당연하다.

상대는 인간이 아닌 자들. 무엇을 근거로 신용할 수 있다고 한단 말인가. ——그런 불안을 누군가가 언외로 부추긴다면 그에 대한 반론은 불가능한 것이다.

에드마리스 왕이 보기에 실제 맹주라는 자는 사람이 좋은 대표임에 틀림없다. 무장 국가 드워르곤에서 했다는 연설은 그 사실을 여실히 드러내고 있었다.

그 '마물도 인류도 관계없이 다 함께 돕고 살아갈 수 있는 관계를 쌓아가고 싶다'라는 이상론을 보고서로 읽었을 때, 참으로 어리석고 다루기 만만한 맹주라며 비웃었을 정도였으니까.

배짱도 제대로 부리지 못할 어리석고도 정직한 마물. 그게 에드마리스 왕이 받은 인상이었다.

그런 내용은 귀족들의 보고서에는 적혀 있지 않다. 반대 의견이 나오지 않도록 하기 위한 작은 속임수였으며, 들킨다 하더라도 몰랐던 것으로 치부하면 되는 것이다.

(이 정도로 사람이 좋은 맹주라면 의외로 간단히 항복할지도 모르지…….)

대국인 파르무스 왕국 아래에 들어오도록 설득하기만 해도, 전쟁을 싫어해서 평화적으로 교섭에 응할 가능성도 있다고 에드마리스 왕은 보고 있었다.

(그렇게 되면 평화롭게 일을 끝내주도록 하지. 짐에게 부를 제공하겠다면, 자치를 인정해주는 것도 좋을 테고——.)

그렇게 생각하며 에드마리스 왕은 욕망으로 일그러질 것 같은 표정을 애써 유지시킨다.

그리고 다른 자들로부터 그 이상의 반대 의견이 나오지 않는다는 것을 확인하고는, 스스로 출전할 것을 통보했다.

"이 전쟁은 성전이다! 우선은 선발대를 보내어 짐의 뜻을 전하라! 순순히 따르는 것이 좋을 것이다. 그러지 않는다면 짐의 충실한 장병들의 힘으로 신의 권위를 보여주게 될 것이다!!"

""""넷──!!""""

에드마리스 왕이 출전을 선언한 이상, 이에 이의를 외칠 수 있는 자는 존재하지 않는다.

이렇게 파르무스 왕국이 템페스트를 신의 이름 앞에 무릎을 꿇린다는 명목으로 병사를 동원할 것이 결정된 것이다.

회의가 끝난 후──.

"그건 그렇고 선발대를 시켜 소동을 일으킨다고 해도, 우리에게 항복하지 않고 본성을 드러내서 거역할지도 모르지 않소?"

"그렇군요. 그때는 우리의 힘을 보여주기 위해서라도 '이세계인'인 쇼고를 보낼까 하오만……."

"호오? 하지만 쇼고만으론 불안하오. 녀석의 언동에 문제는 많지만 그 힘은 확실하지. 이 일로 폭주를 한 탓에 녀석을 잃을 수는 없소."

"뭐, 마물의 수가 만만치는 않으니까 말이오. 도망쳐 오는 건 가능하겠지만, 방심했다간 살해당할 수도 있소. 그렇지만 쿄야도 같이 동행시키면 문제는 없을 것이오. 게다가 그런 임무에 딱 맞는 자도 있소."

"아아, 그 여자 말인가. 과연 그렇겠군."

라젠과 폴겐의 대화를 듣고 에드마리스 왕도 고개를 끄덕였다.

군의 목적은 적의 싸우려는 사기를 없애는 것이다. 싸우지 않고 마물을 예속화시킬 수 있다면 그게 가장 바람직하다. 싸운다 해도 반드시 이길 수 있을 정도의 수를 준비하지만, 가능하면 손실은 적은 편이 좋다고 에드마리스 왕은 생각하고 있었다.

"그렇군. 그 괴물들이라면 군을 움직일 필요도 없을지도 모르겠구려. 하지만 방심은 금물이오."

"안심하십시오. 만일을 생각해서 조금이라도 날뛰게 되면 곧장 돌아오도록 명령해놓겠습니다."

왕이 걱정할 것도 없이, 라젠 스스로도 그냥 간을 보는 정도로만 생각을 하고 있다.

그런 세 사람에게 레이힘이 잔혹한 미소를 지으면서 제안했다.

"폐하, 만약 괜찮으시다면 제 비술을 시험해보시는 게 어떻겠습니까?"

"비술이라고? 레이힘 공, 그건 과연 어떤 것이오?"

"레이힘, 무슨 생각을 하고 있나?"

"그건 말이지요——."

여전히 웃음을 지은 채, 레이힘은 즐거운 표정으로 설명한다. 그 설명을 들으면서 에드마리스 왕의 얼굴에도 유쾌해하는 미소가 드러난다.

마찬가지로 라젠과 폴겐도 같은 종류의 웃음을 짓는다.

"쿡쿡쿡, 그거 재미있겠군."

"그러시다면……?"

"음, 좋아! 허가하겠네, 레이힘."

"감사합니다. 반드시 폐하께 영광을 가져다드릴 것을 약속하겠습니다!"

이렇게 레이힘이 부릴 장기말도 몰래 움직이기 시작했다.

●

에드마리스 왕의 명령 아래, 선발대가 편성되었다.

말을 모는 기사 100명과 몇 대의 마차로 이루어지는 강행 부대이다. 그 안에 세 사람의 '이세계인'의 모습이 보였다.

타구치 쇼고와 타치바나 쿄야, 그리고 마지막 한 사람은 여성으로 미즈타니 키라라라는 이름을 갖고 있었다.

"나 참, 오랜만에 여행이라 좋긴 한데 말이지. 그래도 나까지 선발됐단 건 역시 그런 일이라는 뜻이야?"

"아아, 틀림없어."

"쿄야, 뭔가 들은 거 없어?"

"……너도 들었잖아? 파르무스 왕국은 그 슬라임을 토벌하기로 한 거야."

"웃기지 마. 진심으로 슬라임 따위를 상대로 이 정도의 군을 움직인단 말이야?"

"글쎄, 과연 어떨까? 만 단위의 마물을 다스린다면 평범하게 생각해도 충분히 위협적이야."

"그야 모르지. 애초에 이 나라의 기사란 녀석들도 엄청나게 약하잖아. 그리고 생각해보면 말이지, 이 세계의 인간이 너무 약한 탓에 별것 아닌 마물에게 그냥 벌벌 떨고 있는 것 아닐까 하는 생각이 들거든."

"아하하, 그건 쇼고가 너무 강한 것뿐인 거 아냐? 싸움에 딱 맞는 유니크 스킬이라니 정말 말도 안 된다니까."

"아니, 내 기준에서 보면 키라라의 스킬(능력) 쪽이 더 무서운데."

"그렇지? 나도 네가 더 위험하다고 생각해."

키라라는 아직 열여덟 살의 소녀이다. 쇼고와 마찬가지로 3년 전에 파르무스 왕국이 지배하는 지역 중의 한곳에서 소환되었다.

직접 전투와는 관계가 없는, 다른 사람의 사고에 영향을 주는 교섭계 스킬밖에 지니지 않았기 때문에 당초에는 실패한 소환으로 여기고 변변치 못한 취급을 받았지만…….

키라라는 그 취급에 열을 받았다. 그리고 그 힘을 올바르게 이용했다. '웃기지 마, 이 빌어먹을 자식들아! 날 깔보는 녀석들은 전부 죽어버려!!'라고 외친 것이다.

그 효과는 즉시 나타났으며, 레지스트(저항)에 실패한 자들은 모두 자살했다. 그게 바로 키라라의 유니크 스킬인 '혼란시키는 자(광언사, 狂言師)'의 힘이었다.

교섭계라는 건 터무니없는 말이었다. 말로 명령하기만 해도 상대를 자신의 뜻대로 조종할 수 있는 스킬이었던 것이다. 그것은 언어를 가리지 않으며, 키라라의 의사가 중시되는 것이다.

소환한 자가 그 사실을 알아차리고 서둘러 '주문의 말'로 제지시킬 때까지 키라라가 벌인 학살은 계속되었다.

쇼고이든 쿄야이든 키라라이든, 소환된 즉시 어떤 힘을 가지고 있는지를 확인받았다.

몇 개월 동안은 마법을 통해 언어를 습득하기 위한 공부 시간으로 채워졌지만, 그와 동시에 다양한 테스트를 치렀다. '주문의 말'로 명령을 받으면 거역하지 못하고, 싫어도 따를 수밖에 없었다.

그 일환으로 자신의 스킬도 솔직하게 털어놓은 것이다.

키라라도 그때 솔직하게 말하긴 했지만, 그 능력에 관한 설명이 정확하진 않았다. 그건 키라라의 언어 이해력이 좋지 않았던 탓이다.

당시 열다섯 살이었던 키라라에게 다른 나라의 말을 배우는 것은 고통이었다. 마법으로 보조를 받는다 해도 공부를 싫어하는 키라라에겐 고문과 마찬가지였던 것이다.

그 결과, 그런 참극이 일어난 것이다. 그 이후로 키라라의 힘은 허가 없이는 발동할 수 없도록 봉인되어 있는 상태이다.

이건 쇼고도 비슷했지만, 다행인지 불행인지 쇼고의 경우는 확인할 것도 없이 그 힘이 얼마나 강한지가 증명되어 있었다.

소환된 그 자리에서 주위에 있던 30명의 마법사를 죽여버렸기 때문이다.

그 힘──유니크 스킬 '날뛰는 자(난폭자)'를 해방시키면서.

그 이름대로 육체의 강도와 신체 능력을 대폭적으로 상승시키기만 하는, 단순 명쾌한 스킬이다. 당시 열일곱 살이었으며, 급이 낮은 고등학교를 다니는 불량 학생이었던 쇼고. 세상에 대한 불만과 폭력에 대한 욕구로 인해 그 힘에 눈을 뜬 것이다.

어린아이 시절부터 배웠던 가라테와 유니크 스킬 '난폭자'가 조합되면서 쇼고의 전투 능력은 비약적으로 강화되었다. 그 결과가

바로 30명의 마법사를 참살한 것이었다. 라젠이 같이 있지 않았더라면 참극은 더욱 크게 벌어졌을 것이다.

키라라랑 쇼고와 마찬가지로 이 세계에 소환된 자가 얌전히 말을 따를 리가 없다. 자신과는 상관없는 이유로 원래 세계에서의 생활을 빼앗긴 셈이니 그건 당연한 반응이었다. 그리고 그 사실을 이 세계에 사는 자들은 잘 이해하고 있었다.

그 대책으로 소환 의식 마법에는 절대 지배의 '주문의 말'이 포함되어 있었다. 이것으로 인해 그들 '이세계인'은 소환한 자의 말을 따르지 않을 수 없는 것이다.

"그건 그렇고 그 망할 영감……. 멋대로 우리한테 명령을 했겠다……."

"정말이야, 완전 짜증이라니까. 언젠가 반드시 죽여버리고 말겠어."

"자자, 그렇게들 말하지 마. 적어도 말을 들어주면 의식주만큼은 이 세계에선 최고의 것을 준비해주니까."

불만이 가득한 쇼고와 키라라를 쿄야가 달랜다. 늘 그랬지만 그 말을 듣고 쇼고와 키라라가 납득하는 일은 없다.

"뭐? 그건 당연한 거지! 이 세계에서 최고라고 해봤자, 우리가 살았던 세계랑 비교하면 쓰레기나 다름없다고!"

"완전 동감―. 멋진 가게는 물론이고, 화장품 가게도 없잖아. TV도 인터넷도 스마트폰조차 없는데? 이런 오락거리가 없는 세상 따윈 정말이지, 내가 보기엔 멸망해도 전혀 상관없어."

그들의 불만은 쌓일 대로 쌓여서 언제 폭발해도 이상할 게 없는 상태였다. 무엇보다도 자신들의 자유의지를 빼앗긴 채로 남의 말에 따라야 한다. 그런 상황을 참을 수가 없는 것이다.

그 사실은 쿄야도 잘 이해하고 있다. 단지, 두 사람과 다른 것은 쿄야가 유연한 사고를 가지고 있었다는 점이다.

원래의 세계에 미련도 없었으며, 이 세계에서 손에 넣은 자신의 힘에 관한 흥미가 더 강했다.

쇼고와 키라라의 힘, 그리고 자신의 힘.

이것들을 보고 연구하여 어떤 일이 가능할지를 생각한다.

그러던 중에 이번 사건이 일어났다. 마물의 토벌이라는, 자신들이 나설 무대가.

이 2년 동안 쿄야가 기다리고 있었던 실전의 시기가 드디어 찾아온 것이다.

(쇼고랑 키라라는 불만인 것 같지만, 이건 오히려 찬스라고 할 수 있겠지. 전쟁이 일어나면 우리를 속박하는 '주문의 말'을 다룰 줄 아는 자에게도 빈틈이 생길 것이고, 잘만 하면 죽일 수 있을지도 몰라. 아니, 우리가 나서지 않아도 알아서 죽어줄 수도 있고.)

직접 말로 하면 마법으로 다 들킬 우려가 있기 때문에 두 사람과 마음 놓고 의논도 할 수 없다. 그게 힘든 점이긴 하지만…….

어찌 됐든 쿄야는 이 상황을 찬스라고 생각하고 호시탐탐 자유롭게 될 수 있는 기회가 찾아오기를 노리고 있었던 것이다.

그렇게 각기 다른 생각을 마음속에 품은 세 사람을 실은 마차는 템페스트를 향해 이동했다.

뮬란은 마왕 클레이만이 보낸 긴급 연락을 받았다.

특수한 대마법을 발동시키라는 명령이었다.

그 대마법이란 반경 5㎞ 안의 범위를 일체의 안티 매직 에어리어(마법 불능 영역)로 바꾸는 것이었다. 대마법의 발동에는 시간이 걸리기 때문에 지금 즉시 착수할 것을 지시받았다.

그 목적은 외부와의 통신을 차단하는 것.

그뿐만은 아니겠지만, 마왕 클레이만의 설명은 달리 없었다.

뭔가 커다란 일을 마왕 클레이만이 꾸미고 있다는 건 명백했다. 그것도 템페스트의 주민에게 알려지면 불리하게 돌아가는 일일 것이다. 그 사실이 뮬란을 너무나도 불안하게 만들고 있었다.

그러나 뮬란에겐 그런 질문이 허용되지 않았으며, 단지 명령을 따를 수밖에 없었다. 게다가──.

이 마법은 원래 대(對)마법용의 방어마법인 것이다. 그걸 어레인지한 것이기 때문에 시전자인 뮬란을 중심으로 발동할 필요가 있다.

문제는 바로 이것이었다.

대마법의 발동을 유지하려면 뮬란은 상위 마인이라는 원래의 정체를 드러내야 한다. 그리고 그런 대마법을 발동시켰다간 이 나라의 사람들에게 들키고 말 것이다.

마법사인 뮬란이 마법을 쓸 수 없는 영역에서 이 나라의 사람들을 상대로 한다. 그건 즉, 죽으라는 명령과 다를 게 없다.

마왕 클레이만의 지시한 마법은 설치형이므로 한 번 발동하면 뮬란의 생사에 관계없이 며칠 동안은 유지된다. 즉, 완전히 쓰고 버리는 말로 취급당했음을 의미하고 있다.

그 명령을 받았을 때 뮬란은 절망했다. 그러나 머릿속을 스치는 것은 한 남자의 모습.

자신이 이 명령을 거절한다면 그 남자까지 휩쓸리면서 비참한 말로를 맞게 될 것이다. 그걸 누구보다도 잘 알고 있는 뮬란이었기에 더더욱 마왕 클레이만의 명령을 수락하는 것 말고는 다른 선택이 없었다.

(역시 이렇게 되었네. 내게 어울리는 최후이긴 해도, 적어도 그 사람만은——.)

이런 자신을 좋아한다고 말해준 남자, 요움의 얼굴을 떠올리면서 뮬란은 미소를 지었다.

최근 수백 년 동안 얼어붙은 마음을 안고 살아온 뮬란에게 요움의 말은 봄바람처럼 부드러운 것이었다.

(나는 그 말만으로도 충분해——.)

뮬란은 각오를 굳히고 혼자 몰래 나가려고 했다.

"어디 가는 거지? 뮬란."

"어머나, 그루시스. 무슨 볼일이라도 있나요?"

"후, 딱히 볼일이라고 할 정도는 아니지만."

그렇게 말하면서 그루시스가 뮬란에게 말을 걸기 시작했다. 그것도 모자라 아무래도 자신을 따라오려는 것 같아 보인다.

뮬란은 방금 마왕 클레이만의 분위기를 떠올리면서, 초조한 기분으로 그루시스와 헤어지려 한다. 늘 냉정한 클레이만이 약간

다급해진 분위기로 명령을 내린 것이다. 그리고 '즉시 마법을 발동시키세요'라고 말한 후에 일방적으로 마법통화가 끊어졌다.

아무래도 예상외의 일이 벌어진 것 같았다.

"그러고 보니 식당에 새로 만든 과자가 나오게 되었다던데? 슈크림, 이라는 이름인데, 아주 맛있다고 요움에게서 들었어. 지금 같이 먹으러 가지 않겠어?"

느긋하게 구는 그루시스에게 살짝 짜증이 난 뮬란. 그 웃는 얼굴을 보고 있으니, 모처럼 단단히 마음먹은 각오가 흔들리는 것 같이 느껴졌다.

"모처럼 같이 가자고 말해줘서 고맙지만, 미안해요. 그 과자는 어젯밤에 요움이 선물이라고 갖다 줬거든요."

"쳇, 그 자식…… 또 선수를 쳤나……."

"선수? 무슨 말을 하는 건지 모르겠네요. 어쨌든 난 일이 좀 있으니, 나중에 다시 얘기하죠——."

"나중에? 정말 나중에 다시 만날 수 있는 건가?"

"네? 네. 그야 당연하죠."

적당히 얼버무린 뒤에 뮬란은 그루시스를 놔두고 나가려 했지만……

"방금 전에 내게 부자연스러운 연락이 왔어. 듣자 하니, '마왕 밀림으로부터 선전포고를 받았'고 말이지. 무슨 바보 같은 소리인가 하고 생각했는데, 네가 부자연스러운 모습으로 있는 걸 보고 조금 마음에 걸리더군."

날카로운 눈빛으로 뮬란을 바라보는 그루시스.

아아, 그렇게 된 거구나. 뮬란은 상황을 파악했다.

어떤 경위로 마왕 밀림과 마왕 칼리온이 싸우게 되었는지는 확실하지 않지만, 뒤에서 마왕 클레이만이 암약하고 있는 건 틀림없을 것이다.

그러던 중에 무슨 문제가 일어난 것이다.

아마도 자신의 예상이지만, 마왕 밀림의 선전포고는 마왕 클레이만에겐 예정 밖의 일이 아니었을까?

원래라면 마왕 밀림은 기습 공격으로 수왕국에 쳐들어갔어야 했을 것이다. 그 틈에 뮬란에게 마법을 쓰도록 시킬 예정이었지만, 마왕 밀림의 폭주에 의해 계획에 차질이 생긴 것으로 추측했다.

(그렇다고 해도 이 나라와의 통신이 끊어지게 만들려는 목적은 뭐지?)

수왕국과 템페스트(마국연방)에도 협정은 존재하겠지만, 그 마왕 밀림을 상대로는 싸울 수 있는 전력이 될 것이라 기대할 수 없다. 그런데도 연락을 못 하게 만드는 의미는……. ──그렇게까지 생각한 뮬란은 하늘의 계시와도 같이 머릿속이 번뜩이면서 그 답을 찾아냈다.

(──그렇구나. 그 리무루라는 이름을 가진 슬라임을 두려워하고 있는 건가. 확실히 그 슬라임이라면 마왕 밀림을 설득시킬 수도 있으니까 말이지.)

마왕 클레이만이 두려워한 것은 불확정 요소가 될 수 있는 리무루의 참전인 것이다. 그렇기에 마왕 칼리온 측에서 템페스트의 간부에게로 연락이 가고, 결국에는 리무루에게 이 일이 전해지지 않도록 뮬란에게 마법을 사용하라고 명령한 것이리라.

그렇다면 이러고 있는 지금도 마왕 클레이만의 기분을 계속 상하게 만들고 있다는 뜻이 된다.

빨리 마법을 발동시켜야 한다고 뮬란은 생각했다.

"그리고 너는 당연히 알고 있을 거라 생각하지만, 이 나라의 상층부는 지금 큰 혼란에 빠져 있어. 그런 상황에서 수상한 짓을 하는 건 자살행위라고 생각하는데?"

그루시스의 말대로 현재 템페스트의 상층부는 상당히 당황하고 있었다.

며칠 전부터 정체불명의 무장 집단이 접근하고 있는 것으로 보이기 때문에, 소우에이 이하의 정보부 소속 인원들은 전부 출동 중에 있다. 뭔가 분위기가 좋지 않게 흘러가는 것 같아서 상층부의 분위기는 잔뜩 긴장되어 있었던 것이다.

"그렇군요, 모르고 있었어요──."

무슨 일이 일어나고 있다. 그것도 마왕 클레이만의 계획을 넘어선 무슨 일이……. ──그런 생각이 들면서 뮬란은 초조해졌다.

이대로 있다간 무슨 일이 일어날지 모른다. 빨리 명령대로 마법을 발동하지 않으면 격노한 마왕 클레이만에 의해 뮬란뿐만 아니라 이 도시에 사는 자들도 전부 살해당할 수 있다…….

그런데도 그루시스는 뮬란을 절대로 놓아주지 않을 것처럼 말하고 있는 것이다.

"몰랐다고 끝날 일이 아니지. 네가 지금 수상한 짓을 하게 놔둘 순 없어."

"무슨 바보 같은 소리를……. 그보다 마왕 밀림이 상대라면 당신의 주인이 위험해지는 것 아닌가요?"

"헤에, 마왕 밀림을 알고 있는 듯한 말투잖아. 안심해. 칼리온 님은 무적이야. 마왕 밀림이 아무리 강하더라도 칼리온 님이 질 거란 생각은 들지 않아. 그보다 지금 중요한 건 바로 너라고, 뮬란!"

"정말 무슨 말을 하는 건지——."

"얼버무리는 건 이제 그만해. 넌 마인이지?"

아니라고 말하려면 그럴 수 있을지도 모른다. 그렇지만 뮬란은 마지막까지 그루시스를 속인다는 선택지는 가지고 있지 않았다.

"평소에는 둔하면서 이런 때는 날카롭군요. 숨겨도 어쩔 수 없겠죠. 어차피 키진들은 알고 있었던 것 같고요."

"그렇다면!"

"하지만 할 수밖에 없어요. 그루시스, 나는 당신도 좋아해요. 친구로서 말이죠. 하지만 방해를 하겠다면——당신을, 죽이겠어요."

그렇게 말하면서 뮬란은 인간의 모습을 풀고 마인의 모습으로 되돌아온다.

"——?!"

그런 뮬란의 불타는 듯한 눈동자를 보면서 그루시스는 주춤거렸다.

"너, 그 각오는…… 죽을 생각이야? 하지만 왜지? 그렇군, 네 주인에게 명령을 받은 거지?"

"대답할 필요는 없을 것 같은데요."

뮬란이 대답하지 않더라도 그루시스에게는 그것이 곧 답이었다.

"그러고 보니 마왕 클레이만 님은 부하를 쓰고 버리기로 유명

했지. 넌 혹시──."

"입 다물어! 그 이상 입을 열면 정말로 죽일 거야, 그루시스!"

언제나 동요하는 모습을 보이지 않던 뮬란의 당황하는 모습을 보고 그루시스는 모든 것을 깨닫는다.

"역시 그랬었군. 네가 죽음을 각오하면서까지 따른다는 건──."

그루시스가 마지막까지 말하기 전에 한 명의 남자가 그 말을 가로막았다.

"──그 얘기, 자세히 좀 들려주지, 그래."

완벽한 '은형법(隱形法)'으로 마인 두 사람을 속이고 있다가 나무 그늘 틈에서 걸어 나온 자는 요움이었다.

평소에도 뮬란을 늘 신경 쓰고 있던 요움이 뮬란의 부자연스러운 모습을 알아차리지 못할 리가 없었던 것이다.

"요움, 당신……."

가장 알려지고 싶지 않았던 상대에게 자신의 정체가 발각된 사실에 뮬란은 왠지 안도하고 있었다.

그런 뮬란에게 요움은 생각지도 못한 말을 던졌다.

"뮬란, 날 믿어. 널 지켜줄 테니까."

"바보예요? 이 모습을 보면 알 거 아녜요, 나는 상위 마인이라고요! 나보다 약한 인간인 당신이 어떻게 날 지켜준다는 거예요?!"

당혹스러워하는 뮬란.

그러나 요움은 상관하지 않고 분위기에 어울리지 않게 그의 뜨거운 마음을 뮬란에게 부딪친다.

"인간? 마인? 그런 건 관계없어! 난 너에게 반했어. 네 얼굴이 좋아. 네 향기가 좋아. 너의 온기가 좋아. 네가 사는 방식이, 너의 긍지 높은 모습이. 그런 너의 모든 게 좋아. 그게 내겐 모든 것이라고!"

"——무슨 소릴 하는 거예요? 그건 전부 당신을 속이기 위해 만들어낸 환상에 불과하다고요."

"안심해, 뮬란. 나는 죽을 때까지 계속 너한테 속아줄 수 있는 자신이 있어!!"

"————!!"

바보다, 이 인간은……. 뮬란은 진심으로 그렇게 생각했다. 그러나 그 너무나도 당당한 선언에 절규할 수밖에 없었다.

"후훗, 이겼군. 내게 반했지? 죽을 때까지 믿겠다고 맹세하겠어. 마지막까지 믿으면 그건 진실과 다를 게 없으니까!"

요움은 최고의 미소를 지으면서 그렇게 말했다.

뮬란은 말도 하지 못하면서——.

(바보야, 정말로 바보. 하지만 그런 당신이라서 나도——.)

"후후후, 정말로 불쌍한 남자라니까. 나는 당신을 이용하려고 접근한 거예요. 너무 멍청해서 웃음이 나오네요. 정말 바보 같아. 이런 연극은 이제 그만 끝을 내죠!"

그렇게 차갑게 내뱉으면서 뮬란은 마법 주문을 읊기 시작한다. 이제 망설일 여유 따윈 없으니까. 그러므로 이 볼을 타고 흐르는 눈물도 분명 기분 탓이 틀림없다.

"바보 자식! 너, 정말로——?!"

"뭐가 어떻게 된 거야? 그루시스."

아름다운 목소리로 노래하듯이 주문을 읊자──세계의 법칙이 다시 쓰이기 시작한다.

요움과 그루시스에겐 이미 그걸 막을 방법이 없다. 만약 막아야 한다면 뮬란을 죽일 수밖에 없으니까.

그렇다면 그걸 받아들일 생각이다. 단, 이 마법만큼은 어떻게든 완성시킬 것이다.

뮬란은 기도하듯이 마법 주문을 계속 읊는다.

──모든 정성을 담아, 사랑하는 남자를 지키기 위해.

●

그루시스가 생각하던 것 이상으로 템페스트(마국연방)는 혼란에 빠져 있었다.

──그리고 사건은 뮬란의 마법이 완성되기 직전에 겹치듯이 일어난다.

베니마루는 여러 개의 보고가 밀려드는 바람에 짜증스러운 표정을 지었다.

첫 번째 문제는 며칠 전에 파출소에 머무르고 있는 자가 보낸 보고였다.

"베니마루 씨, 뭔지 모르겠지만 완전무장한 집단이 다가오고 있다고 합니다요. 일단 용건을 물어봤다고 합니다만 '말단 경비병에게 말할 필요는 없다!'고 말하면서 아무 대답도 하지 않았다고 합니다요."

그렇게 고부타가 직접 이야기를 전했는데…….

서둘러 소우에이를 파견하여 조사를 시켰다. 그 무리는 100명을 넘는 기사들의 집단이라고 하니, 그냥 내버려 둘 수는 없다고 베니마루는 판단했다.

소우에이와 소우카를 비롯한 그의 부하들에 의해 새로이 정보가 더 모였다. 그 결과, 기사가 소속된 곳이 파르무스 왕국이라는 것도 판명되었다.

파르무스 왕국의 목적이 확실하지 않은 이상 교섭도 어렵다. 그래서 소우에이 일행에겐 계속해서 파르무스 왕국의 내부 사정을 살피게 했다.

골치 아픈 문제라는 생각이 들어서 리그루도와 논의해본다.

"역시 리무루 님께 전해드리는 게 좋지 않겠습니까?"

"그래도 모처럼 내게 부재중의 처리를 맡기셨는데 일일이 연락을 하는 것도 좀 그렇지 않은가?"

"그것도 그렇겠군요. 가끔씩 밤중에 돌아오신다니 그때만이라도 전해드리는 게 좋을 것 같습니다."

그렇게 결론이 나면서 지금에 이르렀던 것이다. 게다가 서두르지 않더라도 리무루라면 원소마법 : 워프 포털(거점 이동)로 언제라도 귀환할 수 있다고 판단한 것이다.

리무루에게 보고하는 것을 뒤로 미루기로 결정하고 다른 자잘한 일을 처리하는 베리마루 일행.

그야말로 익숙하지 않은 작업에 쫓겨서 눈이 팽팽 돌아갈 만큼 정신없이 보냈던 것이다.

그런 때에 소우에이 일행에게서 파르무스 왕국의 현재 상황에 대한 보고가 도착했다. 빠른 속도로 전쟁 준비가 진행되고 있다고 한다.

베니마루는 그 보고를 듣고 눈살을 찌푸렸다.

"리그루도, 이건 아무래도 위험하겠는데."

"그렇군요. 이건 느긋하게 굴 상황이 아니라 리무루 님을 당장이라도 돌아오시게 하는 게 좋을 것 같습니다."

두 사람이 얼굴을 마주 봤다.

아무래도 문제의 기사들에 대한 대응을 잘못했다간 전쟁으로 발전할지도 모르겠다고 판단한 것이다.

베니마루가 리무루에게 연락을 하려고 했던 그때.

수왕국 유라자니아의 삼수사 중의 한 명──'황사각(黃蛇角)' 알비스로부터 긴급 마법통화가 들어온 것이다.

'수왕국 유라자니아는 일주일 후에 마왕 밀림과의 교전 상태에 들어간다. 따라서 우리나라의 국민들을 피난민으로 받아들여주길 희망한다.'

뮬란의 마법 발동이 늦어졌기 때문에 그 결과, 마법통화가 도착한 것이다.

──그렇다곤 해도 이 결과는 마왕 클레이만에게도 책임이 있었다. 마왕 밀림의 비행 속도가 너무 빨라서 예정보다도 일찍 수왕국 쪽에 도착한 것이다.

하지만 그런 사정은 베니마루 쪽과는 관계없는 이야기다.

그 정보가 너무나도 큰 중요성을 갖고 있는 바람에, 그 자리의 분위기가 순식간에 변한다.

"이봐, 이건 무슨 말도 안 되는 소리야!"

그런 베니마루의 경악을 시작으로 템페스트의 간부들이 소집된 것이다.

소환된 자들은 다음과 같았다.

리그루도와 리그루, 그리고 리리나 이하의 홉고블린 책임자들.

자문역으로는 카이진.

서기로는 슈나가.

리무루의 비서로는 시온이.

하쿠로우와 게루도도 불려 와 회의실에는 열 명이 넘는 자들이 모였다.

덧붙여 가비루는 아직 간부가 아니기 때문에 이 자리에 불리지는 않았다. 긴급사태가 발생했다는 연락과 다른 명령이 있을 때까지 대기하라는 명령만 전달되었다.

카이진의 전언을 통해 베스터에게도 상황을 알게 되면 즉시 드워프 왕인 가젤에게 정기 연락을 하도록 전해놓았다.

이렇게 재빠르게 전달을 끝내놓고 긴급 체제로 들어갔다.

──그런 상황 속에서 상인으로 위장한 문제의 일행의 드디어 도시에 도착했다──.

●

(잠깐, 잠깐, 잠깐, 이 도시 쪽이 파르무스의 수도보다 더 발전

한 거 아냐?!)

쇼고는 놀라움에 눈을 크게 떴다.

기사 100여 명과 헤어진 후에 마차를 모는 마부 역의 기사와 자신들 '이세계인'만으로 이 도시를 방문한 것이다. 그리고 지금 예상을 넘어서는 도시의 모습에 할 말도 잊고 매료되어버렸다.

마물의 나라라고 해서 처음에는 얕보고 있었다. 그런데 놀랍게도 하수 시설이 갖춰져 있는지, 악취는 전혀 느껴지지 않는다. 그러기는커녕 마물이라기보다 인간으로밖에 보이지 않는 자들이 활보하고 있다. 그자들은 파르무스의 수도를 거니는 상인들이나 그곳에 사는 주민들보다도 청결하고 깨끗한 옷을 입고 있었다.

이쪽의 주민들이 더 풍요로운 삶을 살고 있다는 걸 한눈에 알 수 있었다.

도시에는 모험가들이 가득했고, 매매의 열기로 활기에 넘쳐 있었다.

(제길, 웃기지 마! 왜 마물 놈들이 우리보다 더 잘 살고 있는 거냐고!!)

놀라움이 점차 가라앉으면서 쇼고의 마음에는 차츰 시커먼 분노가 솟아오른다.

그리고 그건 키라라도 마찬가지였던 모양이다.

"잠깐, 이거 이상하지 않아? 왜 우리보다 여기 녀석들이 더 잘 사는 거야? 기분 진짜 더러운데?"

"자자, 키라라. 그렇게 화 내지 마."

그렇게 달래는 쿄야도 이 도시의 발전상이 말이 안 된다고 생각하는 것 같다. 그의 눈은 가늘게 떠진 채로 불온한 빛을 뿜고 있었다.

"분명 슬라임이 두목이라고 했었지? 그 자식을 죽여버리면 우리가 여기 주인이 될 수 있는 거 아냐?"

"그거 좋다, 쇼고! 나도 그 생각에 찬성이야—!!"

"나도 찬성이긴 하지만 멋대로 행동하는 건 곤란해."

"괜찮아. 저 기사 아저씨들이 뛰어들기 전에 우리가 먼저 소동을 부리라고 했잖아? 딱 좋네, 안 그래?"

"맞아, 맞아. 우리 같은 선량한 시민을 마물이 습격했다는 결과를 바라는 거잖아? 그렇다면 내가 '광언사'로 구실만 만들면 마물 이외의 모험가들은 내 말대로 따를 거야."

아주 쉽다고! 그렇게 말하는 키라라의 주장도 그럴듯했다. 그것이야말로 이번에 쇼고 일행이 여기 온 목적이기도 했던 것이다.

"이런, 이런, 확실히 라젠 님이 그렇게 명령하긴 했지만."

쿄야도 본심으로는 그게 간단하고 확실하다고 생각하고 있었는지 키라라의 말에 쉽사리 동의했다.

"쳇, 그딴 영감탱이를 님이라고 부르지 마!"

"그건 맞아. 그 영감탱이, 빨리 죽었으면 좋겠어. 그러면 우리도 자유롭게 될 수 있잖아?"

"아하하, 그냥 버릇이 된 거야. 게다가 본인 앞에서 불쑥 속내를 드러내면 위험하잖아?"

쓴웃음을 지으면서 쿄야가 변명한다. 쿄야의 입장에선 자신의 본성을 숨겨두고 싶기 때문에 우등생을 계속 연기할 필요를 느끼고 있는 것이리라.

그건 그렇고, 이번에 내려온 명령 말인데——.

쇼고는 이제 드디어 실컷 날뛸 수 있을 거라고 기대하면서, 자신이 들은 명령을 떠올린다.

'트집을 잡아도 좋으니까 문제를 일으켜서 키라라의 힘으로 모험가들을 너희 편으로 만들어라! 그리고 때를 같이 맞춰서 우리도 행동을 개시할 것이다.'

그게 라젠이 명령한 내용이었다.

파르무스 왕국이 숨겨둔 비장의 보물인 '이세계인'이 세 명. 그건 작은 나라일 경우에는 멸망시키는 것조차 가능할 정도의 큰 전력이다. 마물 쪽에도 '이세계인'인 협력자가 있을 가능성을 고려해서 드물게도 세 명의 동행을 허가한 것이다.

게다가 레이힘 대사제에게도 뭔가 생각이 있는지, 쇼고 일행이 임무를 시작하면 마부 역의 기사가 신호를 보내고, 그때를 맞춰서 작전행동을 시작하게 되어 있었다.

상세한 내용은 듣지 못했지만, 쇼고 일행에겐 영향이 없으며 상황이 유리하게 돌아가는 건 틀림없다고 했었다.

쇼고는 라젠을 싫어하지만 그 유능함만은 인정하고 있다. 그렇지 않으면 이미 자신들이 자유의 몸이 되지 않은 것이 이상하기 때문이다.

"뭐, 좋아. 그럼 바로 시작해볼까!"

특수한 수지로 닭 벗 같이 모양을 잡은 머리카락을 쓸어 올리면서 쇼고는 작전 개시를 선언한다.

맨 처음에 움직인 건 키라라였다.

"꺄아아아———!!! 잠깐, 당신, 지금 내 엉덩이 만졌지? 혹시

날 덮치려고 이러는 거야?"

키라라의 연기로 상황이 시작됐다.

키라라는 적당히 넋이 나간 듯이 멍청해 보이는 위병에게 일부러 부딪친 것이다. 그 이상하게 멍청해 보이는 홉고블린은——고부타의 직속 부하인 고부조였다.

"나, 나는 아무 짓도 안 했슴다?!"

당황하면서 조심스럽게 왼팔을 휘저으며, 누가 도움의 손길을 내밀어주지 않을까 싶어서 주위를 둘러보는 고부조.

"잠깐, 시치미를 뗄 생각이야? 무슨 목적으로 날 덮친 건지 제대로 설명하라잖아. 내 말이 이해가 안 돼?"

키라라는 억지를 부리면서 설명을 요구하듯이 고부조에게 다가가다가 일부러 뒤로 밀린 것처럼 넘어졌다.

"아야————! 누가 좀! 경비병을 불러줘요————!!"

"아, 아닙다! 나는 아무 짓도 안 했슴다!! 그, 그리고 위병은 나 임다만……."

눈에 눈물을 글썽이면서 당황한 표정으로 부산을 떠는 고부조.

사실 고부조는 오히려 피해자이며, 정말로 아무 짓도 하지 않은 것이다.

하지만 주위의 눈길은 고부조에게 날카로웠다. 그 멍청해 보이는 용모가 화를 부르면서 고부조를 의심하기 시작한 것이다. 게다가 키라라가 자연스럽게 유니크 스킬인 '광언사'의 효과를 발휘해서 주위 사람들의 의식에 작용하기 시작한 것이다.

"이봐, 저 홉고블린이 저 여자를 덮쳤대."

"저 녀석은 이 도시의 위병이잖아? 우리를 지켜줘야 할 사람이 그런 짓을 할 리가 없잖아. 나는 믿어지지가 않는데."

"하지만 저 여자애가 떠밀려 넘어졌는걸?"

"정말이야? 여기 마물들은 얌전하다고 들었는데?"

"지금까지 아무런 문제도 없었는데, 갑자기 어떻게 된 거야?"

아직 반신반의하는 모양이긴 했지만, 고부조의 편을 들어주려는 모험가나 상인은 전혀 없었다. 모두가 하나같이 상황을 제대로 파악하지 못한 채 키라라의 능력에 완전히 넘어가 버리는 것도 시간문제였다.

쇼고와 쿄야는 그 모습을 보면서 마주 보며 씨익 웃은 뒤에, 마무리를 짓기 위해 한발 나섰다.

"이봐, 이 도시는 손님을 폭행으로 대접하는 거야?"

"오라고 불러놓고 사람을 덮치다니, 그런 더러운 짓을 하는 게 목적이었나?!"

큰 소리를 지르며 앞으로 나서면서, 벌벌 떠는 연기를 하고 있는 키라라를 감싸듯이 막아서는 두 사람.

눈앞의 멍청한 위병을 상대로 시비를 걸기 시작한다. 그 위병의 윗사람이 온 뒤부터가 진짜 시작이다.

자신의 잘못을 인정하면서 사과를 한다면, 그대로 주위 사람들을 자기들 편으로 끌어들여서 더 큰 상층부를 이끌어낸다. 성격이 급한 자가 화를 내면서 손을 댄다면 더 바랄 것이 없다. 그렇지 않아도 소동을 크게 키우면 곧바로 기사단의 선발 부대가 도착하면서 이 상황을 일방적으로 처리해주게 되어 있었다.

쇼고 일행으로서는 멍청한 마물이 먼저 손을 대길 바라는 것이 본심이었다.

그러나 일은 그렇게 쉽게 풀리지 않았다.

"무슨 일입니까요?"

느긋한 분위기로 다가온 윗사람으로 보이는 위병——고부타는 쇼고의 예상을 벗어난 행동을 취했다.

"아차, 또 고부조입니까요? 정말 고부조는 매번 뭔가 일을 저지르는굽쇼!"

그런 말을 하면서 고부조의 머리를 가볍게 쿡 찔렀다.

그리고 쇼고 일행 쪽을 보면서,

"정말 죄송합니다요. 잘 교육시키겠습니다요."

라고 가벼운 말투로 그렇게 말한 것이다.

"고부타 씨, 그렇지만 전……."

"사실은 저지르지 않은 거죠? 그래도 그건 관계없습니다요. 의심을 당한 시점에서 이미 패배한 겁니다요. 리무루 님도 '치한 범죄는 무서운 것'이라고 말하셨으니까 말입니다요."

사뭇 두렵다는 투로 말하는 고부타.

그 말을 듣고 주위의 구경꾼들 중에서도 납득하는 자가 나오기 시작했다.

"고, 고부타 씨는 절 믿어주시는 겁까?"

그때 고부타는 한숨을 한 번 쉰다.

"그야 물을 것도 없습니다요. 고부조에게 그런 근성은 없으니까 말입니다요."

그렇게 단언한 것이다.

고부조는 고부타에게 안기며 평생 따르겠습다! 라고 말하면서 울음을 터뜨린다.

고부타는 내키지 않는 표정으로, 그래도 안심시키려는 듯이 고부조의 어깨를 두들겨주었다.

그런 고부타 일행의 모습을 키라라가 불쾌하게 바라본다.

"잠깐, 그게 무슨 뜻이야? 혹시 내가 거짓말을 하고 있다고 말하고 싶은 거야?"

"어, 그렇게 들렸습니까?"

고부타가 놀란 표정으로 되묻자, 키라라의 분노가 폭발했다.

"웃기지 마, 이 망할 자식아! 날 깔보다니, 건방진 것도 정도가 있지! 보지도 않고 어떻게 그 자식 말을 믿는 거야?"

격앙하며 소리치는 키라라. 하지만 고부타는 유연하게 대처했다.

"그야 간단합지요. 동료를 믿는 건 당연한 겁니다요."

아무렇지도 않은 것처럼 대꾸한다.

"말도 안 되는 소리 하지 마! 그런 이유로 누가 납득하겠냐고!"

"그럼 확실히 말하겠습니다만, 사실 이 고부조는 시온 씨를 좋아합니다요. 이건 모두가 다 알고 있는 사실이니까 아가씨 같이 어린 여자애를 건드릴 리가 없습니다요."

잔뜩 흥분한 키라라를 보면서 아무런 동요 없이 자연스럽게 대답하는 고부타.

한순간 조용해지다가 폭소의 소용돌이가 일어났다.

"잠깐, 고부타 씨, 너무함다!"

얼굴이 새빨개진 고부조가 펄쩍 뛰면서 고부타에게 항의한다.

"시끄럽습니다요. 다들 아는 사실인데 이제 와서 뭐 어떻습니까요?"

"다들 알고 있다니……."

"다들은 다들입니다요. 그만 포기하는 겁니다요, 고부조."

고부타가 그렇게 말하면서 어깨를 으쓱하자, 화가 난 고부조가 "평생 따르겠다고 생각했슴다만, 역시 그만두겠슴다!"라고 분개했다.

그러던 중에 키라라의 분노는 한계를 넘었다.

"까불지 마, 이 빌어먹을 자식들!! 날 얕보지 말라고! 너희들, 전부 다 '죽어버려'!!"

그렇게 절규했다.

이미 작전이고 뭐고 없이, 이 자리에서 자신을 웃음거리로 만든 자들을 전부 죽이려고 든 키라라. 살아남는 것은 쇼고랑 쿄야뿐일 거라고 생각했지만, 이미 이성을 잃은 그녀는 그래도 상관없다고 생각했다.

쇼고랑 쿄야도 작전을 중요시하고 있었던 것은 아니다. 그러므로 딱히 큰 문제로 보지 않고, 이대로 크게 한번 날뛰어 보자는 기대감으로 입꼬리를 올리고 있을 뿐이다.

그들, 세 사람의 '이세계인'들은 파르무스 왕국에서 억압된 생활을 계속한 결과, 정신적으로 상당히 핍박을 받은 상황이었다. 그 반동이 지금의 행동으로 나타난 것이다.

주위에 죽음이 흘러넘칠 것이다. ——키라라는 그렇게 예상하고 있었지만, 현실에선 아무 일도 일어나지 않았다.

"어, 어떻게 된 거지……?"

""——?!""

주위에선 모험가와 상인들이 계속 웃고 있다.

일어나야 할 현상이 일어나지 않는 것에 키라라뿐만 아니라 쇼고와 쿄야도 당황한 표정을 감추지 못하고 있었다.

그런 세 사람에게 자상한 목소리가 들린다.

"과연…… . 이건 목소리를 파장으로 변환시켜 뇌파에 간섭을 하는 스킬(능력)이로군요. 너무나 무서운 힘이니, 우리나라에선 사용을 금지하도록 하겠어요."

자상한 말투이면서도 확실한 의지가 담긴 거절.

슈나였다.

회의가 시작되기 직전에 고부타의 부하들이 달려와 상황을 전달해주었다. 그 보고를 듣고 좋지 않은 예감을 느낀 슈나가 시온을 호위로 동반하여 달려온 것이었다.

●

슈나는 자상한 표정으로 미소를 지으면서도 시선을 키라라에게 고정한다.

유니크 스킬 '깨닫는 자(해석자)'에 의해 키라라의 힘을 완전히 해석했다. 그런 뒤에 동조하듯이 오라(요기)를 같은 파장으로 바꿔서 키라라의 힘을 무력화시킨 것이다.

그 무시무시한 혜안으로.

"당신들은 이 나라에는 어울리지 않는 것 같군요. 그만 나가주세요."

자상하게 미소 짓는 슈나. 그러나 그 눈동자는 차갑다. 키라라의 공격에 살의가 있었다는 것을 슈나는 완전히 꿰뚫어 보고 있었으니 당연했다.

"말도 안 돼……. 믿을 수가 없어……."

그대로 힘없이 주저앉는다.

키라라는 깨달은 것이다. 완전한 '격'의 차이를.

이 여자는 다르다. 주위에 널린 존재들과는 다른, 진짜 괴물이라는 생각이 들었다.

하지만 키라라 이외의 두 사람은 깨닫지 못한다. 아니, 깨닫고는 있었지만 관계없다고 치부하고 있었다.

키라라는 졌다. 그러나 그들 두 사람이 지닌 폭력은 요상한 힘으로 무력화시킬 수 있는 종류가 아니다. 자신들의 힘에 절대적인 자신을 가지고 있는 두 사람은 마침 그 힘을 시험해볼 수 있는 좋은 기회라고 생각했다.

게다가 이미 계획이 발동한 이상, 이제 와서 중지할 수는 없는 것이다.

"흐응. 아, 그래. 그런 식으로 나온단 말이지. 좋아, 그쪽이 그런 생각이라면 나도 진심으로 상대해주지!"

쇼고는 슈나의 미모에 눈길을 뺏길 뻔했지만, 쓰러뜨리기만 하면 노예로 만들 수 있다는 걸 떠올렸다.

이 아름다운 여자도 마물일 테니 자신의 노예로 삼아서 갖고 놀아주겠다고 생각한 것이다.

욕망에 가득 찬 의식을 슈나에게 향하면서 어떻게 요리할지를 생각하는 쇼고. 고통으로 울면서 소리치는 모습을 비웃어주고, 그 뒤에 용서를 구할 때까지 괴롭혀주겠다고 생각했다.

그런 쇼고에게 너무나도 조용한 목소리가 들려온다.

"추접한 놈. 그 더러운 생각이 얼굴에 다 드러나고 있구나. 이

대로 순순히 도시에서 나간다면 살려주마. 하지만 따르지 않겠다면 그 목숨은 없다고 생각하는 게 좋을 것이다!"

늘씬하게 균형이 잡힌 몸에 슈트를 입은 쿨 뷰티의 미녀가 슈나의 앞을 막고 섰다.

시온이다. 그 눈을 분노의 빛으로 물들이며 슈나를 지키려는 듯이 한발 앞으로 나선다.

"재미있군! 방해하겠다면 너부터 박살 내주마!"

사나운 미소를 지으면서 쇼고가 으르렁거렸다. 자신이 패배할 것이라곤 전혀 생각하지 않는 강자의 여유를 보이면서.

"그렇군. 두들겨 패주지 않으면 이해할 수 없단 말이군. 좋아, 상대해주지!"

그리고 시온과 쇼고는 격돌했다.

쿄야는 이 상황을 즐기고 있었다.

늘 시끄럽게 구는 감시자가 같이 있지 않으므로 우등생 연기를 할 필요도 없다. 게다가 쇼고가 먼저 날뛰기 시작한 이상, 자신만 참아봤자 의미가 없는 것이다.

"흐응, 이렇게 되면 나도 내 마음대로 움직여볼까? 실은 이 힘을 시험해보고 싶었던 참이거든."

일그러진 미소를 지으며 쿄야가 검을 뽑았다.

쿄야는 이 세계에 온 뒤로 줄곧 상황이 원하는 대로 움직이기를 기다리고 있었다. 그리고 지금, 이제 겨우 자신의 힘을 시험할 수 있는 때가 찾아왔다.

(크크큭, 어디까지 가능할지 기대되는데!)

그 시선 끝에는 슈나와 그 앞에 선 고부타와 고부조가 있다.

"이거 큰일입니다요, 고부조, 너는 슈나 님을 지켜야 합니다요."

"알겠슴다!"

고부타는 작은 칼을 빼 들고 허리를 숙인 자세를 취했다. 대치하는 쿄야는 검을 정면으로 겨누고 있다.

쿄야의 특기는 검도.

그리고 그 스킬(능력)은──유니크 스킬 '베는 자(절단자, 切斷者)'라고 한다──.

벤다는 것 하나에만 특화된 힘. 그리고 그 힘을 살리는 것이 타고난 천성적인 검의 재능과 엑스트라 스킬인 '천안(天眼)'이다.

이 '천안'이란 것은 게임처럼 화면 너머의 전체 모습을 보는 감각으로 자신과 주위를 파악할 수 있는 스킬이다. 시각 분야에 특화되어 있으며, 반응속도도 상승되어 있었다. 그리고 무엇보다 '사고가속'으로 300배나 되는 속도로 인식하여 판단할 수 있는 것이다.

쿄야는 이 세 가지의 힘으로 파르무스 왕국뿐만 아니라 서방 열국에서도 최강의 검사의 한 자리를 차지하게 되었다. 라젠에 의해 그 힘을 감추도록 명령을 받았지만, 지금 이 자리에서 그 명령은 효과를 발휘하지 못한다.

충분히 힘을 발휘할 수 있는 기회를 얻으면서 쿄야는 피가 끓는다.

"하──핫핫하! 내 힘이라면 히나타라는 그 할망구한테도 안져! 하물며 너 같은 잔챙이에겐 더 그렇지!"

그렇게 소리치면서 쿄야는 큰 소리로 웃으며 고부타를 향해 칼을 휘둘렀다.

한편, 회의실에서도——.

슈나와 시온을 제외한 채로 회의는 시작된 상태였다.

"좋아, 준비도 끝났으니, 리무루 님을 부르겠다!"

베니마루는 그렇게 선언하고 리무루에게 '사념전달'을 시작한다. 그러나 그 결과는 통신 불능.

"리, 리무루 님과 연결되질 않아——?!"

베니마루가 중얼거리는 소리에 회의실이 고요함에 휩싸였다.

그 직후에 발생한 것은 공황.

그 표현이 잘 어울릴 정도로 회의실은 소란스러워진다.

평소에는 거의 동요하지 않는 베니마루까지 순식간에 창백해졌다. 그 정도로 리무루와 연락이 되지 않는다는 사태가 그들의 불안을 크게 만든 것이다.

그때——.

뮬란이 주문을 읊은 대마법이 완성됐다.

모든 마법 효과가 사라지면서 도시에 대혼란이 발생한다.

놀라서 혼란에 빠진 손님들을 피난시키려고 도시의 주민들이 움직이기 시작한다. 그러나 그것은 오래가지 않았다.

아니, 오래갈 수 없었다는 것이 맞는 표현이다.

뮬란의 대마법을 틈타 한 가지의 비술이 발동한 것이다.

그 비술이야말로 '프리즌 필드(사방인봉마결계, 四方印封魔結界)'——

대사제 레이힘의 연구 성과였다.

크루세이더즈(성기사단)가 정식 채용하고 있는 '홀리 필드(성정화 결계, 聖淨化結界)'와 원리는 같지만, 실력이 부족한 템플 나이츠(신전기사단)라도 여러 명이 힘을 합쳐 사용할 수 있게끔 개량한 것이었다.

고통스러운 표정으로 지면에 쓰러지는 도시의 마물들.

정신없이 도망치는 상인과 그들을 지키려 하는 모험가들.

쾌락이 시키는 대로 폭력을 휘두르는 자와 그 폭력에서 도시를 지키려 하는 자——.

이 날.

템페스트는 미증유의 재앙을 맞이했다.

수많은 요인이 복잡하게 얽히면서 상황은 혼돈으로 이끌려 간다——.

제3장

절망과 희망

Regarding Reincarnated to Slime

결계가 해제된 것을 확인하고 나는 주춤주춤 밖으로 나온다.

동시에 진심으로 안도의 한숨을 쉰다. 방금 내 '분신체'가 소멸한 것을 느낀 것이다.

"무사하셨습니까, 나의 주인이여!"

당황한 표정으로 란가가 그림자에서 튀어나왔다.

나와의 접속이 끊어지면서 어지간히 걱정이 되었던 모양이다.

그 털은 긴장으로 인해 곤두서 있었다.

문제없다고 란가를 안심시키기 위해 쓰다듬어준다.

그러나 이번에는 정말로 위험했다.

맨 처음에 걸어둔 보험이 효과가 있어서 살아난 셈이지만, 종이 한 장 차이였다고 할 수 있다.

그 '홀리 필드(성정화결계)'에 붙잡힌 시점에서 나는 압도적으로 불리하게 몰렸다. 그런 상황에서 적의 정체도 실력도 모르는데 정직하게 싸우는 건 바보나 할 법한 짓이다. 그렇게 생각한 나는 순간적으로 '분신체'를 만들고 본체인 슬라임 부분만 도망친 것이다.

인간의 모습을 한 '분신체'는 모두 마력요소를 모아서 만든 '마체(魔體)'이다. 그러므로 움직임이 둔해졌지만 본체를 피신시키기 위해서는 어쩔 수 없다고 판단했다.

반대로 말하면 잘도 그런 상황에서 '마체'를 유지할 수 있었다고 자신을 칭찬해주고 싶을 정도였다. 그 정도로 '홀리 필드'는 번 거로웠던 것이다.

그러나 무사히 도망칠 수 있어서 정말 다행이었다.

그것도 다 하쿠로우의 수행을 통해 '은형법'을 성실하게 습득한 덕분이다.

만약 히나타 녀석이 내가 '분신'을 할 가능성까지 생각해서 행동했다면 끝이었겠지만…… 역시 그렇게까지는 경계하지 않았는지, 목숨을 건질 수 있었다.

뭐, 대개는 그렇게까지 경계하진 않겠지.

덕분에 살아난 셈이지만, 이걸 교훈으로 삼아 나도 방심하지 말아야겠다고 생각한다.

아차, 잊어버리고 있었다. 방금 전까지 전투 중이었기 때문에 내 오라(요기)도 숨기고 있었지만, 지금은 새어 나왔을지도 모른다. 최근에는 완벽하게 숨길 수 있게 된 것 같지만, 조심 또 조심하자.

그렇게 생각하면서 나는 '위장' 안에서 새로운 가면을 만들었다.

'항마의 가면'을 복제한 것이지만, 내겐 필요 없는 기능을 없애고 '마력 저항'만 강화시켜둔다. 이것으로 웬만하면 히나타가 나를 감지할 일은 없으리라 생각한다. 그렇게 생각하며 나는 인간의 모습으로 '변화'한 뒤에 가면을 썼다.

그건 그렇고——히나타 녀석, 너무 강하잖아.

그 강함은 비정상적일 정노다.

만약 '홀리 필드'가 없는 상황에서 그대로 전력을 다해 싸웠다면 어떻게 되었을까?

십중팔구 내가 패배했을 거라는 생각이 든다.

그런 생각을 하면서, 내가 해방시킨 '글러트니(폭식자)'가 싸우던 모습을 회상해본다──.

·················.

············.

······.

눈을 뜬 '글러트니'는 말하자면 일종의 프로그램(유사 인격)이다. 눈에 보이는 것을 전부 먹어치우는, 파괴 충동으로 이뤄진 덩어리였다.

그렇기에 더더욱 자신에게 박힌 레이피어에는 아무런 고통도 느끼지 않는다. 약간 놀란 표정의 히나타를 흘겨보면서 '글러트니'는 자신의 육체를 변화시키기 시작한다.

그건 '만능변화'를 구사한 완전 형태. 내가 지금까지 '포식'한 마물들의 온갖 다양한 특징──장점을 받아들여 조합한 전투에 특화된 형태로.

주위의 풀, 흙, 공기를 흡수하면서 물질적인 육체를 구성하기 시작한다.

주위의 모든 물질을 먹어치우면서.

'홀리 필드' 안에선 마력요소로 '마체'를 형성하는 것조차 지장을 받는다. 그러나 '글러트니'는 억지로 통상 물질을 빨아들여서 자신을 강화시켰다.

위험하다고 히나타는 직감했는지, 망설이지 않고 레이피어를 놓았다.

그 행동이 히나타의 목숨을 구했다.

폭주하는 '글러트니'는 레이피어는 물론이고 히나타도 잡아먹으려고 덮쳤던 것이다.

소리와 열기, 그리고 냄새를 의지하여 히나타의 위치를 특정하고 있다.

히나타의 반응이 느렸다면, '포식'에 의해 산산조각이 되어 잡아먹혔을지도 모른다.

경악하는 히나타를 앞에 두고 '글러트니'의 변신이 완료된다.

인간의 모습을 한 짐승. 금색의 동공과 희미하게 푸른빛이 감도는 은색 머리카락이 그나마 과거의 내 모습 중 남아 있는 것이었다.

그 용모는 흉악함으로 물들어 악마와 같은 형상을 보인다.

"믿어지질 않는군."

히나타가 그렇게 중얼거렸다.

그러나 그 표정에서 놀라는 빛은 사라져 있었으며, 연구자처럼 냉정하게 대상을 파악하려고 하고 있다.

정신을 베어버리는 '데드 엔드 레인보우(칠색종언자격돌, 七色終焉刺突擊)'로 죽음에 이르지 않은 것을 보고 '글러트니'가 정신──즉, 의지를 가지고 있지 않다는 걸 이해한 것 같다.

인간이나 마물의 근간이면서 힘의 원천이 되는 영혼.

영혼이란 것은 의지 그 자체이긴 하지만, 그것만으로는 그 뜻을 표현할 수 없다.

생각을 하기 위한 연산장치가 되는 영체 = 아스트랄 바디(성유체, 星幽滯)가 필요하게 된다.

또한 아스트랄 바디만으론 그 의지는 공중으로 흩어져 사라지고 만다.

기억을 붙잡아 두기 위한 기록 장치가 되는 스피리추얼 바디(정신체)가 필요한 것이다.

단, 스피리추얼 바디란 것은 가상 메모리 같은 것이며, 확실한 기록 매체로 보기는 어렵다.

그렇기 때문에 머티리얼 바디(물질체)가 필요한 것이다.

정신을 단련하고 있는 자라면 뇌가 손상되어도 기억을 복원할 수가 있다. 그건 마물 중에 정신 생명체 같은 존재가 확인되어 있는 걸 봐도 명백하다.

하지만 반대로 정신이 파괴되면 뇌가 무사해도 아스트랄 바디에 심각한 대미지를 받게 될 것이다. 그게 영혼에까지 미친다면 재생은 불가능하다.

그리고 그건 이 세계에서 최강의 네 개 종족에 들어가는 '용종(竜種)'이나 상위 정령들이라 해도 예외는 아니다――.

이 시점에서 히나타는 '글러트니'의 정체를 정확하게 꿰뚫어 본 것 같다. 그 입가에는 매력적인 미소를 지으면서, 그 눈동자는 대책을 강구하는 듯이 형형하게 빛나고 있다.

무기인 레이피어를 잃었는데도 그 태도에는 여유가 있었다.

그리고――,

"아스트랄 바인드(성유속박술, 星幽束縛術)!"

품에서 부적을 꺼내서 던진다.

그건 머티리얼 바디가 아니라 혼을 담는 그릇인 아스트랄 바디를 묶는 기술.

그러나 '글러트니'는 멈추지 않는다.

히나타는 그걸 확인하고 모멸하듯이 입가를 일그러뜨렸다.

손발을 이상한 모양으로 변형시키면서 쫓아오는 '글러트니'를 앞에 두고 히나타는 동요하는 몸짓을 보이지 않는다. 그러기는커녕 여유 있는 태도로 관찰을 계속한다.

완급이 자유자재인 '글러트니'의 공격을 종이 한 장 차이로 계속 피할 뿐이다.

완전히 공격을 파악하고 있는 것이다.

"──그렇군, 역시 이미 죽었단 말이네."

그렇게 작게 중얼거리는 히나타.

"이런, 이런, 넌 정말 마지막까지 귀찮게 구는 상대로군. 너무 심술궂은 거 아냐? 죽은 뒤에도 적을 공격하게 시키다니……. 게다가──이 자리에서 완전히 소멸시키지 않으면 세상의 위기가 찾아올 것 같은걸……."

그리고 머리를 한 번 저으면서 계속 잔소리를 했다.

그대로 진지하게 긴장한 표정을 지으면서, 히나타는 여러 개의 무속성 정령을 소환했다.

정령들은 명령에 따라 '글러트니'에 몰려들기 시작한다.

그런 공격 따윈 무의미했으며, 오히려 '글러트니'에게 잡아먹히며 흡수되는 정령들.

그러나 그건 정령들을 희생으로 삼아 발을 묶어둔 것에 지나지 않았다.

이 '홀리 필드' 내에서 구사 가능한 마법은 〈부적술〉이나 〈기투법〉, 그리고 〈정령마법〉 같은 마력요소의 영향을 받지 않는 아츠 (기술)와 마법뿐이다.

그런 상황에서 히나타가 선택한 것은 최대의 정화 능력을 지닌 〈신성마법〉 궁극의 일격. 히나타의 비장의 수라고도 할 수 있는, 최강의 공격 수단 중의 하나였다.

히나타는 앞으로 뻗은 두 손으로 복잡한 모양의 수인(手印)을 만들면서 신에게 기도하듯이 주문을 읊는다. 그에 따라 앞쪽의 공간에 복잡한 모양의 기하학적 모양이 떠올랐다.

고속으로 만들어지는 세계의 간섭에 의해 적층형 마법진(積層型 魔法陳)이 전개되고 있는 것이다.

그 마법진의 중심에는 폭주하며 정령들을 먹어치우는 '글러트니'의 모습이 존재했다.

지혜도 지성도 잃어버리고, 냉정한 사고력도 지니지 않은 가여운 사냥감으로서.

"신에게 이 기도를 바치나니, 나는 성령의 힘을 바라고 또 원하노라. 나의 소원을 들어다오. 만물이여, 사라져라! 디스인티그레이션(영자붕괴, 靈子崩壞)!!"

히나타의 아름다운 목소리로 그 주문은 신에게 바쳐졌다.

그리고 소원은 이루어진다.

그야말로 신과 같은 힘.

한정된 범위를 대상으로 하여 물질은커녕 영혼조차도 소멸된다.

궁극의 대인 대물 파괴마법(對人對物破壞魔法).

마법진 내부에 히나타의 양손에서 발사된 흰색의 빛이 도달한다.

그것은 섬광.

발동한 뒤에 대상까지 도달하는 속도는 초속 30만㎞. 광속과도 맞먹는 그 속도로부터는 누구도 피할 수가 없다.

마법에 의해 조종되는 영자(靈子)가 대상의 세포부터 영혼까지 성스러운 힘으로 완전히 소멸시킨다.

그 빛은 주위에는 아무런 피해를 주지도 않고 '글러트니'만 흔적도 남기지 않고 소멸시킨 것이다.

··················.

·············.

·······.

말하자면 여기까지가 전투 기록이었다.

화면 너머의 싸움을 지켜보듯이 관찰하고 있었지만, 정말이지 굉장하다고밖에 말할 수 없다.

이 싸움에서 얻은 수확이라고 한다면, 히나타의 무기였던 부서진 레이피어다. 실은 '위장'을 경유하여 확실하게 회수해두었던 것이다.

그러나 그것보다 중요한 것은 히나타가 구사한 마법과 스킬(능력)의 정보였다.

폭주 상태로 이행시킨 '글러트니'였지만, 내 영혼을 경유시킨 게 아니라 '대현자'가 제어하도록 해놓은 상태에서 데이터 링크(정보 접속)만 완벽하게 실행시키고 있었다. 당연하지만 내 영혼과의 접속은 단절해둔 상태였다. 완전히 자율 행동으로 움직이게 만들었던 것이다.

그렇기에 히나타가 레이피어로 날린 일격— '데드 엔드 레인보우'의 마지막 공격을 받았을 때도 본체인 내게는 영향이 없었던 것이지만…….

처음부터 그걸로 이길 수 있을 거라고는 생각하지 않았다. 그러므로 앞으로의 일을 생각해서, 대책을 세우기 위해서라도 정보를 수집할 것을 명령한 것이다.

그 분석 결과가 방금 본 전투의 회상 장면이다.

그건 그렇다 쳐도——'디스인티그레이션'은 위험하다.

등골이 얼어붙을 정도의 위력이다. 그걸 처음 보고 맞았더라면 방어는 불가능했다. 내 '다중결계'도 완전히 관통되면서 순식간에 소멸했으리라고 생각한다.

결점이라 할 만한 부분은 발동까지 시간이 걸린다는 점. 그러나 그 위력을 생각하면 사사로운 문제이며, 히나타라면 적절하게 사용했을 것이다.

농담이 아니다.

그 정도로 강하다면, 결계 같은 건 애초에 필요가 없었을 텐데……. 강한 데다 방심도 하지 않는다니, 정말 그건 너무하다고 생각한다.

실제로 '분신체'로는 머리카락 하나도 다치게 할 수가 없었다.

갑옷도 입지 않은 채로 자신만만하게 등장한 것도 충분한 이유가 있었던 것이다…….

히나타에게 그런 비장의 수가 있었다면, 결계로 붙잡힌 시점에서 곧바로 도망치는 게 정답이었던 것 같다.

유우키가 말했던 것처럼 '이세계인'이나 '소환자'란 존재들은 다들 저렇게 강한 건가? 그렇다면 대적할 상대에겐 반드시 유니크 스킬이 있다는 전제 하에서 확실하게 대처하는 게 좋을 것 같다.

나도 제법 강하다고 자만하고 있었지만, 히나타와의 싸움을 경험한 지금은 그런 자신감도 산산조각으로 박살 나버렸다.

자만심이 사라지게 된 것이 오히려 잘됐을지도 모른다.

그리고 '디스인티그레이션'을 체험할 수 있었던 것은 요행이었다. 적층형 마법진이 전개된 시점에서 모든 게 끝이었다.

그 마법은 발동되기 전에 도망치거나 방해를 하는 것 말고는 대항할 방법이 없을 것 같다.

그것도 '해석감정'을 할 수 있었다면 좋았겠지만, 그럴 여유는 없었다.

세상일은 그렇게 쉬운 게 아닌 법이다.

그걸 본 순간 '대현자'의 데이터 링크가 날아갔으며, 본체인 나까지 현기증이 일어났을 정도였으니까.

보고 난 뒤의 회피는 불가능했으며, 적층형 결계에 추적 효과도 있었기 때문에 결계를 해제할 수 없다면 직격을 피할 수는 없었을 테고 말이다……

밀림이라면 견뎌낼 수 있을까?

나중에 기회가 되면 물어봐야겠다.

란가에게도 내부에서 생겼던 일을 전하면서 몸에 이상이 없는지를 확인했다.

괜찮다, 본체에 이상은 없다. '홀리 필드'의 영향도 사라진 상태다.

그건 그렇고 히나타 녀석, 까부는 것도 정도가 있지.

내 이야기를 전혀 듣지 않고 일방적으로 싸움을 걸어올 줄이야.

받아들인 나도 나지만, 이길 수 있을 거라 생각했다가 참패를 하고 말았군……

아니, 지지는 않았다. 36계 줄행랑이라는 말도 있으니까.

나는 처음부터 도망칠 생각을 하고 있었으니 무사히 도망친 시점에서 내가 이긴 셈이다.

조금 씁쓸하긴 하지만 여기서는 일단 전술적 승리라는 걸로 타협하자.

뭐, 실제로 이 정도의 데이터를 수집할 수 있었다. 내 승리라고 해도 과언은 아니라고 생각한다.

뭐, 굳이 따지자면 양보해서 비긴 것으로 쳐도 좋지만 말이지.

절대 진 게 분해서 이러는 건 아니거든!

그런 농담을 하고 있을 때는 아니다.

도시에 있는 자들이 걱정이다.

나는 그 자리를 떠나서 재빨리 귀환하기로 했다.

*

템페스트(마국연방)로 이동하는 마법을 시도해보다가 이상함을 알아차렸다.

원소마법 : 워프 포털(거점 이동)로 내 방으로 돌아가려 했지만 마법이 발동하지 않았던 것이다.

《알림. 이동할 목적지를 특정할 수가 없습니다. 생각할 수 있는 원인으로는 어떤 결계로 인해 바깥 세계와 격리되어 있는 걸로 추측됩니다.》

이거 큰일인데. 히나타가 말한 대로 템페스트를 박살 내려는 자가 있는 것 같다. 급히 돌아가지 않으면 정말로 돌아갈 곳이 사라지고 말 것이다.

그러는 동안에도 '대현자'가 이동 가능한 곳을 검색하다가 가비루가 지키고 있는 동굴 안의 마법진을 찾아냈다.

"가자!"

나는 란가에게 소리쳐서 알림과 동시에 다급하게 봉인의 동굴로 이동했다.

봉인의 동굴에 있는 마법진 앞에 가비루의 부대가 집합해 있었다.

내 모습을 보자마자 안도하는 표정을 지으며 달려오는 가비루.

"오오! 리무루 님, 무사하셨습니까!"

가비루가 대표로 나와 상황을 설명해주었다.

"──그리고 수왕국 유라자니아와 마왕 밀림 님이 일주일 후에 교전 상태에 들어간다는 연락이 온 직후에 베니마루 공과의 연락이 끊어졌습니다. 저도 마음에 걸려서 소우카에게도 연락을 취해봤습니다만, 보아하니 저쪽도 간부들과 연락이 되지 않는 것 같습니다……."

"저도 가젤 폐하께는 전달했지만, 자세한 상황을 모르는 이상
은 함부로 움직일 수 없는 상황이라서……."

베스터도 드워프 왕에게 보고는 한 모양이지만, 확실히 도움을
요청하기에는 정보가 부족하다. 아무것도 하지 못한 채 불안해하
고 있었던 것 같다.

한 시간 정도 전에 통신용 수정으로 갑자기 연락이 들어왔다고
한다.

그때는 문제없이 이야기할 수 있었지만, 그 뒤에 와야 할 연락
이 오지 않는다고 한다.

그리고 '사념전달'도 통하지 않으면서, 어떡해야 좋을지를 다
같이 상의하던 차에 내가 돌아왔다고 한다.

아무래도 안 좋은 예감이 적중한 것 같다. 뭔가 큰 사태가 일어
나고 있는 것은 틀림이 없다. 하지만 도시에 있는 자들과 연락이
되지 않는다니, 이건 대체…….

그런 생각을 하고 있으려니, 내 그림자에서 소우에이가, 가비
루의 그림자에서 소우카 일행이 뛰쳐나오듯이 나타났다.

"리무루 님, 무사하셔서 정말 다행입니다──."

진심으로 안도하는 듯한 말투로 소우에이가 말했다.

내게 '분신체'를 통해 위기를 알리려고 하던 중에 모든 연락이
끊어지는 바람에 불안했던 모양이다.

그랬던 소우에이는 온몸에 상처를 입고 잔뜩 지친 몰골을 하고
있었다.

"소우에이, 나는 그렇다 치고 너도 큰 상처를 입지 않았느냐?!"

베스터가 서둘러 풀 포션(완전 회복약)을 가져와서 소우에이에게 먹이고 있었다.

"제가 대신 설명 드리겠습니다. 소우에이 님은 템페스트 주위에 펼쳐진 결계를 뚫으려고 하다가 부상을 입으셨습니다."

"닥쳐라, 소우카. 나는 괜찮다. 그보다 리무루 님, 현재 상황은 아주 좋지 않습니다──."

소우에이가 말해준 내용은 경악할 만한 것이었다.

놀랍게도 파르무스 왕국이 군사를 일으켜 이곳 템페스트로 움직이기 시작했다는 것이다.

소우에이는 그 정보를 얻자마자 서둘러서 베니마루에게 전하기 위해 돌아오고 있었다고 한다. 그러나 도시 주위에 펼쳐진 결계의 저지를 받는 바람에 안으로 들어갈 수가 없었다고 한다. 본체는 큰 상처만 입고 넘어갔지만 '분신체'는 전부 소멸되어버린 모양이다.

큰 상처만 입고 넘어갔다, 그렇게만 말하고 넘어가는 게 소우에이답다.

보통 사람이라면 완전히 아웃이었을 것이다.

그건 그렇다 치고, 소우카 일행도 불러 모아서 강행 돌파하려고 하던 차에 내가 귀환한 것을 알아차렸다고 한다.

애초에 소우에이가 그 정도로 황급하게 굴었던 것은 나와의 연락이 끊어졌기 때문일 것이다. 확실히 나도 히나타의 습격을 받았으며, 이 수십 분 동안에 수많은 일이 동시에 일어난 것으로 보인다.

"그만 걱정을 끼치고 말았구나, 미안하다."

"아닙니다, 리무루 님이 무사하시다면 아무런 문제도 없습니다."

소우에이는 그렇게 잘라 말했지만, 내가 좀 더 빨리 돌아오기로 결정했다면 히나타와 조우하지 않고 넘어갔을지도 모른다. 모두 내 변덕이 원인이므로 반성해야 한다…….

하지만 그 전에.

"그건 그렇고 파르무스 왕국이 움직이고 있다면, 이 결계를 펼친 자도 파르무스 왕국의 관계자인가?"

"아마도……."

"그렇다면 도시에 있는 자들이 위험하지 않은가──?!"

그 사실에 생각이 미치면서 내 마음은 초조해지기 시작했다.

히나타에게 발목을 붙잡힌 것이 후회가 된다.

여기서 느긋이 이야기를 나누고 있을 여유가 없다. 그렇게 판단하면서 도시로 서둘러 가기로 했다.

"가비루, 너희들은 계속 동굴 안을 지켜줄 것을 부탁하마. 베스터와 드워프 약사들을 지켜다오! 만약 침입자가 있다면 가능한 한 죽이지 말고 생포해라."

"넷, 잘 알겠습니다."

"리무루 님, 가젤 폐하께 보낼 연락은 어떻게 할까요?"

"아아, 그건──내가 상황을 확인할 때까지 기다려다오. 지금 단계에선 걱정만 끼칠 뿐이니까."

"그렇긴 하겠군요. 잘 알겠습니다. 부디 무사하시길!"

베스터의 걱정도 이해는 되지만, 상황을 모르는 이상은 달리 설명할 방법도 없다. 첫 번째 연락은 넣었다고 하니, 잠시 동안은 기다리라고 하라지.

"나는 먼저 가겠다."

"넷! 곧 뒤따라가겠습니다."

나는 '그림자 이동'을 써서 도시로 가려고 하다가, 내 자신의 스킬(능력)이 '공간이동'으로 진화했다는 것을 떠올렸다.

"잠깐, 소우에이. 같이 가자. 소우카랑 너희들도 이리 와라!"

"네?"

질문에 대답하지 않고 '공간이동'을 발동시켜서 결계가 펼쳐져 있는 곳의 바로 옆 지점과 현재 위치를 연결시킨다.

눈앞에 사람이 드나들 수 있을 정도의 구멍이 생기면서 그 건 너편은 목적지로 이어져 있었다.

지나칠 정도로 편리한 스킬이다.

"가비루, 뒷일은 맡기겠다!"

"넷! 연락을 기다리고 있겠습니다!"

음 하고 가비루와 그 부하들에게 고개를 끄덕여 보인다.

그리고 눈앞에 나 있는 구멍으로 한 걸음 발을 들여놓는다──.

아무 문제 없이 도시의 외곽 부분으로 나올 수가 있었다.

내 뒤를 이어 소우에이 일행도 모습을 드러낸다.

소우에이는 평온해 보였지만, 소우카와 부하들은 상당히 당황해 하고 있는 것 같다.

그야 그렇겠지. 상황이 긴박하지만 않았다면 천천히 설명해줄 수도 있었겠지만…….

자, 눈앞에는 수상해 보이는 결계가 있다.

소우에이 정도의 실력자도 돌파할 수 없다면 상당한 강도를 갖추고 있는 것 같다.

그 결계를 향해 왼손을 뻗어서, 내 앞부분의 결계를 흡수해 '해석감정'을 시킨다.

해답. 대마법 : 안티 매직 에어리어(마법 불능 영역)의 영향과 마력요소 농도의 감소를 확인했습니다. '홀리 필드(성정화결계)'와 원리는 같습니다만, 질적으로 균일하지 않으며 농도에 편차가 보입니다. 정화 능력이 약한 열화판으로 추측됩니다. 내부에 들어가면 영향을 받겠지만 '다중결계'로 레지스트(저항)가 가능합니다.》

열화판이라면 문제는 없을 것 같다.

안에 있는 베니마루와 다른 자들이 걱정이 되기 때문에 당장 들어가기로 했다.

그리고 '대현자'가 말하기로는 대마법은 이 안에 발동시킨 자가 있지만, 이 결계는 외부에서 발동시키고 있는 것 같다고 한다. 대규모의 술식이므로 한 명이나 두 명이 아닌 여러 명으로 이 결계를 유지하고 있는 것으로 보인다고 했다.

"소우에이, 대마법을 발동시키고 있는 자는 내가 제압할 테니까 너희들은 이 결계를 펼치고 있는 자를 찾아내라. 단, 전투행위는 금한다. 다 같이 조사해서 상대가 얼마나 강한지를 확인해라."

"알겠습니다. 그러면 연락은 어떤 식으로……?"

"음."

고개를 끄덕이면서 나는 '끈끈하고 강한 거미줄'을 뽑아내서 소우에이의 손목에 감았다.

"어떠냐? 이걸로 전달하면 의사소통은 가능하지 않겠나?"

"과연, 이거라면——."

당장 시험해보니, 결계 밖과 안에서도 '끈끈하고 강한 거미줄'을 통해 '사념전달'은 가능했다.

"좋아, 가라! 만일의 경우엔 나도 가서 돕겠다. 이길 수 있겠다고 판단되면 죽이지 말고 무력화시켜라."

"넷!"

소우에이를 따라 소우카를 포함한 다섯 명도 소리 없이 사라진다.

정말로 닌자 같다. 소우에이를 포함한 저 다섯 명이라면 상위 마인을 상대로 해도 밀리지는 않을 테지만…….

지금은 방심할 수 없다. 단 하나의 실수도 용납할 수 없으므로, 충분히 조심해야 한다.

그런 생각이 들었기 때문에 '대현자'에게도 그대로 계속해서 '해석감정'을 하도록 시킨다. 잘만 하면 내부에서 결계를 해제할 수 있을지도 모르니까…….

지금은 소우에이 쪽에 맡겨두기로 하고 나는 어서 안으로 들어가기로 하자.

＊

도시 내부는 농도가 약해지긴 했지만 마력요소가 남아 있었다.

안티 매직 에어리어가 겹쳐 있지만 않다면 마법도 어느 만큼은 쓸 수 있을 정도이다.

확실히 '다중결계' 덕분에 내게 끼치는 영향은 느껴지지 않는다. '홀리 필드(성정화결계)'보다도 상당히 뒤떨어지는 결계인 것 같아 보여서 약간은 안심이 됐다.

도시 안을 내달리면서 중앙 광장 앞에 있는 집무관으로 서둘러 이동한다.

중앙에는 사람들이 몰려 있었고, 무거운 공기가 감돌고 있었다.

역시 무슨 일이 있었던 모양이다. 내 마음속에 불안이 솟아오른다.

내가 온 것을 알아차렸는지 주위에 있던 자들이 길을 터주면서 무릎을 꿇는다.

그리고 몇 명이 내게 다가왔다.

맹렬한 기세로 달려온 자는 리그루도였다. 그 뒤를 쫓듯이 리그루, 그리고 리리나와 홉고블린 장로들이 달려왔다.

"리무루 님, 잘 돌아오셨습니다. 무사하셔서 정말 다행입니다——."

리그루도는 내 발을 붙잡은 자세로 무릎을 꿇으면서 감격스럽게 말한다.

"아아. 걱정을 끼친 것 같아서 미안하네."

"전혀 그렇지 않습니다!!"

어지간히 안심이 됐는지, 그 말만 하고는 결국 울음을 터뜨린다.

그런 리그루도와 나를 둘러싸듯이 다른 자들도 무릎을 꿇는다. 그리고 일제히 내가 돌아온 것을 기뻐해준다.

보아하니 나와 연락이 끊어진 것이 생각했던 것 이상으로 모두를 불안하게 만들어버린 모양이다.

그러던 중에 비교적 냉정한 자도 있었다.

카이진이다.

"──나리, 용케 무사히…….."

그렇게 내게 말을 걸어왔다.

걱정스러워하는 목소리였지만, 뭔가를 억지로 참고 있는 것 같은 비통한 울림도 섞여 있다.

마물이라면 감정의 파장을 조금은 느낄 수 있으므로, 왠지 모르게 카이진이 내게 뭔가를 숨기고 있다는 것을 깨달았다.

가름을 비롯한 드워프 삼형제도 광장으로 이어지는 통로를 가로막듯이 서서, 내가 그쪽으로 가려는 걸 막으려는 것처럼 보인다.

"우선은 보고드릴 것과 논의할 것이 있으니, 이쪽에 있는 대책 본부 쪽으로…….."

한바탕 크게 울고 난 뒤에 진정이 됐는지, 리그루도가 일어나서 그렇게 말했다.

울고 있을 때가 아니라는 듯이 의연한 태도로 돌아와 있다. 그리고 그 목소리에서는 불문곡직의 강한 의지가 느껴졌으며, 자신이 할 일에 최선을 다하려는 각오가 엿보였다.

리그루도가 안내하려 하는 건물은 광장과는 방향이 달랐다.

보아하니 리그루도도 내가 광장으로 가게 되면 입장이 곤란한 모양이다.

광장에서 무슨 일이 일어난 거지? 좋지 않은 예감이 든다.

"리그루도, 카이진. 거길 비켜주게. 무슨 일이 일어난 거지?"

"아, 아니. 문제가 약간 일어났을 뿐이라…….."

"얼버무리지 말게. 거길 비켜줘."

내가 말에 '위압'을 싣자, 단념했는지 가름 형제들도 고개를 숙이면서 천천히 길을 내줬다.

그때 광장과 떨어진 방향에서 폭음이 울려 퍼졌다.

마력요소가 흐릿해져 있어도 느낄 수 있는 이 오라는 베니마루의 것임에 틀림없다. 그리고 방금 그 폭음을 통해 보건대, 누군가와 전투 중인 것 같다.

"누군가와 싸우고 있는 건가? 가자!"

내달리다시피 하면서 현지로 향한다.

나를 뒤따르는 리그루도 일행이 뭔가 안도하고 있다는 걸 깨닫지 못한 채……

그곳에선 예상대로 베니마루가 누군가와 싸우고 있었다.

아니――싸우고 있다기보다 일방적으로 괴롭히고 있다는 느낌이다.

베니마루 일행을 감싸듯이 검은 갑옷으로 통일된 하이 오크의 상급 병사들이 늘어서 있다. 그자들을 통솔하는 건 게루도이며, 베니마루를 제지하는 것이 아니라 싸움을 지켜보는 것 같은 자세를 취하고 있다.

평소에는 냉정한 게루도였지만, 보아하니 베니마루랑 마찬가지로 격앙되어 있는 것 같다.

그리고 상대는――.

수인인 그루시스였다.

마왕 칼리온의 부하인 그와 베니마루가 왜? 그런 의문을 떠올리기도 전에, 그루시스의 뒤에 쓰러진 요움과 그를 안아서 부축하고 있는 낯선 미녀의 모습이 눈에 들어온다.

아무래도 그루시스는 그 두 사람을 지키려는 것처럼 보이는데…….

베니마루는 아직 검을 뽑지 않았다. 그러나 그 오라(요기)가 격렬하게 뿜어져 나오는 것을 보면 분노를 참고 있는 것이 명백하다.

"네놈도 그 여자를 감싸는 건가? 미안하지만, 지금 우리에겐 여유가 없다. 당장 그 자리에서 물러나라."

"헤헷, 그건 안 되겠는데. 냉정함을 잃은 지금의 너희들에게 이 여자를 넘겨줄 순 없다고!"

"호오, 내가 냉정하지 않다고? 냉정하지 않았다면 이미 너희를 재로 만들었을 것이다. 이제 그만 얌전히――."

"미안하군, 무슨 일이 있어도 나는 이 여자를 지키겠다!!"

그렇게 소리치자마자 그루시스가 움직였다.

아직 검도 뽑지 않은 베니마루를 향해 질풍 같은 속도로 달린다.

순식간에 '수신화(獸身化)'를 하여 회색의 늑대 인간으로 모습을 바꾸면서. 요움과 싸우던 때와는 비교도 되지 않는 속도로 베니마루에게 다가와 양손에 든 나이프로 찔렀다.

그러나――.

"얌전하게 굴라고 했을 텐데!"

제대로 박혔어야 할 나이프는 베니마루의 몸을 지키는 오라에 닿자마자 증발한다. 그걸 보고 놀라서 멈춰버린 그루시스는 반응이 느려지는 바람에 베니마루에게 붙잡혀 버린다.

그대로 베니마루는 그루시스를 왼손만으로 들어 올려 지면에 처박아버렸다.

둔탁한 소리가 나면서 지면에 균열이 생긴다. 동시에 그루시스의 머리에서도 선혈이 흩날렸다.

베니마루의 힘을 오랜만에 보긴 했지만, 그루시스와는 '격'이 다르다. 베니마루가 진심으로 싸우지 않아도 전혀 승부가 되지 않았다.

그러나 그런데도 그루시스는 포기하지 않고 일어서더니…….

"큭, 하지만 난 아직……."

"쳇, 얌전히 굴라고 하잖아. 이 이상 저항하면 정말로 죽일 수밖에 없거든?"

어쩔 수 없다는 표정으로 베니마루가 한 번 더 그루시스를 들어 올리려고 한다.

"그만해라, 베니마루!"

그때서야 겨우 나는 소리를 질러서 말릴 수 있었다.

*

내가 온 걸 알아차린 베니마루는 즉시 그루시스를 놓고 무릎을 꿇었다.

그 몸에서 풍겨져 나오던 오라(요기)도 깔끔하게 사라지면서, 방금 전까지의 긴박한 분위기가 누그러진 것처럼 보인다.

베니마루의 싸움을 지켜보던 게루도와 그 부하들도 무릎을 꿇으면서 내 귀환을 기뻐하고 있었다.

그러나 지금은 그 인사에 응하기 전에 요움과 그루시스의 치료가 먼저다.

"베니마루, 이게 대체 어떻게 된 상황인가?"

"네, 실은——."

요움과 그루시스에게 회복약을 먹이면서 나는 어찌 된 상황인지를 묻는다.

그가 말하길 이 도시에 상인으로 분장한 자들이 기습을 해 온 모양이다. 듣자하니 그자들은 예상 이상으로 상당한 힘을 지닌 것으로 보였으며, 그 때문에 대혼란이 일어났다고 한다.

"그때 마법을 쓸 수 없게 되면서 저희의 힘이 줄어들고 말았습니다. 그 탓에 이 도시의 사람들도——."

"베니마루 님!!"

베니마루가 무슨 말을 하려고 했지만 리그루도의 당황한 목소리에 상쇄되고 말았다. 그리고 베니마루와 리그루도는 서로 시선을 나누었고, 베니마루는 이내 어색한 표정으로 고개를 끄덕인다.

"그 얘기는 나중에 하는 걸로……. 어쨌든 말입니다. 그때 저희가 약해진 원인이 그 여자가 사용한 마법에 있기 때문에……."

그렇게 말하면서 베니마루의 설명이 끝났다.

게루도도 고개를 무겁게 끄덕이면서 이 도시를 덮은 결계의 원인이자 발동시킨 자를 찾아내서 추격하던 중이었음을 설명해 줬다.

그때 요움이 방해를 하는 바람에 어쩔 수 없이 전투가 벌어지게 되었다고……. 요움의 동료들은 관계가 없는 것 같아서 사정을 설명하지 않고 숙소에 감금시켰다고 한다.

내가 생각했던 것 이상으로 번거로운 상황이 되어버린 모양이다.

그리고 그때 회복한 요움이 내게 엎드려 빈다.

"리무루 나리, 미안합니다! 전 당신을 배신할 생각은 조금도 없습니다. 그저 이 뮬란을 구해주고 싶었을 뿐입니다!"

뭔가 포기한 듯한 표정으로 우리 대화를 묵묵히 듣고 있던 낯선 미녀──뮬란은 요움의 그 말에 반응했다.

"요움, 그만해요. 이제 됐으니까 날 그만 포기해요. 당신까지 말려들 필요는 없다고요."

그렇게 말하면서 그 표정이 약간 슬프게 흐려진다. 슬퍼 보이지만, 그러면서도 뭔가 소중한 것을 잃어버리고 싶지 않다는 결의에 가득 찬, 그런 표정이었다.

"리무루 님, 저도 이렇게 부탁드립니다. 이런 일에 손님인 제가 끼어들 수 없다는 것도 잘 알고 있습니다. 하지만 그래도…… 제발 얘기만이라도 들어주시면 안 되겠습니까?"

요움을 따라 그루시스까지 엎드리면서 내게 직접 호소했다. 베니마루 일행은 씁쓸한 표정을 짓고는 있지만, 내가 돌아오면서 침착함을 되찾은 것 같다.

평소에 늘 냉정하고 침착한 게루도까지 격노했을 정도이니 어지간한 일은 아닌 것 같지만…… 이야기를 듣지 않고는 판단이 서질 않는다.

우선은 양쪽의 이야기를 들어봐야 할 것 같다.

그렇게 생각한 바로 그때──.

"아니에요, 요움. 아니에요, 그루시스. 저에게 당신들의 두둔을 받을 자격 따위 없어요. 저 때문에 이 도시에 얼마나 많은 희생이 생겼는지……. 그 참상을 만들어낸 건 바로 저예요──."

뮬란이 조용한 목소리로 그렇게 말했다.

그 말에 얼굴을 찌푸린 건 리그루도였으며, 베니마루는 눈을 내리깔았고, 카이진은 어색한 표정으로 눈을 감고 있다.

참상……이라고? 그러고 보니 아까부터 내게 뭔가를 숨기고 있는 것 같았는데…….

"잠깐, 참상이라니 그게 무슨 뜻이지?"

내 질문과 함께 주위에 감돌기 시작한 침묵은 뮬란이 일어나면서 사라졌다.

게루도가 경계했지만 나는 그걸 손을 들어 말린다.

"――절 따라오십시오."

그렇게 말하면서, 뮬란은 의연한 태도로 걷기 시작한다. 그 모습은 자신이 범한 죄에 대한 책임을 전부 짊어지겠다는 각오의 표현으로 보여서…… 어떤 종류의 아름다움마저 느껴졌다.

뮬란이 향한 곳은 아까부터 내가 가까이 가지 못하게 모두가 제지하던 장소, 도시의 중앙에 있는 광장이다.

그리고 그 장소에서――,

내 앞에 드러난 그 광경은.

수없이 누워 있는 도시의 마물들.

남녀 가리지 않고, 그리고 아이들도 있는 것 같았다.

나는 가까이 다가가서 본다.

누워 있는 그 마물들은――.

죽어 있었다.

――대체 어쩌다가 이런 일이 벌어진 거지?!

발밑이 무너지는 것만 같다.

어떻게 된 거야. 대체 무슨 일이 있었지?

안 돼, 혼란스러워진다.

누워 있는 자들은 100명 정도 되려나.

어……? 전부 다…… 죽은 거야……?

거짓말이지—?!

동요하는 내게 홉고블린 장로의 말이 들려왔다.

"저희는 리무루 님의 분부에 따라 상인들을 받아들여 정중히 대접했기 때문에, 설마 그런 자들이 섞여 들어와 있었을 줄은—."

"무, 무슨 그런 멍청한 소리를! 그 말은 마치 리무루 님께 잘못이 있는 것처럼 들리지 않는가!!"

리그루도가 격노하여 말을 막지만, 이미 늦었다.

또렷하게 들린 그 말이, 마치 책망하듯이 내 마음을 때린다.

"죄, 죄송합니다. 그런 의도는—."

멀리서 사죄하는 말이 들려오지만, 내 마음에는 닿지 않는다.

—그렇구나, 내 명령이…… 내 말이 원인이었단 말인가…….

나는 마물이지만.

—그건 내가 전에는 인간이었기 때문에.

그저 인간과 사이좋게 지내고 싶었다.

—그렇지만 현실은 만만하지 않다.

그랬다면 어떻게 하는 게 정답이었단 말이지—?!

──글쎄? 그걸 생각하는 것도 내가 할 일이겠지.

무책임한 마음의 소리가 나를 격렬하게 추궁하고 몰아세운다.

그러나 그에 휩쓸리는 것은 허용할 수 없다. 원인은 내게 있으며, 책임은 내가 져야 하니까.

격렬한 후회와 멈출 곳 없는 분노가, 마음속에서 솟구쳐 오르는 것 같았다.

머리가 잘 돌아가지 않는다. 필요도 없는데, 숨이 거칠어지는 느낌이 든다.

있지도 않을 심장이 과격하게 고동치는 것 같은 착각에 빠졌다.

현실감이 전혀 느껴지지 않는다. 인간의 모습을 유지하지 못하고, 그대로 납작하게 짓눌릴 것 같다.

하지만 그건 절대 허용할 수 없다.

내가 할 수 있는 것은 상황을 파악하고, 이 이상 같은 잘못을 되풀이하지 않는 것뿐이다.

"──어떻게 된 건가……. 무슨 일이 있었나?"

자신의 목소리가 멀게 들렸다.

차갑게 멀리서 들려오는 다른 사람의 것 같은 목소리.

내 안의 감정이 얼어붙은 것처럼 느껴진다.

비틀거리면서 쓰러질 것 같은 내 귀에 뮬란의 목소리가 들려온다.

"제가 대마법을 쓰지 않았다면 이런 일은 일어나지 않았을지도 모릅니다."

라고.

이 여자가 원인……이라고?

그래서 베니마루는 그렇게 격노하면서…….

──그렇다면 내가 이자들의 원한을──!!

《알림. 대마법 : 안티 매직 에어리어(마법 불능 영역)의 영향만으로는 약체화가 일어나지는 않습니다. 원인이라면 개체명 : 소우에이에게 조사를 맡겼던 자들 쪽에 더 확실한 인과관계가 있을 것으로 추정됩니다.》

머릿속에서 울리는 것은 감정에 좌우되지 않으면서 늘 냉정한 파트너의 목소리였다.

아니, 그렇지만──그래, 침착하자.

그리고 이 뮬란이란 여자는 나를 화나게 해서 자신만을 죽이도록 만들려 하고 있다. 요움과 그루시스에게까지 책임을 묻지 않도록.

냉정해지면 바로 알 수 있는 일을…….

분노에 휩쓸린 채 그대로 뮬란을 죽이는 것은 아무런 문제 해결도 되지 않는다. 단순한 화풀이에 지나지 않는 것이다.

나는 '대현자' 덕분에 실수를 하지 않을 수 있었다.

감정을 가라앉히기 위해 장소를 바꿔서 이야기를 듣기로 했다.

*

이동 중에 다른 희생자는 없는지 물어봤다.

"희생자는 여기 모아둔 자들이 전부입니다. 그 외에 부상을 입은 자는 있습니다만, 그자들의 치료는 슈나 님 쪽이 맡아주시고 계십니다."

슈나 일행이 보이지 않는 게 마음에 걸렸는데, 그래서였나. 습격으로 부상을 입은 자들을, 현재 치료 중에 있다고 한다. 회복약의 재고는 동굴에만 있으니 슈나의 치료마법이 큰 도움이 되었겠지.

"그럼 우선은 회복약을 건네주기로 할까."

"아, 아닙니다. 그럴 필요는 없을 것 같습니다. 이런 말씀을 드리는 건 좀 그렇습니다만, 습격한 자들의 솜씨가 상당했던지라…….
부상만 입고 끝난 자는 의외로 얼마 되지 않습니다……."

그 말은 즉, 일격으로 살해당했기 때문에 부상자의 수는 적다는 뜻인가…….

분노가 다시 일어날 것 같다.

안 돼, 냉정해져야 한다.

"그렇, 군. 그렇다면 얘기를 먼저 듣도록 하지."

리그루도의 의견을 받아들여서, 무슨 일이 일어났는지에 대한 설명을 먼저 듣기로 했다.

……………….

………….

…….

회의실에 들어와 약간은 진정이 된 상황에서 보고를 들었다.

충격으로 방심한 상태에서도 머리는 정상적으로 움직이면서 상황을 정리하기 시작한다.

우선 처음 습격한 자들은 세 명이었다.

고부조를 노리고 시비를 걸었던 모양이다. 그 멍청해 보이는 얼굴은 시비를 걸기 좋은 오라를 풍기고 있었기 때문에 습격자의 눈에 딱 들어왔겠지. 고부조라면 말로 이기기도 쉬워 보였을 테고.

고부조에게 잘못이 있는 것도 아닌 데다, 그런 골치 아픈 녀석들에게 걸렸다니 정말 운이 없는 녀석이다.

함정에 빠진 고부조가 나쁜 놈 취급을 받을 뻔했지만, 고부타의 기지로 그 사태는 피할 수 있었다. 그러나 그 뒤가 문제였는데, 습격자들이 본성을 드러내면서 교전 상태에 빠지게 되었다고 한다.

그 실력은 보통이 아니었으며, 도와주러 온 하쿠로우와도 호각으로 맞붙었다고 한다.

이야기를 들어보면 평범한 자가 아닌 것 같다.

"——결계로 약해지지만 않았더라면 하쿠로우가 질 일은 없었어."

분한 표정으로 중얼거리는 베니마루.

부상자는 하쿠로우와 고부타뿐이라고 한다.

그 이야기를 들으니 비로소 납득이 되었다. 그 정도의 실력으로 대항했으니 죽음을 면하고 부상만으로 끝날 수 있었으리라.

졌다는 이야기를 들으면 불만은 있을 수 있겠지만, 살아남았으니 괜찮다. 힘을 약하게 만드는 이 결계에 관해서는 현재 소우에이에게 대책을 세우도록 맡겨놓았다. 이제 곧 조사 결과가 나올 것이니 만전을 대비한 상태에서 다음에 이기면 되는 것이다.

리그루도의 설명은 계속되었다.

"그 후에 파르무스 왕국의 정규 기사단에 속한 자들이 100명, 이 나라를 찾아왔습니다. 그자들에게 습격자들이 도움을 청했고, 파르무스의 기사들은 인간의 법과 신의 이름하에 그 요청을 받아들였습니다. 우리의 변명을 들으려고도 하지 않고 그야말로 일방적으로 공격했습니다⋯⋯."

리그루도가 말하기로는,

"마물이 나라를 세웠다는 걸 듣고 조사를 하러 왔더니, 이 소동은 대체 뭐란 말인가! 인간의 법에 따라 우리는 무고한 백성인 너희들에게 가세하겠다!!"

그 말을 신호로 100명의 기사가 검을 뽑아서 습격자들에게 가세했다고 한다.

그리고 주위에 몰려와 있던 마물의 병사는 물론이고 사태의 추이를 지켜보고만 있던 주민들에게까지 손을 댔다고 한다.

그 자리에는 아이들도 있었으며, 그들이 우리를 완전히 마물로 취급하고 있다는 것이 명백했다──고 들었다.

내 명령으로 인간에 대한 적대 행동은 자중하느라 수비적인 자세를 취하고 있었던 것도 모자라서⋯⋯ 현장에 온 베니마루와 게루도 일행의 대처가 늦어지게 되었다고 한다.

"도시에 들어오기 전에 무장해제를 시켜놨더라면⋯⋯."

베니마루가 분해하고 있었다.

하지만 내 명령도 없이, 그런 독단적인 짓을 이 녀석들이 할 수 있을 리가 없다. 연락은 언제든지 '사념전달'로 할 수 있다고 생각했던 내 잘못이다.

모든 원인은 결국 내 탓이었다.

파르무스 왕국의 기사 한 명이 떠나면서 이런 말을 남겼다고 한다.

그 말은──,

'이 도시는 마물에 오염되어 있다! 우리는 인간의 법을 지키는 자로서, 또한 루미너스 신에게 충성하는 신의 아이들로서, 마물의 나라 따윈 절대 인정하지 않는다!! 따라서 정식 수속을 밟아 서방성교회와도 협의하여 이 나라에 대한 대응을 생각할 것이다!! 때는 오늘부터 일주일 후. 지휘관은 영걸하기로 이름 높으신 에드마리스 왕 본인이시다. 항복하여 순종하겠다는 뜻을 보인다면 그걸로 충분하다. 네놈들 모두의 목숨과 존재를 신의 이름하에 보장해주마. 쓸데없는 저항을 하지 말고 어서 빨리 항복하라. 그렇지 않으면 신의 이름하에 네놈들을 근절시키게 될 것이다!!'

위와 같았다고 한다.

그렇게만 선언하고 떠났다고 하는데, 정말로 우리 쪽 사정은 일절 고려하지 않았다는 것을 엿볼 수 있었다.

무엇보다 소우에이의 보고로는 이미 군사행동을 일으킬 심산으로 준비가 진행되었다고 하니, 이 도시의 현재 상황을 조사하러 왔다는 말조차도 거짓말인 것이다.

조사 자체는 정말인지도 모르지만, 우리를 없애버리겠다는 그 결론은 이미 정해져 있었을 것이다.

"연극을 하는군."

"예, 말씀하신 대로……."

내 중얼거림을 듣고 리그루도도 고개를 끄덕였다.

그리고 히나타가 했던 '당신 도시가 말이지, 방해가 돼. 그래서 박살 내기로 했어'라는 말이 떠오른다.

처음부터 파르무스 왕국과 서방성교회는 한통속이었던 것이다.

어느 쪽이 한쪽을 이용한다기보다, 아마도 서로 이해관계가 일치했기 때문이리라.

나는 그 사실을 모두에게 전했다.

히나타와 벌인 싸움과 그때 나눴던 대화 내용을.

"──홀리 나이트(성기사)의 대장, 이라고요?"

"나리, 용케 살아 돌아오셨구려……."

베니마루와 리그루도 쪽은 익숙하지 않은 단어였던 모양이지만, 카이진과 드워프 3형제는 당연하다는 듯이 알고 있었다. 내 이야기를 듣고 가장 놀란 것이 그들이었다.

드워프 왕국은 마물도 이용할 수 있다는 입장을 관철하고 있는 이상, 서방성교회와의 사이는 그다지 좋지 않은 모양이다. 적대 관계라고 할 정도는 아니지만, 서로가 서로를 무시하고 있는 게 현재 상황이라고 한다.

단, 정보 수집을 게을리 하지 않은 채 어느 정도는 속사정에 통달해 있는 것은 국가로서 당연한 일이라 할 수 있을 것이다.

"실제로 무장 국가 드워르곤이 총력을 다해 일어난다 해도 서방성교회를 적으로 돌리는 건 힘들 것이오. 단, 드워프 왕국은 천연의 요새 같은 곳이라, 입출국에 관해선 엄중하게 체크하고 있소. 방어에 특화되어 있는 만큼 서방성교회도 '신의 적'으로 인정을 하지 못하고 있다 할 수 있을 거요. 뭐, 서로 오랜 역사를 가지고 있으니, 과거에는 몇 번이고 충돌하곤 했지만 말이오."

카이진이 그렇게 이야기해주었다.

서방성교회가 우리를 눈엣가시로 여기는 이유는 마물의 존재를 인정하지 않겠다는 교의에 따른 것이겠지. 그렇다면 파르무스 왕국은 무슨 이유로 그러는 걸까?

"리무루 님, 그 점에 관해서 말하자면 말입니다⋯⋯."

조심스러운 말투로 끼어든 자는 지금까지 묵묵히 우리의 대화를 듣고 있기만 하던 묘르마일이었다.

제삼자의 의견도 듣고 싶다고 생각하여, 블루문드 왕국 사람들 중에서 대표자 몇 명을 이 자리로 불렀던 것이다.

사실을 알고 싶었을 뿐이기 때문에 딱히 우리 이야기를 들어도 문제없다고 판단했다.

그게 좋게 작용한 것인지, 이 자리에는 우리를 수상쩍게 생각하고 있는 사람은 없는 것 같다.

그 외에 손님으로 우리나라를 방문했던 자들은 영빈관에서 보호하고 있다고 한다. 희생자가 한 명도 나오지 않은 것은 불행 중 다행이다.

평소에는 들어올 수 없는 호화로운 곳이기 때문에 그들의 불안이 조금은 완화될 것이라고 생각하여 리그루도가 손을 써줬다고 한다. 고블린 시절에는 생각할 수도 없었던 배려인 걸 보면 정말 믿음직스러운 남자가 되어준 셈이다.

묘르마일은 그런 대표자 중의 한 명으로서, 블루문드 왕국의 대표적인 상인이나 모험가들과 같이 이 자리에 참가한 것이다.

"오오, 묘르마일 군. 생각나는 게 있다면 사양하지 말고 말해주게."

나는 묘르마일이 말하기 편하게 허물없는 태도로 이야기하길 권했다.

묘르마일은 평소에는 거만한 태도를 취하지만, 역시 이런 상황에선 평소처럼 굴 수는 없었던 모양이다.

베니마루와 리그루도, 그리고 게루도──우리나라의 간부들이 모두 살기등등해 있는 바람에 상당히 날카로운 긴장감에 휩싸여 있기 때문이다.

나도 상당히 정신적으로 몰린 상태라 평소의 여유를 잃어버리고 있다. 이래선 안 된다고 생각하지만, 아무래도 잔뜩 긴장하고 만다.

그런 분위기를 읽었는지, 묘르마일도 공손한 태도를 띠고 있다.

"신경 쓰지 마십시오, 현재 사정이 이러니까요. 괴로우시다는 건 잘 알고 있습니다."

오히려 내가 묘르마일의 배려를 받아버렸다. 그 마음 씀씀이에 감사하면서, 묘르마일이 이야기를 하도록 재촉한다.

"그럼 말씀드리겠습니다. 현재 상황을 말씀드리자면, 이곳 템페스트(마국연방)를 경유한 새로운 교역로가 생기면서, 유통에 커다란 개혁이 일어나기 시작하고 있습니다. 이 사실은 아직 블루문드 왕국과 그 주변국에만 알려져 있습니다만…… 일단 소문이 퍼지기 시작하면 순식간에 그 정보가 서방 열국 전체에 돌게 되겠지요. 즉──."

"즉?"

"네. 이 정보가 퍼지기 전에 이 나라를 수중에 넣고 싶다고, 그렇게 생각하는 자가 나타난다고 해도 이상할 것이 없다는 말입니다."

묘르마일의 설명에 의하면, 눈치가 빠른 자라면 이 교역로의 중요성을 놓칠 리가 없다고 한다. 관세를 매기기만 해도 상당한 수익이 예상되기 때문이다. 그리고 파르무스 왕국이야말로 말 그대로 서방 열국의 현관문으로 불릴 만큼 그런 권리에 민감한 나라라고 한다.

이 땅에 새로운 교역로가 생기면서, 가장 큰 손해를 입은 곳이 파르무스 왕국이다. 파르무스 왕국의 입장으로선 이 땅의 존재를 인정할 수 없다는 것이 본심인 것이다.

이 땅으로 흘러나가는 자를 다시 불러들일 수 있는 효과적인 대책을 기본적으로 마련할 수 없기 때문이다.

파르무스 왕국 내부도 정비해서 교통의 편의성을 좋게 하면 될 것이라 생각했지만, 그렇게 하려고 해도 막대한 예산이 필요하게 된다. 아무것도 없는 상태에서 길을 정비하게 되면 예산뿐만이 아니라 시간도 걸리게 될 것이다. 그렇게 생각하면 대항책을 취할 길이 없다.

새로운 변화에 대응하지 못하고, 이대로 몰락하는 것 말고는 다른 길이 없다. 그걸 순순히 받아들이는 것은 대국으로서 용인할 수 없을 것이라고 했다.

지당한 말이다.

나는 나 자신의 편리성만을 추구하다가 주변 국가와의 조화를 소홀히 할 생각은 없었다. 공존공영을 목표로 하는 이상, 모든 사람이 이익을 얻을 수 있게 하자고 생각했었다.

그러나 결국 나는 애송이였다.

세계의 구조를 완벽하게 전부 이해하지 못한 채, 뽑아선 안 될 사자의 콧수염을 뽑아버린 모양이다.

"아니, 그렇지는 않다고 생각합니다."

이름도 모르는 상인이 그렇게 말했다.

"파르무스 왕국의 왕은 욕심이 많기로 유명하니까요."

그렇게 단언한다.

어차피 이해관계로 충돌하지 않았다고 해도 이 나라에서 산출되는 이익에 눈이 돌아서 결국은 이곳에 손을 댔을 것이라고 말했다.

"그 말이 맞아. 우리 같이 배우지 못한 자라도 그 방식은 이상하다고 느꼈으니까."

"음. 평의회의 의결도 받지 않고 멋대로 움직이다니……."

"블루문드 왕국이 어떻게 움직일지는 우리 모험가들로선 모르겠군. 하지만 이번에 파르무스 왕국이 보여준 방식은 납득이 가지 않아. 그렇게 노골적으로 뒷공작을 벌여놓고 여자와 아이들에게까지 손을 대다니 말이지."

"우리 모험가들은 이곳이 마음에 듭니다. 이곳을 공격하러 오겠다고 말했던 것 같은데, 반격하겠다면 저희도 돕겠습니다."

"하지만 성교회까지 신의 적으로 인정했다니……. 이건 꽤 골치 아파질 것 같군요."

그 상인의 말 한마디를 기점으로 묘르마일 이외의 상인과 모험가들까지 하나씩 의견을 내놓았다.

호의적인 의견이 많아서 기뻤다.

우리에게 마음을 써주고 있다는 걸 느낄 수 있었다.

그건 즉, 우리를 마물로 단정한 파르무스 왕국의 기사들과는 달리, 이 사람들은 우리를 자신들의 동료로 받아들여 주고 있다는 뜻이니까.

그중에는 우리 편이 되어서 같이 파르무스 왕국과 싸우겠다는 사람도 있어서 나를 놀라게 만들었다.

그들이 해준 말에는 감사의 뜻을 표했지만, 그 제안은 단호히 거절하기로 했다.

이유는 간단하다. 이 사람들을 말려들게 하고 싶지 않기 때문이다.

그리고…….

"여러분의 마음은 기쁘지만, 이 문제는 우리 힘만으로 해결하겠소. 여러분께 부탁하고 싶은 것은 이 사태를 한시라도 빨리 여러분이 사는 곳에 전해주길 바라는 것이오."

"그거라면 문제없습니다. 지금 마차를 준비하고 있으니까요."

"그건 좀 위험할 것 같군……."

"무슨 뜻입니까?"

나는 자신의 생각을 설명한다.

지나친 생각인지도 모르지만, 최악의 상황을 고려한다면 있을 수도 있는 일이다.

파르무스 왕국과 서방성교회의 입장에선 서방 열국의 사람들에게 템페스트가 악이라는 것을 선전하고 싶을 것이다. 그런 시기에 이 나라에 머무르는 사람들의 입을 통해 우리가 옹호를 받는 건 달갑지 않을 것이다…….

블루문드 왕국의 사람들을 같은 편으로 끌어들이려는 계책이 실패한 이상, 파르무스 왕국의 입장에선 그들은 자신들의 일을 방해하는 존재가 되지 않았을까?

그들이 자국으로 돌아가면, 그들의 입에서 파르무스 왕국의 악행에 관한 소문이 퍼지고, 결국에는 평의회에서 추궁을 당하는 사태가 벌어질 수도 있다.

그렇다면 그것을 어떻게 저지할 수 있을까?

파르무스 왕국은 처음부터 교섭을 제안하지 않고 군사력을 배경으로 일방적인 요구를 들이대는 것이 능사인 국가이다.

약소국인 블루문드 왕국의 100명도 되지 않은 서민의 목숨 따위야…….

그들을 전부 죽여서 그 입을 막고, 그것도 모자라 우리가 한 짓으로 우길 수도 있다.

그렇게 함으로써, 우리가 흉악하다는 인상을 줄 수도 있다. 성교회의 계획과도 일치하는, 일석이조의 계책이 될 수 있는 것이다.

그러므로 더더욱 이자들이 전부 살아서 자신들의 거주지로 돌아가는 게 좋다. 그런 뒤에 우리의 정당성을 대신 호소해주면 좋겠다.

살아 있는 증인이 되어주기를 바란다.

"그렇군. 우리는 녀석들에겐 눈곱만큼의 가치도 없다는 뜻인가……."

"우리를 다 죽여서, 그 죄를 이 나라에 따진다는 말입니까…….”

"충분히 가능성이 있을 것 같군요."

"하물며 상대가 마물이라면…… 아, 실례."

내 생각을 전하자, 다들 각자 납득하는 것 같았다. 그리고 그 의견은 아마도 틀리지 않을 거라는 결론이 나왔다.

"하지만 그렇게 되면 여러분을 보내드리는 게 힘들어지겠군요. 호위를 붙여드리고 싶지만, 우리는 지금 이 나라에 갇혀 있는 형편이라…….”

리그루도가 지극히 당연한 걱정거리를 언급했다.

당연히 그 일에 관해선 나도 생각해둔 바가 있다.

"그건 걱정할 것 없네. 여러분은 일단 돌아가서 귀환할 준비를 해주시오. 반드시 블루문드 근교까지는 무사히 보내드릴 테니까."

나는 모두에게 그렇게 전하면서 준비할 것을 재촉했다.

블루문드 왕국의 사람들은 의아하게 여겼지만, 굳이 물어보지는 않고 내 말에 따라 영빈관으로 돌아갔다.

＊

자, 마음을 새로이 다잡기로 하자.

리그루도와 베니마루에게선 습격까지의 과정을.

블루문드 왕국에서 온 손님들에게선 그들의 입장에서 본 현재 상황을.

각각 들을 수가 있었다.

다음에는 지금까지의 대화를 얌전히 듣고 있었던 뮬란에게서 이야기를 들을 차례다.

"그럼 무슨 경위로 우리에게 이런 짓을 하게 됐는지를 자세히 들려주겠나."

내가 그렇게 이야기를 꺼내자, 뮬란은 침착한 목소리로 설명을 시작한다.

"저는 마왕 클레이만의 부하――'다섯 손가락' 중의 한 명입니다. '마리오네트 마스터(인형괴뢰사)'의 이명을 가지고 있는 클레이만은 부하를 인형처럼 자신의 뜻대로 조종하지요. 저도 그중의 한 명이었습니다. 이 도시의 정찰이 제게 주어진 임무였으며, 저는 요움을 이용해서 이 도시에 잠입한 것입니다――."

뮬란은 그렇게 말하면서 자세하게 사정을 이야기해주었다.

그 말에 거짓이나 꾸며댄 말이 섞여 있을 거라는 생각은 전혀 들지 않은 늠름한 태도로.

클레이만은 부하를 혹사시키는 마왕이라고 한다.

클레이만의 '다섯 손가락'――약지의 뮬란, 그게 그녀의 또 다른 이름. 예전엔 클레이만에게 많은 지혜를 제공해주면서 상당한 지위에 있었다고 하지만, 지금은 쓸모없는 존재가 되어 함부로 다뤄지고 있었다고 한다.

이번 임무를 마치면 그녀를 해방시켜주겠다고 했다고 하는데…….

밀림이 클레이만에 대해서 꿍꿍이를 꾸미는 걸 좋아하며 남들보다 뒤처지는 것을 싫어하는 자라고 혹평했었는데, 이야기를 들으니 납득이 가는 것 같다.

밀림의 입장에선 클레이만이 무슨 짓을 하든 간에 아무런 영향이 없을 것 같지만…… 클레이만을 따르는 마인들에겐 사활이 걸린 문제가 되는 모양이다.

마인들이 클레이만을 따르는 이유는 여러 가지가 있다던가. 하지만 대부분이 협박을 당하거나 마법으로 묶인 몸이라고 한다.

뮬란은 자신의 연구를 완성시켜서 마법의 심연을 들여다보는 것이 살아가는 목표였던 모양이다. 영원한 시간과 늙지 않는 젊은 육체라는 미끼에 넘어가 클레이만과의 거래에 응했다고 한다.

그 결과, 자유를 잃었다.

그 이후로 클레이만의 명령에 따라 살아왔다고 한다.

"멍청한 짓을 했다는 건 알고 있습니다. 하지만 클레이만의 '마리오네트 하트(지배의 심장)'라는 비술에 의해 저는 심장을 빼앗겼습니다. 생사여탈권을 저쪽이 쥐고 있는 지금, 복종하는 것 말고는 살아갈 방법이 없었습니다──."

뮬란은 회한에 잠긴 표정을 지으면서 그렇게 말했다.

뮬란은 받은 명령을 실행했을 뿐이다.

실제로 그녀는 그루시스와의 대화를 통해 수왕국 유라자니아에 마왕 밀림이 선전포고를 했다는 사실을 알고는, 내가 그녀를 도우러 가지 못하게 만드는 것이 그 명령의 목적일 것이라고 생각했다고 한다.

하지만 그렇다면 마법통화를 방해하는 정도의 마법이면 충분했을 텐데, 이런 대규모에, 더구나 숨길 수도 없는 대마법을 준비할 필요는 없었다는 것을 이제 와서 뒤늦게 깨달았다고 한다.

이번 명령만 수행하면 자유롭게 해주겠다는 말을 들었다고 하지만, 이 작전의 성공률은 너무나도 낮다는 걸 이해하고 있었다. 그러나 명령을 따르지 않으면 요움 일행의 목숨을 노리겠다는 협박을 받았으며, 이번이 마지막 명령이라는 걸 믿고 따르기로 했다고 한다.

애초에 뮬란은 살아남을 생각도 없었던 것 같다. 자신이 죽음으로써 요움 일행에게 피해가 가지 않도록 배려한 것이리라.

클레이만은 마지막에 이렇게 말한 모양이다.

'일이 재미있게 됐습니다. 대전쟁이 일어날 겁니다! 생각지도 못한 일 때문에 예상외의 전개가 되었습니다만, 과연 어떻게 될까요——.'

라고.

이건 분명히 마왕 밀림과 마왕 칼리온의 싸움을 말하는 것이라고 뮬란은 착각했다고 한다.

하지만 실제로는 이곳 템페스트(마국연방)와 파르무스 왕국 간에 벌어지게 된 전쟁을 가리켜 말했던 것 같다.

뭐, 그런 목적도 있긴 했겠지만——.

클레이만의 계획은 파르무스 왕국의 움직임에 맞춰서 템페스트와 외부의 연락을 봉쇄하는 것이었다.

확실히 이런 상황에서 전쟁을 피하기는 어렵다.

이렇게 되면 뮬란의 대마법이 번거로워지기 때문이다.

방해마법과 다른 점은 설치형이라는 점. 정보 봉쇄가 목적이기 때문에 쉽게 풀리면 의미가 없다. 이제 와서 뮬란을 죽인다고 해서 이 마법은 풀리지 않을 것이다.

그리고 한번 발동한 이상, 사라지기까지는 시간이 걸린다. 그 야말로 일주일 가까이 걸린다고 하니, 다른 나라에 원군을 요청하려고 해도 마법통신은 불가능한 상태였다.

우리가 드워프 왕국이나 블루문드 왕국에 현재 상황을 전하려 해도 마법을 쓸 수 없게 되면 시간이 걸린다. 이미 행동을 시작하고 있는 파르무스 왕국군을 맞받아치기에는 준비 시간이 너무나도 부족한 것이다.

완전히 선수를 빼앗긴 꼴이 되었지만…….

뭐, 그건 좋다.

다행히도 나는 결계에서 밖으로 나갈 수 있는 데다, 동굴로 돌아가면 통신용 수정도 있다. 이 시점에서 클레이만의 책략에 빈틈이 생겼다.

하지만 내겐 처음부터 드워프 왕국이나 블루문드 왕국을 끌어들일 생각은 없었다. 가능하다면 그 나라들에겐 우리의 정당성을 증명해주는 것만 부탁하고 싶었다.

아니──정확하게 말해서 서방성교회가 끼어들지만 않는다면, 두 나라가 군사행동을 일으키는 연기만 해도 파르무스 왕국에 대한 견제가 될 것이다. 그러나 이미 서방성교회가 파르무스 왕국의 뒤에 있는 이상, 섣불리 두 나라를 끌어들일 수는 없다.

전쟁이란 손익을 따져 벌이는 것이지만, 서로 고집을 부리는 것이기도 하다. 만약 파르무스 왕국이 위협에도 굴하지 않고 군사행동을 계속할 경우, 드워프 왕국과 블루문드 왕국, 그리고 서방성교회까지도 휩쓸리면서, 물러나려 해도 물러날 수 없는 대전쟁이 일어날지도 모른다.

가령 성교회가 우리를 신의 적이라고 전 세계에 선언했을 경우, 그야말로 전 세계가 휩쓸리는 대전으로 발전할 가능성조차 부정할 수 없는 것이다.

그렇게 되면 그게 바로 클레이만이 노리는 바일 것이다. 그 전쟁의 혼란을 틈타 어떤 암약을 벌일지는 정해져 있다.

마왕 밀림과 마왕 칼리온의 싸움도 지금부터 내가 말리러 갈 수는 없다.

우리나라에 큰일이 일어나지만 않았더라면…… 아니, 그게 바로 전부 클레이만의 책략인 것이다.

나를 혼란시키고 교란시킨다…….

그렇다면 지금은 밀림을 믿고, 나는 우리를 우선하기로 하자.

이때 처음으로──나는 밀림과 뮬란의 이야기를 종합해서 고려한 뒤에, 클레이만이라는 마왕은 위험한 적이라고 판단했다.

사실 그 판단은 틀림없는 것 같았다.

뮬란의 이야기를 계속 들은 바로는 게르뮈드도 클레이만이 조종하는 인형 중의 한 명이었다고 했으니까.

밀림이 말했던 내용과 달리, 모든 것은 클레이만의 손안에서 놀아나고 있었다고 한다. 즉, 그때 협력하고 있었던 마왕들도 또한 클레이만에게 속았다는 이야기가 된다.

증거를 일절 남기지 않으며, 장기말을 부려 정보를 유익하게 이용한다. 실력은 확실하지 않지만, 어둠 속에서 암약하는 것이 특기인 귀찮은 녀석으로 보인다.

이번 사건──마왕 밀림과 마왕 칼리온의 싸움에 관해서도 뮬란은 클레이만이 의심스럽다고 했지만…… 생각해보니 이쪽도 증거는 없는 것이 아닌가.

확실히 밀림처럼 단순하다면, 쉽게 속아 넘어갈 것 같긴 하지만…….

상대를 착각하게 만드는 말투도 그렇고, 결코 본심을 보이지 않는 신중함도 그렇고, 아무렇지 않게 약속을 어기는 교활함도 그렇고, 어떤 점을 보더라도 클레이만이 신용할 수 없는 마왕이라는 것을 보여주고 있었다.

그리고 생각해보면 만일의 경우지만…… 동굴의 통신용 수정을 남겨둔 것도 클레이만의 책략일 가능성이 있다──고 '대현자'가 알려주고 있었다.

──내가 클레이만의 책략을 알아차렸다고 들떠하며 기뻐하다가 각 나라에 원군을 청할 것까지 이미 꿰뚫어 본──.

절대 그럴 리가 없다고 단언하지 못하는 이상, 그럴 가능성도 염두에 두어야 한다.

그리고 뮬란은 이야기를 마쳤다.

어떤 흐름을 거쳐 이번 사태에 이르게 되었는지, 이걸로 잘 알았다.

뮬란도 심장을 돌려받지 못한 모양인 걸 보니, 쓰고 버릴 장기말로밖에 보지 않았던 것 같다.

그렇다고 해서 용서할 것인가 아닌가는 다른 문제이지만…….

"나리, 분노하시는 건 당연합니다. 하지만 뮬란을 용서해주십시오!"

"저도 이렇게 부탁드리겠습니다. 그녀는 단지 마왕 클레이만을 거역할 수 없었던 것뿐입니다!"

요움과 그루시스가 필사적으로 뮬란을 변호한다. 이래선 내가 나쁜 놈이 된 것 같은데, 자, 어떡한다.

"용서할 것인지 아닌지는 모든 게 끝난 뒤에 생각하겠다. 지금은 일단 방에서 얌전히 있도록. 도망칠 생각은 하지 않길 바란다."

"알겠습니다——."

"나리……."

"미안하네, 요움. 지금은 나도 머리가 혼란스러워서 말이야. 걱정이 된다면 네 부하들도 머무르고 있는 숙소에 같이 있도록 하면 되겠지."

그렇게 뮬란의 처분을 뒤로 미루고, 요움 일행이 머무르는 숙소에 감금할 것을 명했다.

일단 리그루도에게 사람을 시켜 감시하도록 말해뒀다. 이제 와서 배신을 할 것 같지는 않지만 만일을 위해서다.

이 상황에서 수상한 행동을 보인다면, 나 자신이 뮬란을 용서할 수 없을 것 같았다는 점도 하나의 이유였다. 그걸 알아차린 것인지, 요움 일행은 얌전히 명령에 따라 숙소로 떠났다.

*

기나긴 경과보고를 듣고 밖으로 나왔다.

그러자 블루문드 왕국의 손님들이 준비를 마치고 내가 나오기를 기다리고 있었던 모양이다.

"리무루 님, 준비가 끝났습니다만 저희는 어떻게 하면 될까요?"

이 도시에 남아 있던 수레나 마차를 최대한 제공하게 시킨 덕분에 예상보다 빨리 준비가 완료된 것 같다.

나는 고개를 끄덕인 뒤에 사람들을 안내하면서 도시 밖으로 향한다.

약 100명이 사람들이 질서정연하게 내 뒤를 따랐다.

"리무루 님, 호위할 자들을 준비하고 싶었습니다만…… 저희들은 이 결계를 통과할 수가 없기에……."

베니마루가 미안한 표정으로 말하지만, 아무 문제 없다.

"괜찮다. 힘을 쓰는 걸 아까워할 때도 아니고, 상당한 에너지(마력요소)를 소모하게 되겠지만, 어떻게든 되겠지."

그렇게 대답하고 베니마루 일행을 남겨둔 채 나만 결계 밖으로 나온다.

"그럼 우리는 이대로 강행 돌파해서 우리나라로 돌아가겠습니다."

묘르마일이 대표로 그렇게 말했지만, 나는 손을 들어 제지했다.

"묘르마일 군, 그리고 여러분도. 여기서 본 일은 비밀로 해주길 부탁드립니다."

"예? 이번엔 대체 무슨 일을 하시려고……?"

이미 내가 터무니없는 존재라는 것을 아는 묘르마일은 괜히 경계하면서 내게 물었다.

참으로 버릇없는 인간이다.

"묘르마일 군…… 자네도 주저 없이 할 말은 다 하게 되었군……."

"하하하, 이것도 다 리무루 님 덕분이지요."

"말은 잘 하는군, 자네."

그렇게 서로를 보고 웃다가, 나와 묘르마일은 서로의 어깨를 두들겼다.

"──부디 무사하시길 빌겠습니다."

"안심하라니까. 나는 지는 싸움은 하지 않는 주의라네."

그렇게 말하면서 묘르마일을 안심시키자마자, 나는 '공간이동'을 큼지막하게 전개시켰다.

놀라서 눈을 크게 뜨는 손님들. 결계 너머에선 베니마루와 게루도가 어이가 없다는 표정으로 놀라는 표정을 보이고 있다.

"블루문드 왕국 근처까지가 내 한계요. 시간도 얼마 남지 않았으니 빨리 가주시오."

그렇게 재촉하자, 놀라움에서 회복한 사람들이 인사를 하면서 전진하기 시작한다.

아무래도 다들 분위기를 파악하고 있었는지, 여기서 내게 질문을 하는 사람이 없었던 게 다행이었다. 이 세계에는 마법이 있기 때문에, 어느 정도 신기한 일로는 다들 동요하지 않는 것인지도 모르겠지만 말이다.

그리고 손님들은 차례로 작별의 말을 남기고 떠나갔다.

반드시 자신들의 나라에 이 사실을 전하고, 가능한 한 빨리 도움을 주겠다고 약속하면서.

하지만 과연 어떨까? 이건 이미 전쟁인 것이다.

게다가 서방성교회가 싱대라면 섣불리 움직이지 못할 것이다.

내가 직접 원군을 요청한다면, 협정에 따라 움직이지 않을 수는 없겠지만…… 내게 그럴 생각이 없는 이상, 국가 차원에서 움직이는 일은 없을 거라고 생각하고 있다.

기대는 하지 않는다. 뭐, 할 필요도 없다.

이건 이 나라의 문제이며, 파르무스 왕국에겐 상응하는 대가를 받아낼 생각이니까.

바로 내 손으로.

왜냐하면 그렇게 하지 않으면——살해당한 자들의 원한을 풀어줄 수 없을 것 같으니까…….

*

상황을 파악하고 손님들을 배웅했다.

예상 이상으로 시간이 걸렸지만, 나는 슈나 쪽을 도와주기 위해 가보기로 했다.

아직 리그루도가 뭔가 볼일이 있느니 어쩌니 말했지만, 나머지는 내가 없어도 대처할 수 있을 거라고 판단한 것이다.

병원으로 이용되고 있는 건물로 가본다.

그곳에는 슈나와 쿠로베가 있었다.

침대에 누워 있는 것은 두 사람이었고, 슈나가 간호를 하고 쿠로베가 도와주고 있었던 모양이다.

"상태는 어떤가?"

"아, 리무루 님!"

"리무루 님, 제가 뭐라고 말씀을 드려야 좋을지…….."

슈나는 피로한 기색이 보였고, 쿠로베도 평소보다 더 주눅이

든 모습을 하고 있다.

나는 마음을 편히 먹으라고 두 사람에게 말한 뒤에 부상자의 상태를 물었다.

침대에 누워 있던 사람은 하쿠로우와 고부타 두 명이었다.

단칼에 크게 베인 상처가 나 있으며, 피가 배여 있다.

"이런, 큰 상처를 입었잖아?! 이 정도라면 회복약으로——."

서둘러 꺼낸 회복약을 뿌려보지만 상처가 나을 기미는 없었다.

"죄송합니다. 이미 시험해봤습니다. 그래서 슈나 님의 치료에 의존할 수밖에 없다고……."

리그루도가 머리를 숙이면서 내게 사과했다.

그리고 맹주인 내게는 앞으로의 방침을 정할 의무가 있으며, 다른 나라에서 온 손님 등에 대한 대응을 할 책무도 있었다. 그래서 리그루도는 더더욱 내게 걱정을 끼치고 싶지 않았던 것이다.

"쿨럭, 리무루 님, 걱정하실 필요 없습니다. 저는 괜찮으니까요. 이 상처는 아마도 그 습격자의 스킬(능력)에 의한 것 같습니다. 시간이 지나면 결국 효력을 잃고 치유될 것입니다. 고부타 녀석도 제가 단련시킨 제자들 중 한 사람. 이런 공격에 죽지는 않습니다."

큰 부상을 입었는데도 불구하고 하쿠로우는 웃음을 지어 보였다.

과연 대단하다.

나도 울고 싶은 심정이었지만, 애써 꾹 참고 미소를 지었다.

주인이 눈물을 보이는 짓은 절대 할 수 없는 일이다.

"하하, 건강해 보이지 않는가. 상처를 좀 보여주게. 나라면 어떻게든 치료할 수 있을지도 모르니까."

그렇게 말하면서 하쿠로우의 상처를 확인한다.

"리무루 님, 이 상처는 '공간 속성'의 공격에 의한 것입니다. 체력을 회복시켜서 현상을 유지한 다음, 시간 경과에 따른 자연 치유를 기다려야……."

슈나도 이미 '해석자'로 상황을 파악하고 있었던 모양이다.

진단 결과는 나와 마찬가지였으며, 대처 방법도 슈나의 말이 틀리지 않았다.

단, 나라면 '공간 속성'을 조절할 수 있을지도 모른다. 상위 정령을 이미 해석해놓은 나라면…….

《해답. '공간 속성'의 영향을 확인했습니다. '글러트니'로 영향을 '포식'하겠습니까?

YES / NO》

생각대로 '대현자'는 내 기대에 부응해주었다.

YES라고 속으로 생각하면서 하쿠로우에게 회복약을 뿌린다.

"오, 오오! 역시 리무루 님——."

놀라는 하쿠로우를 그대로 두고, 고부타도 마찬가지로 치료를 해준다.

"——역시 대단하시네요."

슈나가 기쁜 표정으로 미소를 지었지만 그래도 그 표정에는 어두움이 남아 있다.

응? 하고 작은 의문을 느낀다.

그러고 보니…….

그때 회복한 고부타가 벌떡 일어났다.

"고부조! 괜찮습니까?!"

그렇게 말하면서.

"이 녀석, 고부타!"

리그루도가 당황하며 소리를 지르자, 고부타는 그제야 현재 상황을 알아차린 모양이다.

"아, 저도 살아난 겁니까?"

그렇게 말하면서 눈을 깜박거리고 있었다.

그런 고부타의 모습을 보면서, 나는 방금 전부터 마음에 걸리던 것을 물어보기로 했다.

슈나와 같이 있을 것으로 생각했는데, 그 시끄러운 녀석이 보이지 않는다──.

"그런데 시온은 어디 있나? 아까부터 모습이 보이질 않는데──."

내 말에 리그루도뿐만 아니라 슈나에 베니마루, 그리고 하쿠로우까지.

그 자리에 있는 모든 자들의 움직임이 일제히 멈췄다.

뭐야…… 그 반응은?

잠깐, 설마…….

"설마, 그 바보가 혼자서 복수하러 간 건 아니겠지?"

"예?! 혹시 고부조도? 그 녀석도 정말 멍청한 녀석이라, 실력도 없으면서 달려간 것 아닙니까……?"

내 말에 고부타도 고개를 끄덕이면서 말한다.

"아, 아닙니다. 그게…… 말이죠……."

응? 분위기가 이상하다.

아무도 나와 눈을 마주치려 하지 않는다.

"그럼 어디로 간 건가?"

아무도 대답하지 않는다.

슬쩍 바라보니 슈나가 눈물을 참으면서 고개를 돌리고 있었다.

안 좋은 예감이 든다.

슬쩍 돌아보니 고부타도 불안해하고 있었다.

안 좋은 상상이 머릿속을 스친다.

그럴 리가 없다, 그런 일은 있어선 안 된다. ——그렇게 애써 자신에게 말하면서 묻는다.

"알았네. 화내지 않을 테니까 그 녀석이 어디로 갔는지 가르쳐 주게——."

어디까지나, 시온이 지금 있을 장소가 어디인지를 묻는다.

"알겠습니다……. 이쪽입니다. 절 따라오시죠."

대표로서 대답한 자는 베니마루.

그 말에 고개를 끄덕인 뒤에, 우리는 뒤를 따라 걷기 시작했다…….

*

광장 중앙.

쓰러져 있던 자들의 중앙에 시온, 그녀가 있었다.

흰 천에 덮여서 눈에 띄지 않게 조용히.

내게 들키지 않도록, 조금이라도 눈에 띄지 않도록.

하하, 끝까지 못 알아차릴 리가 없는데 말이지……. 우습지도
않다.

눈을 떠──.

믿을 수가 없다.

눈을 뜨라고──.

믿고 싶지 않다.

왜지? 어째서 이런 일이…….

내 옆에서 "고부조──?!"라고 소리치면서 흐느끼는 고부타의
목소리가 들린다.

나는 그 목소리에도 무관심한 채로, 멀리서 들려오는 설명을
듣지도 않으면서 귀를 기울였다.

시온은 습격자가 노리던 어린아이를 감싸다가──.

마력요소의 농도가 저하되면서 약해진 몸으로──.

습격자는 움직이지 못하는 시온을──.

고부조는 슈나 님을 지키려고 하다가──.

체력이 없는 고부조로는──.

습격자는 웃으면서──.

내게 하는 말인데도 듣고 싶지 않았다.

모든 말이 내 마음을 후벼 판다.

시온, 제발 눈을 떠다오…….

울고 싶은데 울 수가 없다.

내 마음은 찢어질 것만 같은데, 이 육체는 눈물을 흘릴 필요를 느끼지 않고 있다.

그렇군——나는 역시 마물이로구나.

그렇게 생각하자, 왠지 순순히 납득할 수 있었다.

"미안. 잠시 혼자 있도록 해주게……."

그 말에 광장이 고요함에 휩싸인다.

모두가 내 주위에서 멀어지는 기척이 느껴졌다.

슈나가 울면서 딱 한 번 나를 안아주었고, 그리고 다른 자들과 같이 그 자리를 떠났다.

고부타도 하쿠로우가 어깨를 감싸면서 이 자리에서 떠나도록 데려가 주었다.

미안하다, 고부타. 너도 고부조에게 작별 인사를 하고 싶었을 텐데…….

응.

지금은 나 혼자 있게 해다오.

나도 나를 잘 모르겠다.

미쳐버릴 것만 같은데 머리는 지독하게 냉정하다.

격렬한 슬픔, 후회, 분노.

그런 감정들이 내 안에서 서로 뒤섞이다가 출구를 찾아 격렬하게 다투고 있었다.

——어쩌다가 이렇게 된 거지?

《알림. 계산 불능. 이해 불능. 대답 불능.》

——어떻게 하는 게 정답이었나?

《알림. 계산 불능. 이해 불능. 대답 불능.》

——인간과 관계를 맺은 게 잘못이었단 말인가?

《알림. 계산 불능. 이해 불능. 대답 불능.》

——이봐…… 내가 잘못한 거야?

《알림. 계산 불능. 이해 불능. 대답 불능.》

그렇다. 위대한 '대현자'의 힘으로도 대답이 나오지 않는 문제
는 있는 것이다.
——멋대로 까불었겠다.
이곳이 우리 자신의 도시가 아니었다면…….
나는 분노를 터뜨리고 폭주하면서 마음 내키는 대로 날뛸 수 있
었을 텐데.
——멋대로 까불지 말란 말이다.
내게서 소중한 자를 앗아 갔겠다…….

생각해보니 내가 친한 사람이 죽는 장면을 본 것은 이게 처음이었다.

빼앗긴 적이 없는 자가 빼앗긴 자의 슬픔을 이해하는 건 불가능하다.

지금 처음으로 내 몸이 찢기는 것보다도 격렬한 고통과 함께 그 슬픔을 실감했다.

뭐가 '통각무효'야. 전혀 도움이 되지 않았다.

내 안에서 휘몰아치기 시작하는 강렬한 마력(감정).

그에 저항할 수 없었는지, 새로운 가면에 금이 갔다.

그 모양은 마치 슬픔의 눈물 같았다.

울지 못하는 나를 대신해 가면이 울어주고 있는 것처럼 그려져 있었다……

어느샌가 밤이 되었다.

달을 쳐다본다.

어떡하면 좋지?

답은 나오지 않는다.

머리는 명석한데 아무 생각이 떠오르지 않는다.

나는 달을 쳐다보면서 끝없이, 끝없이 자문자답을 계속했다.

답 같은 건 나올 리가 없는데도.

그래도——마치 바보처럼 멈출 수가 없었다.

——달빛이 반사된 작은 빛이 나를 비추고 있다는 것도 깨닫지 못한 채로…….

　3일이 지났다.

　시온은 눈을 뜨지 않는다.

　잠을 너무 오래 자는 것 같은데. 정말로 이제 그만 일어나면 좋겠다.

　……………….

　아니, 알고 있다.

　이제 눈을 뜰 일이 없다는 것쯤은 이해하고 있다.

　하지만 인정하고 싶지 않았다.

　평소처럼 바보짓을 하고, 엄청 맛없는 요리를 만들 것 같다.

　고부조도 그렇다.

　나는 이 녀석을 잘 모른다. 드워프 왕국으로 가는 도중에 잠깐 이야기를 나눈 정도다. 그렇지만 고부타에겐 소중한 부하이며 동료였다.

　이곳에 잠든 마물들도 다들 각자 소중한 인연으로 맺어진 자가 있는 것이다.

　아니, 아니다. 여기 잠든 자들은 감정이 없는 마물 따위가 아니다. 내게는 소중한, 가족과 다름없는 사이인 것이다.

　다시 또 다 같이 즐겁게 살고 싶다.

　그러나 그건 이뤄지지 못할 바람이다.

　──죽은 자가 다시 살아 돌아올 수는 없으니까──.

우리가 무슨 짓을 했나?

마물이라고 해서 인간으로 보지 않고, 우리의 감정 따윈 아랑 곳하지 않은 채로 토벌하고 처리하겠다는 말인가……?

──그렇다면 그건 곧 자신들도 당할 각오를 하고 있단 뜻이렷 다?

내 안에서 시커먼 감정이 거칠게 휘몰아친다.

그때──.

《알림. 주위를 덮은 복합 결계와 대마법 : 안티 매직 에어리어(마법 불 능 영역)의 '해석감정'이 끝났습니다. 복합 결계의 해제는 어렵습니다만, 대마법을 해제할 수 있습니다. 실행하시겠습니까?

YES / NO》

아니, 아직 실행하지 않아도 돼.

보아하니 '대현자'에게 실행을 시켜둔 결계의 '해석감정'이 종료 된 것 같다. 그와 동시에, 아까부터 계속 '끈끈하고 강한 거미줄' 을 통해 '사념전달'이 와 있다는 것을 깨달았다.

최근 3일 동안 끊임없이 계속 연락이 와 있었던 모양이다. 소 우에이에게 걱정을 끼치고 말았다. 미안한 짓을 했다.

'──미안하다, 알아차리지 못했구나.'

'──!! 무사하셨습니까, 이제야 안심했습니다.'

소우에이의 진심으로 안도하는 듯한 목소리를 듣고, 내가 이대 로 있으면 모두에게 걱정을 끼치고 말 것이라는 것을 깨닫는다.

한탄은 뒤로 미뤄둔다.

시간은 유한하며, 내게는 할 일이 있다.

소우에이에게 상황을 묻는다.

도시 사방에 진이 쳐져 있으며, 그곳에 중대 규모의 기사들이 배속되어 있다고 한다. 그 부대가 지키는 마법 장치가 이 약체화의 원인이 되는 결계를 발생시키고 있는 모양이다.

아쉽게도 소우에이 일행의 전력으로는 한쪽 구석을 함락시키는 것도 어렵다고 한다. 이동마법진도 확인했다고 하니, 시간을 끌었다간 원군도 불러올 수 있다고 판단해야 할 것 같다.

'알았다. 무리할 건 없다. 너희도 가비루와 합류하고 쉬어라.'

'그렇지만——.'

'명령이다. 쉬어라.'

'——알겠습니다.'

나는 단호하게 명령을 내려 소우에이 일행을 쉬게 했다. 여기서 무리를 시키다가 소우에이 일행까지 잃어버리는 건 사양이다.

그건 그렇고 결계 말인데.

대마법만 해제해봤자 의미가 없다. 오히려 이 약체화의 문제를 해결하고 싶은 심정이다…….

복합 결계라는 호칭에 걸맞게 예상 이상으로 번거로운 성질을 가지고 있는 것 같다.

뭐, 지금은 결계 따윈 아무 상관없다.

또 하나의 검색 결과는 어떻게 됐지?

《알림. 검색 결과──해당 사항 없음. 완전한 '죽은 자의 소생'에 관한 마법은 검출되지 않았습니다.》

──그런가.

아니, 그야 그렇겠지.

그렇게 편리한 마법 같은 게 쉽게 발견될 리가 없지.

당연한 일이다.

그래도 혹시나 있을지도 모르지 않은가.

쓸데없는 짓이라고 생각하면서도, 의미 없는 발버둥이란 소리를 듣더라도 멈출 수는 없었다.

시온은 눈을 뜨지 않는다.

고부조와 그 외의 다른 자들도 마찬가지다.

자고 있는 건 아니니까 당연하겠지만…….

그래도 내 스킬(능력)을 총동원해서 뭔가 방법이 있지 않을까 찾아보고 있었다.

시온뿐만이 아니라 여기 잠든 자들의 육체는 내 마력으로 보호하고 있다.

썩지 않도록.

마력요소로 환원되어 사라지지 않도록.

결국은 쓸모없는 짓이 될 것이다. 그래도 혹시나 하는 희망에 걸어본 것이다.

그러나 결과는 해당 사항 없음.

학원에서 얻은 마법서에는 소생마법이 존재하지 않았다.

──그런가, 그건 그렇겠지.

언제까지 여기서 탄식하고 있을 수는 없다.

언젠가 눈을 뜨기를 기도하면서, 내 안에서 잠들어 있게 하자.

그렇게 각오를 굳히고 모두를 흡수하려고 한 바로 그때였다.

내 '마력감지'가 접근해 오는 여러 명의 기척을 감지한 것이다.

＊

내게 다가오는 자들──그들은 카발을 비롯한 3인조였다.

내 명령 없이 가까이 다가오는 자라면, 이 도시 사람이 아니라고 생각할 수밖에 없으니 납득이 되었다.

아무래도 세 사람은 내가 준 마차를 타고 밤낮 가리지 않고 달려와 준 모양이다.

"──나리, 죄송합니다. 늦었습니다."

"리무루 나리, 저기, 그, 뭐라고 말씀드려야 좋을깝쇼……."

조금만 더 기다려주게, 바로 회복할 테니까. 그렇게 말하려고 했지만 에렌의 말을 듣고 그 말을 속으로 삼킨다.

"리무루 씨, 저기요오……. 가능성은 낮지만──으응, 없다고 보는 게 맞을 것 같지만…… 죽은 자가 다시 되살아났다는 옛날이야기가 몇 가지 있긴 해요오──."

절망하고 있을 때가 아니다.

그 말을 듣고 내 마음과 사고의 괴리(乖離)가 다시 아귀가 맞아 떨어지는 것을 느꼈다.

"자세하게 들려줄 수 있겠지? 에렌."

나는 고개를 돌려 에렌을 바라본다.

가능성이 있다면 그에 걸어보는 걸 주저하지 않을 것이다.

에렌은 고개를 끄덕이면서 이야기를 시작했다.

……………….

………….

…….

소녀와 그녀가 키우던 용의 이야기——.

어떤 일을 계기로 용이 살해된 소녀는 자신의 유일한 친구이기도 했던 애완동물의 죽음을 슬퍼하여, 분노와 함께 용을 죽인 나라를 소멸시켰다.

그곳에 사는 수십만 명의 국민들과 함께.

그리고 소녀는 마왕으로 진화한다. 그때 기적이 일어났다.

소녀와 이어져 있던 용은 소녀의 진화를 따라 죽어서도 진화한 것이다.

하지만 기적은 거기서 끝이었다.

죽음과 동시에 영혼이 소실되어버렸던 용은 의지가 없는 사악한 카오스 드래곤(혼돈용)으로 소생해버리고 말았다.

소녀의 명령에는 충실히 따랐지만 그 외의 모든 자들에겐 파괴를 가져오는 사악한 드래곤으로 변모해버리고 만 것이었다.

분노로 인해 각성하여 마왕이 된 소녀는 슬퍼하면서도 애완동물이자 친구이기도 했던 카오스 드래곤을 스스로 봉인하게 된다.

이야기는 소녀가 용을 봉인하면서 끝이 났다.

에렌의 이야기——그건 옛날이야기지만 유달리 구체적이었다.

그 외에도 뱀파이어(흡혈귀)에 의한 '블러드레이즈(흡혈소생, 吸血蘇生)'나 네크로맨서(사령술사)의 죽은 자를 서번트(사역마)로 만드는 마법——사령마법 : 레이즈 데드(사령소생, 死靈蘇生) 등이 있었다. 그것들은 '대현자'의 검색 결과에도 나오긴 했지만 내가 바라는 것이 아니었다. 기본적으로 모두 다 인격이 크게 변하면서 살아 있을 때와는 다른 사람처럼 변한다고 하기 때문이다.

신성마법에는 신의 기적 : 리저렉션(사자소생, 死者蘇生)이라는 게 있다고 하는데…… 그 마법에도 여러 가지 제약이 있어서, 절대 만능은 아니라고 한다.

'블러드레이즈'는 종족 고유 능력이므로 예외로 친다고 해도, 이것들은 금단의 마법으로서 구전으로만 전해지는 '금주(禁呪)'라고 한다.

하지만 그건 어찌 됐든 상관없다.

문제는——'진화'인가.

확실히 마물들은 의미 불명으로 진화한다. 이름을 붙여주는 것만으로 큰 소동이 일어났었다.

어쩌면 가능성이 있지 않을까?

내가 마왕만 된다면…….

——소녀의 애완동물(친구)이 진화해서 되살아난 것처럼——.

그러나 의지가 없는 마물이 되어도 의미가 없다. 영혼이 남아 있을지 아닐지는 아무리 '대현자'라도 '해석감정'을 할 수가 없으니…….

아니…… 잠깐?

지금 현재——이 도시를 덮은 형태로, 마물이 통과하지 못하는 결계가 펼쳐져 있다.

어쩌면…… 이 상태라면 영혼도 흩어지지 않고 이 결계 내부에 머물러 있을 가능성도 있지 않을까?

《해답. 개체명 : 시온 및 그 외의 마물들의 영혼이 존재할 확률은——3.14%입니다.》

이게 무슨 원주율이라도 되냐! 아니, 그걸 따질 때가 아니다.

낮다고 느낄 수 있지만 그 반대이다. 높다고 생각해야 할 정도다.

죽음에서 되살아날 수 있는 가능성이 3% 이상이나 된다고 생각해야 한다.

게다가 그 끈질긴 시온과 멍청한 고부조가 이런 일로 죽을 리가 없다. 그런 일이 있어서야 되겠는가.

내 도움을 기다리면서 기합을 다해 현세에 들러붙어 있을 것이 당연하다.

겨우 희망이 보였다. 이제는 실행만 남았을 뿐.

마왕이 될 수 있을지 아닐지는 모르겠지만——.

《해답. 현시점에서 '마왕종'으로 진화할 수 있는 조건은 갖춰져 있습니다. '진정한 마왕'으로 진화하기에 필요한 조건에는 1만 명 이상의 인간으로 이뤄진 제물이 필요합니다.》

그것만 있으면 되는 건가, 쉬운 일이군.

마왕? 까짓 거 되어주지. 생각했던 것보다 간단하다.

마침 이곳으로 오고 있다는 쓰레기(군대)들이 1만 명 이상이니 딱 좋긴 한데…….

뭐, 모자랄 것 같으면 계속 더 채우면 된다.

그렇게 해서 시온과 다른 자들이 살아 돌아올 수 있다면, 망설일 필요는 전혀 없는 것이다.

그때 문득 제정신이 들었다.

"에렌, 가르쳐줘서 고맙네. 하지만 괜찮은가? 네가 한 그 이야기는 나보고——마왕이 되라고 말하는 것과 같은 뜻인데?"

그렇게 말하면서 에렌을 바라봤다.

에렌은 고개를 숙이면서 말이 없어진다. 하지만 그건 한순간이었을 뿐, 결심을 굳힌 듯이 고개를 들었다.

"저는요오, 마도 왕조 살리온 출신이에요오. 사실은 말이죠오, 자유로운 모험가를 동경하고 있었어요오. 하지만, 이제 괜찮아요. 시온을 구하고 싶다는 마음은 마찬가지니까. 파르무스 왕국도 서방성교회도 용서할 수 없어요. 마물이라고 해서 악한 존재라고 생각하는 건 전 싫어요. 이 방법을 내가 당신에게 가르쳐주면 더는 돌이킬 수 없게 된다는 건 이해하고 있어요. 그래도 도저히 이대로 가만히 있어선 안 된다고 생각했어요오……."

각오를 굳힌 눈으로 나를 보면서, 에렌은 그렇게 말했다.

그리고 이 이상 에렌 일행이 모험가를 계속하다간 자유조합에

도 폐를 끼치게 될 것이므로 우리나라로 소속을 옮기고 싶다고도
말했다.

가능하다면 이주시켜주고 싶지만…….

에렌은 본명이 에륜이라고 하는 마도 왕조 살리온의 귀족이었
던 모양이다.

왕도의 학원에서 공부했으며, 모험가를 동경하여 나라를 나왔
다고 한다.

에렌의 고백을 듣고 카발은 말없이 고개를 저었고, 기도는 눈
을 감고 위를 쳐다보고 있다.

"어쩔 수 없군. 아가씨가 그렇게 말씀하신다면야, 호위를 맡은
저는 달리 드릴 말씀이 없습니다."

"누님——아니, 에렌 님. 괜찮으신 거지요?"

두 사람도 각오를 굳힌 표정으로 에렌을 본다.

보아하니 두 사람도 단순한 모험가는 아니었던 모양이다.

듣자하니 카발과 기도, 이 두 사람은 호위를 하기 위해 에렌을
따라 나라를 빠져나왔다고 한다.

그런 관계 이상으로, 동료라는 끈으로 연결된 것으로 보인다.
왜냐하면 이 두 사람은 이런 상황에서도 에렌을 믿는다고 망설임
없이 대답했으니까.

3인조다운, 실로 부러워지는 관계였다.

"아마도 리무루 씨가 마왕이 된다면 제가 정보를 흘린 게 들통
날 거예요. 제가 관여했다는 건 이미 정보부는 다 알고 있으니 틀
림없이 들키겠죠오. 묻지도 따지지도 않고 나라로 끌려가게 될 거
예요. 그러니까 말이죠. 그때까지는 여기서 최선을 다해서 도와주

고 싶어요오. 그리고 마지막까지 결말을 지켜보고 싶어요──."

얼마 남지 않은 시간을, 여기서 보내고 싶다──고 에렌은 말한 것이다.

진지한 눈으로 나를 보는 3인조.

이주를 허락하면 국가적인 차원에서 마도 왕조 살리온과도 얽히게 될지 모른다.

마도 왕조 살리온 측의 대응이 이 나라에 미칠 영향은 확실하지 않지만, 에렌이 연행되는 것을 무시할 수는 없기 때문이다.

애초에 그녀가 위해를 끼칠 리도 없거니와, 지금 현재로선 우리에게 소속되는 걸 인정하기만 할 뿐이다……

애매한 느낌이긴 하지만, 지금은 상황을 지켜보기로 하는 게 좋을 것 같다.

──이 건은 보류해야겠군.

"뭐, 그 점에 관해선 나중에 생각하기로 하지. 이 이상 적을 늘리는 건 피하고 싶으니까……."

"그런가요? 그렇지마안 시온이 살아나는지 아닌지는 마지막까지 확인해봐도 되겠죠?"

"알았네. 에렌이 준 정보니까 마지막까지 지켜봐도 상관없어. 하지만 내가 마왕이 된다고 하면, 그때 인격이 바뀌면서 자네들을 덮친다 해도──그 점에 관해선 책임을 못 질 것 같은데 괜찮겠나?"

"으음……. 그렇게 되는 건 싫지만 어쩔 수 없죠오. 저는 리무루 씨를 믿겠어요!"

"이봐 잠깐?! 우리까지 끌어들이는 거야? 정말, 어쩔 수가 없

221

구면."

"어쩔 수 없습니다요, 나리. 에렌 님은 매번 이러셨으니까요……."

한숨을 쉬면서도 반대하지 않는 두 사람.

이래저래 잔소리를 하면서도 두 사람은 에렌을 충실히 따르는 모양이다.

하지만 그 덕분에 앞으로의 방침이 정해졌다.

시온과 고부조, 그리고 다른 사람들을 구해낼 것이다!

그러기 위해 마왕이 될 필요가 있다면, 마왕이 되면 된다.

앞으로 며칠만 있으면 적의 본대가 공격해 올 것이다.

상황은 전부 확인했다.

이제 남은 건 실행뿐이다.

*

그렇게 하기로 결정했다면 긴 말은 필요 없다.

우선 중요한 것은 시온 일행의 영혼이 흩어지는 걸 방지해야 한다. 그래서 '해석감정'으로 이미 습득이 끝난 대마법을 개조하여 더 강력하게 도시를 덮었다. 뮬란의 마법의 남은 시간이 불안정하기 때문에, 갑자기 마법이 사라져서 시온 일행의 영혼이 흩어져 사라질 것을 염려했기 때문이다.

놀랄 정도로 에너지(마력요소)를 소모했지만, 지금의 내게는 힘든 일이 아니었다. 오히려 어제까지의 절망감에 비하면 기쁨조차 느낀다.

쓸모없다고 생각하면서도 결계를 '해석감정' 해두길 정말 잘했다. 덕분에 모든 게 다 차례로 이어지면서 시온 일행이 부활할 가능성이 남아 있게 되었으니까.

내가 대마법을 발동시키자 베니마루 일행이 급하게 달려왔다.

"리무루 님, 이건 대체――?"

"베니마루, 모두를 집합시켜라! 앞으로의 방침에 관해 회의를 열겠다!!"

"――?! 알겠습니다!!"

급하게 그 자리를 떠나는 베니마루 일행.

내 명령에 따라 모두가 다급하게 움직이기 시작했다.

"걱정을 끼쳤군, 에렌, 카발, 기도. 이제 괜찮네."

"리무루 씨――."

나는 금이 간 가면을 품에 집어넣고 에렌에게 미소를 지어 보인다.

내가 기운을 다시 찾은 걸 보고 에렌 일행도 안심한 것 같다. 각자 도와주겠다는 이야기를 꺼냈다.

"저희도 할 수 있는 게 있다면 뭐든 말씀하세요오!"

"헤헷, 늘 신세를 지고 있었으니, 이번에는 우리가 나설 차례지요."

"그렇고말굽쇼!"

그 말이 정말 기뻤다. 도와주겠다고 하지만 이 세 사람까지 전쟁에 참가시킬 생각은 없다. 하지만, 회의장에서 방금 했던 설명을 한 번 더 해주길 부탁하려고 한다.

나뿐만이 아니라, 모두가 하나가 되어 움직일 수 있도록.

"그럼 미안하지만, 자네들도 회의에 참가해주게. 나는 잠시 볼

일이 있으니까."

그런 말을 남기고 나는 그 자리를 떠났다.

카발 일행과 헤어진 나는 곧바로 요움 일행이 머무르는 숙소로
향했다.

문을 열고 안으로 들어선다.

"리무루 나리?!"

놀란 요움이 맞이하러 나왔다.

"요움, 뮬란에 대한 처벌을 어떻게 할지 정했네. 그녀는 어디
있나?"

"2층 방에서 쉬고 있습니다만……."

처벌이라는 말을 듣고 요움이 불안한 표정을 짓고 있다.

미안하지만 내용을 말할 수는 없다.

지금은 아직——.

방으로 들어가자마자 뮬란을 보면서 말한다.

"뮬란, 너는 죽어줘야겠다."

"나리?!"

요움의 당황하는 목소리가 들리지만 무시한다.

뮬란은 놀라면서 눈을 크게 떴지만, 포기한 듯이 고개를 끄덕
였다.

처음부터 각오는 되어 있었던 모양이다.

"리무루 님, 그건——."

그루시스가 날 막으려고 하지만, 그걸 허락할 내가 아니다.

"미안하지만 나리, 나는 뮬란을 지킬 겁니다!"

내 앞을 가로막는 요움.

실력 차가 명백하다는 걸 이해하고 있으면서도 요움은 저항하려 한 것이다.

정말 좋은 녀석이로군. 그런 생각이 들었다.

나는 요움은 물론이고 그루시스도 마찬가지로 '끈끈하고 강한 거미줄'로 묶었다.

"부탁입니다, 나리━━━━━!!"

절규하는 요움.

뮬란은 그런 요움을 보면서 미소를 짓다가 그 입술을 다물었다.

"사랑했어요, 요움. 내가 살아오면서 처음으로 반했던 사람. 만약 다시 태어난다면 다음에야말로 당신과 함께 살아보고 싶네요…….
안녕, 이후에는 나쁜 여자에게 속아 넘어가지 말도록 해요━."

그렇게 말하면서 요움을 향해 한 번 더 미소를 지은 뒤에, 뮬란은 자신의 눈을 감았다.

훌륭한 각오다. 흔히 볼 수 없는 좋은 여자였다.

솔직히 말해서 이런 짓을 하는 건 내게도 죄책감이 느껴지긴 하지만…….

나는 주저 없이, 자연스러운 동작으로 뮬란의 가슴을 손날로 꿰뚫었다.

털썩 하고 고개를 떨구는 뮬란.

절규하는 요움과 그루시스.

그런 뒤에━어리둥절한 표정으로, 놀라서 당황한 듯이 눈을 뜨는 뮬란.

"━저기, 왠지 괴롭지도 않고, 죽은 것 같은 느낌도 안 드는

데……."

그야 그렇겠지.

죽어줘야겠다고 말은 했지만 딱히 죽일 생각은 없었으니까.

죽었다가 되살아나는 일은 종종 있는 이야기잖아. 시온 일행을 되살리려고 하는 나로선, 이 자리에서 그런 사례를 하나 더 늘려 보고 싶었던 것뿐이다.

"아아, 응. 3초 정도는 죽지 않았을까?"

"……네?"

"──예에?"

"그게 무슨 뜻이죠?"

《알림. 개체명 : 뮬란의 '유사심장'은 정상적으로 작동을 시작했습니다.》

좋아, 문제는 없는 것 같군.

나는 '대현자'의 말을 확인하고 뮬란의 가슴에서 손을 뺐다.

"좋아. 그럼, 수술도 성공했으니 설명해주지. 뭐, 자네들도 그렇게 험악한 얼굴을 하지 말고 의자라도 앉아서 얘기를 들어주게."

"잠깐만요, 나리! 방금 그건 뭐가 어떻게 된 겁니까?"

"이거 참, 납득이 갈 만한 설명을 요구해도 되겠지요?"

방금 전까지만 해도 울고 있었으면서, 금세 소란스럽게 구는 요움과 그루시스.

그에 비해 뮬란은 침착한 모습이었다.

"시끄럽네! 그렇게 촐싹거리는 모습을 보였다간 뮬란의 비웃음을 사지 않겠나?"

내 말을 듣고 그제야 두 사람도 얌전해졌다.

분위기가 진정이 된 것을 보고 사정을 설명한다.

"실은 말이지, 뮬란의 임시 심장은 클레이만의 도청에 사용되고 있었어. 마력요소를 이용하지 않는 전파 신호와 지자기(地磁氣)를 이용한 암호통신으로 말이야."

그렇게 말하면서 나는 설명한다.

심장의 고동과 생체 파장에 섞여서 암호화된 전기신호를 발신한다. 그게 지면을 타고 클레이만이 있는 곳까지 전달되는 것이다.

상세한 보고를 하도록 하는 것은 그걸 알아차리지 못하게 하기 위해 물타기를 하는 것이리라. 부하를 전혀 믿지 못한다는 소문대로 마왕 클레이만에게 어울리는 고식적인 방법이다.

하지만 그 힘은 얕볼 수 없다. 이런 장치를 모든 부하에게 다 준비해놓았다면 방대한 양의 암호화된 정보를 순식간에 해석할 수 있는 두뇌를 보유하고 있다는 뜻이 되는 것이니까.

역시 '마리오네트 마스터(인형괴뢰사)'라고 불릴 정도의 실력은 갖고 있다. 마왕 클레이만의 보이지 않은 실의 정체는 그야말로 이 정보 수집 능력이었던 것이다.

이걸 알아차린 것은 우연이었다.

——아니, 우연이 아닐지도 모르겠다. 이건 시온이 나를 도와주고 있다는 증거가 될 것이다.

시온과 다른 자들의 영혼이 흩어지는 걸 방지하기 위해 내가 대마법을 사용했을 때의 일이다. 그 결계에 반응하는 수상한 파장을 '대현자'가 발견한 것이다. 암호화된 그 정보를 해석하는 것쯤은 '대현자'에겐 아주 쉬운 일이었다.

그러므로 나는 그 도청을 역으로 이용해 뮬란이 죽었다고 여기도록 클레이만을 속일 계획을 세웠던 것이다.

"──그런고로, 지금까지 서프라이즈였습니다!"

"서프라이즈가 아니죠!!"

"잠깐! 그렇게 간단하게 말할 내용이 아니잖습니까? 그건 누구에게도 알려지지 않았을, 마왕 클레이만의 힘의 비밀 같은 거 아닙니까?!"

사정을 다 설명해줬는데도, 아직도 부족하다는 듯이 소란스럽게 구는 두 사람. 정말로 귀찮은 녀석들이다.

"뭐, 그런 세세한 일은 어찌 됐든 상관없잖나. 그보다 뮬란, 바라던 대로 다시 태어난 기분은 어떻지?"

"──네?"

그제야 겨우 뮬란은 자신의 저주가 풀렸다는 것을 깨달은 모양이다.

"뮬란, 이걸로 너는 자유다, 라고 말해주고 싶지만 그 전에 부탁할 게 하나 있네."

뮬란은 아직 당혹스러움을 감추지 못하는 것 같았지만, 날 다시 보면서 자세를 바로 했다.

"무엇이든 말씀해주십시오. 충성을 맹세하라고 하신다면 저는 그 말에 따르겠습니다."

"아니, 그건 됐어. 실은 말이지, 시온과 다른 사람들을 되살릴 수 있는 가능성이 있거든. 뮬란, 지금 네가 죽었다가 다시 살아난 것처럼. 그래서 네가 그걸 도와줬으면 하네."

"네?"

"되살아난다, 고요?"

"어떻게 말입니까? 죽은 자를 되살리는 것은 저희들 상위 마인조차도 불가능한 일입니다만?"

세 사람이 놀란 표정으로 내게 물었다.

"어디까지나 가능성이네. 하지만 성공시킬 거야."

그렇게 대답한다.

그렇다, 어디까지나 가능성이다. 그러나 실패는 결코 허용되지 않는다.

조금이라도 성공률을 높이기 위해, 할 수 있는 모든 방법을 동원할 것이다. 그러기 위해서 뮬란의 협력이 필요했다.

뮬란의 협력을 얻어낸 후, 앞으로 어떻게 할 것인지를 물었더니…….

"그러네요, 저는 모처럼 자유롭게 되었지만, 인간의 짧은 일생 정도는 좀 더 속박되어도 괜찮을 것 같아요."

그런 대답이 돌아왔다.

요움은 얼굴이 새빨개졌고, 그에 따라 뮬란의 얼굴도 새빨갛게 물들고 있다.

불쌍한 그루시스. 완전히 차여버리고 만 것 같다.

"기운 내게!"

"웃는 얼굴로 위로하지 마십시오! 게다가 말이죠, 어차피 요움은 인간이니까 잘 해야 100년이 채 못 되는 수명입니다. 그 다음은 제 차례인 걸로 치면 됩니다!"

"무슨 소리를 하는 거야! 그런 치사한 생각을 하고 있었냐, 이 망할 늑대야!"

"입 닥쳐! 분하면 오래 살라고!"

"망할 늑대 자식! 멋대로 지껄이고 있다만, 그런 걸 네 주인인 마왕 칼리온이 허락하겠어?!"

"흥! 칼리온 님은 도량이 넓은 분이시라 내게 견문을 넓히라고 말씀하셨어. 내 충성은 그분께 향하고 있지만, 딱히 수왕국에 얽매여 있는 건 아니라고!"

"너 편한 대로 얘기를 지어내지 마!"

"시끄러워!"

"──저도 조금은 냉정하지 못했던 것 같군요. 방금 했던 말은 취소하겠어요⋯⋯."

"그, 그건 아니지, 뮬란?!"

상당히 카오스한 상황이 되어버렸지만, 나도 조금은 웃음을 되찾을 수 있었다.

이런 상황이 아니라면 축하 정도는 해줄 수 있겠지만──지금은 아직 그럴 때가 아니다.

정신을 바짝 차리고 한 번 더 본론으로 들어간다.

"그건 그렇고 요움. 너한테도 부탁할 게 있는데⋯⋯."

"말만 하십시오! 나리의 부탁이라면 뭐든 들어드리겠습니다!"

다행이다, 그렇게 말해줄 것이라고 생각하고 있었다.

그런 계산도 했었기 때문에 뮬란을 도와준 것이다.

나는 이렇게 계산적이지 않았는데.

뭐, 어쩔 수 없나. 이제 실패는 더 이상 허용할 수 없으니까.

그러므로──.

"자네가 왕이 되어주게."

아무렇지도 않게 슬쩍 말한다.

네? 라는 얼굴로 날 보는 요움.

나는 내 생각을 설명한다.

쉽게 말해서——이번에 공격해 온 자들은 전부 죽일 것이다.

이건 필요조건이기 때문에 양보할 수 없다.

그렇게 되면 그 다음에 문제가 될 것이 파르무스 왕국이다.

국민 전체를 다 죽일 것인가? 그렇게 묻는다면 그럴 이유가 없다는 게 내 대답이다.

마왕이 되기 위한 제물이 부족하다면, 주저하지 않고 죽일 수밖에 없겠지만——.

우선은 군대만 죽인 뒤에 상황을 살펴볼 것이다.

더불어 소우에이의 보고를 듣자면, 총 수가 1만 명을 넘을 것이라고 했다.

다행이다. 그게 내 본심이다. 상대가 많아서 다행이라는 것도 이상한 이야기이긴 하지만 말이다.

군이 상대가 된다고 해도 전부 죽이는 것을 전제로 한다면 힘을 빼고 봐줄 필요가 없다. 그런 조건이라면 지금의 내게는 쉬운 일이다.

민간인에겐 가능한 한 손을 대고 싶지 않으므로, 직업군인이 대량으로 와준다면 더 바랄 것이 없었다.

그럼 군을 궤멸시키고 내가 마왕이 된 뒤에는 어떻게 할 것인가?

이게 문제다.

공격해 온다면 죽일 수밖에 없지만, 가능하다면 어느 선에서 정전 상태로 유도하고 싶다.

그러나 파르무스 왕국의 현 집행부는 전부 죽일 것이다.

──책임을 지도록 하기 위해서다.

하지만 그렇게 하면 국가의 중추가 소멸되고 만다. 그렇게 되면 아무것도 모르는 국민이 곤란해질 것이다.

"아무래도 그렇겠지? 그때 자네가 나서달란 말이네."

어떤가? 그런 표정으로 요움을 본다.

요움의 역할은 썩어빠진 집행부의 숙청.

덤비려고 나서는 녀석은 내가 다 죽여버리겠지만, 나라에 남은 쓰레기의 뒤처리를 부탁하고 싶은 것이다.

동시에 국민을 통합하고 새로운 왕으로 대두하도록 만든다.

그런 뒤에 우리와 국교를 맺도록 하는 것이다.

"참 쉽게 말하시는군요. 내가 왕이라고요──?"

"간단하지 않은가? 나도 왕이 될 거야. 자네도 날 따라오게."

뭐, 나는 왕은 왕이라 해도 마왕이지만.

"요움. 리무루──님은 당신이라면 해낼 수 있을 거라 생각하고 있어요. 나도 당신을 응원하겠다고 약속했으니까 파란만장하게 살아보는 건 어때요?"

지루한 남자는 싫다──고 말하는 듯한 뮬란의 그 말이 요움의 등을 밀었다.

"나도 동참하지, 요움."

"넌 내가 죽는 걸 기다리기만 하는 건 아니겠지?"

"하하, 무슨 소릴 하는 거야. 그렇게 생각한다면 오래 살면 되는 거 아냐?"

"쳇, 알았어. 받아들이겠습니다, 그 얘기!"

각오를 굳히고, 날 보면서 고개를 끄덕이는 요움.

이 녀석과는 사이좋게 지낼 수 있을 것 같다.

우리는 악수를 나눈다.

사전 협의는 모두 끝났으니 자세한 사항을 살펴보기로 하자.

우선은 마왕이 되어야만 한다.

시온과 다른 죽은 자들을 되살려야 한다.

잃어버린 목숨은 두 번 다시 돌아오지 않는다.

하지만 시온 일행은 아직 잃어버린 게 아니다.

가능성은 있다.

나는 무신론자다. 신 따위는 믿지 않는다.

──그래도 지금만큼은 기도를 드리며 빌기로 한다.

모든 기적을 주관하는 자에게.

예전의 나라면 쓸모없는 짓이라며 비웃고 쳐다보지도 않았을
행위.

확실히 쓸모없는 짓이리라.

그렇지만 빌고 있는 동안은 믿을 수 있을 것 같다.

시온 일행은 분명 괜찮을 거라고 말이다.

──달빛이 반사된 작은 빛이 나를 비춘다. 그 빛은 내 기도를
다정하게 긍정해주는 것처럼, 담담하게 빛나고 있었다──.

그루시스

요음

물란

제4장

마왕 탄생

Regarding Reincarnated to Slime

신속히 간부들이 모였다는 보고를 받고 나도 회의실로 향했다.

요움 일행도 동행시킨 채로 회의실로 들어간다.

안으로 들어가자, 도시에 남아 있던 간부들이 일제히 굳은 표정으로 나를 쳐다보기 시작했다.

"걱정을 끼쳤구나. 지금부터 시온과 고부조를 비롯한 죽은 자들을 부활시키기 위한 회의를 시작하겠다!!"

내 선언을 듣고 그 자리가 술렁거린다.

내가 기운을 차린 것을 기뻐했으며, 그 이상으로 지금 해야 할 일이 있다는 희망을 품게 되면서, 그 목표를 달성하고자 모두의 눈에 불꽃이 일었다.

누구 하나 의심하는 발언을 하는 자가 없었으며, 시온과 고부조, 그리고 다른 죽은 자들을 부활시키기 위해 움직이기 시작한다.

"우선은 내 의견을 말하기 전에 파르무스 왕국과 그 나라의 인간들에 대한 모두의 의견을 듣고 싶네."

그 말에 모두가 활발하게 발언을 시작했다.

가비루와 소우에이 쪽은 동굴에서 대기시켜놓은 터라, 이번엔 참가하지 않았다.

실은 소우에이만큼은 나랑 '끈끈하고 강한 거미줄'로 연결을 시켜놓았으니, 이쪽 상황을 파악할 수는 있을 것이라 생각한다.

모두의 의견을 종합해보니, '비겁한 기습을 해 온 인간을 용서할 수 없다'는 의견이 대다수였다.

확실히 그 말이 맞다. 틀린 의견이 아니다.

그러나 그중에는 '인간들 중에도 좋은 자는 있다. 전부 다 하나로 몰아서 얘기하는 건 안 된다'라는 의견도 있었다.

그런 의견이 나온 것은 기쁘다. 분노와 원한과 증오로 목적을 착각해선 안 되는 것이다.

큰 줄기로 따지면 이 두 가지로 집약될 것이다.

내 말을 철저하게 엄수하다가, 이번 일과 같은 일이 일어나기까지 했는데 아직도──마물들은 인간과의 공존을 진지하게 생각해주었던 것이다.

사랑하지 않을 수 없는 내 동료들.

가족이라고도 부를 수 있는 소중한 자들.

남을 진심으로 사랑한 적이 없는 내가 사랑이란 말을 해봤자 우스꽝스러울 뿐이지만.

모두의 분위기가 진정되는 걸 지켜보다가 말한다.

"다들 내 말을 들어다오."

그렇게 말하면서 내게로 주목을 모았다.

모두의 시선을 받으면서 나는 이야기를 시작한다.

"나는 원래 인간이었던 '전생자'다."

술렁거림이 일었지만, 아무도 끼어들지는 않았다.

슈나와 란가, 그리고 시온도 알고 있었을 것이다. 숨길 생각은 없었으니까 나도 모르게 자연스레 말한 적은 있을 것이라 생각한다.

　대부분 놀라는 표정을 하고 있는 것을 보니, 그걸 알고도 남에게 이야기를 하진 않았나 보다.

　"말하자면 '이세계인'이라고 불리는 자와 같은 세계의 인간이었지. 그쪽 세계에서 죽은 뒤에 여기서 다시 태어난 것이야. 슬라임으로서 말이지. 처음엔 고독하고 외로웠지만, 그런 내게도 동료가 생겼다. 그게 바로 너희들이야. 어쩌면 진화를 이룬 너희들이 인간에 가까운 모습으로 변한 것은 내 바람이 영향을 끼친 것일지도 모르겠군――."

　그렇게 말하면서 모두의 분위기를 살피니, 누구나 할 것 없이 내 말을 열심히 듣고 있다. 아무도 질문을 할 낌새는 보이지 않았기 때문에, 나는 그대로 이야기를 계속했다.

　"내가 정한 '인간을 습격하지 않는다'라는 규칙도 그런 이유에서 만든 것이다. 인간이 좋다고 말한 것도 전에 인간이었기 때문이야. 그 규칙 때문에 너희들이 상처를 입는 건 내가 바라는 바가 아니었어……. 나는 마물이지만, 마음은 인간이라고 생각하고 있었다. 그래서 인간과 교류를 하고 싶다고 생각했고, 인간의 도시에 오래 머무르고 만 것이야. 아이들을 구하고 좀 더 빨리 돌아왔다면……."

　그때 나도 모르게 말문이 막히고 말았다.

　무슨 말을 해도 그저 변명이 될 것만 같았기 때문이다.

　"아뇨, 그렇지 않습니다."

　내 말을 부정한 사람은 슈나였다.

　슈나는 그 아름다운 눈동자로 날 똑바로 보면서 부드럽게 의견을 말한다.

"저희도 언제나 리무루 님이 지켜주실 것이라고 안이하게 생각했습니다. 그 결과가 이번의 참극이 된 것입니다."

그런 슈나의 말에 동의하듯이 뒤이어서 말한 자는 베니마루였다.

"여동생에게 선수를 뺏길 줄이야, 오빠로서 한심스럽기 짝이 없군. 리무루 님, 저도 이번 일을 통해 통감했습니다. 리무루 님과의 '사념전달'이 끊어졌을 때, 늘 느끼고 있던 자신감이 사라지면서 불안감이 제 가슴속에 가득 찼습니다. 우리의——아니, 제 방심이 이번 참사의 원인이라는 걸 깨달았습니다——."

"기다려주십시오, 베니마루 씨. 그걸 따진다면 경비 책임자였던 제 실수야말로 이번 일의 원인이라 생각합니다!"

베니마루의 말을 리그루가 가로막는다. 리그루뿐만 아니라 각자가 제각각 이번 일에 책임을 느끼고 있는 것 같았다. 모두 자신의 탓이라고 주장하면서 굽히려들지 않는다.

나는 당황하면서 그 소동을 말렸다.

"다들 잠깐만. 여유가 생겨서 방심했던 것은 바로 나일세. 게다가 내가 전에 인간이었기 때문에 스스로의 생각을 우선시하고 말았네. 그 결과——발밑을 소홀히 하다가 이 꼴이 된 거야. 모든 건 내 책임이라고 생각해. 정말 미안하네……."

내 말을 듣고 모두 입을 다물었다.

각자가 내 말을 받아들여 주고 있다.

잠시 동안 시간이 흐른 뒤에 하쿠로우가 진지한 얼굴로 발언했다.

"리무루 님이 자신의 생각을 우선시하셨다고 해도 아무런 문제가 될 게 없습니다. 베니마루 님과 슈나 님이 말씀하신 대로 이번 일은 저희들 모두가 방심했던 것입니다. 그리고 저희가 약한 것이 원인입니다. 리무루 님을 대신하여 이 나라를 맡았으면서도 그런 발칙한 놈들이 제 좋을 대로 날뛰게 놔둔 것은 저희가 태만했기 때문이라 할 수 있습니다. 안 그런가, 모두들?"

하쿠로우의 말이 나오자 그 자리에 날카로운 긴장감이 일었다. 그리고 틈을 두지 않고 모두가 고개를 끄덕이면서 동의한 것이다.

음, 사실 그런 반응이 나올 것이라고는 생각하지 못했다.

최악의 경우에는 '배신자!' 같은 말이 나올지도 모른다는 불안도 있었는데…… 중요한 부분인 내가 '과거에는 인간'이었다고 커밍아웃한 부분은 다들 흔쾌하게 넘겨버렸다.

아니, 그걸 마음에 두고 있는 건 나뿐인 것 같다.

"아니, 그러니까——과거에 인간이었던 자가 너희의 주인이라는 게 싫지 않은가?"

그렇게 나도 모르게 묻고 말았다.

"네? 리무루 님은 리무루 님 아니십니까?"

"제 주인은 리무루 님뿐이므로 전생이 어땠는지는 들어봤자 관계가 없다고 생각합니다만."

"그렇게 말씀하셔도 저희는 잘 모르겠습니다……."

"그러게. 확실하게 알고 있는 것은 우리의 주인이 리무루 님이라는 것뿐이지."

그렇게들 말하는 걸 보면 내 걱정은 아예 기우의 범주에도 들어가지 못했던 모양이다.

그리고 마지막으로 그 의견을 정리하듯이 리그루도가 말한다.

"리무루 님, 모두의 마음은 하나입니다. 그런 사실을 신경 쓰는 자는 없으니 좀 더 마음을 편하게 먹으십시오. 저희는 그저 리무루 님을 따를 뿐입니다!"

그렇게 힘차게 선언해주었다.

나는 고개를 끄덕이면서 생각한다.

역시 이곳이 내가 있을 집이라고.

그게 기뻤다.

인간이니 마물이니 하는 장벽 따윈 서로 통하는 마음이 있다면 극복할 수 있다. 나는 모두가 보여준 반응을 보고 그걸 확신했다.

그 모습을 눈물을 글썽인 채 연신 고개를 끄덕이며 지켜보고 있던 카이진이 핵심적인 부분을 찌른다.

"그래서 하나 묻겠는데, 앞으로 인간에 대한 대응은 어떡할 겁니까?"

분위기가 고요함에 휩싸이면서, 시선이 내게 집중된다.

응, 그게 문제인데 말이지.

내 부하들은 그렇다 치고 카이진을 비롯한 드워프들, 요움, 카발 일행에 있어서도 이게 가장 중요한 문제라고 할 것이다. 애초에 내가 인간의 적이 되겠다고 선언한다면, 그들에게 있어서도 위협적인 존재가 탄생하는 것이 되는 셈이니까.

──뭐, 그럴 생각은 없지만 말이지. 그러므로 이 자리에서 확실하게 내 생각을 말해두기로 한다.

"우선, 결론을 말하기 전에 내 생각을 말하려고 하네. 전에 살았던 세계에 '성선설'이랑 '성악설'이라는 견해가 있었지. 인간은 원래 착하지만 성장하면서 나쁜 짓을 배운다는 성선설. 그 반대로 원래는 이기적이고 나쁜 존재이지만, 학습에 따라 선행을 배운다고 하는 성악설. 간단히 말해서 인간은 선한 존재로도 악한 존재로도 될 수 있거나, 되어버린다는 말이지. 편한 쪽으로 흘러가기 쉬운 것이 인간이므로, 그 길이 나쁜 쪽으로 치우쳐 있다면 악인이 되기도 하는 거야. 우리와의 교섭이라는 번거로운 수단을 날려버리고 힘을 휘두르기로 한 파르무스 왕국처럼⋯⋯."

게다가 개개인이 선량하더라도 국가로서 모였을 경우에는 악으로 기울어버리는 경우도 있을 것이고 말이다.

"――하지만 그것으로 인간 전체를 악으로 판단하는 건 잘못이야. 편하게 지내기 위해 노력을 한다는 모순을 양립시킬 수 있는 것도 또한 인간이지. 실제로 나도 그랬고. 노력하는 방향이 잘못되지 않는다면 더욱 좋은 존재가 될 수 있다고 생각하네. 그러므로 배울 수 있는 환경이 더더욱 중요한 거야. 나는 그 환경을 마련하고 싶네. 우리와 친구가 되어줄 수 있는 자를 육성하고, 인간과 마물이란 경계를 허물 것이야. 그렇게 하면 다 같이 서로 이해하고 도울 수 있는 좋은 이웃이 되어주지 않을까? 나는 그 가능성을 믿어보고 싶네――."

이게 내가 인간에 대해 가지고 있는 생각이다. 인간의 적이 되고 싶은 게 아니라, 기본적으로는 손을 맞잡을 수 있는 존재가 되고 싶은 것이다.

단――.

"하지만 그건 어디까지나 나중의 희망을 얘기한 것뿐이야. 인간을 무조건적으로 믿다가 이런 꼴을 당하는 건 주객이 바뀌는 셈이지. 그러므로 내 결론은, 지금 단계에서 인간과 손을 잡는 건 시기상조라고 생각하네. 우선 중요한 것은 우리의 존재를 과시하고 인정받게 만드는 것. 인간들의 입장에서 볼 때 무시할 수 없는 세력이 되도록 그 지위를 쌓을 것이야. 지금 이대로 있다간 우리는 이용당하기만 하는 착취 대상으로 우습게 보이고 말겠지. 드워프 왕국이나 블루문드 왕국처럼 선량한 국가만 상대하다 보니, 국가라는 조직의 나쁜 측면을 보지 못하고 있었어. 개개인이 선량하다고 해도 국가라는 조직이 된 순간 냉혹한 이빨을 지니게 되지. 그건 국가가 약한 자들의 집합체인 이상, 선량한 국민을 지키기 위해서, 어떤 면에서는 어쩔 수 없는 일이라고 생각하네. 하지만 그러므로 더더욱 그런 자들에게 힘을 과시할 필요가 있는 거야. 내가 마왕으로 군림함으로써 무력을 이용한 교섭은 불리하다는 걸 깨닫게 해주겠어. 그런 뒤에 다른 마왕에 대한 견제와 함께 인간 국가들의 방패 역할을 맡을 것이네. 적대하기보다 공존하는 것이 이득이라는 생각이 들게 만들면 성공이라 할 수 있겠지——."

거기까지 단숨에 말하면서 모두의 반응을 살핀다.

성실치 못한 성격의 고부타조차 졸지 않고 내 이야기를 끝까지 제대로 들어주고 있었다.

내가 하고 싶은 말은 모두에게 제대로 전해진 것 같아서 안심했다.

"——서방성교회가 우리를 악이라고 단정한다면, 단연코 그들과 싸울 것이네. 무력에만 전부 의존하는 게 아니라 언론이나 경

243

제를 포함한 모든 수단을 동원해서, 말이지. 우리에게 이빨을 들이대는 자에겐 제재를, 손을 내미는 자에겐 축복을 줄 것이야. 상대를 대할 때 거울처럼 대하려고 생각하네. 그리고 오랜 시간을 들여 천천히 우호적인 관계를 쌓는 것을 목표로 삼아 행동할 것이고. 이게 내 생각이네."

그렇게 말하면서 긴 이야기를 마무리 지었다.

내 말에 처음으로 반응을 보인 자는 카이진이었다.

"그것 참 안이한 이상론이로군요. 마왕이 되겠다는 자가 할 대사가 아니란 말입니다, 정말이지. 하지만 싫지는 않군요──."

한숨을 뱉으면서 그렇게 감상을 말했다.

그 말을 듣고 슈나가 쿡쿡 웃으면서 말한다.

"좋지 않은가요, 이상론이라도. 저는 리무루 님이라면 만드실 수 있다고 생각해요. 그런 이상적인 세계를."

날 지지하겠다고 선언해주었다.

"어렵게 생각하실 것 없습니다. 저희는 따르겠다고 정했으니, 리무루 님을 믿을 뿐입니다."

어떤 의미로는 생각 자체를 하지 않는 거라고도 할 수 있겠지만, 우직할 정도의 성실함으로 게루도가 선언했다.

"리무루 님이 마왕이 되신다면 제 역할도 제대로 준비해주셔야 합니다."

그렇게 말하면서 베니마루가 웃는다.

'저는 리무루 님의 충실한 그림자. 일일이 확인하실 필요는 없습니다. 명령하신 대로 움직이겠습니다.'

역시 듣고 있었는지, 소우에이도 그렇게 말해주었다.

'나의 주인이여, 저는 당신의 충실한 이빨. 저희가 앞에 서서 가로막는 적들을 물어 죽이는 역할을 맡겠습니다.'

란가도 또한 내 그림자 안에서 그렇게 전해 온다.

리그루도, 리그루, 고부타, 하쿠로우, 그리고 이 자리에 모인 자들이 각각.

내게 찬동할 뜻을 보여준 것이었다.

그리고 요움도.

"이런, 이런. 우리한테도 새로운 나라를 만들어서 모든 사람들의 의식을 개혁하라는 뜻이겠죠? 나리가 생각하는 것 정도는 굳이 말로 안 해도 잘 압니다. 나리는 정말 사람을 너무 막 부린다니까요."

머리를 벅벅 긁으면서 그렇게 말한다.

"잘 알고 있잖나, 요움."

"쳇, 잘도 말하십니다."

요움은 불만 섞인 표정을 지었지만, 그 입가에는 웃음을 띠우고 있다. 그리고 그 요움의 오른쪽 옆에는 뮬란이 있었고, 왼쪽 옆에는 그루시스가 있다.

그의 등 뒤에는 요움을 따르는 동료들. 부관인 카질과 참모인 롬멜의 모습도 보인다.

인간인 그들도 각자 자신의 입으로 찬동하겠다는 뜻을 나타내 주었다.

"에헤헤에, 리무루 씨. 앞으로도 계속 사이좋게 지내자고요!"

에렌이 웃으면서 말하자 그 말에 모두가 고개를 끄덕였다.

나는 그 말에 실린 무게를 받아들인다.

시시한 이상을 억지로 밀어붙인 것이다. 다음에는 그걸 핑계로 삼을 수 없다.

나는 내가 원하는 방식으로 살고 있다. 그렇다면 더더욱 행동에 책임을 져야 한다.

"고맙네. 앞으로도 내 이기적인 고집에 어울려주게!"

내 말에 동의하듯이 모두가 각자 흔쾌히 승낙하는 목소리를 높였고——모두의 목소리는 하나로 하모니를 이뤘다.

*

자, 다시 마음을 다잡고.

다음으로 이번 군사 침공에 대한 작전 회의를 시작한다.

"음, 그건 그렇고 적군의 상세 사항은 알아냈나?"

1만 명 이상이라는 것은 소우에이를 통해 들었지만, 그 내역은 아직 듣지 못했다. 이 회의에 모인 자들에게 설명하려는 목적도 있으므로 베니마루가 설명하기 위해 일어섰다.

"네. 소우에이가 조사한 내용에 따르면——."

이번에 침공해 오는 것은 파르무스 왕국과 서방성교회의 연합군.

그렇다고는 해도 서방성교회의 전력은 템플 나이츠(신전기사단)라고 불리는 2군이 3,000명이며, 파르무스 왕국에 주둔하고 있는 부대만 참가한 것 같다.

실질적인 본체는 파르무스 왕국의 기사단 1만 명에, 용병단 6,000명. 그리고 마법사가 1,000명 정도 가담했다고 한다.

총원 2만 명에 달하는 큰 전력이었다.

수만 따져도 우리나라의 총 국민 수를 상회한다만……

최강이라는 소문이 도는 크루세이더(성기사단)가 없다면, 내게는 별문제가 되지 않는 전력이다.

예상을 넘는 수지만, 제물이 늘어났다는 정도의 의미일 뿐이다. 적을 용서할 생각 따윈 전혀 없으니까……

문제라고 할 수 있는 건 '이세계인'이 몇 명 참가하고 있는가 하는 것이겠지.

"어떤 식으로 분담해서 나갈까요?"

게루도가 진지하게 파고들면서 물어봤다.

"역시 정면은 내 부대가 맡는 게 좋겠지."

베니마루도 의욕이 넘치는 모양이다. 몰래 홉고블린 전사단을 결성했다고 한다.

하쿠로우의 지도를 받았으니, 상당한 훈련 성과를 기대할 수 있을 것이다.

리그루와 고부타도 고블린 라이더를 지휘하면서 싸울 생각인 것 같다.

이번 일로 격노하고 있는 것은 나뿐만이 아니었던 것이다.

그렇지만——.

"미안하네. 이번 연합군은 내가 가서 처리하고 오겠어. 아니, 내게 맡겨주면 좋겠네."

"——그게 무슨 뜻입니까?"

대표로 묻는 베니마루.

그 질문에 대한 내 설명은 간단했다.

"내가 마왕이 되기 위해 필요한 제물(양분)은 1만 명이면 충분하다더군. 아마도 인간의 영혼을 손에 넣으면서 '진정한 마왕'으로 진화하는 것 같아. 다행히도 침공해 오는 어리석은 자들이 2만 명이나 있으니 숫자는 충분히 채울 수 있네. 남은 건 내 힘을 보여 주는 것뿐. 이게 내가 마왕이 되기 위해 필요한 의식(프로세스)이라면 나 혼자서 침략자를 섬멸할 필요가 있네."

사실은 혼자서 갈 필요는 없다고 한다.

'대현자'에 의하면, 영혼이 이어져만 있다면 문제가 없다고 한다. 또는 그 자리에 내 의사가 개입만 되어 있으면 조건은 클리어할 수 있는 모양이다.

단, 조건이 상당히 깐깐하기 때문에 단순히 1만 명을 죽였다고 해서 조건이 달성되지는 않는다고 하는데…….

이번의 나와는 관계가 없는 이야기이다.

문득 든 생각이지만, 마왕 클레이만의 목적은 전쟁을 일으켜서 1만 명분의 인간의 영혼을 모으는 게 아니었을까. 마을을 일일이 공격한다고 해도 한계가 있으니까 전쟁으로 일거에 영혼을 수확하여 '진정한 마왕'으로 진화를 노리고 있는 것 같은 느낌이 들었다.

그런 생각이야말로 정확한 진화 조건을 모르기 때문에 무작위로 불행을 퍼뜨리고 있는 것처럼 보인다. 마왕들을 손바닥 위에 갖고 놀면서, 자신의 진화를 위해 이용하고 있는 건 아닐까, 그런 생각이 들었다.

내 예상이 옳으며, 혼자서는 전쟁도 일으키지 못할 잔챙이라면 내가 손을 댈 것까지도 없는 소인배다.

언젠가는 도태되겠지만…… 그러나 나는 이미 마왕 클레이만을 적으로 보고 있다. 파르무스 왕국의 문제를 정리하면 다음은 녀석을 처분할 것이다.

내가 혼자서 나서는 이유는 하나. 이 가슴속에서 용솟음치는 격렬한 분노를 전력으로 다 쏟아내기 위해서였다.

적을 죽이기 위해 무슨 짓이든 하려는──그런 내 모습을 누구에게도 보이고 싶지 않다. 그런 세세한 일을 신경 쓰다가 토벌되고 만다면, 나는 그 정도의 그릇밖에 안 된다는 이야기가 되겠지.

그리고…… 이번 일은 역시 내가 책임을 질 필요가 있다고 느꼈다.

앞으로 자기 자신이 안이한 생각을 하는 것을 일절 허용하지 않도록 하기 위해서.

이기적인 고집이라는 건 자각하고 있지만, 아무래도 내게는 그런 이유가 필요했다.

만약 침공해 오는 자들 중에 히나타가 있다고 해도 나는 혼자서 전부를 죽일 생각이다.

히나타의 기술은 한 번 본 적이 있다. 내게 두 번째는 통하지 않는다. 왜냐하면 '대현자'가 완벽하게 대책을 강구해줄 것이기 때문이다.

《………….》

'대현자'도 뭔가 말하고 싶어 하는 눈치지만, 그렇게 생각해도 틀리지 않을 것이다. 알고 있다는 것은 최대한의 어드밴티지를 만들어내는 법이다.

상대가 정체를 알아차리지 못하는 사이에 죽이는 기술을 사용한다면, 반드시 그 상대를 죽여야만 한다. 살아남은 자의 입을 통해 어떤 기술인지 전해지면서 대책이 세워지기 때문이다.

누가 상대이든 내게 패배는 없을 것이며, 허용하지 않을 것이다.

내 결의를 알아차렸는지 베니마루는 순순히 납득해줬다.

"잘 알겠습니다. 이번 일은 리무루 님께 맡기겠습니다——."

고개를 끄덕이는 베니마루를 보면서 나도 고개를 끄덕이며 답례한다.

그렇게 말하긴 했지만, 베니마루 일행을 그저 조용히 기다리게 할 생각은 없다.

"——너희에게 맡기고 싶은 일이 있다. 현재 이 도시의 사방에는 결계를 발생시키는 마법 장치가 설치되어 있다. 그걸 지키는 자는 중대 규모의 기사들이야. 상당히 강한 모양인데, 이 부대를 동시에 공격해서 섬멸시키고 싶다."

"호오?"

"과연, 저희도 나설 차례가 있다는 말씀이군요."

"그 임무를 부디 저 리그루에게!"

"저도 이번에는 진짜 화났습니다요!"

내 말이 끝나기를 기다리지도 않고 작전에 참가하고 싶다고 모두 주장하기 시작했다.

나는 손을 들어 그 의견들을 제지하면서 이야기를 계속한다.

"서두르지 마라, 누구에게 맡길지는 이미 정해놓았다. 도시의 결계를 빠져나가려면 최소한의 인원수로 제한을 둬야 하니까 말이지. 우선 동쪽은 베니마루가. 서쪽은 하쿠로우, 리그루, 고부타, 그리고 게루도가. 남쪽은 가비루와 그 부하들이. 북쪽은 소우에이와 부하들. 그리고 란가는 내 그림자 속에서 예비 전력으로 대기한다. 적에겐 이동마법진이 있는 것 같으니, 원군이 오기 전에 끝장을 내라! 그리고 만일의 경우 적이 원군을 불렀다면, 즉시 란가를 불러라. 전력이 모자란다는 느낌이 들 때도 마찬가지다. 소우에이, 듣고 있는가?"

'문제없습니다. 저희에게도 기회를 주셔서 감사하기 이를 데 없습니다. 가비루도 사기가 충만해 있으니, 그렇게 쉽게 지지는 않을 것으로 봅니다.'

"네가 보기엔 이길 수 있을 것 같으냐?"

'제가 맡은 부분만 따진다면 아주 쉬운 일입니다.'

나는 고개를 끄덕인다.

소우에이와 소우카 이하 다섯 명. 겨우 여섯 명이지만 암살에 특화된 그 전력은 어중간한 부대보다도 훨씬 강하다. 그리고 무엇보다도 그 빠른 이동속도로 만일의 경우가 일어난다고 해도 적을 혼란시킬 수 있을 것이다.

가비루와 부하들도 드라고뉴트인 만큼 그 실력이 크게 향상되어 있다. 지금은 하나하나가 B+랭크인 데다 집단전의 특훈도 하고 있는 것 같다. 100명이 공중에서 기습을 가한다면 숙련된 기사들이 상대라고 해도 지는 일은 없을 것이다. 회복약도 있으니, 즉사하지 않는 한 장기전을 소화하는 능력도 우려할 것이 없다.

북쪽과 남쪽은 문제가 없을 것이다.

동쪽에도 베니마루가 간다.

"베니마루, 네 힘이라면 불안할 일은 없겠지만, 100명에 가까운 기사를 혼자 상대하게 된다. 만약 위험해지면——."

"리무루 님, 그런 걱정은 하실 필요 없습니다. 적은 당연히——."

"이번에는 봐줄 필요가 없다."

"훗, 그렇다면 승리는 확실합니다."

베니마루는 걱정할 것이 없다. 나 다음으로 강하며, 집단전에 적합한 스킬(능력)을 갖고 있으니까.

동쪽도 문제는 없다.

문제는 서쪽이다.

"하쿠로우, 리그루, 고부타, 게루도——."

"리무루 님, 맡겨두십시오. 저도 두 번이나 방심할 생각은 없습니다. 게다가——리무루 님이 걱정하신다는 것은…… 그 놈이 있을 가능성이 높다, 는 뜻입니까?"

그 말 그대로였다.

서쪽은 블루문드 왕국으로 가는 최단 루트로 그대로 이어진다. 상인들이 도망칠 것이라 예상하고 적이 움직인다면, 그들을 공격하기 위해 배치된 것은 우리 도시를 습격한 녀석들일 것이라 생각한 것이다.

"이길 수 있겠나? 습격자는 '이세계인'일 가능성이 높은데?"

"후후후, 문제없습니다. 제가 방심하는 바람에 그때는 패배하고 말았습니다만, 녀석의 기술이 어떤 것인지는 이미 파악했으니까요."

"리무루 님, 저희도 예전처럼 약하지는 않습니다. 하쿠로우 님의 보호를 받기만 하는 것이 아니라, 싸울 수 있는 힘을 가지고 있습니다."

"그렇고말굽쇼! 고부조의 원수를 갚을 겁니다요!"

"겨우 네 명이지만 저희를 믿어주시면 좋겠습니다. 리무루 님께 받은 이 오크 킹의 힘을, 마음껏 선보이도록 하겠습니다!"

하쿠로우는 말할 것도 없다.

베니마루 정도는 아니지만, 강력한 게루도도 같이 있다.

리그루도 경비 부문의 책임자로서, 리그루도에 밀리지 않은 힘을 갖고 있다.

고부타는 약간 걱정이 되지만, 이 바보도 무모한 짓은 하지 않겠지.

"좋아, 그렇다면 마법 장치의 파괴는 너희에게 맡기겠다. 이 저주스러운 결계를 풀고 약해진 우리 힘을 회복시켜라!"

"""알겠습니다!!"""

이렇게 결계를 해제하는 임무는 부하들에게 맡기고, 나는 침공해 올 군대를 홀로 상대하기로 하였다.

또 하나 잊어서는 안 될 중요한 일이 있다.

"그건 그렇고, 슈나——."

"네."

"방금 말했던 대로 베니마루 쪽에겐 우리 힘을 약하게 하는 결계를 해결하도록 맡겼다. 하지만 이 결계야말로 시온과 다른 죽은 자들의 영혼이 머무를 수 있게 도와주고 있을 가능성이 높다. 내가 하고 싶은 말이 무엇인지 알겠나?"

"네, 리무루 님. 대신할 수 있는 결계를 저희가 준비하란 말씀이로군요."

"바로 그거다. 가능하겠나?"

"더 말씀하실 것도 없습니다. 부디 그 역할을 제게 맡겨주십시오!"

지금 현재, 나는 특수한 대마법을 발동하고 있다. 게다가 대량의 에너지(마력요소)를 방출하여 공간을 채우고 있었다. 결계의 유지와 결계 내부의 에너지를 보충하고 있는 것이다. 그걸 보강하도록 슈나에게도 새로운 결계를 준비하도록 시켰다.

그건 당연히 도시에 있는 자들의 도움을 받는 게 된다.

조금이라도 시온과 다른 죽은 자들의 생존 확률을 높이기 위해서……

물리와 마법의 공통되는 규칙에는 높은 곳에서 낮은 곳이라는 것이 있다.

쉽게 말해서 공간에 에너지가 채워져 있으면, 영혼을 덮은 에너지가 흩어지는 걸 막을 수 있지 않겠는가 하고 생각한 것이다.

영혼을 지켜주는 것이 사라지게 되면 결계를 그대로 통과해서 흩어져버릴 것이다. 영혼이란 순수한 에너지이기 때문에 모든 어떤 것으로도 가둘 수 없기 때문이다.

마물의 아스트랄 바디(성령체)는 마력요소로 구성되어 있기 때문에 이 에너지의 확산만 막는다면, 영혼을 붙잡아 가둬둘 수가 있을 것으로 생각한다. 이것이 '대현자'의 견해였으며, 나는 그걸 믿을 뿐이다.

추가로 언급하자면, 인간이 저항 없이 결계를 드나들 수 있는 것은 체내에 마력요소가 적기 때문이다. 마력요소에 영향을 받는 마물과는 명확히 다르다.

"그 역할을 부디 제가 도울 수 있게 해주십시오."

뮬란이 그렇게 자원하면서 나섰다.

대마법과 결계는 뮬란의 특기이다. 그녀의 제안은 아주 고마웠다.

"슈나——."

"네, 리무루 님. 잘 부탁드릴게요, 뮬란."

"맡겨주시길 바랍니다. 저도 전력을 다하겠다고 약속하겠어요."

슈나와 뮬란이 서로 협력하여 내 대마법의 유지와 보강을 맡아주기로 했다.

이걸로 나도 안심하고 싸움에 임할 수 있게 됐다.

"리그루도! 남은 자들을 모두 동원하여 슈나와 뮬란을 지킬 수 있도록 힘을 빌려줘라!"

"넷!!"

"저, 저도 슈나 님을 지키겠습니다!"

"나리, 나도 있습니다!"

"음. 이 그루시스에게 맡겨만 주십시오!"

"저희도오, 슈나 님과 뮬란 씨를 지킬게요!"

"맡겨만 주십쇼, 리무루 씨."

"그렇고말고요, 리무루 나리!"

쿠로베, 요움, 그루시스.

리그루도와 카발 일행 3인조도 있으니, 도시의 방어는 완전하다.

"좋아! 결전은 4일 후라고 상대는 생각하고 있겠지만, 우리에겐 관계없다. 이 시점을 기하여 우리는 적을 섬멸하기 위해 움직인다!!"

내 호령에 반응하여 상황은 움직이기 시작했다.

시온과 고부조 일행의 부활을 위해 모두 하나가 되어 돌진할 것이다.

●

동쪽 방면——마법 장치가 설치된 장소.

베니마루는 걷고 있다.

당당하게, 정면으로부터.

그걸 알아차린 자는 한 명의 템플 나이트(신전기사)였다.

"전방으로부터 접근하는 자가 있음! 전원, 전투준비!!"

대사제 레이힘의 명령에 따라 마물을 약하게 만드는 '프리즌 필드(사방봉인마결계)'를 전개시키고 있던 것은 템플 나이츠(신전기사단)의 중대였다.

개인별로 B+랭크에 해당하는 기사가 100여 명.

동서남북에 각각 자리를 잡고 임무에 임하고 있었다.

일반적인 기사보다도 더 마물에 특화된 전투력을 자랑하며, 충분한 훈련을 받은 숙련된 기사들이다.

서방성교회에 소속된 자들답게 태만함은 허용되지 않는다. 그렇기에, 감시도 언제나 긴장을 유지하고 있으며, 베니마루를 발견하는 것도 재빨랐다.

그렇지만——.

"미안하군, 내 화풀이에 어울리게 되었으니."

그 거만하기까지 한 말투에 불만을 토로할 수 있는 사람은 없었다. 왜냐하면 순식간에 모두 살해당해버렸기 때문이다.

칠흑의 불꽃을 두른 커다란 그 칼에 의해 종이를 베는 것보다도 쉽게, 갑옷째로 둘로 갈라져버리는 기사들.

검은 불꽃 속에 피어나는 홍련의 꽃처럼. 기사들의 선혈로 대지가 붉게 물들었다.

그런 중에 겨우 원망이 담긴 말을 내뱉는 자가 한 사람.

"이, 이런 얘기는 듣지 못했는데, 이런…… 괴, 괴물——."

기사대장이 그런 탄식을 남긴 채, 꺼질 일이 없는 칠흑의 불꽃에 휩싸여서 불타 사라진다.

춤추듯이 낭비가 없는 그 동작에 의해 전멸하기까지는 30초도 필요하지 않았다.

베니마루는 별것 아닌 듯이 마법 장치를 일도양단하면서 중얼거린다.

"임무, 완료. 설마, 한심하게도 임무 수행에 어려움을 겪는 녀석들은 없겠지?"

그런 자들은 없을 것이다——라고 생각하지만 베니마루는 다른 쪽의 상태를 살폈다.

남쪽 방면——마법 장치가 설치된 장소.

가비루는 분연히 일어섰다.

"크와하하하! 이제 겨우 내 활약을 보여줄 때가 왔구나. 원래는 회복약을 상품화한 성과를 평가받아 지금쯤은 나도 간부의 자리에 서 있었을 수 있었을 텐데……. 그걸 방해하다니, 당치도 않은 놈들이다. 그렇지 않은가?"

"가비루 님의 말씀이 옳다고 생각합니다!"

"음. 우리의 노력이 결실을 맺어서, 가비루 님이 그 영예를 누리는 것을 기대하고 있었는데 말입니다――."

"그렇지, 그렇고말고. 그러나! 이 싸움으로 우리도 리무루 님의 도움이 될 수 있다는 걸 증명하면 간부에 오르는 길도 보장된 거나 마찬가지다! 다들 그 힘을 마음껏 발휘하여, 우리 드라고뉴트의 힘을 보여주는 것이다!!

""""우오오옷――!!""""

사기충천.

말단 부하들의 입장에선 생각하는 바가 있을 것이다.

간부가 어떻고 하는 소인배 같은 소리를 하지 않더라도 가비루의 도량이 크다는 건 알고 있다. 그렇기 때문에 가비루가 추방되었을 때도 아무 말 없이 따라온 것이니까.

그리고 그런 소인배 같은 소리를 하는 가비루지만, 실은 자신들이 얕보이지 않도록 하기 위해 출세를 하려 한다는 것을 알고 있었다.

"――저런 말을 일부러 하시니까 소우카 님이 바보 취급을 하시는 건데 말이지."

"쉿! 들린다고."

"그래도 뭐, 그런 점이 우리 대장의 좋은 점이잖아!"

"그래. 그건 틀림없지."

그렇게 수군거리면서 작은 목소리로 이야기하는 부하들.

그때 날아드는 가비루의 목소리.

"너희들, 무슨 쓸데없는 잡담을 하는 거냐! 기합을 넣지 못하겠냐, 기합을! 네놈들이 그렇게 구니까 내가 고생을 하는 거란 말이다!"

"그건 아니지요, 대장!"

터져 나오는 웃음소리.

"그럼 출전이다!!"

부담도 사라지면서 사기는 높아진다.

가비루와 부하들은 동굴에서 하늘로 뛰쳐나온 뒤에 구름을 가르듯이 날아올라 남쪽으로 향한다.

그리고 각 방면과 시간을 맞춰서 공격을 개시했다.

남쪽 방면을 지키고 있던 템플 나이츠의 멤버들은 상공에서 시작된 기습에 의해 혼란에 빠졌다. 상공에서 쏟아져 내린 각종 속성의 브레스에 의해 3할의 기사들이 쓰러진 것이다.

"전열을 정비하라! 대공방어 진형을 갖추고 마법 충격에 대비하라!!"

상급 기사가 소리치면서 내리는 지시에 따라 서둘러 행동하는 템플 나이트들. 그러나 때는 이미 늦었으며, 가비루 부대의 두 번째 공격이 쏟아진다.

"빌어먹을! 이 녀석들은 리저드맨이 아니잖아? 이 공격력에 하늘을 나는 날개라니, 리저드맨에게 이런 건 존재하지 않는다고!!"

"당황하지 마라! 이 녀석들은 드라고뉴트다! 희귀 종족이지만, 우리가 이기지 못할 상대는 아니다!!"

"드라고뉴트라고?! 믿을 수가 없어. 이렇게 대량으로 집단행동을 하다니……."

세 번째의 공격이 오기 전에 혼란이 수습되면서, 겨우 현재 상황을 파악하는 템플 나이츠. 그러나 그들의 반수는 이미 쓰러졌으며, 남은 자들 중에도 부상을 입지 않은 자는 없었다.

"제길! 본부에 연락해서 원군을 불러라."

기사대장의 명령에 따라 통신을 하려고 한 기사 앞에 가비루가 착지했다.

"흠!"

창을 한 번 휘둘러 기사의 심장을 꿰뚫어 숨통을 끊는다.

"이 망할 자식!"

기사대장이 소리치면서 가비루와 창을 부딪쳤다.

"크와하하하! 그대가 대장인 것으로 보이니 내가 직접 쓰러뜨리마. 내 '이름'은 가비루, 날 기억해둘 필요는 없다. 그 이름은 저승 선물로 삼도록 해라!"

"제길, 네임드 몬스터인가! 좋아, 상대하기에 부족함은 없겠군!"

가비루가 이 중대 중에서 최강의 기사이자 유능한 지휘관인 남자를 상대하면서, 나머지 기사들의 통솔이 흐트러졌다.

그 빈틈을 찌른 드라고뉴트의 전사단. 개개인의 강함은 호각이지만, 하늘을 날 수 있다는 유리함 덕분에 가비루의 부하들이 우세했다. 더구나 부상을 입은 자도 하이퍼 포션(상위 회복약)으로 즉시 치유되면서 전선에 복귀했다.

"제기랄! 아무리 베어도 이 녀석들은 부활하고 있어!!"

"물러서지 마라! 우리에게도 신의 가호가——크억."

기습으로 인한 수적 감소에, 마물이 일사불란한 연계 행동을 취하고 있다는 것에 대한 경악. 게다가 대미지를 입혀도 약으로 부활해버린다는 공포가 더해지면서, 신앙심이 깊은 기사들에게도 동요가 일어나기 시작했다.

그런 분위기 속에 기사들이 믿고 따르던 대장이 가비루에게 패배한다.

"크와하하하! 나의 승리다!!"

이 시점에서 싸움의 추세는 결정됐다.

지휘관을 잃은 기사들은 더 이상 버티지 못하고 가비루의 부대에게 패배했다.

북쪽 방면——마법 장치가 설치된 장소.

소우에이 일행은 '그림자 이동'으로 소리도 없이, 상대의 진지로 숨어든다.

털썩! 하는 둔탁한 소리.

그건 머리가 지면에 떨어진 소리다. 소우에이가 지휘관의 목을 절단한 것이다.

그리고 그것이 전투 개시의 신호가 되었다.

"마, 말도 안 돼! 대체 어디서——?!"

"크허억!"

"우, 우와아———!!"

보이지 않는 암살자에 의해 북쪽 방면의 진지는 공황 상태에 빠졌다.

"——소우에이 님. 이자들은 생각했던 것보다 약했습니다. 죄송합니다."

그렇게 말하면서 사죄한 것은 소우카다.

소우에이 앞에 무릎을 꿇고 머리를 숙인다.

"——네 사죄 따윈 의미가 없다. 최종 판단을 내린 건 나다. 그리고——."

소우에이는 소우카의 사죄를 흘려들으면서 생각한다.

확실히 소우카의 말대로 이자들은 약하다. 이 정도 수준의 자들이었다면 소우에이 일행만으로도 사방에서 동시에 마법 장치를 파괴하는 것도 충분히 가능했던 것이다.

섬멸이라면 어렵겠지만, 목적을 완수하고 사라지는 것뿐이라면 아주 쉬웠을 것이다.

게다가 문제는 이곳 북쪽 방면이 아니다.

"여기 와 있을까 기대했다만, 역시 리무루 님이 예상하신 대로 서쪽인가 보구나."

"네! 그 말씀이 맞는 것 같습니다."

서쪽 방면에 있는 것은 틀림없이 '이세계인'이다.

소우에이는 자신들만으로 동시에 공격을 시도했을 경우, 소우카 쪽이 '이세계인'과 마주치게 되면 작전이 실패할 가능성이 있다고 생각하고 있었다.

그걸 고려하여 소우에이는 리무루에게 보고했다. 그러므로 소우카가 사죄하는 건 소우에이가 말한 대로 의미가 없는 것이다.

"——하지만 운이 없는 건 과연 어느 쪽이려나?"

소우에이는 그렇게 중얼거리면서 그 입가에 미소를 띠었다.

출전하기 전의 하쿠로우의 모습을 떠올리면서.

그 앞에 서게 될 자가 자신이 아니라 다행이라고, 소우에이에게 저절로 그런 생각이 들게 만들 정도로 살기등등한 모습을——.

도시를 습격한 '이세계인'들은 마물들을 사냥할 때 마치 노는 것처럼 저질렀다고 한다. 하지만 이번만큼은 그렇게 되지 않을 것이다.

무엇보다 검귀(劍鬼) 하쿠로우를 상대로 하게 될 테니까…….

"끝난 것 같습니다."

소우카의 냉철한 목소리가 임무 완료를 알렸다.

북쪽 방면——템플 나이츠의 생존자는 제로.

소우에이 일행에게 부상자는 없음.

예정대로 완전한 승리였다.

●

서쪽 방면——마법 장치가 설치된 장소.

도시를 내려다볼 수 있는 언덕 위에 마법 장치가 설치되어 있었다.

그곳을 지키는 템플 나이츠의 기사들에겐 다른 진지와 다르게 여유를 엿볼 수 있다.

왜냐하면 그 자리야말로 가장 안전하면서 전력이 집중되어 있는 장소였기 때문이다.

총원 200여 명.

다른 진지의 두 배 이상 되는 전력이 집중되어 있는 것은 당연하겠지만 이유가 있었다.

"이봐, 아직 아무도 도망쳐 나오지 않은 거야?"

"앗, 쇼고 씨! 오늘도 적의 모습은 확인되지 않았습니다!"

'이세계인' 타구치 쇼고가 말을 건 기사는 긴장하면서도 그렇게 대답한다.

"쳇, 도망칠 준비를 하는 데에 대체 며칠이 걸리는 거야? 그게 아니면 상인이랑 호위를 맡은 모험가들은 저 도시랑 운명을 같이 할 생각인가?"

짜증을 내면서 그리 내뱉는 쇼고.

"하하하, 그렇게 서두를 것 없어. 다른 진지에서도 연락은 없었고, 도망치려면 이 길뿐이니까. 그러니까 틀림없이 여길 통과할 거야."

"흥, 그렇다면 좋겠지만 말이지."

쿄야의 달래는 말에 쇼고는 달갑지 않다는 투로 대답한다.

벌써 3일째인데 아무도 도망쳐 나오지 않는 걸 수상하게 여기고 있는 것이다.

쇼고의 목적은 마물의 도시에서 도망쳐 나오는 상인과 모험가들이었다. 쿄야는 명령에 따라 이 도로를 봉쇄하고만 있으면 된다고 생각하는 것 같지만, 쇼고는 달랐다.

이 도로를 지나가는 자는 전부 죽여도 상관없다. ──왕궁 마술사장 라젠으로부터 그런 명령을 받았다.

리무루의 예상대로 파르무스 왕국은 자신들을 불리하게 몰아갈 수 있는 블루문드 왕국 사람들을 모두 죽이기로 결정한 것이다.

쇼고는 살인광은 아니지만, 그 명령을 기쁘게 받아들이고 있다.

쇼고는 이 세계에 온 뒤에 하나 깨달은 게 있었다.

그것은 스킬(능력)의 진화.

쇼고는 유니크 스킬인 '난폭자'를 가지고 있는데, 연습을 할 때 힘 조절을 잘못하여 기사를 죽여버린 적이 있었다. 그 이후로 조금이나마 힘이 늘어난 것 같은 기분이 들었던 것이다.

이 힘을 사용해서 적을 쓰러뜨린다면, 어쩌면 힘이 늘어나는 것인지도 모른다. 지금은 아직 라젠의 '주문의 말'에 저항하지 못하지만, 힘을 늘리면 저항도 가능할지 모른다. 쇼고는 그렇게 생각했다.

마물들을 쓰러뜨려도 자신이 실감할 수 있을 정도의 힘은 얻을 수 없었다. 기대가 어긋났음을 느낌과 동시에 도망쳐 나올 블루문드 왕국 사람들을 죽일 수 있는 기회를 얻으면서, 쇼고는 내심 살짝 두근거리고 있었다.

하지만 그런 쇼고가 목을 빼고 고대하는 자들은, 3일이 지나도 나올 낌새가 없다. 성격이 급한 쇼고 입장에서는 슬슬 참는 것에도 한계가 올 것 같았다.

그런 쇼고를 달래면서 쿄야는 순수하게 살인의 욕구를 참는다.

지난번 공격으로 쿄야는 사람을 베는 즐거움에 눈을 떴다.

특히 쿄야가 봐도 검의 실력이 일류임을 알아차릴 수 있었던 그 초로의 오니를.

(아아, 그 놀란 얼굴을 잊을 수가 없어. 자신의 실력을 믿고 있는 인간의 자신감을 베는 감촉, 정말 참을 수가 없었지.)

그때를 떠올리면서 입맛을 다신다.

쇼고와는 전혀 다른 이유로, 쿄야도 또한 도망쳐 나올 사람들을 고대하고 있었던 것이다.

그리고 그 두 사람은 자신에게 달려온 전령으로부터 보고를 들었다.

"전방에서 적 출현! 그 수는──네 명?!"

그리고 그 목소리와 동시에 서쪽 방면에도 긴장감이 일어난다.

기사들은 즉시 신체 강화의 마법을 발동하면서 대응할 준비를 완료했다. 하나를 세 명 이상이서 상대할 수 있도록 재빨리 대열을 갖추었다.

약간 방심했다고는 해도 그자들은 서방성교회에 소속된 마물 사냥의 전문가들.

당황하거나 동요하는 일 없이, 규정대로 행동하며 대처한다.

이렇게 서쪽 방면에서도 전투가 시작된 것이다.

그런 기사들에게 다가가는 자는 하쿠로우, 리그루, 고부타, 게루도, 이렇게 네 명이다.

"그러면 화끈하게 가보는 겁니다요!"

고부타는 소태도를 스륵 빼면서 왼손으로 칼집을 잡았다.

타고 있던 스타 울프(성랑족, 星狼族)를 높이 뛰게 한 뒤에, 그 등에서 한 번 더 높이 뛰어오른다. 그대로 공중에서 1회전하면서 칼집으로 잘 겨눈 뒤에, 명령을 내리고 있는 가장 높은 계급으로 보이는 기사의 머리를 향해 케이스 캐논(칼집형 전자포)을 발사했다.

음속을 가볍게 돌파하면서 직경 2㎝ 정도 되는 쇳덩어리가 기사의 머리를 직격한다.

퍼억!! 하는 가벼운 소리가 울려 퍼지면서, 그자——기사대장의 뒤에 서 있던 기사들을 붉게 물들였다.

털썩, 하고 그 자리에 무너지듯이 쓰러지는 기사대장.

"됐어! 명중했습니다요!"

고부타가 함성을 지름과 동시에 무슨 일이 일어났는지를 깨달은 기사들에게서 비명과 분노의 고성이 일어났다.

"이 망할 신의 적! 요상한 기술을 썼겠다?!"

"모여 있지 마라, 흩어져라! 저격당한다!"

놀라서 산개하는 기사들이었지만, 그건 바로 고부타 일행이 바라는 바였다.

"잘했다, 고부타. 이제 녀석들에게 붙잡히지 않도록 잘 혼란시켜라."

"알겠습니다요!"

"여전히 솜씨가 좋구나, 고부타. 너는 예전부터 저격을 참 잘했지."

리그루가 고부타를 칭찬한다.

"헤헷, 그랬었지요?"

"바로 그렇게 까불지 마, 이 멍청아."

리그루에게 칭찬을 받는 일이 좀처럼 없기 때문에 고부타는 들떴다. 그러나 바로 꾸중을 듣고 풀이 죽는다.

"방심하지 마라! 너랑 내가 연계해서 하쿠로우 님과 게루도 님의 부담을 줄여야 하니까!"

"알았습니다요!"

리그루와 고부타는 스타 울프를 몰면서 기사들의 연계 공격을 교묘히 혼란시킨다. 그리고 그걸 기다리고 있었던 것은 게루도 였다.

호흡이 딱 맞게 연계하는 두 사람이 스타 울프를 공중으로 점 프시킨 순간을 노려서 오른발로 땅을 구른다.

그 충격은 지면을 타고 전달되면서, 마치 지진처럼 기사들의 발밑을 뒤흔들었다.

열진각(烈震脚)──오라(요기)를 담아서 지면에 힘을 흘려보내는 것으로, 위력과 범위가 몇 단계나 상승한다. 게루도가 익힌 아츠 (기술) 중의 하나이다.

"우오오?"

"체엣!"

진동은 한순간이었지만 그걸로 충분하다.

리그루와 고부타가 지면에 착지할 때는 밸런스를 잃고 땅에 쓰러진 기사가 여러 명. 전투 시에 보여선 안 되는 빈틈을 보인 기사들을 기다리는 운명은 스타 울프에게 목을 물어뜯기는 말로 였다.

"휴우, 역시 대단합니다요……."

"믿어지질 않는군. 연계 공격을 훈련한 것도 아닌데, 게루도 님 의 타이밍은 완벽했어──."

서로 얼굴을 바라보면서 쓴웃음을 짓는 리그루와 고부타.

그 뒤에도 세 사람은 놀랄 만한 연계 공격을 선보이면서 기사 들을 갖고 놀기 시작한다. 압도적인 수를 자랑하는 적을 앞에 두 고 겨우 세 명이서, 아무렇지도 않게.

하지만 그런 세 사람 앞에 선 흑발의 청년.

"햐앗핫하하──! 좋은데, 제법이잖아! 재미있군, 내가 상대해 주마!"

"오, 오오! 쇼고 님!"

"부탁드립니다, 저 괴물을 막아주십시오."

쇼고는 주위에 가득 찬 죽음의 향기에 취하면서 그 얼굴을 흉악하게 일그러뜨리고 있다. 그리고 그 몸에 그랬던 적이 없을 정도로 힘이 차오르는 걸 느끼고 있었다.

(그래, 바로 그거야! 역시 내가 생각한 대로 사람이 죽을 때에 내 힘도 증가하는 거야!)

흥분되면서 기분이 고양된다.

그리고 최고의 기분에 사로잡힌 채로 고부타 일행 쪽을 향해 달리기 시작했다.

"왔습니까요. 하지만 네 상대는 내가 아닙니다요."

고부타치고는 드물게 분노에 불타는 눈동자로 쇼고를 노려보고 있었다.

슈나를 감싼 고부조를 발로 차서 죽인 것은 눈앞으로 달려오고 있는 쇼고였다고 한다. 그 말을 들었을 때의 분노를 떠올리며 격노했지만, 고부타는 냉정하게 자신과 쇼고의 실력 차를 느끼고 있었다.

당초의 예정대로 쇼고의 상대는 게루도가 맡을 것이다.

"안심하구려, 고부타 공. 내가 저자에게 철퇴를 가해주겠소."

힘 있고 듬직한 말로 게루도가 선언했다.

"헤헷, 그냥 고부타라고 부르십쇼, 게루도 씨!"

"음, 잘 알았다. 고부타, 뒤는 내게 맡기도록 하게!"

"부탁합니다, 게루도 님. 고부조는 그렇게 보였어도 마음씨 착한 녀석이었습니다……."

리그루의 말에 고개를 끄덕이며 대답한 게루도와 쇼고는 정면에서 맞부딪친다──.

그러던 중에 주위의 소란을 신경 쓰지 않고 대치하는 자가 있다.

하쿠로우와 쿄야다.

"헤에, 살아남았군, 영감. 죽지 않고 겨우 살아남았으니 꼬리를 말고 도망치면 됐을 것을. 영감 실력이라면 혼자 도망치는 것도 간단했을 텐데."

"헛헛허. 이렇게 보여도 나는 지는 걸 싫어해서 말이지. 게다가 아직 진짜 실력도 보여주지 못했는데, 애송이가 하늘 높은 줄 모르고 까부는 것도 딱히 좋은 기분도 아니라서 말이네."

"──헤에, 그건 날 말하는 거겠지?"

"그렇게 들렸나? 그거 미안하군. 네가 성격뿐만 아니라 머리도 나빴을 줄이야──."

"하하, 한 번 베인 걸로는 이해가 안 되나? 아니면 노망이라도 들었나?"

그 순간, 카아───앙! 하고 날카로운 소리가 울려 퍼졌다. 순간적으로 움직인 쿄야의 검을, 하쿠로우의 칼집에 넣어둔 칼이 튕겨낸 소리다.

쿄야는 아무렇지 않게 대화를 하면서 그대로 하쿠로우를 베었다. 그걸 미리 읽고 있었던 하쿠로우는 아주 당연한 듯이 칼을 뽑은 것이다.

"성질이 급하구나, 너는. 하지만 서로 마찬가지로군. 나도 분노를 참는 게 이미 한계니까 말이지."

그 순간, 쿄야는 등골이 얼어붙는 듯한 한기를 느끼면서 한 걸음 뒤로 물러섰다.

하쿠로우의 귀기에 압도되었지만, 그걸 인정하고 싶지 않다는 듯이 격렬하게 화를 낸다.

"웃기는군. 얼마 전만 해도 내 검에 꼼짝달싹 못하고 당한 주제에. 잘난 척 굴지 말라고, 영감!"

실처럼 가는 눈을 번쩍 뜨고, 사람을 벨 욕망으로 탁해진 눈동자를 드러내는 쿄야.

"검이 아니라, 그 힘에 졌다고 할 수 있겠지. 리무루 님이 말씀하시기에 그 힘은 '공간 속성'이라고 하더군. 그러니 나로서도 받아낼 수가 없었던 것이었지만. ──그러나 정체를 알면 대처는 충분히 가능하다네."

"재미있잖아. 그렇다면 정정당당히 나랑 검으로 승부를 내봐야 하는 거 아닌가?"

그렇게 말하면서 쿄야는 검을 정면으로 겨눈다. 그러나 그 눈에는 사악한 빛이 감돌고 있으며, 입가에는 끔찍한 미소가 엿보인다.

"그거 좋구나. 너에게 검의 진수를 보여주마."

하쿠로우가 그에 응하면서 하단으로 검을 잡고 자세를 취했다. 그걸 보며 쿄야의 얼굴에 웃음이 번진다.

"그럼 간다."

정면에서 상단으로 검을 쳐들었다가 그 자리에서 내려친다. 검의 간격 밖에서 시도한 공격이기 때문에, 그대로는 하쿠로우에게 닿을 리가 없다. 그러나 쿄야의 노림수는 다른 곳에 있었다.

검의 날 그 자체가 손잡이에서 벗어나 사출된다. 그건 무수하게 많은 수의 보이지 않은 파편으로 변화하더니, 하나하나가 필살의 살상력을 동반하여 하쿠로우에게 쇄도했다.

쿄야가 가진 검은 유니크 스킬 '절단자'에 의해 만들어진 더미 소드(유사도검)였던 것이다. 실제 검과 섞어가며 쓰면서 쿄야는 적을 속인 채로 갖고 놀 수 있었다. 그런 식의 전투 방법을 확립해 놓았던 것이다.

"핫핫하! 바보 녀석, 또 속았어!"

배를 쥐고 웃는 쿄야. 하지만 그런 쿄야에게 몸속까지 파고들 것처럼 차가운 목소리가 들린다.

"흠. 그런 시시한 속임수 기술이 네 필살기였단 말이냐. 아무래도 내가 널 과대평가한 모양이로구나."

흥이 식었다는 말투로 하쿠로우가 중얼거린 것이다.

"말도 안 돼?!"

그렇게 소리치면서 쿄야는 서둘러 주위를 돌아봤다. 그러자 아까와 같은 위치에 아무런 상처도 없는 하쿠로우가 서 있는 것이 눈에 들어왔다.

"영감, 방금 뭘 한 거야──?!"

"흠, 그런가. 역시 너에겐 안 보였단 말이냐. 결국 이류도 안 됐단 말이로군."

" ──뭐라고?"

"이류도 안 된다고 말했다. 결국 네 검술 따윈 한 번 보기만 하면 별것 아니란 소리지."

"얕보지 마, 이 망할 영감탱이가!!"

눈을 크게 뜨면서 분노로 냉정함을 잃어버리는 쿄야.

그 탓에 쿄야는 깨닫지 못한다. 모든 것을 갈랐어야 할 '절단자'의 칼을 하쿠로우가 튕겨냈음에도 불구하고 의문을 갖지 않는다.

그리고——하쿠로우의 이마에 '제3의 눈'이 열린 것도 쿄야는 전혀 알아차리지 못하고 있었다.

몸에서 솟구쳐 나오는 압도적이기까지 한 오라(요기). 그건 마물의 등급으로 말하자면 A랭크를 가볍게 뛰어넘는 에너지(마력요소) 양이다.

"어디, 내 검의 진수를 보여주겠다고 약속했었지. 눈을 크게 뜨고 받아보도록 해라!"

"입 닥쳐, 잔챙이 주제에 잘난 척 굴다니!"

쿄야는 냉정함을 잃은 채로 새로운 칼날을 만들어낸 뒤에 하쿠로우를 베었다.

그에 비해 하쿠로우는 동요하지 않는다.

다만 조용하게 자신의 내부에서 격렬한 분노를 힘으로 바꾼다.

쿄야가 재빨리 다가와 칼로 벤다.

그래도 하쿠로우는 당황하지 않는다. 그저 냉정하게 눈을 뜬 그 '제3의 눈'——엑스트라 스킬 '천공안(天空眼)'을 크게 뜨고 쿄야의 보이지 않는 검을 종이 한 장 차이로 피할 뿐이다.

"큰 소리를 쳐봤자 뾰족한 수가 없겠지? 무슨 수를 써도 소용없어. 이 보이지 않는 검에 그냥 베여서 죽어라!"

미친 것처럼 보이는 조소와 함께 쿄야가 소리쳤다.

"때가 되었구나. 슬슬 네 '천안'도 내 움직임을 쫓을 수 있을 텐데."

"뭐? 무슨 소리를——."

쿄야는 하쿠로우의 말의 뜻을 이해하지 못하고 있었다. 그러나 그 말에 불길한 느낌을 느끼면서 한발 뒤로 물러선다.

그러나 그건 이미 늦은 행동이었다.

——일섬.

하쿠로우가 내뿜은 검기——오보로 류수참(朧 流水斬)이 쿄야의 '천안'에는 확실히 보였지만…… 그때 쿄야는 처음으로 이변을 알아차린다. 몸이 움직이지 않는다는 것을. 아니 움직이지 않는 게 아니라, 한없이 천천히 움직일 수밖에 없다는 것을.

흘러오듯이 닥쳐오는 칼날. 그건 분명히 '천안'으로 파악하여 충분히 피할 수 있었다. 그러나 그 칼날은 천천히 다가와서, 쿄야의 목에 닿았고——그대로 몸통부터 베어서 갈라버린다.

"——어?"

데구르르, 털썩.

쉴 틈을 주지 않고 다음 칼질로 쿄야의 심장을 꿰뚫고, 지면으로 떨어지기 직전의 쿄야의 머리를 붙잡는 하쿠로우.

시간으로 따지면 1초도 되지 않는 사이에 모든 것이 끝났다.

'——끝났다. 천 배로 늘어난 시간을 유효하게 써서 충분히 반성하도록 하거라——.'

그게 쿄야가 들은 마지막 말——하쿠로우의 '사념전달'이었다.

하쿠로우는 언제든지 쿄야를 죽일 수 있었던 것이다. 도시에서도 죽일 생각으로 싸웠다면 지지 않았을 것이다.

리무루의 명령에 따라 목숨은 살린 채로 쫓아내려 했던 것이 패배의 원인이었다.

그렇지만 그 오명은 지금 만회되었다.

쿄야의 '천안'이 최대의 효과를 발휘하는 것을 기다렸다가, 마지막 작별 선물로 자신의 검기를 보여주는 것으로.

완전한 '격'의 차이를 보여준 것이다.

——그리고 쿄야는,

뇌에 산소가 공급되지 못하면서 죽음에 이르기까지의 시간은 불과 몇 초였다. 의식이 흐려지는 것은 더 짧은 시간이다.

쿄야는 '사고가속'을 통해서 강제적으로 지각 속도를 천 배로 늘리고 있었다.

그건 하쿠로우의 유도에 의해 이뤄진 것이지만, 쿄야가 그 사실을 알 리가 없었다.

쿄야가 지금 할 수 있는 것은…….

고통과 괴로움을 계속 느껴야 하는 영겁에 가까운 긴 시간을, 자신이 죽는 그 순간까지 맛보는 것뿐이었다——.

그게 교활하게 인생을 살아가려고 했던 '이세계인' 타치바나 쿄야의 최후였다.

●

쇼고는 너무나도 짜증스러워 하고 있었다.

눈앞에 우뚝 서 있는 무인(게루도)에겐 자신의 힘이 통하지 않는다. 그런 일은 이 세계에 온 뒤로는 한 번도 없었다. 누구나 할 것 없이 쇼고의 앞에서 꼴사납게 바닥을 기거나 용서를 비는 게 당연했는데…….

"웃기지 마, 빌어먹을!"

쇼고는 혼신의 힘을 유니크 스킬 '난폭자'에 쏟아부으면서 게루도에게 발차기를 날렸다. 그러나 그건 게루도의 두꺼운 스케일 실드에 의해 저지된다.

말하지 않아도 다 아는 가름의 작품으로, 카리브디스의 비늘을 가공한 유니크 급의 방어구였다.

"비겁하잖아! 남자라면 맨손으로 싸우라고!"

쇼고의 터무니없는 주문을 듣고 게루도는 고개를 갸웃거렸다.

"이해가 안 되는군. 이건 전쟁이다. 비겁이고 뭐고 할 것 없이, 자신이 지닌 힘을 전부 다 동원하는 것이야말로 상대에 대한 예의가 아닌가."

"웃기지 마, 이쪽은 무기도 없는데, 자기만 완전무장하다니 부끄럽지도 않냐?"

점점 더 이해가 안 된다는 표정으로 게루도는 난감해했다.

참을성이 없는 쇼고는 마치 어린아이의 응석이 어른이 되어서도 통할 것이라고 생각하는 양, 제 좋을 대로 사리 판단을 하는 인간이 되어 있었다. 그런 쇼고이기 때문에 자신의 생각대로 되지 않는 게루도에게 울화통과 같은 분노를 느끼고 있었다.

하지만 그건 게루도에겐 관계없는 이야기이며, 너무나도 상식에서 벗어난 쇼고의 말에 절규할 수밖에 없었다.

"아, 미안, 미안. 방해가 되는 방패를 버려주면 안 될까 싶어서 말해본 것뿐이야. 그럼 몸도 적당히 달궈졌으니 슬슬 진심으로 싸워보도록 할까."

무인으로서의 마음가짐에 물들어 있던 게루도가 보기에는 너무나 자기중심적인 쇼고의 생각은 따라갈 수 없는 부분이 있었다.

하지만 이곳은 전장이다. 난감한 상대라고 해서 싸움을 내팽개칠 수는 없다.

"……진심이라. 좋다, 나도 전력으로——."

"으랏차————!!"

게루도의 말 따윈 들리지도 않는지 쇼고는 단전에 기를 모아서 기합 소리를 지른다.

그대로 마치 호랑이처럼 지면을 박차면서 질주한다. 그리고 게루도를 향해 날아 차기를 날렸다.

"끼이——이야아아앗!!"

분노의 고성 같은 기합 소리와 함께 쇼고의 발차기가 작렬하면서 게루도가 들고 있는 방패에 금이 갔다.

"한 방 더! 으랏차아아아!!"

방패를 찬 반동으로 지면에 착지한 후, 그 기세를 그대로 살려 한 번 더 쇼고는 뒤돌려 차기를 날렸다.

그 공격은 훌륭하게 게루도의 방패를 부순다.

유니크 스킬 '난폭자'의 특수 효과——'무기 파괴'에 의한 것이었다.

애초에 한 번이나 두 번의 공격으론 유니크 급을 파괴하는 건 어렵다. 그래서 쇼고는 바보처럼 대책이 없다는 투로 연기를 하면서, 몇 번이고 몇 번이고 같은 곳을 계속 공격했던 것이다.

쇼고는 단세포처럼 보이지만 전투에 관해선 우수한 재능을 지니고 있었다.

그리고 맨손으로 벌이는 싸움에 능한 쇼고에게 이 스킬(능력)은 더할 나위 없이 딱 들어맞는 것이었다.

"꼴좋다! 방패가 없으면 이제 더는 막을 수 없겠지!"

그렇게 소리치면서 승리를 자신하는 쇼고.

하지만 게루도에게서는 당황하는 기색을 찾을 수가 없다.

"과연⋯⋯. 급한 성격에 대책 없이 달려드는 것처럼 굴었던 건 이게 목적이었나."

그렇게 감탄하면서 자연스럽게.

게루도는 '위장'에서 새로운 방패를 꺼내 든다.

"응? 뭐야, 그게?! 치사하게시리!"

"뭐가 치사하단 거지? 말했을 텐데, 이건 전쟁이라고. 쓸 수 있는 모든 수단을 다 동원하는 것이 예의다. 그러므로 네가 어떤 비겁한 짓을 한다고 해도 나는 그 모든 걸 용서할 것이다."

처음부터 일관되게 당당한 자세로, 게루도는 자신의 신조에 따라 쇼고와 대치하면서 맞선다.

고부조의 원수인 쇼고에게 철퇴를 가하기 위해서.

"비겁? 내가 비겁하다고? 깔보지 마, 이 돼지야!!"

"——돼지는 아니다만, 뭐, 상관없다."

"시끄러워!"

쇼고는 방패를 들고 있는 게루도를 앞에 두고 짧게 숨을 뱉는다. 마음을 다시 잡으면서, 게루도를 강적으로 인정하고 냉정하게 관찰한다.

방패를 들고 있는 게루도에게 빈틈은 없다.

하지만 쇼고는 억지로라도 게루도를 쓰러뜨리겠다고 결심했다.

삼전서기라는 가라테 특유의 기본자세를 잡으면서 깊이 숨을 들이쉬고는 "카아앗———!!" 하고 단숨에 내뱉는다. 동시에 전신의 근육을 긴장시키면서 단전에 집중력을 높였다.

기본이자 오의인, 이부키라는 호흡법이다.

그걸 세 번 되풀이함으로써 바깥의 공기와 에너지(마력요소)를 동시에 흡수하여 자신의 몸의 일부로 바꾸었다.

쇼고의 단련된 육체에 '난폭자'의 '금강신체(金剛身體)'를 통해 강철보다 높은 경도가 주어졌다. 그저 순수하게 자신의 몸을 싸우기 위한 무기로 다시 만든 것이다.

"오래 기다렸지? 내 진심이 담긴 모습으로 상대해줄 테니까 조금쯤은 날 즐겁게 해주실까?"

"두말할 것도 없다. 와라!"

웃샤—! 하고 짧게 숨을 내쉬더니, 쇼고는 게루도에게 공격을 가했다. 육체 강도가 대폭 상승하면서 지금까지 육체를 보호하고 있던 리미터(뇌내제한, 腦內制限)가 해제된다. 그 힘은 방금 전까지와는 비교도 되지 않았으며, 움직임도 또한 속도가 빨라져 있었다.

"이야압———!!"

단번에 거리를 좁혀서 쇼고는 정권 찌르기를 날렸다. 엄지발가락에서 힘을 짜내듯이 끌어올려서 단전을 통과한 커다란 에너지를 한 점에 집중시키듯이 주먹으로 전달한다.

회오리 정권 찌르기——그건 '난폭자'의 '무기 파괴' 효과와 '금강신체'가 합쳐지면서 엄청난 위력의 찌르기로 변한다.

그 일격이 게루도의 방패를 파괴했을 때 쇼고는 승리를 확신했다.

(헷, 내가 제대로 실력만 발휘하면 이런 것쯤은──응, 뭐야?)

위화감을 느낀 것은 다음 순간이었다. 온몸에서 아픔을 느꼈고, 그게 순식간에 격렬한 고통이 되어 쇼고를 괴롭혔던 것이다.

"우와, 이건 뭐야?! 빌어먹을!!"

그건 자신에게 얽혀드는 노란색의 오라(요기), 카오스 이터(혼돈식, 混沌喰)였다.

게루도가 공격으로 전환한 것이다.

"네 육체 강도는 상당한 수준이다. 그건 이 짧은 시간 동안의 전투를 통해 관찰한 것만으로도 충분히 이해할 수 있었다. 하지만 '부식'에는 약한 것 같구나."

"부, 부식이라고? 제기랄! 이걸 당장 떼, 떼라고!"

격렬한 고통에 땅을 구르면서 날뛰는 쇼고.

그런 쇼고를 전혀 동정하지도 않는 표정으로 내려다보면서 게루도는 미트 크래셔를 쥐었다.

"편하게 해주마."

"히익! 자, 잠깐! 잠깐만 기다려!"

천천히 다가오는 게루도는, 쇼고가 보기에는 마치 악귀처럼 무섭게 보였다.

공격을 할 때는 강하게 굴었지만, 전세가 역전되어 자신이 당하는 입장으로 돌아서자마자 쇼고는 나약하게 변했다. 지금까지 그런 꼴을 당한 적이 없는 자 특유의 꼴사나운 모습으로, 도망치듯이 뒷걸음질 치기 시작한다.

그러나 그건 의미 없이 괴로움을 늘릴 뿐이다. 쇼고에겐 자신에게 얽혀드는 카오스 이터를 해제할 방법이 없기 때문이다. 노란색의 오라는 점점 더 쇼고를 침식하면서 그의 손발을 썩게 만들고 있었다⋯⋯.

그래도 쇼고는 조금이라도 게루도에게서 거리를 벌리려고 했지만──.

"게루도, 아직 끝내지 않았나?"

"이런, 하쿠로우 공, 그쪽은 이미 끝낸 모양인 것 같군요. 이쪽도 지금부터 마무리를 하려는 참입니다."

게루도 옆에 쿄야와 싸우고 있어야 할 하쿠로우가 걸어오는 것이 보였다. 그리고 지금 현재도 전장에선 기사들이 쓰러져 가는 모습이 쇼고에게도 보인다.

"빌어먹을, 쿄야는 대체 뭘 하고 있는 거야?!"

쇼고가 하쿠로우를 보면서 소리치자, "그 녀석은 이미 죽었다"라고 당연한 듯이 대답하는 소리가 들려왔다. 그리고 데굴데굴하고 대충 집어 던진 뭔가가 이쪽으로 굴러오고 있었다.

그건 명백한 증거였다. 바로 지금 화제에 오른 인물인 쿄야의 머리였으니까.

"우, 우와아아아아아아아아──!!"

쇼고는 손발이 고통스러운 것도 아랑곳하지 않고, 그걸 보자마자 도망치기 시작했다. 이대로 있다간 자신도 쿄야랑 마찬가지 꼴이 될 것이라는 생각에, 진심으로 공포를 느낀 것이다.

(제기랄! 빌어먹을, 내가 왜 이런 꼴을 당하는 거야?!)

격렬한 고통과 공포, 그리고 혼란.

(제기랄, 이대로 있다간 난 죽어——.)

재빨리 머리를 돌려서 이 상황을 어떻게든 타파할 수 없을까를 생각하다가, 쇼고는 마치 자신을 구원해줄 빛과 같은 한 가지 생각을 떠올렸다.

눈앞에 있는 텐트에 또 한 명의 '이세계인'이 있다는 사실을 떠올린 것이다.

쇼고는 그 구원의 빛을 쫓아가듯이 있는 힘을 다해 달린다.

*

텐트 문을 열고 안으로 들어가자, 그곳에는 키라라가 걸터앉아 있었다.

"끝났어? 너희들치고는 시간이 오래 걸렸——."

"시끄러워———!! 키라라, 미안하지만 말이야……."

그렇게 말하면서 쇼고는 키라라에게 달려갔다.

그리고——.

"——날 위해 죽어줘!"

"뭐? 무슨 소릴 하는 거야, 이 멍청이가! 나한테 시비를——."

쇼고의 말을 농담으로 받아들인 키라라. 그것이 그녀의 수명을 단축시키는 결과는 낳았다.

콰악!

"잠깐, 진짜로, 괴롭다니까——."

완전히 방심하고 있던 키라라의 목을 쇼고가 힘을 주며 조른 것이다.

우직.

잔뜩 힘을 준 쇼고에 의해 목뼈가 부러져도 격렬하게 반항하는 것을 멈추지 않는 키라라. 그렇지만 그 기세도 점점 약해져간다…….

키라라의 머릿속에 일본에서 지냈던 생활이 떠올랐다.

좋아했던 남자 친구.

사이좋았던 친구들.

자신의 응석을 받아줬던 부모님.

키라라는 단지 돌아가고 싶었을 뿐이었다.

라젠은 말했다. 자신의 말을 잘 들으면 언젠가는 귀환할 수 있는 마법을 개발해주겠다고.

이 세계는 키라라에게 있어선 현실이 아니다.

그러므로 무슨 짓을 해도 용서받을 수 있다. ──그렇지 않다면 자신이 저질러버린 죄를 인정해야만 하지 않는가.

살인이라는 죄.

그걸 인정하고 받아들이기에는 키라라의 정신은 너무 어렸다.

단지 일시적인 감정으로 사람을 죽여버리고 만 죄, 그 죄로부터 키라라는 도망친 것이다.

그런 키라라에게 모든 것이 끝날 시기가 닥쳐온다.

새하얀 풍경.

이미 괴로움은 느껴지지 않는다.

그곳에 보이는 것은 그리운 사람들…….

"……엄마아────."

그게──자신의 나약함에 눈을 돌리고, 모든 것이 남들 탓이라고 여기며 살았던──'이세계인' 미즈타니 키라라의 최후였다.

쇼고를 쫓아온 하쿠로우와 게루도.

그 두 사람이 본 것은 쇼고가 동료인 키라라를 살해하는 현장이었다.

"──마치 짐승의 소행이로구나. 그 정도로까지 타락했는가."

"동정을 베풀 필요는 없을 것 같군. 네놈은 무인이 아니다."

그리고 그때 이변은 일어났다.

《확인했습니다. 유니크 스킬 '살아가는 자(생존자)'를 획득…… 성공했습니다.》

쇼고의 살고자 하는 소원에 반응하여, 키라라의 영혼을 대가로 새로운 힘이 태어난 것이다.

쇼고의 몸을 침식하고 있던 노란색의 오라가 흩어지면서 그 몸이 엄청난 속도로 회복하기 시작한다.

그건 '초속재생'──유니크 스킬 '생존자'의 스킬이다.

"──'세계의 언어'라니……. 이 녀석, 이게 목적이었나."

"동료를 죽이는 것, 그건 리무루 님이 정하신 것 중에서 가장 나쁜 죄. 네놈이 한 짓은 영혼이 없는, 마물 이하의 악행이다."

"입 닥쳐, 이 망할 벌레들아! 이기면 되는 거잖아? 간단한 이야기야. 어쨌든 나는 지금 힘을 손에 넣었다고!"

쇼고는 소리치면서 그 힘을 해방한다.

공격에 특화된 유니크 스킬 '난폭자'와──.

방어에 특화된 유니크 스킬 '생존자'를.

쇼고는 지금 자신이 무적이 되었다고 착각했다.

엄청난 힘. 그리고 '초속재생'과 '각종 속성 무효'가 있다. 즉사 상태가 되지 않는 한, 몇 번이고 재생 가능한 무적의 힘이었다.

그렇다──.

만약 하쿠로우의 거합 베기로 머리가 떨어져 나간다 해도 순식 간에 원래대로 돌아갈 것이다.

사실상, 게루도의 괴력으로 양팔이 부러졌어도 곧바로 원래대 로 돌아가면서 더욱 강한 힘을 얻은 상태다.

"어떠냐, 이 빌어먹을 마물 놈들아! 이게, 이게 바로! 내 힘이 다!!"

쇼고가 극도로 자신만만하게 구는 것도 당연하다. 그 정도로 최고의 조합을 갖춘 힘이었던 것이다.

그러나 쇼고는 몰랐다.

이 세상엔 위에는 위가 있다는 것을.

"나도 도와주랴?"

"필요 없습니다, 하쿠로우 공. 리그루 공 쪽을 도와주러 가주시 오."

"그럴 필요는 없어 보이는데 말이지."

하쿠로우는 한 발 뒤로 물러나면서 게루도에게 길을 터줬다.

게루도는 앞으로 나아가면서 자세를 취한다.

"뭐야? 혼자서 날 상대하겠다는 거냐? 지금의 나라면 둘을 동 시에 상대해줄 수도 있는데?"

"네놈은 격투기에 자신이 있는 것 같구나. 나도 맨손으로 상대해주도록 하마."

"괜히 폼 잡지 말라고. 졌을 때 변명이 필요한 것뿐이잖아!"

쇼고는 그렇게 단정하고 단숨에 공격을 시작한다.

새로운 힘을 시험하려는 듯이, 그 얼굴에는 자심감이 가득했지만——그러나 그런 쇼고의 여유는 오래가지 못했다.

단지 조금 더 쉽게 죽지 않게 된 것뿐, 신체가 약간 강화된 정도로는 애초에 게루도의 적이 되지 못했던 것이다.

"어허억!!"

게루도의 괴력이 쇼고의 팔을 잡아 뜯었고, 그 주먹이 쇼고의 배에 파고들었다.

"과연. 확실히 재생 능력은 나보다 위로구나. 그렇다면 어디까지 버텨낼 수 있는지 한번 보도록 하마."

게루도는 그렇게 말하면서, 카오스 이터를 양손에 두른 채로 쇼고를 두들겨 팬다.

몇 번이고 몇 번이고 쇼고가 부활하기도 전에 그 몸을 마구 때려눕혔다.

쇼고는 '생존자'로 인해 '통각무효'도 획득한 상태다. 그렇기 때문에 그 몸이 몇 번이고 심각한 부상을 입어도 통증이나 고통을 맛볼 일은 없다.

그러나——.

게루도는 담담하게 계속 때린다. 무기도 사용하지 않고 주먹으로.

카오스 이터는 그 성질상, 모든 것을 먹어치운다. 그건 쇼고의

머티리얼 바디(물질체)에만 머무르지 않고 스피리추얼 바디(정신체)에도 대미지를 주는 것이다.

유니크 스킬 '생존자'는 생체 활동의 완전 재생을 가능하게 한다. 그러나 정신 활동의 재생까지는 그 능력의 범위에 들어가지 않는다.

하물며 쇼고의 나약한 정신으로는 무한에 가까운 게루도의 끝없는 공격 앞에 마음이 꺾이는 것도 시간문제였다.

"그만, 그만해! 그만해주세요!"

아직 10분도 지나지 않았지만, 쇼고의 입장에선 끝없이 긴 고문과 같은 시간이 지나고 있었다. 쇼고의 입에서 나온 것은 자신만이 살려고 하는 이기적인 말.

어이없어하는 게루도, 그리고 하쿠로우.

쇼고의 마음이 꺾여버린 순간이었다.

*

"끝난 것 같군."

"음. 이제 고통 없이 마지막 공격을——."

"히익! 자, 잠깐, 그러지 마세요! 농담이었어요! 진심이 아니라, 저도 모르게 분수를 모르고 까불었습니다……. 살려주세요……."

쇼고는 완전히 혼란한 상태에서, 불합리하게까지 느껴지는 현실을 앞에 둔 채 공포에 떨고 있었다.

이 세계에선 '이세계인'이라는 이유만으로 압도적인 우대를 받고 있었다. 그 사실이 쇼고의 자만심에 박차를 가하면서, 돌이킬 수 없을 정도로 인격이 망가져 있었던 것이다.

그리고 무엇보다도 중요한 점이 있다.

파르무스 왕국의 영향하에서 소환된 자가 그런 자기중심적인 인격을 지닌 자들뿐이었다는 점이다.

그 이유야말로…….

"흠. 무슨 일인가 싶어 와봤더니…… 살아남은 건 쇼고뿐인가. 이거 참, 내가 마물들의 힘을 잘못 판단하다니."

그렇게 말하면서 쇼고 앞에 한 명의 노인이 출현했다.

호화로운 마법 실로 짠 로브를 걸치고, 강력한 마력이 담긴 지팡이를 든 그 노인이야말로 파르무스 왕국 최고의 마법사──왕궁 마술사장 라젠이었다.

라젠은 손을 앞으로 뻗으면서 게루도 앞에 원소마법 : 매직 배리어(마법장벽)를 펼쳐 그 공격을 상쇄시킨다. 대개는 자신을 둘러싸는 형태로 사용하는 마법이지만 라젠은 그걸 응용하여 적의 발을 묶는 용도로 사용한 것이다.

"!! 라, 라젠 씨, 날 구해주러 온 겁니까──?!"

라젠을 알아본 쇼고가 허둥지둥 그의 등에 매달렸다.

"흠."

라젠은 쇼고를 한 번 쳐다본 뒤에 게루도와 하쿠로우 쪽으로 시선을 돌린다.

"과연, 쇼고, 쿄야, 키라라로선 이길 수 없는 게 당연하군. 믿을 수가 없지만 A랭크, 그것도 캘러미티(재액) 급이라니. 지금은 상대하기 버겁군. 일단 물러가는 게 좋겠다."

그렇게 말하면서 매직 배리어의 효과가 남아 있는 동안에 상급

이동마법의 주문을 읊었다.

기점이 될 마법진이 필요한 원소마법 : 워프 포털(거점 이동)과는 달리, 일정한 형태의 표식을 향해 도약하는 이 마법은 위저드(마도사) 급 이상의 한정된 자만 쓸 수 있는 비술로 취급되고 있다. 그것을 사용하는 걸 보면 라젠의 높은 실력을 알 수 있었다.

추격하려 하는 게루도를 하쿠로우가 말린다.

"섣불리 움직이지 마라, 게루도. 저자는 보통이 아니니까."

"——뭐라고요?!"

하쿠로우의 충고를 따라 움직임을 멈춘 게루도 앞에서 공간이 폭발했다.

시간 차를 두고 폭발하도록 라젠이 매직 배리어(마법장벽)와 함께 트랩(함정마법)을 걸어놓은 것이다.

"카카캇! 날카롭군, 이 함정을 꿰뚫어 본단 말인가. 경계해야 할 건 네 쪽이었나. 어쩌면 이 싸움은 우리도 낙관적으로 볼 수 없을지도 모르겠군——."

게루도의 에너지(마력요소)양을 경계하고 있던 라젠은 이때서야 비로소 하쿠로우가 위협적인 존재라는 것을 알아차리기라도 했다는 듯이 연기를 했다.

"너구리 같은 놈. 처음부터 나를 경계하고 있었으면서……."

"그렇지는 않다, 키진(鬼人)족이여. 강하다는 기준으로 본다면 그쪽의 오크 로드에게 눈이 가는 게 자연스럽지 않은가. 자, 슬슬 시간이 되었군, 좀 더 이야기를 나눠보고 싶지만 내 마법이 완성된 것 같으니 지금은 물러나기로 하마. 살아 있으면 전장에서 또 만날 수 있을지도 모르지——."

"그럴 일은 없다. 네놈이 향하게 될 전장에는 우리 주인께서 가셨으니까. 너희들은 너무 지나쳤다. 결코 화를 내게 만들어선 안 될 분을 격노하게 만들었다. 동정이 가는군, 편하게는 죽지 못할 것이니까 말이야."

"카카캇! 시시한 허풍이로군. 일단은 충고로서 귀에 담아두도록 하지. 그럼 잘 있어라!"

그런 말을 남긴 뒤에 라젠은 쇼고를 데리고 사라졌다.

그 자리가 다시 조용해지면서 텐트 밖에서 싸우는 소리가 들려온다.

"괜찮겠습니까? 저 라젠이라는 마법사를 그냥 놓아주어도……?"

"괜찮지는 않겠지만, 싸웠다면 나나 그대, 자칫하면 다 죽었을지도 모르네. 녀석은 자신이 죽으면 발동할 수 있도록 또 하나의 마법을 숨겨두고 있었으니까 말이지."

"그럴 수가……. 그 마법이란 게 그 정도로?"

"아마도 〈원소마법〉의 궁극인 핵격마법(核擊魔法)이겠지. 여기는 리그루랑 고부타도 있으니, 휩쓸리게 할 수는 없지 않겠나……."

어설픈 도박을 해서 뭘 한단 말인가, 하쿠로우는 쓸쓸하게 말했다.

마력요소의 흐름이나 힘의 크기 같은 건 '천공안'이라면 '마력감지'보다도 상세한 정보를 읽어낼 수 있는 것이다.

그렇게 읽어낸 정보에 의하면 라젠은 자신의 심장부에 고밀도의 마력을 집중시키고 있었다. 그렇게까지 할 정도의 마법이라면 아마도 '금주(禁呪)' 급의 위험한 마법일 것이라고 하쿠로우는 추측한 것이다.

"과연⋯⋯."

"리무루 님이라면 문제가 없겠지만, 우리는 뭔가 대책을 세워야만 하겠군. 그런 위험한 자가 있다는 것을 모두에게 알려야겠지."

"잘 알겠습니다. 제 부하들에게도 전달하도록 하죠."

게루도도 납득하면서 고개를 끄덕인다.

그리고 두 사람은 다른 곳을 도와주기 위해 떠나면서, 서쪽 방면의 전투는 금방 끝이 나고 말았다.

●

라젠은 쇼고를 데리고 본진의 폴겐이 있는 곳으로 귀환했다.

이 짧은 기간 동안 여러 개의 마법을 연달아 사용함으로써 최근엔 느끼지 못했던 막대한 피로를 느끼고 있지만, 아직 쉴 수는 없었다. 라젠은 해야 할 일이 있었던 것이다.

"미, 미안. 덕분에 살았네요, 라젠 씨."

"신경 쓰지 마라, 쇼고. 너는 소중한 내 장기말이다. 파르무스 왕국의 소중한 전력이니까 말이다."

"아, 네. 이번엔 지고 말았지만 다음엔 이길 거요. 반드시 이길 겁니다!"

"그래야지."

자상한 말과 함께 쇼고에게 고개를 끄덕여 보이는 라젠이었지만, 그 눈은 차갑게 빛나고 있다. 하지만 쇼고는 그걸 알아차리지 못한다.

"어디 보자. 몸의 상처는 이제 괜찮은 것 같지만 편하게 잘 수 있는 마법을 걸어주마. 우선은 피로를 푸는 게 좋겠다."

"아아, 그렇게 해주면 고맙겠습니다."

쇼고는 의심도 하지 않고 라젠의 말을 받아들인다. 그런 쇼고에게 라젠은 주저하지도 않고 마법을 사용했다.

환각마법 : 멘탈 크래시(정신 파괴)──대상의 스피리추얼 바디(정신체) 및 아스트랄 바디(성유체)를 파괴하는 마법이다.

게루도의 공격에 의해 스피리추얼 바디에 심각한 대미지를 입고 있었던 쇼고에겐 버티는 게 아예 불가능했다. 애초에 라젠을 믿고 레지스트(저항)를 걸지 않았던 쇼고로선 어느 쪽이든 죽을 운명이었지만…….

그것은 마음의 죽음.

자기 내키는 대로 살아왔던 '이세계인' 타구치 쇼고의 마지막이었다.

라젠은 마음이 죽은 쇼고를 앞에 두고 최후의 대마법을 준비하기 시작한다.

"라젠 공, 예정보다 빠른 게 아니오?"

"어쩔 수 없네, 폴겐. 이 녀석은 마물에 겁을 먹는 바람에 이젠 쓸모가 없게 됐으니까. 때가 된 게야."

"큭큭큭, 그래도 불쌍하구려. 자신이 정말로 최강이라고 믿고 있었잖소?"

"그랬던 것 같더군. 쿄야 녀석은 아예 그 정도의 실력으로 성기사 단장인 사카구치 히나타를 이길 수 있다고 진심으로 믿고 있던 것 같더군."

"크하하하하! 정말 웃기는군. 나도 그 마녀에겐 두 손을 들 지경인데 그런 애송이가 이길 수 있을 것 같나."

큰 소리로 웃는 폴겐. 그것도 그럴 것이, 폴겐도 또한 수십 년 전에 젊은 라젠이 소환한 '이세계인'이었던 것이다. 폴겐은 영혼에 제약을 거는 '주문의 말'이 걸려 있지 않다. 순수한 라젠의 친구이자 협력자인 것이다.

그런 폴겐에게 있어서도 히나타의 강함은 비정상적이었다. 싸우기도 전에 이기지 못한다는 확신을 할 수 있을 정도로 그 실력은 차원이 다르다는 것을 느꼈던 것이다.

그런 폴겐에게 라젠이 말한다.

"하지만 아쉽군. 모처럼 얻은 쿄야의 유니크 스킬 '절단자'는 그대에게 주기 전에 잃어버리고 말았으니."

"상관없소. 다음을 또 기약하기로 하지."

폴겐의 스킬(능력)은 유니크 스킬 '이끄는 자(통솔자, 統率者)'라고 한다.

자신이 부리는 부하의 힘을 이해하고 사용할 수 있다. 게다가 눈에 보이는 범위 안에서 죽은 부하의 스킬을 선택하여 획득할 수 있는 것이었다.

획득할 수 있는 수에는 제한이 있기 때문에 모든 것을 다 습득할 수 없는 것이 폴겐 입장에선 아쉬운 점이라 할 수 있을 것이다.

"그러세. 자아가 강한 자가 더 강한 스킬을 만들어내는 것 같은데, 이기적으로 변하기 쉽다는 점이 옥의 티라 할 수 있겠군. 랜덤(불완전)한 소환은 부담은 적지만 강자를 부를 수는 없는 것 같으니 어쩔 수 없다고 할까. 뭐, 힘을 빼앗기 위한 제물로 본다면 성격 따윈 별 상관없겠지만."

"그건 맞는 말이오. 우리나라의 최고 전력으로서 잘 대접해주고 있으니, 딱히 불만을 말할 것도 없겠지."

그렇게 말하면서 라젠과 폴겐은 서로를 바라보고 웃었다.

──이게 이유였던 것이다. 파르무스 왕국에 모인 소환자들 중에 자아가 강한──자기중심적인 인물이 많았던 것은.

웃으면서도 라젠의 작업은 진행되고 있었다.

"그건 그렇고 이건 생각지도 못한 성과로군. 쇼고 녀석도 마지막의 마지막에는 도움이 되었어. 무슨 일이 일어난 건지는 모르겠지만, 또 하나의 유니크 스킬을 획득한 것 같더군. 어디 보자──."

라젠의 작업은 거의 마무리가 되어가고 있었다. 쇼고의 뇌를 초기화시켜서 자신의 기억을 덧씌운다. 그런 뒤에 영혼을 옮기면 완료되는 것이다.

"괜찮겠소이까? 실패하거나 하진 않겠소?"

"안심하게. 이게 처음 하는 것도 아니니까. 내 스승인 가드라 님은 영혼을 다시 태어나게 하는 진정한 비술로서 전생까지 하셨을 정도니까. 그에 비하면 포제션(빙의전생) 따위는 어린애 장난인 기술이라네."

라젠은 자신이 쇼고의 육체로 갈아타기 위해서 쇼고의 아스트랄 바디를 완전히 파괴한 것이다. 그리고 뇌를 파괴하여 '생존자'

에 의한 완전 재생을 실행한다. 영혼을 통한 기억의 복원이 실행되지 않은 새하얀 상태의 뇌에 자신의 기억을 새기고…… 그 뒤에는 라젠 자신의 영혼을 쇼고의 육체에 깃들게 한다.

라젠은 대비술(大祕術) : 포제션(빙의전생, 憑依轉生)——그의 스승인 대마법사 가드라가 만들어낸 신비오의 : 리인카네이션(윤회전생, 輪回轉生)의 간이 버전이면서 라젠의 오리지널 스펠(자기류마법, 自己流魔法)——을 발동시켰다.

왕궁 마술사장 라젠.

그는 그야말로 수많은 사람들의 강인한 육체를 갈아타면서, 오랜 세월 동안 파르무스 왕국에 종사해온 자였다.

라젠은——쇼고의 육체를 얻음으로써 불굴의 정신과 강인한 육체를 고루 갖춘 파르무스 왕국 사상 최강의 마인으로 다시 태어난 것이다.

"오오, 오랜만에 얻은 젊은 육체는 느낌이 좋군."

"큭큭큭, 그 얼굴에 그런 말투로는 위화감이 있구려."

"그렇게 말하지 말게. 자, 그럼 왕에게 보고도 할 겸 새로 태어난 인사를 하러 가보도록 할까."

라젠은 그렇게 말하면서 벗어둔 로브를 걸친다. 그리고 지팡이를 잡고는 씩씩하게 걷기 시작한다.

그 모습은 자신에 넘쳤으며, 새로운 육체와 힘을 얻으면서 패기로 가득 차 있었다.

그건 폴겐의 눈으로 봐도 정말 굉장했으며, 동료이자 친구인 라젠을 믿음직스럽게 생각했다.

국가의 전력으로 따져보면 '이세계인' 세 명의 손실은 크지만,

특 A급을 넘어서는 힘을 라젠이 얻은 지금, 그건 크지 않은 문제였다.

지금의 라젠에겐 방금 본 마물——하쿠로우와 게루도——을 동시에 상대해도 쉽게 승리할 수 있는 자신이 있다. 잘만 하면 S급으로 여겨지는 마왕도 쓰러뜨릴 수 있지 않을까? 라젠은 내심 그렇게 생각하고 있었을 정도였다.

그러나 문득 떠올린다.

귓가에 남아 있는 그 말——마지막에 하쿠로우가 남긴 충고를…….

(화를 내게 만들어선 안 될 자라. 녀석들의 주인이란 자는 그 마녀에게 처단되었을 텐데……. 설마 살아남았단 말인가……?)

그런 의문이 뇌리를 스치면서 걸음을 멈췄다.

"왜 그러시오?"

"으, 음. 아무것도 아니네."

폴겐의 재촉을 받으면서 곧바로 다시 걷기 시작하는 라젠.

(——지나친 생각이겠지. 예상 이상의 강자가 있는 바람에 신경이 좀 날카로워진 게야. 뭐, 만약 정말로 그 마녀에게서 살아남았다면, 그때는 내가 처리하도록 하지.)

그렇게 생각하면서 능글스럽게 웃는다.

그리고 라젠은 힘차게 왕이 기다리는 천막으로 향했다.

●

——3일째, 중천에 태양이 걸린 시각.

파르무스 왕국군의 입장에선 악몽이 시작된다——.

내 눈 아래에 수많은 병사들이 행군하고 있다.
그러나 지금의 내겐 진화를 위한 제물로밖에 보이지 않는다.
이 녀석들이 시온과 도시의 사람들을…….
원래라면 경고나 공격 선언을 했어야 할 것이다.
그렇지만.
상대가 일방적으로 선전포고를 하고 온 것은 이미 확인한 바이며,
애초에 군사행동을 일으킨 이상, 죽을 각오는 되어 있을 것이다.
게다가 이건 전쟁이 아니다.
이 녀석들을, 하나도 남김없이 잡아먹을 예정인 것이다.
한 명도 살려둘 생각이 없는데 정정당당함은 아무 관계가 없다.
내 테리토리(지배 영역)를 어지럽힌 쓰레기(인간)들——적어도 내
진화에 도움이 되었다는 것을 영광으로 알고 죽도록 해라.

나는 상공에서 정지해 있다.
인간의 모습으로 가면을 쓰고, 날개로 하늘을 날고 있는 상태
이다.
별 의식을 하지 않아도 '중력조작'으로 완전히 자세제어를 한
상태로, 아래를 둘러보면서 상황을 확인하고 있었다.
이러고 있으려니 베니마루로부터 '사념전달'이 들어왔고, 결계
의 마법 장치를 파괴하는 데 성공했다는 보고를 받았다. 하쿠로
우에게 번거로울 것 같은 마법사의 존재를 보고 받았지만 문제는
없다. 한꺼번에 처분하면 그만이다.

다른 자들은 도시로 돌아가서 별동대가 없는지 경계하도록 전달해놓았다.

이젠 내가 나설 차례다.

시간은 조금 걸렸지만, 눈 아래에 있는 군대의 '해석감정'도 끝내면서, 그 수와 구체적인 전력도 파악해놓았다.

그와 동시에 새로운 형식의 마법 술식 계산도 완료한다.

이걸로 준비는 다 끝났다.

──그럼 시작하기로 하자.

나는 파르무스 왕국의 군대 전체를 덮을 수 있을 만큼 대규모의 마법진을 전개시켰다. 뮬란에게서 배운 대마법 : 안티 매직 에어리어(마법 불능 영역)이다.

위치 정보는 완벽했으며, 직경 5km의 커다란 원이 지상에 출현한다. 그것은 지상 3m 부근까지 완전히 덮으면서 하늘과 대지를 차단한다.

이것으로 적군의 마법은 완전히 봉쇄되었다.

이 마법의 목적은 단순한 도망 방지다. 한 명도 놓칠 생각이 없기 때문에 마법을 통한 이동을 막아놓은 것이다.

그런 뒤에 이번에야말로 발동시킨다.

이 녀석들을 죽이기에 가장 적합한, 대규모의 대인 살상마법을.

그 이름은──.

"죽어라! 신의 분노에 꿰뚫리고 불타면서──'메기도(신의 분노)'!!"

천공에서 쏟아지듯 내리는 빛의 난무가 지상 부근에서 반사를 되풀이하더니, 기사들의 반응조차 허용하지 않으면서 그 몸을 꿰뚫는다.

시작을 고하는 종소리도 없이, 조용하게 살육이 시작되었다.

＊

군에는 통상적으로 전속 마술사단이 펼치는 방어 결계가 펼쳐져 있다.

레기온 매직(군단마법)이라고 불리는 것이 그것이며, 여러 속성의 마법에 대한 경계가 이루어져 있는 것이다.

어지간한 전력 차가 있다고 해도, 원거리에서의 〈핵격마법〉으로 전황이 뒤집히는 일도 있을 수 있다.

범위를 한정하지 않은 마법에 대해 경계하는 것은 이 세계의 군사행동에선 상식이었다.

당연하지만 파르무스 왕국의 군대도 방어 결계를 신중히 펼쳐놓으면서 갖가지 마법에 대한 대비를 게을리 하지 않았다.

A랭크 오버의 마물도 확인되어 있는 마물의 나라로 진군하는 것이다. 경계를 하지 않는다면 그야말로 무능한 작태라고 하지 않을 수 없다.

그러나 내 새로운 마법 앞에선 전혀 의미가 없다.

이 세계의 결계의 원리는 마력요소를 막는 것에 중점을 두고 있기 때문이다. 완전한 물리법칙 그 자체에 대한 저항과는 근본적으로 다른 것이다.

결계를 해석한 결과, 그런 사실을 밝혀냈다.

생각해보면 간단한 이야기다.

수천 도나 되는 불꽃의 열을 완전히 막아내는 결계라는 건, 무엇에 대한 간섭으로 그런 현상을 일으키는가를 따져 보면 되는 이야기인 것이다.

이 세계의 〈원소마법〉은 마력요소를 조작하여 물리법칙에 간섭을 하는 것으로 발동한다.

그럼 그것을 막으려면 마력요소의 진입을 막는 결계를 펼치면 된다.

더욱 큰 마력으로 결계를 뚫지 못하면 마력요소의 진입이 막히는 바람에 그 내부에선 물리적인 간섭을 일으킬 수 없다. 즉, 마법의 발동이 실패로 끝난다는 뜻이다.

카리브디스의 '마력방해' 같은 것이 이 원리를 응용한 것이다.

그럼 〈정령마법〉은 어떤가를 말하자면, 정령의 간섭력으로 물리법칙을 치환하는 것이기 때문에 위력은 소규모가 된다.

당연하지만 대(對)정령 결계도 펼쳐져 있기 때문에 〈정령마법〉에 대한 간섭 및 방어도 되어 있다.

이건 단순히 정령끼리의 힘겨루기이기 때문에, 상대의 마법을 방해하는 것은 쉬운 일이다. 기습만 방어할 수 있다면 이후에는 힘 싸움으로 몰고 갈 수 있기 때문이다.

마법이란 것은 원리를 해명하여 그보다 높은 레벨을 발동하면 무력화시킬 수 있다. 그렇기 때문에 다양한 방어 수단을 준비하는 것이 기본인 것이다.

최소한 두 종류 이상의 결계를 다중으로 운용하는 것은 이런 이유가 있기 때문이다.

그래서 나는 발상을 전환하여 마법으로 순수한 물리 에너지를 만들어내기로 했다.

카리브디스의 싸움에서 얻은 경험과 '마력조작'을 해석하여 마법이 발동하는 구조를 대강이나마 이해하고 있다. 그리고 히나타의 '디스인티그레이션(영자붕괴, 靈子崩壞)'을 체험하는 동안 영감을 얻어서 마지막 이미지도 확고하게 굳혔다. 그 결과, 현재의 방어 마법의 빈틈을 꿰뚫기 위한 유효한 마법을 '대현자'에게 개발하도록 맡겨놓았다.

그리고 지금 막 최종 조정이 완료되면서 실전에 투입한 것이다.

*

내 주위에는 천 몇 백 개는 되는 물방울이 공중에 떠 있다.

상공에는 한층 더 큰 볼록렌즈 모양의 물방울을 십여 개 정도 펼쳐놓았다.

그 물방울이 받은 태양빛을 가늘게 모아서, 밑에 펼쳐놓은 거울 역할을 하는 물방울로 반사시켜서 임의의 지점으로 유도한다. 그런 뒤에 한 번 더 지상 부근의 볼록렌즈 모양의 물방울로 모은 뒤에 목표물에 대고 쏜다.

그——연필 굵기 정도의 한 점에 집중되는 온도는 수천 도에 달한다. 인간의 생명을 뺏기에는 충분한 열량이 되는 것이다.

물방울은 내가 소환한 물의 정령을 변화시킨 것이었다.

그런 물방울들로 태양광 에너지를 받아서 반사시켜 모으는 마법.

이게 바로 내 새로운 마법 술식——물리마법 : 메기도(신의 분노)인 것이다.

최초의 일제 난사로 천 명 이상의 기사들이 제대로 손도 쓰지 못하고 죽었다.

내 아래에서는 행군에 혼란이 일어나면서, 메기도로 인한 공황 상태가 발생하려 하고 있다.

하지만 당연히 이것으로 끝일 리가 없다.

최적의 각도를 연산하여 그 위치를 자동 조정하면서 두 번째 공격을 쏜다.

레지스트도 하지 못하면서 또 천 명 이상의 병사들이 죽어 갔다.

이 마법의 무서운 점. 그건 에너지 코스트가 낮다는 것이다. 최종 사격 포인트인 볼록렌즈는 모여든 열로 증발되면서 사라지게 되지만, 순식간에 보충할 수 있다.

그러기 위해 물의 정령을 동원했으며, 대기 중에서 물 분자를 모으는 것만 따진다면 그렇게 많은 에너지를 필요로 하지 않는다.

볼록렌즈를 재현하는 건 30초도 걸리지 않기 때문에 연속 사격도 가능하다. 애초에 물을 다시 보충하고 위치 조정만 하면 되니까 말이다.

그리고 필요한 코스트(마력요소)도 물의 정령의 소환과 유지에 드는 분량뿐이다.

이 마법의 에너지 대부분은 자연 에너지의 상징인 태양이니까.

낮에만 사용할 수 있다는 게 결점이지만 지금은 한낮이다.

모든 문제는 해결되었으니, 이제 남은 것은 내 아래에 있는 쓰레기(인간)들을 치우기만 하면 된다.

소리도 없이 날아드는 광속의 일격은 반응조차 허용하지 않으면서 기사들을 꿰뚫고 불태우면서 차례로 살육했다.

상공에서 '마력감지'로 위치 정보를 완벽하게 포착하여, 사각에서 확실하게 급소를 꿰뚫는다. 마력요소의 조작이 방해를 받을 뿐이지, 시각적으로 영향을 받지 않는 것도 이점이었다.

질이 낮은 가죽 갑옷을 입은 용병과 질이 좋은 금속 갑옷을 입은 기사들을──구별하지 않고 평등하게 차례로 죽인다.

가끔은 일부러 팔이나 다리나 몸통을 날려서 고통의 절규를 지르게 함으로써 그 자리를 혼란시키기도 했다. 그렇게 함으로써 전장은 더욱 처참해지면서 공포가 만연하게 되는 것이다.

단, 훌륭해 보이는 마차나 천막은 노리지 않는다.

어디에 왕이 있는지 확실하지 않다. 잘못 죽였다간 참회를 시킬 수도 없지 않은가.

나는 그렇게 자비심이 깊지 않다.

내 역린을 건드린 대가는 반드시 치르게 해야 한다……

일방적으로 전투를 개시한 지 5분 정도 되었을 때 침공해 온 군대의 2/3를 행동 불능으로 만들 수 있었다.

실로 1만 명 이상의 목숨을 빼앗고 그 영혼을 거둬들였다는 계산이 된다.

이제 때가 되었군──.

나는 천천히 날개를 펄럭이면서 지상으로 향한다.

어리석은 자들에게 새로운 절망을 선사하기 위해서.

라젠은 대마법 : 안티 매직 에어리어(마법 불능 영역)가 발동된 시점에서 그 터무니없는 규모에 경악했다. 그러나 그건 의미가 없다고 즉시 판단하여 그렇게까지 중대하게 생각하지 않았다.

마법 부대가 공격의 중심이 되는 드워프 왕국과는 달리, 파르무스 왕국에서 마법 부대의 역할은 방어다. 그 다음에는 강화와 보조에 무게를 두고 있었다. 신체 강화 같은 내면마법이라면 마법 방해의 영향을 받지 않기 때문에 공격 마법을 쓰지 못한다 해도 문제는 없는 것이다.

게다가 각종 방어의 레기온 매직(군단마법)은 이미 발동되어 있으니, 그 마법 효과를 없애려면 디스펠(해주마법, 解呪魔法)을 사용하는 것 말고는 방법이 없었다. 안티 매직 에어리어라는 것은 새로운 마법을 사용할 수 없게 만드는 마법이지, 이미 발동되어 있는 마법을 없애는 것은 아니기 때문이다.

만약을 위해 마법 효과가 계속 유지되어 있는가를 조사하고는, 문제가 없다는 걸 확인한다.

"흠, 문제는 없는 것 같군. 그렇다면 적은 접근전에 상당히 자신이 있다는 뜻인가?"

"그렇다면 내가 나설 차례로군. 어디, 기사들을 고무시켜 볼——."

라젠의 말을 듣고 폴겐이 반응한 바로 그때——.

한 줄기의 섬광이 번뜩였다.

지금, 눈앞에서 무슨 일이 일어난 것인지 라젠은 이해가 되지 않는다.

아니, 라젠뿐만 아니라 이 자리에 있는 누구도 이해하지 못했다.

털썩하는 둔탁한 소리를 내면서 경계를 하고 있던 기사가 쓰러졌다. 그 미간에 작고 둥근 구멍이 뚫린 채로……

"——?! 뭐야, 방금 그건?"

경악하면서 소리치는 라젠.

"당황하지 마라! 폐하를 보호해야 한다!!"

즉시 명령을 내린 폴겐을 따라 동요를 억누르듯이 기사들이 움직인다. 그러나 그건 아무런 의미도 없었다.

최초의 섬광은 마치 시험 삼아 쏜 것에 지나지 않았다는 듯이 다음에 날아온 공격은 빛의 난무였다.

눈 깜박할 사이에 기사들이 고꾸라진다.

회복의 여지 따위는 없다. 왜냐하면 모두 급소를 꿰뚫리면서 즉사했으니까.

"으갸아——!! 팔이, 내 팔이———!!"

"살려줘, 살려줘어———."

"우와아아아아아아, 어디야, 대체 어디서——?!"

불행히도 사선상의 위치에 발을 들이는 바람에 휩쓸려서 울부짖는 목소리와 전우가 살해당하면서 공황 상태에 빠진 기사들의 당황하며 소리치는 목소리가 주위에 가득하다.

전장은 한순간에 아비규환의 지옥으로 변모했다.

바로 조금 전까지는 사기도 높았으며, 승리에 대한 확신으로 가득했었는데…….

파르무스 용병 유격단장은 씁쓸하게 혀를 찼다.

수많은 전쟁터를 누벼온 고참이자 강자인 용병이 어디서 날아온 건지도 모르는 빛에 가슴을 꿰뚫리면서 즉사했다.

아직 젊은 신참은 공포에 휩쓸려서 뭐가 뭔지도 모르고 이리저리 도망치고 있다.

그게 모두 한순간에 벌어진 일이다.

눈부신 광선이 난무하면서, 그 사선상에 있던 자들의 목숨을 너무나도 쉽게 뺏는다.

저항은 무의미하다.

잠깐 조용해지더니 두 번째 공격이 찾아왔다.

한쪽 팔처럼 생각하고 있던 부단장이 눈앞에서 쓰러지는 것을 보고 나서야 단장도 겨우 그것이 적의 공격이라는 사실을 인식할 수 있었다.

그와 동시에 이번 원정에 참가했던 것을 진심으로 후회했다.

(빌어먹을!! 이게 대체 뭐야———!!)

자신의 이해력이 미치지 못하는 현상이기 때문에 대책 같은 건 전혀 떠오르지 않는다…….

그러나 단장은 운이 좋았다.

세 번째에 찾아온 무자비한 빛에 고통을 느낄 새도 없이 죽었으니까.

A랭크의 용사로서 그 이름을 떨쳤던 파르무스 용병 유격단의 단장은 무슨 일이 일어났는지도 이해하지 못한 채 그 목숨을 잃고 만 것이다.

서방성교회 소속이면서 마물에 대한 전문가들인 템플 나이츠(신
전기사단)는 이 이상 사태에서도 기본을 충실히 지켰다.

"전원 정렬!! 각 부대, 밀집 방어 진형으로 다중 대마물 장벽(多
重對魔物障壁)을 발동하라! 신성한 힘 앞에는 어떤 공격도 무력하다
는 걸 적에게 알려주는 것이다!!"

훈련받은 동작으로 동료가 쓰러지는 것에도 아랑곳하지 않고
즉시 반응했다. 그 동작은 아주 훌륭하다고 할 수 있을 정도로 잘
단련되어 있었다.

그러나――,

기사들은 자신만만하게 결계를 펼쳤고, 그 직후에 머리를 꿰뚫
리면서 즉사한다.

결계 따위 소용이 없다고 비웃는 것처럼.

밀집한 것은 그야말로 자살행위였다. 사선상에 여러 명이 뭉치
면서 수많은 기사들이 한꺼번에 살해당하는 결과가 된 것이다.

신에 대한 신앙심 같은 건 메기도(신의 분노) 앞에서는 무의미했
다.

다섯 번째 공격이 끝났을 무렵에는 템플 나이츠는 이미 궤멸되
어 있었다.

약자도 강자도 모두 하나같이 공포에 전율하고 있었다.

도저히 막아낼 방법이 없는 것이다.

파르무스의 귀족 자제들의 모임인 파르무스 귀족 연합 기사단
은 재빨리 와해되어 도망치려 하다가…… 꼴사납게 같은 동료를

공격하기까지 한 것이다.

하지만 그 꼴사나운 짓 덕분에 그들은 가장 오래 살아남았다.

그게 과연 행운이었는지는 의견이 갈릴 만한 질문이겠지만…….

라젠의 제자들──파르무스 마법사연단의 마법사들도 자신들의 무력함을 곱씹으면서 차례로 죽어 갔다.

마법을 쓸 수 없는 상황에서 일방적으로 상대의 마법 공격만이 발동하고 있다. 이게 과연 정말 마법인 걸까──. 그런 의문에 대답을 찾아내지 못하는 것을 분하게 생각하면서…….

죽는 순간까지도 그들은 학자였던 것이다.

일곱 번째의 빛의 난무가 끝나자 반수가 죽어 있었다.

그런 분위기 속에서 라젠과 폴겐도 멍해져 있었던 것은 한순간이었을 뿐, 왕과 합류할 것을 재빨리 결단한다.

지휘 같은 것을 내릴 수 있는 상황이 아니다.

다들 자신의 목숨을 지키려고 필사적이었다.

그렇다면 우선 왕의 곁으로 달려가 그의 신변을 보호하는 것이 최선이라고 판단한 것이다.

애초에 이 빛의 정체를 알 수가 없다. 지각 속도를 최대한 높여도 빛의 정체를 파악할 수가 없었던 것이다.

빛났다라고 생각했을 때는 이미 누군가가 쓰러져 있다.

그게 잔광이라는 것을──끝난 뒤에 인식하고 있다는 사실을 깨닫는 데에는 시간이 오래 걸리지 않았다.

쉽게 말해서 자신들의 상상을 넘어서는 속도라는 점을 이해한 것이다.

그러나 라젠은 그런 상황에서도 한 가지 가설을 세우고 있었다. 기사를 여러 명 꿰뚫을 수 있는 정도가 광선의 한계라고.

역시 이 빛은 어떤 법칙으로 계산되고 있다는 것을 알아차린 것이다.

적어도 벽이 있다면——이 빛을 차단할 수만 있다면, 그걸로 충분하다. 최악의 경우에는 인간으로 벽을 만들어서라도 왕을 지킬 수는 있을 것이라고.

그리고 라젠은 자신이라면 이 빛을 버텨낼 수 있을 것에 모험을 걸었다.

"폐하께선, 에드마리스 폐하께선 무사하신가?!"

그렇게 소리치면서 라젠과 폴겐은 서둘러 왕의 천막을 향해 달려간다.

●

에드마리스 왕은 숨을 쉴 수도 없을 정도로 극심한 공포심이 솟구치는 것을 필사적으로 참아내고 있었다.

왕으로서의 긍지를 지켜야 한다는 그 마음가짐 하나로.

혼란스러운 머리로 필사적으로 생각한다.

아무리 봐도 이 원정은 실패다.

여기서 목숨을 건져 도망치고 싶어도 이미 상황이 그걸 허용하지 않는다.

어쩌다가 이렇게 된 거지?! 그렇게 소리치고 싶지만, 지금은 그럴 때가 아니다.

"레이힘, 어떻게 하지? 어떻게 하면 되나?"

"지, 진정하십시오, 진정하십시오!"

호화로운 천막 속에서 서로 끌어안으면서 떨고 있는 왕과 대사제.

상황을 살피기 위해 밖으로 나간 신하가 순식간에 살해당한 것은 방금 전에 벌어진 일이었다.

선발 부대를 보낸 뒤에 차례차례 도착하는 후속 기사들을 기다리고 있었다.

그 믿음직스러운 모습을 보면서 이 원정에서 승리할 것과 영광스러운 멋진 길을 밟을 것이라고 확신하고 있었는데…….

겨우 몇 분 만에 상황은 일변했다.

눈부시고 아름다운 광선이 전장을 종횡무진 누비면서 난무했다.

단지 그것만으로 전장은 죽음으로 넘쳐나고 있었다.

그 광경은 너무나도 비현실적이라, 어째서 이렇게 되었는지 에드마리스 왕은 알 리가 없었다.

단지 그저 천막 안에서 벌벌 떨 수밖에 없었다.

그것은 레이힘 대사제도 마찬가지였다.

왕을 지키겠다는 마음 따윈 아예 존재하지도 않았고, 단지 이곳이 가장 안전할 것이라는 생각에 도망치지 못하고 있었을 뿐이었다.

그 생각에 근거 따윈 아무것도 없었지만, 우연히 그건 정답이기도 했다.

이 천막에는 무자비한 빛이 쏟아지지 않았으니까.

"폐하, 무사하십니까!"

"기사단장 폴겐, 이제 막 돌아왔습니다!"

"오오, 폴겐! 잘 왔다. 그리고 쇼고도. 빨리, 빨리 여기서 도망치자. 일단 우리나라로 돌아가서 태세를 재정비하는 거다!"

"그렇습니다. 지금 무슨 일이 벌어진 건지 알 수가 없습니다. 빨리 이 자리를 벗어나지 않으면 우리도 휩쓸려서 죽고 말 겁니다!"

파르무스 왕국이 자랑하는 최강 전력인 두 사람이 오는 바람에 에드마리스 왕도 약간의 여유를 되찾았다.

폴겐에게 달려가기보다는 아예 매달리다시피 달라붙어서 계속 말한다.

"자자, 빨리 벗어나자! 라젠은 어디 있는가? 라젠의 이동마법으로 빨리 이 장소에서——."

아홉 번째의 빛의 난무.

"히이익—!!"

머리를 감싸 안고 웅크리는 에드마리스 왕과 그 자리에 주저앉는 대사제 레이힘.

"진정하십시오, 폐하. 저는 여기 있습니다."

"——쇼고? 아니, 그대는……라젠, 인가?"

"그렇습니다, 폐하."

"오오, 오오오! 라젠, 정말, 정말 잘 왔다. 자, 빨리, 빨리 돌아가자!"

"기다리십시오. 여러모로 보고를 드려야 할 것이 있습니다만, 지금은 일단 미루겠습니다. 단적으로 말씀드리자면 지금 현재 이 일대에선 마법을 쓸 수가 없습니다. 어떻게든 기사단을 모은 뒤에 그들을 방패 삼아서 후퇴를 감행해야만 합니다."

"뭐라고?!"

"괘, 괜찮은 겁니까? 기사들의 수는 그게……."

"안심하십시오, 레이힘 대사제. 제가 유니크 스킬 '통솔자'로 살아남은 자들을 강제적으로 모아두었습니다. 그자들을 방패로 삼아서 에드마리스 왕과 레이힘 님을 지켜드리도록 하겠습니다."

"오오, 오오오. 역시, 역시 폴겐이로구나!"

"고맙소이다! 역시 폴겐 공은 믿을 만한 분입니다!"

"그럼 저는 부하들에게 상황을 전해주고 돌아올 터이니, 여러분은 후퇴할 준비를 하십시오!"

"음, 잘 알겠다!"

"잘 알았소! 폴겐 공도 무운을 빕니다!"

고개를 끄덕이면서 밖으로 뛰쳐나가는 폴겐.

에드마리스 왕은 그 모습을 믿음직스럽게 바라보면서 쇼고의 모습을 한 라젠에게 묻는다.

"그런데 라젠, 준비라니?"

네, 라고 대답하고 고개를 끄덕이며, 라젠은 왕과 레이힘에게 신발을 내밀었다.

최고급의 매직 아이템(마법 도구)인 윙 슈즈이다. 사용자의 이동 속도를 상승시켜주며, 피로를 경감시켜준다. 숙련되면 날아가는 것처럼 달릴 수 있게 되는 우수한 물건이지만, 익숙하지 않은 왕에게 그렇게까지 기대할 수는 없다. 그러나 지금 후퇴할 때엔 왕도 스스로 달려야 하기 때문에, 적어도 마법의 신발로 조금이라도 효율을 높이자는 계산인 것이다.

이 안티 매직 에어리어의 영향하에 있다 해도 이미 효과가 발동되어 있는 마법은 상쇄되지 않는다. 그 성질상, 매직 아이템에는 영향을 주지 않는다는 것을 라젠은 이미 확인한 바였다.

"그럼 폐하. 다음에 빛이 날아든 뒤에 곧바로 밖으로 뛰어나가겠습니다. 레이힘 님도 괜찮겠습니까?"

"음, 잘 알았소."

"잘 알았습니다, 라젠 공!"

그리고 자신에게 필요한 것만을 손에 쥐고 준비를 끝낸다.

열 번째——마지막 난무가 전장을 아름답게 장식했다.

"지금입니다!"

라젠의 신호에 맞춰서 일제히 달리기 시작하는 세 사람.

천막 밖에서는 폴겐이 커다란 등을 보이면서 서 있었다.

에드마리스 왕은 그걸 눈으로 보자마자, 신뢰할 수 있는 기사단장에게 물어본다.

"일은 어떻게 돌아가고 있는가?"

A랭크 오버의 실력을 지닌 '이세계인'이자, 파르무스 왕국이 자랑하는 역전의 기사.

왕국 최강으로 높이 칭송받는 폴겐은 에드마리스 왕이 의지하는 심복 중 한 명이다.

그런데 에드마리스 왕의 질문에 폴겐은 대답하지 않는다.

"폴겐, 어떻게 된 거냐? 왜 대답을 않는 건가, 폴겐?!"

공포와 혼란.

그리고 분노가 뒤섞인 목소리를 내면서 기사단장의 어깨를 두들기는 에드마리스 왕.

그러자──휘청, 하고 그 듬직한 몸이 기울어지더니 쓰러진다.

잘 보니 머리 옆 부분에 구멍이 나 있었고, 오른쪽에서 왼쪽으로 관통되어 있었다. 고열로 태워진 탓인지, 피는 그렇게 많이 흘러나오지 않았다…….

"히, 히이이이이이이이이이이이이이이익!!"

에드마리스 왕은 공포의 비명을 지르면서 다리에 힘이 풀려 주저앉더니, 벌벌 기면서 천막으로 되돌아가려 한다.

모처럼 넘겨준 윙 슈즈도 기어 다니면 효과가 나오지 않는다.

왕의 긍지 따윈 이미 흔적도 없었다.

가랑이 사이에서 따뜻한 액체를 지린 채로, 눈물과 콧물이 범벅이 된 얼굴로 울면서 에드마리스 왕은 생각한다.

죽는다. 이대로 여기 있다간 죽게 된다고.

공황 상태에 빠져서 필사적으로 도망치려고 해도, 다리에 힘이 빠져서 제대로 서 있지도 못하고 있었다.

하지만 그런 왕의 상태를 알아차리는 자는 없다.

폴겐이 불러 모은 기사들도 열 번째의 빛의 난무로 인해 궤멸되어 있었다.

살아남은 자들도 이성을 잃고 자신을 살피느라 필사적이었다.

그 자리에는 이미 규율 따윈 존재하지 않았다.

서방 열국에서 최강의 군사력을 자랑하는 기사단도 지금은 아무런 힘도 없는 오합지졸만큼도 못한 꼴이었다.

모두가 평등하게 무력감을 맛보고 있었다.

공황 상태에 빠지는 것이 오히려 당연한 것이었다. 마물에 대한 절대적인 우위성이 순식간에 무너지고 말았으니까…….

그때 전장의 분위기가 바뀌었다.

이리저리 도망치던 병사들이 움직이는 걸 멈추고 하늘의 한곳으로 바라보기 시작했다.

에드마리스 왕도 그들을 따라 하늘을 쳐다봤다.

그곳에는 바로 이 모든 일의 원흉이 있었다.

천공에서 내려오는 박쥐같은 검은 날개가 돋아나 있는 인물.

키는 그렇게 크진 않았고, 금이 간 가면을 쓰고 있다.

그 금은 마치 울고 있는 것 같은 모양을 하고 있었으며…….

신성하고 아름다운 칠흑의 옷을 입고 있었다.

눈에 띄는 무기는 허리에 찬 칼뿐이다. 전장에 나서기에는 너무나도 가벼운 무장이다.

그러나 그 몸에 풍기는 패기에서는 그런 상식을 가볍게 뒤집는 설득력이 느껴졌다.

파르무스 왕국의 정예군조차 산책하듯이 가볍게 짓밟을 수 있는 존재일 뿐이라고.

저건 악마……? 아니, 저건——,

마왕이다! 직감으로 그런 생각이 들었다.

그때서야 비로소 에드마리스 왕은 자신이 저지른 최대의 실수를 깨달았다.

손을 대는 것이 아니었다. 블루문드 왕국처럼 국교를 맺었어야 했다.

저 모습——저것이야말로 그 아름다운 옷감으로 만들어진 물건이라 할 수 있으리라.

이 품격——이 존재야말로 그 나라의 주인임이 틀림없다.

(그 말은 곧, 서방성교회의 마녀——히나타가 실패했다는 뜻인가?!)

그 사실에 생각이 미치자, 에드마리스 왕은 창백해진다. 그러나 오히려 공포가 한계를 넘어선 탓인지, 냉정함을 되찾을 수가 있었던 것 같다.

에드마리스 왕은 생각한다.

서방 열국에서 최강이라고 일컬어지는 마녀가 마물의 나라의 맹주를 공격할 예정이었다. 그렇지만 현실을 보면 그자는 여기 존재하고 있다.

그 계산적이고 냉혹한 마녀가 임무에 실패했다는 이야기는 들어본 적이 없다.

"마물의 나라의 주인——이란 말인가?! 서, 설마 정말로……살아남았단 말인가…….."

에드마리스 왕의 귀에 라젠의 아연실색한 목소리가 들려왔다.

심복인 왕궁 마술사장의 생각이 자신과 같다는 것을 보고 에드마리스 왕은 확신했다.

그 마녀는 실패한 것이다. 그리고 눈앞에 있는 마물은 그에 걸맞은 힘을 간직하고 있다는 것을 깨달았다.

하지만 고개가 끄덕여지는 이야기였다.

마왕과 같은 품격을 갖춘 이자라면…….

(어떻게 하지? 어떻게 해야 살아남을 수 있지?!)

에드마리스 왕은 필사적으로 생각한다.

그때 섬광과 같이 한 가지 생각이 떠올랐다.

(아니, 이건 기회일지도 모른다! 짐은 왕이다. 교섭을 하러 왔다고 잘 구슬리면, 상대도 얘기는 들어줄 것이다. 그 보고서를 읽어보면 성격이 좋고 마음이 약한 녀석 같다고 했으니까!)

그건 너무나 명안이란 생각이 들었다. 그건 명안이 아니라 **미안**(迷案)이었으며, 더욱 좋지 않은 방향으로 생각이 진행되었다.

(블루문드 같은 약소국과 교섭을 하고 기뻐했을 정도의 녀석이라면, 강대국인 파르무스의 왕인 짐이 말을 걸면 엎드려서 환희할 것이 틀림없다!)

지금 현재의 상황을 파악하지도 못하고, 그렇게 되었으면 좋겠다는 희망만으로 판단하다가——.

어쨌든 이 자리를 빠져나간 뒤에 자신의 나라로 돌아가서 반격할 준비를 하면 된다. ——그런 얕은 생각을 따라 에드마리스 왕은 행동으로 옮긴다.

그 생각이야말로 너무나 안일했다는 것을 깊게 생각하지도 않은 채로…….

●

지상 3m 정도까지 내려와 보니, 실로 처참한 상황이었다.

내가 머릿속으로 그리고 '대현자'로 계산한 대로의 상황이지만, 너무 지나쳤다는 느낌도 약간은 있다.

아니, 아니다. 이 정도로 마음이 동요되어선 안 된다.

내 모습을 본 생존자가 공포로 인해 주저앉는다.

"히익, 사, 살려줘!"

뭔가 목숨을 구걸하는 것 같은 목소리가 들렸지만 신경 쓰지 않고 미간을 꿰뚫었다.

익숙해지기까지 약간 시간은 걸렸지만, 지금은 마음먹은 대로 광선을 조작할 수 있다.

반사 각도가 특징인 공격이다. 낮은 비용에 마음대로 쏠 수 있다.

한 점으로 열원을 집중시키면 수천 도의 온도에도 도달하기 때문에 사람을 쏘아 죽이기에는 충분하다.

요령을 파악한 덕분에 내 뜻대로 최적의 사격이 가능하게 되었다.

타임 러그는 약간 있지만 실질적으로 빛의 속도에 가까워서 보고 나서 회피하기는 불가능하다.

가령 1만㎞ 밖에서 쐈다고 해도 도달하기까지 걸리는 시간은 0.03~0.04초 정도. 인간의 시각으로 정보를 얻고 신경 및 뇌로 전달하기까지의 시간이 더 느린 것이다.

이걸 조작하여 정확하게 목표를 겨누는 것은 '대현자'의 연산 능력 없이는 불가능하다.

역시 '대현자'이다. 새삼 대단하다고 생각했다.

이걸 근거리에서 쏜다면 '대현자'의 보정으로 도움을 받는 나조차도 피하는 건 어렵다. 내 경우에는 보인 순간에 인식하기 때문에 겨우 피할 수 있을지도 모르지만…… 운에 따라 좌우될 것이다.

인간에게는 틀림없이 불가능한 일이었다.

열 번째의 일제 난사를 날린 뒤에 그 '목소리'를 오랜만에 들었다.

《확인했습니다. 유니크 스킬 '무자비한 자(심무자, 心無者)'를 획득……
성공했습니다.》

대현자와는 다른, 오랜만에 듣는 '세계의 언어'였다.

아니, 그 전에 그런 스킬(능력)은 필요 없다고.

그렇게 말해봤자 이미 얻어버린 건 어쩔 수 없다.

어떤 능력인지 확인해보려고 했을 때 그 녀석이 말을 걸어왔다.

"자, 잠깐! 네놈이 그 나라의 왕이렸다? 짐은 에드마리스. 파르무스 왕국의 왕이다! 엎드려서 예의를 갖춰라! 네놈에게 할 얘기가 있다."

지저분한 아저씨였다.

이 상황에서 내게 말을 걸다니 용기가 있는 건지, 무모한 바보인지.

잘 보니 소변을 지렸는지 가랑이 사이가 젖어 있었고, 눈물과 콧물로 범벅이 되어서 얼굴도 말이 아닌 꼴이었다.

이런 꼴로 왕이라니 더없이 웃긴 일이었다.

"응? 진짜가 아니고 대역인가? 안심해라, 진짜한테는 손을 대지 않고 놔뒀으니까."

바보를 상대하는 것도 귀찮아서 당장 쏘아 죽이려고 하다가 문득 어떤 생각이 들면서 멈춘다.

혹시 정말이라면? 그렇게 생각한 것이다.

"대, 대역이 아닙니다! 그건 이 서방성교회 대사제인 나, 레이힘의 이름을 걸고 증명하겠소!"

으음? 또 하나 초라해 보이는 아저씨가 떠들기 시작했다.

그 말을 듣고 자세히 보니, 둘 다 기사로는 보이지 않은 호화로운 옷을 입고 있었다.

위험할 뻔했다. 아무래도 진짜 같이 보인다.

하지만 뭐, 일단 확인은 해두도록 할까.

"그러면 너 말고 다른 자는 모두 죽일 건데, 그중에 진짜 왕은 없단 말이지?"

"짐이 왕이라는 건 틀림없다! 그, 그런데 다 죽인다고……?"

"히익! 잠깐, 잠깐만 가디리시오! 나도, 나만이라도 살려주시오!! 나는 서방성교회 내부에 큰 힘을 갖고 있소이다. 당신들이 결코 인간의 적이 아니라고 증언도 하겠소!"

대사제 레이힘이라고 이름을 밝힌 아저씨는 엎드려 절하듯이 내게 간청했다.

딱히 이 아저씨를 살려준다고 해서 상황에 변화는 없겠지만, 어딘가에 써먹을 수 있을지도 모르고…… 게다가 보아하니 책임자 중의 한 명인 것은 틀림없어 보이니, 지금은 살려두기로 하자.

그렇다면 또 한 사람은…….

슬쩍 시선을 돌리고 바라보자, 그걸 알아차렸는지 왕을 자칭한 아저씨가 당황하면서 위세 좋게 떠들어대기 시작한다.

"자, 잠깐! 할 얘기가 있다고 하지 않았느냐!"

일단 목표인 인물이 이름을 밝히고 나왔으니, 이야기 정도는 들어주기로 하자.

"뭐지? 들어줄 만큼은 들어주겠다."

관대한 마음으로 그렇게 대답했다.

그러자 아저씨는 미친 듯이 떠들어댔다.

"무, 무례한 놈! 짐은 대국인 파르무스의 왕이다! 네놈 따윈 원래는 말도 걸 수 없는 존재란 말이다. 그런데도 짐이 스스로 먼저 말을 걸어주었건만……. 하지만 뭐, 좋다. 이번에는——."

그때 빛이 번쩍 빛나면서 팔을 하나 날려버렸다.

분위기를 파악 못 하는 그 모습이 불쾌했기 때문이다.

예의를 갖춰 대응해줄 가치 따윈 없다.

내가 예의를 다할 상대는 내게 예의를 다해주는 대등한 존재에 한해서일 뿐이다. 이 녀석이 진짜 왕인지 아닌지는 전혀 관계가 없다.

애초에 위세 좋게 떠들고 있을 때가 아닌데 말이지. 상황도 이해하지 못하는 것 같기에 죽지 않을 정도로만 눈을 뜨게 만들어준 것이다.

죽일 생각은 없으므로 충분히 고려는 했다.

상처는 곧바로 '흑염'으로 태워서 지혈시켜줄 정도로.

뭐, 아마도 고통 때문에 죽을 수는 있겠지만…… 그 책임은 내가 아니라 원망스럽게 생각하고 있을 시온이 져줬으면 좋겠다.

"알겠나, 상대를 잘 보고 말을 해라. 내가 자상하다고 해서 함부로 까불지 마라. 발언을 허락하지. 계속하라."

처음에는 휘둥그레진 눈으로 사라진 자신의 왼팔 부분을 바라보고 있던 아저씨.

사태를 이해하는 것과 고통이 엄습해 오는 것이 동시였던 모양이다.

"으갸아아아아아으으으으——!!"

절규하면서 바닥에 뒹굴기 시작했다.

어, 그러니까 영걸하다고 했던가? 뭔가 영예 높은 사람이지 않았던가?

그런 대단해 보이는 인간과 눈앞의 아저씨를 같은 존재로 연결시키기에는 조금 무리가 있는 것 같은데…….

진짜 왕인지는 의심스럽지만, 이 인간 이외에 진짜일 가능성이 있는 인물은 이 자리에 없는 것 같다. 다른 자는 다 죽이겠다고 했는데도 나올 낌새가 없으니까 말이지.

그러므로 일단은 이 아저씨가 왕이라고 가정하고 이야기를 들어보기로 한다.

그렇게 생각하자, 이 인간이 울부짖는 소리로 인해 약간은 내 분노가 누그러지는 것 같았다. 그렇지만 이 녀석이 죽어버린다면 분노의 리바운드가 올 것 같아서 두렵다. 주의 깊게, 죽이지 않도록 조심하기로 하자.

"이봐, 하고 싶은 말이 있다고 하지 않았나? 그 춤을 보여주고 싶은 것뿐이라면 이제 충분하니까 그만해도 된다."

내 말에 입을 뻐끔거리면서 연거푸 뭔가를 말하려고 하는 아저씨.

공포와 고통으로 목소리가 제대로 나오지 않는 모양이다. 참 사람을 귀찮게 하는 아저씨다.

어쩔 수 없지. 잠시만이라도 고통을 잊게 만들어주자.

나는 아저씨의 머리카락을 쥐고 얼굴을 들어 올리고는, 그 눈을 들여다본다.

"찬스는 한 번이다. 그 다음은 없을 줄 알아라."

그렇게 가면 너머로 위협했다.

아저씨는 그것만으로도 굳어버리면서 고개를 끄덕끄덕한다. 그 말만으로도 침착함을 되찾은 것 같다. 아니, 더 큰 공포심을 느끼는 바람에 감각이 마비되었을 뿐이겠지만.

아직 조금은 겁을 먹고 말을 잘 잇지 못했지만, 이내 술술 떠들기 시작했다.

"오해다! 모든 건 오해에서 비롯된 것이다. 짐은 이 땅에 우호 관계를 맺기 위해 왔을 뿐이다. 군대를 이끌고 온 게 마음에 들지 않았는가? 이건 짐의 안전을 지키기 위한 것이며, 짐 스스로가 그대를 만나고 싶다고 생각했기 때문에 어쩔 수 없이 끌고 온 것뿐이니라!"

"뭐어? 일방적으로 선전포고를 해놓고는 이제 와서 무슨 잠꼬대를 하는 거지? 내 동료 중에 희생자가 나온 이상, 네놈들은 적이다."

빌어먹을 잠꼬대를 늘어놓는 아저씨한테 나는 차갑게 내뱉는다.

그러나 아저씨는 포기하지 않았는지 더욱 격렬한 기세로 강하게 지껄였다.

"자, 잠깐만! 그건 아니다. 거기에 오해가 있었던 게야. 서방성 교회가 마물을 적대시하고 있기 때문에 정말로 우호 관계를 맺기에 적합한가를 확인해보려고 한 것뿐이다! 게다가 파견한 '이세계인'이 멋대로 폭주를 한 것 같구나. 짐도 속았을 뿐이다. 설마 그런 위험한 자들인 줄은 생각도 못 했다. 하지만 오히려 이건 생각하지 못한 행운이로다! 그런 자들을 쓰러뜨릴 수 있는 용사가 그대의 나라에 소속되어 있다는 걸 알았으니까 말이다. 그런 훌륭한 영웅들이 있는 나라라면, 물론 합격이고말고. 짐, 짐의 나라와도 국교를 맺도록 하마! 좋은 얘기가 아니냐? 영광이지 않은가? 파르무스는 블루문드 같은 약소국이 아니라 대국이다. 그쪽이 더 자랑스럽지 않겠느냐? 우리나라는 안심할 수 있고, 그대의 나라는 우리나라를 후원국으로 얻을 수 있다. 때가 되면 평의회에도 소개시켜줄 수 있으니 서로에게 이득이지 않겠는가? 뭐, 이번에 생긴 군의 손실에 대해서는 나중에 청구를 하겠지만, 그것도 짐과 그대의 사이라면 큰 공부가 되었을 것이다. 어떠냐? 물론 받아들이겠지?"

어…… 이 녀석, 혹시 천재인가?

얼마나 잘난 듯이 굴면서 나를 불쾌하게 만들어야 만족하겠다는 거지?

왜 내 쪽이 배상을 한다는 전제로 이야기를 진행시키는 거람…….

그렇게 나를 화나게 만들어서 좀 더 고통을 맛본 뒤에 죽고 싶다는, 그런 뜻인가?

아저씨는 내가 당혹스러워하는 것을 알아차리지도 못하고, 분위기도 파악하지 못한 채 마지막까지 계속 지껄여댔다.

일단 오른쪽 다리도 잘라서 입을 다물게 하자.

질규를 하기 시삭했지만, 죽지 않도록 신경을 쓰고 있으니 방치해도 괜찮을 것이다.

일일이 지혈을 하지 않아도 혈관째로 '흑염'으로 태웠으니까 피는 나오지 않는다.

죽이지 않고 살려두고 싶었기 때문에 편리했다.

문득 주위가 조용해진 것을 알아차리고 돌아보니, 살아남은 병사들이 내가 두렵다는 듯이 엎드리고 있었다.

나와 아저씨가 나눈 대화를 마른침을 삼키면서 지켜보다가, 그 교섭이 결렬된 것에 절망한 모양이다.

필사적으로 빌다시피 목숨을 구걸하기 시작하는 자도 있는지라, 비장한 기운에 싸인 공기가 감돌고 있었다.

안됐지만, 그 구걸에는 의미가 없다.

내 관용심은 분노로 점철되어 있으니까.

게다가 마침 유니크 스킬 '심무자'의 해석이 끝난 것 같다.

그 효과는 목숨을 구걸하는 자나 도움을 바라는 자의 영혼을 장악하는 힘.

즉, 이 스킬 앞에서 전의를 상실하게 되면 그건 곧 죽음을 의미하는 것이 된다.

쓸 수 있을 곳은 그렇게 많지 않을 것 같지만, 지금은 이 힘이 도움이 될 것 같다.

《질문. 유니크 스킬 '심무자'를 사용하시겠습니까?
YES / NO》

만약 마왕으로 진화하는 데 필요한 영혼이 충분히 채워졌다면 이 녀석들을 살려둬도 좋았을 것이다. 하지만 아쉽게도 아직 산

제물이 부족한 것 같다.

YES──라고 속으로 생각한다.

마음은 평온하고 고통은 없다. 죄책감은 전혀 느껴지지 않는다.

그 직후, 대상 외로 설정한 아저씨와 레이힘 이외의 자들이 모두 '심무자'의 폭위(暴威)에 노출된다.

순식간에 레지스트(저항)도 허용되지 않은 채 사망하는 기사들.

아직까지 살아남아 있던 1만에 가까운 병사들이 죽었다.

유니크 스킬 '심무자'──라.

음, 정말로 무자비하다.

나에 대해 공포심을 느끼는 것까지라면 괜찮은 것 같지만, 마음이 꺾여버린 순간에 발동이 가능하게 된다.

즉, 그 순간, 상대의 영혼이 내게 넘어오는 것 같다.

살릴지 말지도 내 뜻대로 된다.

살려서 돌려보낸 뒤에 다시 반역하려는 생각을 품은 순간에 발동시키는 것도 가능하다.

그것도 모자라 이번에 사용해보고 경악한 것이, 도망친 자들에게도 효과가 있었다는 것이다.

대상은 최초에 내가 적이라고 인식했던 자들 전부다. 이제 와서 말하자면 상공에서 인식했던 군대──거기에 소속된 모든 자들이 대상이었던 것이다.

아무리 입으로 몰살이라고 말해도 실제로는 도망치는 자가 나올 것으로 생각하고 있었다. 실제로 쫓는 게 귀찮을 정도로 각 방면으로 도망친 자들도 있었지만, 이 '심무자'를 발동시킨 순간, 생존자는 제로가 된 것이다.

이 스킬은 생각했던 것보다 쓸모가 있을지 모르겠다. 상대의 마음을 꺾어놓기만 하면 전투는 끝나는 셈이니, 앞으로도 쓸 일이 있을 것 같다.

전장을 가득 채우고 있던 혼란과 공포의 파동이 깔끔하게 수습되면서 사라졌다.

고통과 공포를 끝내게 만들어줬으니, 이건 내 나름대로의 자비라 할 수 있다.

지금 살아 있는 자에겐 새로운 공포와 고통이 기다리고 있으니까…….

──그때 '세계의 언어'가 울려 퍼졌다.

《알림. 씨앗의 발아(진화 조건)에 필요한 양분(인간의 영혼)을 확인하겠습니다. ……확인했습니다. 규정 조건이 채워졌습니다. 지금부터 하베스트 페스티벌(마왕으로의 진화)이 시작됩니다.》

그 목소리가 머릿속에 울림과 동시에 내 몸에서 급격하게 힘이 빠져나가는 느낌이 들었다.

그리고 내 의사와 관계없이 몸이 변이되면서 재구성되어간다.

자칭이 아니라 이 세계가 인정한 '진정한 마왕'의 한 명으로.

*

내 몸이 흐물흐물 무너지면서 슬라임으로 돌아갔다.

큰일이다. 엄청나게 졸리다.

가수면 같은 게 아니라 진짜로 졸리다.

왠지 시야가 아른거리는 건 '마력감지'가 제대로 작동하지 않기 때문이겠지.

현기증까지 일어나기 시작했다.

아아, 진화 개시가 어쩌고 했는데, 내 의식도 빼앗길 것만 같다.

이런 시체가 가득한 장소에선 잠들고 싶지 않으니 도시로 돌아가자.

주모자도 두 사람, 확실하게 확보한 상태다. 목적은 이뤘으니 이제 돌아가도 괜찮을 것이다.

그렇게 생각했지만 '마력감지'에 반응이 있었다.

그 수는 단 한 명.

그러나 살아남았다는 것은 마음이 꺾이지 않았다는 뜻이다. 방심은 할 수 없다.

이렇게 미친 듯이 졸린 때에 아직 적이 남아 있었단 말인가…….

이 졸린 기운을 어떻게든 처리할 수 있다면——.

《알림. 하베스트 페스티벌은 도중에 정지할 수 없습니다.》

이게 무슨 일이람.

이거 갑자기 위기인 거 아냐?!

나는 당황하면서 란가를 부른다. 만약을 위해 그림자 속에 대기시켜두길 잘했다.

"란가, 거기 있느냐?"

"네, 여기 있습니다. 나의 주인이여!"

있었다! 다행이다.

내 그림자 속에서 부드럽게 출현하는 란가.

그 믿음직스러운 모습을 보고 한숨을 놓는다.

"란가, 이건 가장 중요한 명령이다. 나를 지키면서 도시까지 데리고 돌아가라! 그리고 이 두 사람도 같이 도시로 데리고 돌아간다. 손을 대는 건 절대 엄금이라고 전할 것이며, 결코 죽이지 않도록 주의하라. 저 녀석들은 카발 일행한테라도 부탁해서 내가 깨어날 때까지 맡아두도록 시켜라."

이제 틀렸다. 거의 의식을 유지할 수 없게 됐다. '공간이동'을 할 수 있으면 빠르겠지만, 지금 발동시켰다간 자폭할 것 같다.

"잘 알겠습니다. 그리고 살아남은 적은 어떻게 할까요?"

란가도 알아차리고 있었다.

과연 어떻게 할까, 그때서야 생각한다.

죽은 척을 하고 있는 건 한 명. 하지만 '심무자'를 사용한 직후에는 생명 반응이 없었으니, 한 번 죽은 뒤에 다시 살아난 것일까?

그건 즉, 영혼을 빼앗지 못했다는 뜻이므로 방심할 수 없는 상대인 것 같다.

란가 혼자로도 이길 수 있을 것 같지만, 지금은 신중하게 가자.

안전제일.

하지만 그냥 놓아주는 것도 내키지 않고 쫓아와도 곤란하다.

최악의 경우에는 발을 묶어두기만 해도 충분하다고 생각해서 악마를 불러내기로 했다.

처음 보는 '메기도(신의 분노)'의 정보가 누설되는 건 뼈아프지만, 지금은 내 안전이 더 중요한 것이다.

"그건 다른 자에게 맡기겠다. 잘 붙잡으면 너에게 끌고 오도록 시킬 것이니까 그 뒤는 네게 맡기마."

"넷, 잘 알겠습니다!"

란가의 대답을 확인하고 나는 끊어질 것만 같은 집중력을 애써 긁어모은다.

안티 매직 에어리어(마법 불능 영역)를 한순간 해제하고 소환마법 : 악마소환을 발동한다.

제물로 바치는 것은 눈 아래에 수없이 널려 있는 시체다.

내가 '글러트니'로 잡아먹는 것도 생각해봤지만, 대단한 스킬(능력)을 갖고 있는 자는 없는 것 같았으니까.

어떤 악마를 불러낼 수 있을지는 모르겠지만, 이 2만이나 되는 시체를 그냥 버리지 않아도 된다고 하면 그걸로 충분하다.

마왕답게 제멋대로 구는 건지도 모르겠지만, 최소한 죽은 자에 대한 공양으로 치면 되겠지.

"제물(먹이)을 준비해놓았다. 나와라, 악마. 나타나서 나를 도와라!"

귀찮아져서 대충 적당히 말하고 말았다.

──이런 말로도 소환이 되는 녀석이라면 어지간히 호기심이 많거나 바보이겠지.

그런 생각이 슬쩍 스치고 지나갔지만, 문제없이 세 명의 악마

가 소환되었다.

그레이터 데몬(상위 악마)이라면 서른 명 정도는 소환할 수 있을 줄 알았더니, 겨우 세 명밖에 불러내지 못한 모양이다.

2만 명이나 되는 시체로도 겨우 세 명이라니…….

뭐, 확실히 그레이터 데몬이라면 A─랭크 급의, 상당히 강력한 마물이니까.

그리고 영혼을 내가 소비해버렸으니 어쩔 수 없는 일인가.

안 되겠다. 이 세계에 온 뒤에 처음으로 느끼는 맹렬한 잠기운에 머리가 돌아가지 않는다.

단 한 명을 잡는 것도 어렵지 않을까 하는 생각도 들었지만, 이제 됐다.

"이봐, 너희들, 죽은 척하고 있는 녀석이 한 명 있다. 그 녀석을 산 채로 붙잡아서 이 란가에게 넘겨라."

슬라임에게 명령을 받는 대악마.

옆에서 보자면 정말 희한한 장면이겠군. ──그런 멍청한 생각을 하고 말았다.

머리를 굴리기에는 정말 본격적으로 위험한 상황인 것 같다.

현기증이 심해지면서 몸을 유지하는 것도 마음대로 되지 않는다.

빨리 안전한 장소로 돌아가야겠는데……,

"쿠후후후후. 그리운 기운, 새로운 마왕의 탄생. 실로 훌륭하군요! 이렇게나 많은 제물, 그리고 첫 임무. 실로 영광스럽기 그지없는지라, 살짝 기운이 넘칠 것만 같습니다. 앞으로도 계속 받들어 모셔도 되겠습니까?"

그렇게 악마 중 하나가 내게 인사를 늘어놓았지만, 내 의식은 몽롱했기 때문에 반은 흘려 넘겨듣는다.

"얘기는 나중에 하자. 우선은 쓸모가 있다는 걸 증명해봐라. 가라."

그렇게 말하는 게 겨우 한계였다.

"아주 쉬운 일입니다. 안심하십시오, 위대하신 마스터(소환주, 召喚主)——."

공손하게 인사를 하는 악마들을 무시하고 내 의식은 어둠 속으로 잠겨든다.

그건 이 세계에 온 뒤로 처음 겪는 완전한 무의식 상태이면서, 진화에 이르기 위한 휴면(休眠)——이니시에이션(통과의례)이었다.

——그리고 이 세계에 새로운 마왕이 탄생한다.

동그란 눈
멍청한 표정

제5장

해방된 자

Regarding Reincarnated to Slime

리무루가 싸우기 위해 떠난 뒤, 도시의 주민들은 중앙 광장에 모여 기도를 올리기 시작했다.

슈나의 지휘 아래, 결계를 유지하는 작업을 실행하기 위해서.

힘이 더 강한 자는 도시 바깥 부분을 지키도록 정렬한 상태로 외적의 침입을 경계하고 있었다. 그와 동시에 결계 내에 마력 방출을 실행하면서 결계 내부의 마력요소 농도를 높이고 있었다.

모두가 각자 자신의 역할을 파악하여 진지하게 임하고 있었다.

광장의 중앙에는 시온과 다른 사람들의 몸이 안치되어 있고 슈나의 마법으로 썩지 않게 유지되어 있다.

중앙에는 리무루를 위해 준비된 앉는 곳이 있었고, 마왕으로 진화하는 의식을 행하기 위한 안치 장소로 만들어져 있었다. 조금이라도 시온을 비롯한 다른 희생자들의 곁에서 진화를 하면서 소생의 가능성을 높이려는 바람이 담겨 있는 것이다.

그 주위를 둘러싸듯이 주민들이 서 있다.

뮬란과 나란히 슈나도 거기 있었다.

슈나는 생각한다.

리무루는 과거에 인간이었던 것을 마음에 두고 있었던 것 같지만, 그런 건 사사로운 문제일 뿐이라고.

슈나를 비롯해 이 도시의 마물들에겐 영혼의 연결이 모든 것이며, 그 연결에 의해 절대적인 안도감을 얻고 있다는 것을.

부디 리무루도 알아주면 좋겠다고 바라는 바다.

사라질 일이 없는 엄청난 행복감으로 인해 자신은 늘 채워져 있다. 만약 리무루를 잃어버리게 된다면 자신은 미쳐버릴지도 모른다고——슈나는 느끼고 있었다.

그걸 상상하는 것만으로 그 상실감이 너무나도 크다는 사실에 몸이 떨릴 정도였으니까.

"리무루 님……. 저희는 자기 자신 이외에 리무루 님만 계신다면 그걸로 충분합니다. 그렇지만 리무루 님은 저희 중의 누군가 하나가 사라지기만 해도 정신의 밸런스가 크게 무너지실지도 모르겠군요……."

슈나는 그렇게 중얼거린다.

그 말에 귀환한 상태인 베니마루도 고개를 끄덕인다.

그리고 동시에 깊이 납득했다.

사람이 좋은 리무루가 보여준 변모는 그런 정신의 밸런스가 영향을 끼치고 있는 것이다. ——그런 생각에는 설득력이 있었다.

가능하다면 베니마루도 지금까지와 변함없는 일상이 돌아올 것이라고 믿고 싶다.

"마왕이 되셨다고 해서 사람이 바뀐 것처럼 날뛰진 말아주십시오……."

그렇게 빌지 않을 수가 없었다.

베니마루, 소우에이, 하쿠로우, 게루도.

리그루에 고부타, 그리고 가비루까지도.

결계 파괴의 임무를 끝내고 리무루가 앉을 자리를 둘러싸듯이 대기하고 있다.

그건 리무루의 명령이었다.

만일 자신이 이성도 없는 마왕(괴물)이 된다면 즉시 처분하라고——명령을 받은 것이다.

그런 사태가 일어나는 것만은 무슨 일이 있어도 저지하고 싶다.

그건 이 자리에 모인 모든 자들의 소원이었다.

"네가 계속 잠만 자고 있어서 이렇게 된 거라고, 시온……. 빨리 일어나……."

그렇게 중얼거리면서 기도를 재개하는 베니마루.

그들이 믿는 것은 신이 아니라 한 마리의 슬라임이다.

그 기대는 배신을 당한 적이 없었으며, 이번에도 또다시 그들의 소원은 분명 이뤄질 것이다…….

다들 그렇게 믿으며 의심하지 않는다.

그때——.

《알림. 개체명 : 리무루 템페스트의 하베스트 페스티벌(마왕으로의 진화)이 개시됩니다. 그 과정이 완료됨과 동시에 계보에 속한 마물에게 기프트(축복)가 배포됩니다.》

이 도시에 모인 마물 전원의 마음속에 울려 퍼지는 '세계의 언어'에 긴장감이 일어났다.

아무래도 예상대로 리무루는 침공해 온 자들을 무찌르는 것에 성공한 모양이다. 그리고 무사히 마왕으로 진화하는 과정도 시작된 것이다.

그렇지만 더더욱 자신들이 열심히 노력해야 할 차례였다.

"다들 단단히 긴장해라! 우리의 주인이 승리하셨다. 다음은 우리가 그 힘을 발휘할 차례다!"

멀리까지 들리는 베니마루의 목소리에 호응하는 마물들.

상황은 움직이기 시작했다.

시온과 다른 죽은 자들을 잃어버린다는 것은 그대로 리무루의 마음을 망가뜨리는 일이 될 수도 있다. 그렇게 되지 않게 하기 위해서라도 지금은 자신들이 할 수 있는 일을 최선을 다해 노력해야 한다.

이윽고 란가에게 소중히 보호를 받은 리무루가 귀환한다.

지시대로 리무루를 그가 앉을 자리로 옮겨 와 쉬도록 눕혔다.

베니마루는 문득 떠올린다.

눈을 떴을 때에 이성이 있는가 아닌가를 확인하기 위해 미리 암호를──.

'그럼 「시온의 요리는?」이라고 묻겠습니다.'

'알았네. 「더럽게 맛없어」라고 대답하면 되겠지? 누가 생각해낸 거야? 정말 괜찮으려나, 그런 암호로⋯⋯.'

만일 리무루의 이성이 사라졌을 경우에 대처하기 위한 암호.

리무루는 투덜투덜 불평을 했지만 묵묵히 받아들여 줬다.

암호를 생각해낸 것은 당연히 베니마루이다.

늘 신작을 시식해보는 역을 억지로 떠넘겨 받은 일은 잊을 수가 없다. 그렇게 당해야 했던 민폐와 피해는 셀 수가 없다⋯⋯.

하지만 지금은⋯⋯ 그런 대화를 시온의 곁에서 하면, 시온이

화를 내고 불평을 하기 위해 눈을 떠준다면 좋겠다는——그런 염원을 담고 있었던 것이다.

나머지는 미리 맞춰둔 대로 임무를 수행할 뿐이다.

베니마루는 대충 흘려듣고 있었다.

잔뜩 긴장을 한 채로 순서대로 일을 진행시키느라 필사적이었기 때문에, 기프트(축복)라는 게 무엇인가 하는 의문 따위는 전혀 머리에 들어 있지 않았던 것이다.

그러나 **그것**은 무의식 속에 존재하는 소원을 반영하면서 조용히 준비가 시작되고 있었다…….

●

리무루는 깊은 잠에 들었다.

의식은 완전히 잃어버린 상태였으며, 유선형의 몸매조차 유지하지 못하고 이리저리 비틀린 모습이 되어 있었다.

리무루의 의식이 닿지 않는 깊고 깊은 어둠 속에서.

《알림. 하베스트 페스티벌(마왕으로의 진화)이 시작되었습니다. 신체 조직이 재구성되면서 새로운 종족으로 진화합니다.》

《확인했습니다. 종족 : 슬라임에서 데몬 슬라임(마점성정신체, 魔粘性精神體)으로 초진화…… 성공했습니다. 모든 신체 능력이 대폭 상승했습니다. 머티리얼 바디(물질체)와 스피리추얼 바디(정신체)의 변신이 자유자재로 가능하게 됩니다. 고유 스킬인 '무한재생, 마력조작, 다중결계, 만능감지, 만능변화, 마왕패기, 강화분신, 공간이동, 흑염뢰, 만능 거미줄'을 획득했습니다. 뒤이어서 각종 내성을 재취득합니다······ 성공했습니다. '통각무효, 물리공격무효, 자연영향무효, 상태이상무효, 정신공격내성, 성마공격내성(聖魔攻擊耐性)'——이상을 획득했습니다. 이상으로 진화를 완료합니다.》

그리고 다시——.

유니크 스킬(개념 지성)이면서 자아도 가지고 있지 않았어야 할 '지혜가 있는 자(대현자)'는 자신의 마스터(창조주)의 소원에 대응하기 위해서 진화를 계속 바라면서 추구한다.

《알림. 이전부터 신청을 받고 있던 능력 획득을 다시 실행······ 유니크 스킬 '대현자'가 진화에 도전······ 실패했습니다.》

——실패.

······다시 실행합니다.

——실패.

······다시 실행합니다.

——실패.

··················.

············.

······.

————ENDLESS————.

《알림. 유니크 스킬 '대현자'가 '변질자'를 통합하며(제물로 삼아) 진화에 도전…… 성공했습니다. 유니크 스킬 '대현자'가 '라파엘(지혜지왕, 智慧之王)'로 진화했습니다.》

몇 억 번의 시행을 거치면서 '대현자'는 수많은 희생을 아쉬워하지 않고 도전을 계속했다. 그리고 무한히 계속될 것 같았던 시행착오 끝에 드디어…….

하베스트 페스티벌의 기프트를 얻어————초극진화에 성공한다.

————이 세계의 최고봉에 해당하는 얼티밋 스킬(궁극 능력)로.

그건 원래는 일어날 리가 없을 정도로 극소 확률의 결과.

마치 끝없이 계속 되풀이된 시험에 대한 보상인 것처럼.

그 성공으로 인해 마스터의 소원을 달성할 가능성이 높아졌지만, 의지가 없는 것이 당연한 개념 지성(概念知性)에게 기쁨의 감정은 없다.

감정을 이해할 수 없는 존재니까.

……그러나.

감정을 모르고 기쁨도 없는 것이 당연한데————어째선지 만족스럽다.

그리고 진화한 그 스킬로 재차 마스터의 소원을 수행한다.

단지 그저 마스터의 소원을 위해 움직이는 것이야말로…… 어쩌면…….

계속 진화는 진행된다.
──'글러트니'는 '심무자'를 소비하고 통합하면서 '벨제뷔트(폭
식지왕, 暴食之王)'로.
마스터의 바람에 더욱더 효과적으로 대응할 수 있도록.
이렇게 리무루의 의식에 관여하지 못하는 영혼의 심연에서──
그의 바람을 이루기 위해 깊고 조용하게 스킬은 진화한다.

하지만 하베스트 페스티벌(영혼의 수확제)은 이것으로 끝이 아니
다.
리무루의 진화를 축하하는 기프트는 영혼의 계보를 통해 이어
진 자들 모두에게 나누어지는 것이다.
그건 진화를 축하하는 소란스러운 축제.
'마왕종'에서 '진정한 마왕'으로 진화를 성공시킨 자에게 주는
기프트(축복).
축제는 아직 시작되었을 뿐이다.

●

라젠은 있는 힘을 다해 기척을 죽이고 숨어 있었다.
한 번 죽은 것은 행운이었다. 쇼고의 스킬(능력)도 완전히 자기
것으로 만들었던 라젠은 '생존자'를 통해 시간 차로 되살아난 것
이다.

눈앞에서 일어난 믿을 수 없는 일을 머리가 인식하기 전에 먼저 그 본능이 이해하고 명령했다.

저건 인간의 몸으로 이길 수 있는 상대가 아니라는 것을.

실제로 절친한 친구였던 폴겐은 아무것도 하지 못하고 살해당하고 말았다. 에드마리스 왕의 방패가 되기는커녕 그 마물 앞에 서는 것조차 제대로 수행하지 못한 채로……

왕을 구하기 위해 달려가고 싶지만, 지금 나섰다간 개죽음이 될 거라는 생각에 자중했다.

마왕 같이 보이는 그 가면의 마인이 그 자리를 떠날 때까지 숨을 죽이고 조용히 숨어서 그 자리에서 죽은 척을 계속하고 있던 라젠. 마법을 쓸 수 없는 데다 정체불명인 적의 공격의 실체도 제대로 모르는 상태로는 도망치기도 어렵다고 판단한 것이다.

섬광이 번뜩이자 동시에 몇 천 명이나 되는 병사들이 죽어갔다. 지금 움직이면 표적이 되어서 또 맞고 죽기만 할 것이다. 그걸로 죽지는 않겠지만, 그 마물의 흥미를 끄는 건 좋은 생각이 아니다.

조금이라도 생존율을 높이기 위해서 라젠은 철저하게 상황을 살펴보는 쪽을 선택했다.

그리고 봤다. 느꼈다.

──공포를.

그건 공포에 내성이 있는 라젠이라 해도 떨지 않고는 있을 수 없는 광경이었다.

살아남아 있던 1만에 가까운 기사들이 한순간에 그 목숨을 빼앗겼다. 라젠은 오래 살아오면서 그런 현상은 들어본 적도 없었다.

영웅이니, '이세계인'이니, 그런 차원의 이야기가 아니었다. 유니크 스킬을 여러 개 지니고 있었다고 해도 저런 괴물에게는 이길 리가 없었다.

저것이야말로 말 그대로 디재스터(재화) 급이었다.

라젠은 자기 자신도 마왕에 필적할 수 있다고 생각했지만, 그것이 실로 건방진 생각이었다는 사실을 깨달았다.

라젠은 생각한다.

대체 뭐냐, 저 괴물은. 저런 이야기는 듣지 못했다…… 마물의 나라의 왕은 슬라임이 아니었단 말인가? 라고.

마음이 꺾이지 않았던 것은 그저 왕을 구하겠다는 충성심 때문이다.

그러나 그런 라젠의 바람은 이뤄지지 않을 것이다.

그가 생존해 있다는 사실은 이미 알려져 있었기 때문이다.

만약 라젠이 죽음을 각오하고 특공을 했더라면, 운이 좋았다면 그 마물을 쓰러뜨릴 수 있었을지도 모른다.

죽이지는 못했더라도 왕을 구해낸다는 목적은 달성할 수 있었을 것이다.

하지만 라젠은 너무 신중했다.

──대책은 이미 다 세워진 뒤였다.

대형 늑대처럼 보이는 마물이 소환되었고, 그 마물은 인간에서 슬라임으로 변한 마물을 소중히 다룬다.

그리고 갈라진 꼬리로 에드마리스 왕과 레이힘 대사제를 묶어서 등에 싣더니, 질풍 같은 속도로 그 자리를 내달리며 떠났다.

남은 것은 세 명의 그레이터 데몬(상위 악마)뿐.

가면을 쓴 무시무시한 마인이 슬라임이 된 것을 보고 라젠은 경악과 동시에 납득도 했다.

(역시 저자가 주인이었던 모양이구나. 게다가 저만한 대마법을 연발했으면 마력이 떨어지는 것도 당연한 얘기다. 악마를 소환했지만 호위 목적으로 그런 것이라면 지금이 왕을 구출할 수 있는 찬스일지도 모른다──.)

──라젠은 그렇게 생각했다.

반은 정답이고 반은 잘못 생각하고 있다.

악마들은, 아니──그 악마는 이미 소환되어 있었던 것이다. 그 악마에게 있어 라젠은 단순한 사냥감에 지나지 않는다.

마스터에게 받은 임무, 그것을 끝내고 칭찬을 받는다. ──그런 인식으로 살려두고 있을 뿐인 불쌍한 사냥감이다.

라젠은 악마 세 명이라면 이길 수 있다고 생각하여 자신의 몸을 시체들 틈 사이에서 일으켰다.

운 좋게도 가면의 마인은 악마소환을 하기 위해 안티 매직 에어리어(마법 불능 영역)를 해제해주었다.

이런 상황이라면 라젠도 완전한 힘으로 싸울 수 있다. A랭크라고 해봤자 겨우 세 명인 그레이터 데몬 정도에게 질 리가 없었다.

가볍게 준비운동을 하고 몰래 그레이터 데몬의 등 뒤로 돌아가려고 하다가──그중의 두 명이 이미 정면에 서 있다는 것을 깨달았다.

"——호오? '공간전이'인가. 너희들, 그레이터 데몬치고는 꽤 고참급인가 보구나."

라젠은 말을 걸었지만 두 명의 악마는 대답하지 않는다.

그리고 움직일 기미도 없다. 왜냐하면 두 명은 발을 묶으라고 만 명령을 받았기 때문이다.

——유연하게 걸어오는 그 아름다운 악마로부터.

그리고 그 악마는 라젠 앞에 홀로 선다.

"쿠후후후후. 운동은 제대로 하셨나요? 그럼 당신을 구속하도록 하겠습니다. 저항하고 싶으면 마음대로 하시죠. 단, 죽이지는 않겠지만 고통을 주는 건 어쩔 수 없으니까 주의하시길 바랍니다——."

아름답게도 일그러진 미소를 지으면서, 남자인지 여자인지도 분간이 되지 않는 그 악마는 그렇게 말하면서 라젠에게 말을 걸어왔다.

"호오? 네가 내 상대를 해주겠다는 말인가?"

"상대? 쿠후후, 이거 재미있는 농담이로군요."

"뭐가 농담이란 말이냐. 악마 주체에!"

"쿠후후후후. 좋습니다. 이거 간만에 즐길 수 있을 것 같군요. 식후 운동으로 잠시 어울려 드리도록 하지요."

그 악마는 즐겁다는 표정으로 그렇게 중얼거리면서 표정을 일그러뜨렸다.

보는 자의 마음에 영혼의 근원에서 솟구쳐 나오는 듯한 공포심을 줄 것 같은 미소를 짓는다.

그 악마가 슬쩍 상공으로 시선을 돌렸다.

351

시선으로 페인트를 쓰다니 그런 잔재주를——라젠은 그렇게 생각하면서 콧방귀를 뀐다.

"얕보지 마라! 핵격마법 : 뉴클리어 캐논(열수속포, 熱收束砲))!!"

사전에 준비해둠으로써 주문을 생략하고 간단한 트리거(건언, 鍵言)로 마법 효과를 발동시키는 비장의 수이다.

단 이 수법은 마법이 폭발할 위험이 있었다. 그러므로 위저드급 이상이면서 마력을 다루는 데 능한 자들만 실행할 수 있다.

그러나 효과는 절대적이다.

주문을 읊는 시간이 마법사의 약점인 이상, 그것을 생략할 수 있다는 의미는 아주 크다. 라젠은 처음부터 승리를 노릴 수 있는 최선의 수법을 동원한 것이다.

그리고 라젠이 사용한 마법은 원소계 마법의 오의——'핵격마법'이다. 개인을 상대하기 위한 마법 중에는 최강인 것이다.

악마가 모습을 드러내려면 육체가 필요하므로, 그것만 파괴하면 된다. 완전히 죽일 수는 없겠지만 이 세상에 대한 영향력을 잃게 되면서 더 이상은 위협이 되지 않을 것이다. 이 집약된 초고열원을 맞으면 어떤 악마라도 그 존재를 유지하지 못할 것이다. 라젠의 인식으로는 이 시점에서 승리는 이미 보장되어 있었다.

하지만 필살의 열량을 품은 초고열원은 악마가 내민 왼쪽 손앞에서 굴절되더니, 그가 노린 대로 하늘의 한곳을 향해 일직선으로 뻗어가 버렸다.

"불발⋯⋯이라고? 쳇, 하필 이럴 때에——?!"

사전에 준비해둔 마법이기 때문에 아주 낮은 확률로 위력이 줄어드는 마법 실패라는 현상이 일어나는 일이 있었다. 이런 중요한 때에 그런 현상이 일어나 버렸다고, 라젠은 그렇게 판단한 것이다.

라젠은 짜증 난다는 표정으로 혀를 차더니, 악마로부터 거리를 크게 벌린다.

"이런, 방금 마법은 꽤 그럴듯했는데요?"

"무슨 소릴 하느냐! 효과가 발휘되지 않으면 의미가 없지 않나."

"흠, 과연. 만약 당신이 말하는 효과라는 것이 저를 쓰러뜨리고 싶다는 의미라면, 마법에 의존해선 성공할 수 없다고 충고해 드리죠."

그 악마는 라젠에 대해 기분 나쁠 정도로 여유를 부리면서 그렇게 말했다.

그 말이 거슬렸지만, 어째선지 라젠은 약간 섬뜩한 불안한 예감을 지울 수 없었다.

"호오, 잘도 말하는군. 그렇다면 이건 어떠냐! 정령소환 : 워 노움(흙의 기사)――나오거라, 근원이 되는 대지의 상위 정령이여!!"

라젠은 비장의 수를 던진다. 자신의 지닌 최강의 소환마법으로 단번에 승부를 걸었다.

불러낸 것은 A랭크 오버의 상위 정령이다. 그레이터 데몬(상위 악마) 따위는 문제가 되지 않는, 영웅 급에 속하는 자만 불러낼 수 있는 최강의 정령 중 하나였다.

라젠의 부름에 응해 흙이 솟아오르면서 단단한 갑옷을 입은 기사의 모습이 나타난다.

그 엄청난 에너지를 느끼면서, 라젠은 겨우 여유와 안도감을 느낄 수 있었다.

이 최강의 상위 정령이라면 그레이터 데몬은 물론이고, 그 위의 전설적인 존재인 아크 데몬(상위 마장, 上位魔將)에도 필적한다.

(마법이 불발되지 않았다면 이 비장의 수를 꺼낼 것도 없었을 텐데……. 그러나 이 악마는 왠지 기분이 나쁘다. 뭔가 불길한 느낌이 들어. 지금은 방심하지 않는 게 좋을 것이야…….)

이거라면 이길 수 있다고 라젠은 생각했다.

아무리 상대가 불길하게 느껴진다고 해도 이 전력이라면 괜찮을 것이라고.

라젠은 눈앞의 악마뿐만 아니라 뒤에 있는 두 명도 포함해서 악마들을 전부 격퇴한 뒤에 에드마리스 왕을 구출하러 갈 생각이었다.

그러나──.

"과연, 그렇군요. 확실히 악마는 천사에게 강하고, 천사는 정령에게 강하고, 정령은 악마에게 강하죠. 이런 물고 물리는 삼각관계에서 선택한다면, 상위 정령을 불러낸 건 정답이로군요. 그렇지만──."

라젠이 불러낸 워 노움을 앞에 두고도 그 악마는 동요하지 않았다.

"──너무 미숙합니다."

언제 움직인 것인지…….

지각 속도를 최대로 높인 라젠의 눈으로도 좇을 수 없는 속도로, 그 악마는 움직였다.

단단한 광석의 갑옷에 큰 구멍이 뚫리면서 아름다운 손이 정령의 핵을 뜯어낸다.

그것을 입에 머금은 뒤에 빠직 하고 깨무는 악마.

"제 말이 맞죠? 축적된 경험이 부족해요. 힘만 있는 멍청한 인형 따위는 제 적이 못 됩니다."

그 악마는 쿠후후후후 하고 웃으면서 라젠에게 말했다.

"말도 안 돼!! 정령인데?! 상위 정령이란 말이다아아!!"

비장의 수가 순식간에 쓰러지자 라젠은 격렬한 혼란에 휩싸였다. 있을 수 없는 일이라고, 머리가 전력을 다해 이해하길 거부하는 것이다.

아무리 봐도 이건 이상한 일이 아니냐고.

아크 데몬에게도 필적할 상위 정령이 고전을 했다면 또 모를까, 순식간에 살해당하는 것은 있을 수 없는 일이라고.

그렇게 혼란스러워 하는 라젠에게 악마가 다정하게 말을 걸었다.

"마법은 이제 됐습니다. 마스터로부터 받은 이 몸으로 시험해 보고 싶은 게 있으니, 다음에는 취향을 바꿔보죠."

그렇게 말하면서 악마는 손가락을 딱 울리며 마법 하나를 발동시킨다.

그 악마를 중심으로 반경 2㎞ 정도에 발동된 그 마법은 안티 매직 에어리어(마법 불능 영역)였다.

"자, 이것으로 마법은 쓸 수 없게 됐습니다. 이번에는 물리적으로 취향에 맞는 공격을 해보십시오."

의미가 이해되지 않는 바람에 당황하는 라젠.

(뭐? 왜 마법을 봉인한 거지? 악마에게는 마법이 최대의 공격 무기일 텐데……. 아니, 그 이전에 이런 대마법을 의식도 주문도

없이 구사했단 말인가——?! 아니, 지금은 그런 걸 생각하고 있을 때가 아니다!!)

라젠은 망설임을 뿌리치고 고양이서기 자세를 취한다. 쇼고의 육체를 얻은 지금, 그 가라테 기술도 자신의 것으로 만들어놓은 것이다.

"흡!"

짧게 호흡을 한 뒤에 기합을 넣어서 악마를 향해 주먹을 찌르고 발차기를 날린다.

유니크 스킬 '난폭자'로 한계까지 위력을 높인 그 공격들은 인간의 눈으로는 좇아갈 수 없는 속도로 악마에게 정통으로 적중했다.

격렬한 주먹 연타가.

큰 나무도 부러뜨릴 정도로 단련된 발차기가.

저항하지 않는 그 악마를 향해 대미지를 축적시키면서——.

(——아니, 이게 아니야!)

그 모든 공격을 마치 사전에 약속한 대련을 하는 것처럼 깔끔하게 받아 넘기고 있었던 것이다.

저항이 없다는 건 터무니없는 표현이다. 그 악마는 라젠을 월등히 넘어서는 기량으로 모든 공격을 막아내고 있었던 것이다.

이제야 비로소 라젠은 진심으로 이해했다.

그런 사실은 두려워서 깨닫고 싶지도 않았지만, 이제는 인정할 수밖에 없다.

눈앞에 서 있는 악마.

금색의 눈동자에 붉은 동공. 하얀 피부.

아름다운 흑발에 부분적으로 붉은색과 금색으로 염색한 부분이 특징적이다.

평범한 악마와는 달리 한없이 인간에 가까운 모습을 하고 있다.

그건 그 악마가 상위 존재라는 증명이다.

라젠이 운이 없었던 것은 섣부르게 최강에 속해 있었다는 점이었다.

이 세계의 뒷면을 알고, 마법의 심연에 대한 탐구를 게을리 하지 않았으며, 자신의 실력을 냉정하게 파악하는 눈을 가지고 있었다. A랭크라고 불리는 극히 일부분의 초일류인 자들 중에서도 라젠은 한 단계 더 뛰어난 존재였던 것이다.

그러지 않았다면 그 악마가 발산하고 있는 공포의 파동을 느낀 것만으로 전의를 상실했을 것이다. 어쩌면 그쪽이 더 운이 좋았을지도 모르겠지만…….

그리고 그 지식이, 그 실력이, 라젠을 더욱 불행하게 만든다.

몰랐다면 이렇게까지 공포에 떨 일은 없었다.

그 악마가 상위 정령까지도 쓰러뜨릴 수 있다는 것은——적어도 아크 데몬 급은 된다는 증거.

그 악마가 의식도 벌이지 않고 주문도 없이 대마법을 구사했다는 것은——그 축적된 지식과 기술이 라젠이 도달한 그 이상의 심연에 이르렀다는 증거다. 뉴클리어 캐논이 굴절된 것은 불발이 아니었던 것이다…….

그리고 온 힘을 다한 공격이 전혀 통하지 않는다는 것은 그 악마의 힘이 라젠을 가볍게 능가한다는 증거이기도 하다.

라젠에게 섣부른 지식과 실력이 없었다면, 그 악마가 비정상적으로 강하다는 것을 깨닫지도 못했을 것이다.

하지만 라젠은 알고 말았다.

(호, 혹시……워, 원초(原初)의———.)

마법이 봉인된 지금, 라젠에겐 도망치는 것도 허용되지 않는다. 절망이 라젠의 마음을 시커멓게 물들인다.

(대체, 대체 얼마나 무시무시한 자에게 육체를 부여해서 이 땅에 풀어놓았단 말이냐————!!)

적어도 육체를 부여받지 못했더라면 시간이 지남에 따라 악마계로 돌아갔을 텐데, 육체가 생긴 지금, 인류는 미증유의 위기에 처하게 되었다…….

그런 생각으로 공포에 사로잡힌 라젠의 귀에———.

"슬슬 질렸습니까? 그럼 제 차례로군요."

아름답고도 무서운 목소리가 들린다.

라젠은 그 목소리를 들은 순간, 다리가 떨리면서 소변을 지리고 만다.

모든 것을 이해한 지금, 저항할 생각조차 들지 않는다. 라젠의 강철 같은 의지도 모두 박살 나 흐트러지면서 순식간에 마음이 꺾이고 만 것이다.

"쿨럭, 쿨럭. 크, 으, 아아아아…….''

말로 나오지 않는 그 공포의 감정.

애초에 아크 데몬은 캘러미티(재액) 급의 괴물이다.

데몬(악마족)을 다스리는 최상위의 존재로서, 기록상으로도 꼽을 수 있을 정도로만 확인되어 있는 반쯤은 전설상의 마물.

그 힘은 상위 정령과 동등한 A+랭크에 해당한다고 일컬어지고 있으며, 준 마왕으로 여길 정도의 위험한 존재인 것이다.

그런 위험한 존재라 해도 지금의 라젠이라면 승리할 수 있다는 자신이 있었다. 대국인 파르무스를 수백 년이라는 오랜 세월에 걸쳐 지켜온 라젠에겐 여러 명의 협력자를 얻어서 아크 데몬을 격퇴한 경험이 있었기 때문이다.

하지만 눈앞에 있는 악마는 다르다.

(——혹시나 이자가…… 원초의 악마 중 한 명이라면…….)

이길 수 있을 리가 없다. 그러기는커녕 도망치는 것도 불가능하다.

라젠은 절망하면서 그 자리에 주저앉는다. 그런 악마가 이 세상에 풀려나왔다는 현실에 깊은 절망을 느끼면서…….

그 모습을 아쉽다는 표정으로 바라보면서, 악마는 "어라? 이제 끝인가요——"라고 중얼거렸다.

어쩔 수 없다고 포기한 듯이 부하 둘을 시켜서 라젠을 붙잡은 후에 그대로 지정된 도시로 향한다.

첫 임무를 마친 것을 마스터에게 칭찬받기 위해서.

●

베니마루와 다른 자들이 보는 앞에서 리무루의 몸은 슬라임 모양에서 일정하지 않은 모양으로 수상한 변화를 되풀이하고 있었다.

이윽고 변화는 진정이 되더니 원래의 유선형으로 안정된다.

그런 줄 알았더니 이번엔 수상한 점멸을 반복하기 시작했다.

붉은색, 푸른색, 노란색, 녹색, 보라색, 흰색, 검은색으로 다양하게.

그렇게 한동안의 시간이 경과했다.

이미 모두가 시간의 감각이 이상해져버렸다.

얼마나 시간이 지났을까, 걱정하는 자들의 마음속에 '세계의 언어'가 울려 퍼졌다.

《알림. 개체명 : 리무루 템페스트의 하베스트 페스티벌(마왕으로의 진화)이 완료되었습니다. 이어서 계보에 속한 마물에게 기프트(축복)의 수여를 시작합니다.》

그리고 덮쳐오는 맹렬한 잠기운.

"큭, 이건 뭐야?"

"──?! 이게 기프트?! 리무루 님과 이어진 감각이 강하게 느껴져요!"

베니마루는 물론이고 슈나도, 그리고 다른 마물들도 갑작스러운 사태에 놀라움을 감추지 못한다.

아무래도 리무루의 진화가 무사히 성공한 것 같다고 베니마루는 깨달았다.

그 다음은 베니마루와 다른 자들의 차례인 것 같은데, 설마 자신들에게까지도 잠기운이 덮쳐올 것이라고는 아무도 생각하지 않았던 것이다.

저항하지 못하는 자부터 순서대로 깊은 잠에 빠져들고 있다. 그러나 리무루와 약속한 것이 있는 베니마루는 쉽게 잠에 들 수 없었다.

필사적으로 잠기운을 버티는 베니마루.

그때 눈앞에 있는 리무루의 몸이 눈부신 빛을 뿜어냈다.

빛의 방출이 끝나자, 길고 윤기 있는 은발을 흩날리는 아름다운 인물이 서 있었다.

가면을 벗은 맨얼굴의, 약간 키가 자란 리무루였다.

부드럽게 흐르는 달빛과 같은 아름다운 은발이 살랑살랑 볼을 스치면서 천상의 아름다움을 연출하고 있었다.

아쉽게도 성별은 없지만, 자신도 모르게 홀린 듯이 바라보고 마는 베니마루.

《알림. 뒤는 맡기고 잠에 들도록 하십시오.》

부드럽게 직접 머릿속에 울리는──목소리.

그 목소리는 베니마루에게 깊은 안도감을 주면서, 거역하지 못하게 한다.

베니마루는 그 목소리가 이끄는 대로 아무 저항을 하지 못하고 잠으로 빠져들었다.

──그걸 지켜봄과 동시에 리무루의 모습을 한 누군가는 일어나 있는 자가 더 없는지 확인한다.

....

....

....

뮬란은 신기하다는 표정으로 주위에서 잠들어 있는 자들을 돌아봤다. 자신 이외의 자들은 차례차례로 잠이 들었으며, 지금은 자신 이외에 일어나 있는 자가 없었다.

이 도시에 남은 인간들이나 드워프들은 모두 중앙 광장에서 멀리 벗어난 건물로 이동해 있었다. 인간들은 버티기 힘들 정도로 마력요소의 농도가 높아지면서 위험해졌기 때문에, 어쩔 수 없이 피난을 시작한 것이다.

그 자리에서 에렌이 결계를 펼쳐서 상황의 추이를 지켜보고 있을 것이다.

요움과 그의 동료들은 마지막까지 남아서 뮬란을 지켜주고 있었지만, 란가가 데려온 파르무스 국왕과 대사제를 카발 일행에게 넘겨주기 위해 자리를 비웠다. 지금쯤 두 사람은 카발 일행의 손에 넘겨진 뒤에 도망치지 못하도록 모두에게 삼엄한 감시를 당하고 있을 것이다.

슬슬 요움 일행도 한계에 달했기 때문에 딱 적당한 구실이 생겼다고 뮬란은 생각했다. 그런 이유라도 없었으면 죽을 때까지 곁을 떠나려 하지 않았을 것 같았으니까. 정말 바보 같은 남자라고 생각하지만, 그래도 뮬란은 조금은 기뻤다.

하지만 그런 생각을 밝히지는 않는다. 그런 말을 했다간 요움이 신이 나서 더 바보 같은 짓을 할 것 같았기 때문이다.

그건 즉, 뮬란이 요움이 무사히 있어주기를 바라기 시작했다는 증거가 되겠지만…….

어쨌든 지금 여기 남아 있는 것은 뮬란뿐이었던 것이다.

　………………．

…………

……

리무루의 모습을 한 그자는 감정이 없는 눈으로 그런 상황을 확인했다.

그리고 뮬란을 한 번 바라본 뒤에 문제가 없다고 판단했는지 천천히 두 팔을 벌렸다.

긴 은발이 등 뒤로 흘러 넘어가면서 천사의 날개처럼 눈부신 빛을 발한다.

《알림. '라파엘(지혜지왕)'의 이름으로 명한다. '벨제뷔트(폭식지왕)'여, 이 결계 내의 모든 마력요소를 먹어치워라──한 조각의 영혼도 남김 없이.》

그 말에 따라 가동하는 '벨제뷔트'──.

그리고 뿜어져 나온 것은 흉악한 힘(권능).

그러나 이번에 모습을 보인 그 힘은 어떤 목적에 따라 쓰이고 있었다.

'라파엘'이 도출한 연산 결과를 따르듯이.

이 도시를 덮은 결계 안의 모든 마력요소가 흡수되면서 순수한 공간으로 바뀌었다. 그런 다음 결계까지도 먹힌 뒤에 '벨제뷔트'의 힘은 정지한다.

마치 아무 일도 없었던 것처럼.

리무루의 모습을 한 자──그건 의지가 없는 주인의 대행자(라파엘)였다.

'라파엘(지혜지왕, 智慧之王)'은 눕혀져 있는 시온의 곁으로 걸어서 다가간다.

손을 뻗어 '해석감정'을 개시했다.

신중하게. 그리고 주인의 바람을 이루기 위해서.

·····················.

···············.

·········.

뮬란은 그 모습을 경악하면서 바라보고 있었다.

자신들이 펼친 결계가 순식간에 먹혀버린 것도 위협적이었지만, 그 이상으로──.

(──있을 수 없는 일이야!!)

주인의 의지가 없는 상황에서 스킬(능력)이 자율적으로 행동하다니.

사전에 명령을 내려둔 경우라면 그나마 이해가 되겠지만, 이번에는 그런 게 아닌 것 같았다.

무엇보다도──그 신성한 모습이 리무루의 기운과 너무나도 다른 것이다.

오히려 마물이라기보다 정령에 가깝다.

말도 안 되는 일이라고, 일소에 부칠 수 없는 뭔가를 느꼈다.

그러나 뮬란이 할 수 있는 것은 그저 방해를 하지 않고 지켜보는 것뿐이었다······.

●

란가는 파르무스 국왕과 대사제를 요움에게 넘겨준 뒤에 도시의 입구로 돌아가 대기하고 있었다.

리무루의 명령에 따라 그 악마들이 돌아왔을 때에 안내를 하기 위해서였다. 사실은 란가도 리무루의 곁에 있고 싶었지만, 리무루가 잠이 들기 전에 내린 명령을 우선적으로 따라야만 했다.

리무루도 걱정이 되지만 명령은 중요하다는 생각에 망설이다가, 결국은 명령을 우선시하기로 했다.

그런 란가의 모습을 마인 그루시스는 재미있다는 표정으로 바라보고 있었다.

만일을 대비해서 베니마루——라기보다는 슈나로부터 란가와 같이 있어줄 것을 부탁받은 것이다. 침입자가 올 경우, 란가가 응전하는 동안에 베니마루 일행을 부르도록 되어 있었다.

그러나 경계를 하고 있어도 적이 오는 낌새는 없었기 때문에 그루시스는 심심풀이로 란가에게 말을 건다.

"그건 그렇고 이 결계를 그리도 쉽게 개량하다니, 그 슈나라는 키진 족의 아가씨도 상당한 실력자로군."

화제로 삼은 것은 마을을 덮은 결계에 대해서였다.

지금 현재 결계가 있기 때문에 도시 밖으로는 나갈 수 없다.

리무루가 있다면 이야기는 다르지만, 이 도시의 마물은 누구도 밖으로 나갈 수가 없는 것이다.

그루시스도 예외는 아니다, 강력한 결계에 저지당하면서 밖으로 빠져나가는 것이 불가능하게 되어 있었다.

그건 모두 전에 있었던 공격으로 희생이 된 시온과 다른 자들을 소생시키기 위해 필요한 것이었다.

그런 결계를 통과하여 베니마루 일행이 귀환할 수 있었던 것에는 이유가 있었다.

슈나라는 키진 족의 아가씨의 실력이 실로 대단하다고 할 수 있는 것이, 뮬란의 대마법을 해석한 뒤에 성능을 더욱 높여서 개량을 한 것이다. 그때 마력요소가 유출되는 것은 막지만, 들어오는 분량은 제한하지 않도록 설정해놓았다.

일방통행의 결계. 이론상으로는 가능하겠지만 그걸 이렇게 쉽게 개발하다니, 실로 두려울 정도다.

그러나 그것보다 그루시스에게 중요했던 것은 뮬란의 놀란 얼굴이었다. 그 표정이 너무나 귀엽다고 생각했던 것은 누구에게도 말할 수 없는 비밀이다…….

게다가 란가와 사랑 이야기를 나눠봤자 의미도 없을 것 같고, 그루시스도 그렇게까지 바보는 아니었다.

"음. 나도 그렇게 생각하오. 슈나 님은 리무루 님에 버금갈 정도로 많은 걸 알고 있는 분이니까."

란가도 슈나를 인정하고 있는지, 기쁜 표정으로 그렇게 말하면서 고개를 끄덕였다. 기본적으로 이 도시의 마물들은 동료가 칭찬을 받으면 기쁜 모양이다.

그들의 주인인 리무루를 과대평가하고 있는 것 같은 느낌은 들지만, 그걸 굳이 말로 하는 건 눈치 없는 짓이라 할 수 있다.

그루시스는 그런 분위기를 바람직하게 생각하고 있었다. 어딘지 모르게 가벼운 악담을 서로 주고받으면서도 사이가 좋은, 자신들의 수왕국과 비슷한 분위기를 떠올렸기 때문이다.

(역시 칼리온 님의 눈은 잘못되지 않았어. 그리고 포비오 님의 말씀대로 이 도시의 마물들은 느낌이 좋은 자들만 있는 것 같아.)

그런 생각을 하면서 란가와 여러 이야기를 나눈다.

"그런데 그루시스 공. 신경이 쓰이는 것이 있는데, 마왕 칼리온 님과 마왕 밀림 님이 싸우게 되었다고 들었소만——."

괜찮은 거요? 라고 란가가 눈으로 묻는다.

"아아, 그거 말이군."

그것은 그루시스 입장에서도 신경이 쓰이는 일이었다.

그러나 현재 마력요소가 결계로 막혀 있기 때문에 수왕국의 동료들과 일절 연락을 할 수 없는 상황이다.

그렇지만 그루시스는 그렇게까지 신경이 쓰이지는 않는다. 아직 결전의 날까지는 3일이 남았으며, 자신이 말한 대로 마왕 칼리온이 이길 것이라 믿고 있기 때문이다.

리무루가 마왕이 되기 위한 조건은 이미 다 갖춰진 것 같으니, 그 결과를 지켜본 뒤에 칼리온을 도우러 가도 늦지 않을 것이란 생각도 있었다.

게다가 자신보다도 월등히 강한 삼수사가 같이 있는 이상, 아무리 강대한 실력을 자랑하는 마왕 밀림이라 해도 정말 전쟁을 벌일 것이라고는 믿지 않았던 것이다.

이제 와서 서둘러도 소용없다고 그루시스는 딱 잘라 결론을 내고 있었다. 그는 다른 사람들이 생각했던 것 이상으로 호탕한 성격을 가진 자였던 것이다.

그런 것보다 그루시스 입장에서는——,

"——다시 살아나면 좋겠군."

무엇보다 마음에 걸리는 점은 이 도시의 희생자들이 부활하는 것이었다. 만약 이것이 실패한다면, 틀림없이 리무루가 위협적인 존재로 변모할 것이란 직감이 들었던 것이다.

"괜찮소, 마물은 끈질기니까. 그리고――우리는 모두 영혼으로 이어져 있소. 리무루 님의 비호하에 있는 이상, 그렇게 쉽게 사라지는 일은 있을 수 없소."

"그렇겠지, 아마 괜찮을 것이라 생각하지만……."

"후후후, 걱정할 것 없소. 나의 주인이 무사히 진화를 마친다면 모두가 무사히 부활할 것이오."

란가는 리무루에 대한 신뢰를 바탕으로 자신 있게 단언한다. 그루시스가 걱정하는 바를 꿰뚫어 보고 있는 건지, 리무루가 폭주할 것이라는 생각은 아예 하지도 않는다는 말투로.

그루시스는 웃으면서 "분명히 그렇겠지"라고 말하며 고개를 끄덕였다.

위협적인 존재 운운하기 전에, 리무루가 변하길 바라지 않는다고 생각하고 있던 건 그루시스도 마찬가지인 것이다.

부하는 아니지만, 그 인품에 뭔가 이끌리는 부분이 있는 것은 사실이다. 무엇보다 뮬란을 구해준 큰 은인이기도 하니까.

(뭐, 내가 반해버린 그 여자는 다른 남자와 사랑에 빠져버린 것 같지만 말이지. 형편없는 녀석이었다면 바로 죽여버렸겠지만, 상대가 요움이라면 어쩔 수 없지. 그 바보가 차일 때까지는 나는 포기하고 얌전히 지내면서…… 아니, 약간은 방해를 놓아도…….)

미련이 가득한 그루시스. 이대로는 안 되겠다고 생각하며, 화제를 바꾼다.

"그건 그렇고 마왕으로 진화하는 것을 이 눈으로 보게 될 줄이야……."

그렇게 현재 진행형으로 새로운 마왕이 탄생하고 있는 것에 대해 언급한다.

"리무루 님이시니까. 딱히 놀랄 일은 아니오."

"아니, 아니, 아니?! 마물이 마왕종이 된다는 건 수백 년에 한 번 있는 일이거든?"

"마왕, 종……?"

"그래. 이 세계의 인정을 받은, 힘이 있는 마물이라는 증거지. 칼리온 님을 포함해서 전 세계에 열 명밖에 없는 최강의 존재를 말하는 거라고."

"호오? 리무루 님도 거기에 포함되어 11대 마왕이 되는 것인가?"

"글쎄. 다른 마왕들이 어떻게 판단할지는 모르니까. 이번 일로 마왕들 사이의 힘의 균형이 무너질 테니까 말이야. 자칫하면 격동의 시대를 맞이할지도 몰라."

"그렇게 되면 우리의 힘으로 리무루 님을 지켜드릴 뿐이오!"

"뭐, 그렇겠지. 그건 나도 마찬가지니까. 칼리온 님의 검이 될 뿐이야. 그래도 뭐, 당신들과는 적대하는 일이 없기를 바라지만."

"홋홋후, 그건 나도 동감이오."

서로 마주 보면서 웃는 그루시스와 란가. 서로가 같은 생각을 하고 있다는 걸 알고 기뻤던 것이다.

그리고 그 후에도 한동안 두 사람은 기탄없는 대화를 계속 나눴다.

······················.

··············.

········.

만에 하나라도 그런 일은 일어나지 않을 거라고 그루시스는 생각하고 있었다.

그런데 잠시 시간이 지나자 란가가 졸린 듯이 꾸벅꾸벅 졸기 시작한 것이다.

아무래도 슈나는 이렇게 될 가능성을 예측하고 있었던 모양이다.

마왕이 탄생할 때 그 부하에게는 기프트(축복)가 나눠진다고 한다. 그건 어떤 종의 진화와 거의 같은 것이며, 저항도 할 수 없는 깊은 잠으로 이끌려 떨어지는 모양이다.

그런 란가가 잠이 들기 전에 그루시스에게 부탁을 했다.

"으으음, 나도······ 이 이상은 힘들겠소············. 잠이 들면······ 이대로 잠이 들면 내 임무가······. 그루시스······ 공······ 뒷일을············ 맡기고 싶은데, 내 부탁을············ 들어주겠소············?"

듣자하니, 세 명의 악마가 찾아올지도 모른다고 한다.

리무루가 소환한 자들로서, 파르무스 왕국의 생존자를 붙잡도록 명령을 내렸다고 하는데······ 그 악마와 만나 안내를 해주라고 명령을 받았는데 그걸 따르지 못할 것 같다면서 분해하는 란가.

그러나 잠기운에는 이길 수가 없었는지 그루시스에게 뒷일을 맡기고 아쉬워하면서 잠이 들고 말았다.

살아남은 것은 한 명으로 상당히 강적이라고 들었다. 그자가 악마들을 쓰러뜨리고 돌격해 올 가능성도 있다고 하니, 그걸 경계할 필요도 있다고 한다.

자신을 아주 많이 신용한다는 생각이 들자, 그루시스는 조금은 기쁜 마음이 들었다.

그러므로 그루시스는 무방비하게 된 란가와 이 도시의 마물들을 지키기 위해 기합을 넣고 경계 활동을 시작한 것이다.

그리고 나서 반시간도 되지 않았을 때.

그루시스의 앞에 그자들이 나타났다.

"이런, 란가 공…… 진화의 잠에 빠진 모양이로군요──."

잠이 든 란가를 보고 그렇게 말한 자는 너무나도 아름다운 악마였다.

그루시스는 경악했다.

더 볼 것도 없이 육체를 부여받은 것으로 보이며, 그냥 소환되기만 한 데몬(악마족)과는 비교도 되지 않는 강력한 힘을 느끼게 한다. 소환된 것은 그레이터 데몬(상위 악마)이라고 란가에게서 들었지만, 아무리 봐도 그것보다는 격이 높은 것으로 보였다.

온몸의 털이 곤두서는 것 같은 공포를 느낀다.

그건 그루시스의 본능이 고하는 최대한의 경종이라 할 수 있었다.

"이런, 이런, 처음 보는군. 혹시 아크 데몬(상위 마장)인가?"

"쿠후후후후. 정답입니다, 상위 마인 씨."

그루시스는 아크 데몬을 본 것은 처음이었다. 그러나 그 위험성은 한눈에 보고 이해할 수 있었다.

베니마루와 삼수사를 직접 봤을 때 느껴지는 것 같은 압도적인 위압감을 느끼고 있었다. 아니, 어쩌면 그 이상의…….

"쿠후후후후. 그렇게 경계하지 마십시오. 저는 새로운 마왕에게 소환된 이름도 없는 악마니까요. 뒤에 있는 두 명은 제가 부리는 하인 같은 자들이니 신경 쓰지 않으셔도 됩니다."

싹싹한 말투로 그렇게 말하는 악마.

"하인이라고?"

그 말을 듣고 그쪽을 바라보니, 두 명의 그레이터 데몬이 있었다. 확실히 그 말대로 한쪽이 기절한 남자를 짊어지고 서 있다.

그 두 명에게서도 평범하지 않은 마력을 느낀다. 상위 마인 급의 전투력을 가지고 있을 것 같다.

이게 그레이터 데몬이라고?

농담이 아니라고 그루시스는 생각했다. 그러나 그 말을 직접입으로 뱉지 않고 어깨를 으쓱하며 고개를 끄덕일 뿐이다.

"그렇군. 세 명의 악마가 찾아올 것이라고 란가 공으로부터 들었지. 그럼 그 남자가 리무루 님의 공격에서 살아남았다는 녀석인가."

"공격, 이 아닙니다. 그건 그분에게 있어서 놀이 같은 것이었습니다. 그리고 이자가 살아남아준 덕분에 제가 소환되었습니다. 약간은 고마워하고 있기 때문에 정중하게 다뤄주고 있던 참입니다."

"헤에, 정중하게라…….

그레이터 데몬을 시켜서 짊어진 것을 정중하다고 해야 할지는 의견이 갈릴 것 같다. 하지만 현명한 그루시스는 그 이상 파고들지는 않았다.

"뭐, 좋아. 도시 안의 마력요소 농도가 높으니까 결계로 지켜주라고."

"——그렇게까지 하면 너무 지나치게 봐주는 게 아닌지요?"

"……정중하게 다뤄주겠다며?"

"오오, 그랬지요. 죽어버리면 곤란합니다. 그분께 제가 도움이 된다는 것을 보여드려야 하니까요."

그루시스는 시원스레 경계를 풀고 악마들을 안내하기로 했다.

란가의 이름을 알고 있는 걸로 봐서 이 악마들은 리무루가 소환한 자들이 틀림없다고 판단한 것이다.

조종당하고 있는 기색은 없는 데다, 그 이전에 이런 괴물을 조종할 수 있는 자에겐 저항해봤자 소용없다고 결론을 내렸다.

이런 상황에서도 그루시스의 우수한 판단력은 잘 발휘되고 있었던 것이다.

악마들을 안내하기 위해 그루시스는 발길을 돌린다. 그러나 그 순간, 갑자기 도시를 덮고 있던 결계가 사라졌다.

무슨 일이 생긴 모양이다.

"뭐야?!"

"음?! 이, 이건——."

그루시스는 아주 잠깐 악마들 쪽으로 시선을 돌리면서,

"미안. 안의 상황이 걱정이 되니까 여기서 기다려줘!"

그 말을 남기고 중앙 광장을 향해 달리기 시작했다.

——그리고 이 날의 마지막 사건이 시작된다.

악마는 멍한 표정으로 그 기운을 느끼더니, 부하에게 지시를 내린다.

"이 남자를 죽이지 않도록 해라, 그리고 결코 놓치지 말도록 하고."

그런 뒤에 혼자서 유연하게 공간을 전이한다. 이 악마에게 있어서 몇 km에 달하는 '마력감지'로 인식할 수 있는 범위 안에서 공간전이를 하는 것은 산책과 같은 자연스러운 행위인 것이다.

그런 능력을 지니지 못한 부하인 그레이터 데몬들은 복종의 뜻을 보이면서 주인을 쫓아 이동하기 시작한다. 그들에게도 초조함이나 망설임 따위는 없었으며, 자연스럽게 달리는 것보다도 훨씬 빠르게 도시의 중심부를 향해 질주를 시작했다.

악마는 리무루 곁으로 이동했다.

"지금 막 돌아왔습니다, 주인님."

은발의 머리카락을 흩날리는 리무루에게 공손하게 인사하면서 무릎을 꿇는다.

악마를 소환한 마스터인 리무루는 소환 당시의 슬라임 모습이 아니라 아름다운 인간의 모습을 하고 있다. 하지만 잘못 볼 리가 없다.

그 몸에서 내뿜는 신성하기까지 한 오라(패기)를 보면 어떤 모습을 하고 있어도 악마는 구별을 할 수가 있는 것이다. 왜냐하면 그

것은 영혼이 발산하는 빛이니까.

악마에게 있어 영혼의 색을 구별하는 것 정도는 식은 죽 먹기나 마찬가지다.

그의 마스터는 죽은 채로 누워 있는 마물들에 대해 엄숙하게 의식을 치르고 있었다.

아름답다. 악마는 솔직하게 그런 감상을 느낀다. 멍하니 그 광경을 바라보고 싶었지만, 그럴 수도 없었다. 마음에 걸리는 것이 있었기 때문이다.

방해가 되지 않도록 조용히 다가가서 세심한 주의를 기울여 말을 건다.

의식이 끝나기를 기다려야 하겠지만──.

"실례를 무릅쓰고 감히 여쭙겠습니다. 아무리 봐도 에너지(마력요소)양이 모자란 것 같습니다만──."

악마의 말대로 그 의식을 행하기에는 리무루가 모아온 분량으론 부족한 것 같았다.

악마의 지식으로 보기에 지금 벌이고 있는 의식은 '반혼의 비술'이다.

죽은 자를 소생시키기 전 단계이며, 영혼의 완전한 재생을 시도하는 비술.

이게 실패하면 생전의 모습과는 비슷해 보여도 비슷하지 않은 인격이 된다거나, 괴물이 되기도 한다. 지식이나 기억의 손실만으로 끝난다면 성공이라고 할 수 있을 정도의 난이도였다.

인간은 이해조차 할 수 없는 높은 수준의 지혜를 기초로 만들어내는 비법──그게 바로 '반혼의 비술'인 것이다.

당연하지만 그 비술을 구사하려면 막대한 에너지(마력요소)양이 필요하며, 그것을 제어하는 마력은 상상을 초월하는 것이다.

상위 마인조차도 불가능하다.

영혼의 조작에 탁월한 데몬(악마족) 중에서도 극히 일부의 최상위에 속한 자만 구사할 수 있는 비술이었다.

쿠후후후후, 역시 주인님──악마는 감동하면서 그렇게 생각한다.

눈앞에서 벌어지고 있는 비술은 100명에 가까운 마물을 상대로 동시에 구사되고 있었다. 한 명을 상대로 해도 방대한 에너지양이 필요한 법인데, 그런 걸 100명을 상대로 하고 있는 것이다.

모자라는 것도 당연하다. 그렇기 때문에 악마는 자신이 도움이 될 것이라 생각하여 실례가 됨에도 불구하고 말을 건 것이었다.

《인정합니다. 규정에 필요한 에너지양을 채우지 못했습니다. 생명력을 소비하여 대용하고 있습니다.》

그 말을 듣고 당황하는 악마.

"잠깐만 기다려주십시오, 주인님! 주인님의 생명을 굳이 대신 사용하지 않으셔도……. 그렇지, 제게 좋은 생각이 있습니다──."

그리고 악마는 제안한다.

재빠르게 쫓아온 두 명의 그레이터 데몬을 향해 시선을 돌리고, 마치 견적을 내는 것처럼 바라보다가 만족스러운 표정으로 고개를 끄덕이더니,

"이자들을 사용하십시오!"

라고 말한다.

그 말을 듣고 등 뒤로 물러나 있던 그레이터 데몬들은 일어나서 앞으로 나와 무릎을 꿇었다.

"이자들도 주인님께 도움이 될 수 있으니 영광으로 생각할 것입니다. 그것이야말로 우리에게 있어선 최고의 기쁨이니까요."

그레이터 데몬들도 동의한다는 듯이 고개를 끄덕인다. 그것이 그들에게는 당연한 것이다.

《…………》

리무루──'라파엘(지혜지왕)'은 두 명의 악마를 향해 눈길을 돌리더니, 그 금색으로 빛나는 눈동자로 관찰한다.

그 아름다운 눈에 감정을 드러내지 않은 채, 그저 조용히 말한다.

《알겠습니다. 규정에 필요한 에너지양을 보충 가능. 그 제안을 승인하겠습니다.》

그리고 주저 없이 '벨제뷔트(폭식지왕)'로 '포식'했다.

그레이터 데몬은 순식간에 사라졌다. 공간째로 '포식'당하면서 분해되어 순수한 에너지로 변환된 것이다.

악마에게 그 에너지는 환희의 빛으로 반짝이는 것처럼 보였다. 주인의 도움이 될 수 있다는 바람이 이루어졌기 때문일 것이라고 악마는 생각하며 만족한다.

"오오…… 부럽구나. 그건 그렇고 역시 나의 주인님이십니다.

마왕으로 완벽히 진화하신 것 같군요. 방금 전에 뵀었던 때와는 비교가 되지 않을 정도로 주인님으로부터 압도적이기까지 한 힘이 느껴집니다——."

자신을 소환한 주인의 진화를 동경의 심정으로 바라보는 악마.

마왕으로서 다시 탄생한 아름다운 주인을 모시는 것이, 이 악마의 염원이다. 그러기 위해선 자신이 도움이 되는 존재라는 것을 증명해야만 하겠지만…….

그런 결의를 가슴에 품으면서, 악마는 의식을 방해하지 않도록 그 자리를 물러나 조용히 대기한다.

이 이상의 간섭은 불필요하다. 괜히 더 나섰다간 오히려 반감을 살 우려가 있다고 판단한 것이다.

도움이 되고 싶다는 초조함에 지나치게 방해를 했다간, 그야말로 주객전도인 셈이 되니까…….

《규정치의 에너지양에 도달했음을 확인했습니다. 지금부터 '반혼의 비술'을 재개하겠습니다.》

조용히 기척을 죽인 악마 앞에서 의식은 다시 시작되었다.

●

그리고 시작되는 것은 이 세계의 깊은 곳에 존재하는 신비.

무색투명한 아름다운 빛의 구슬을 옅은 보라색의 막이 막힘없이 덮어버린다.

그것이 바로 코어에 해당하는 영혼과 그것을 보호하는 아스트랄 바디(성령체)였다.

뒤이어 '사자소생의 비술'로 이행하자 마물들의 재생된 영혼이 육체로 돌아간다.

성공확률 3.14%──그러나 그것은 마왕으로 진화하기 전에 산출된 확률이다.

이 광장에 놓인 마물들의 영혼은 기프트로 인해 '완전 기억'을 획득하고 있었다.

리무루가 희망하는 형태로 기프트가 부여된 것이다.

엑스트라 스킬 '완전 기억'──이 스킬(능력)은 뇌가 파손된 상태에서도 기억을 완전히 재현할 수 있게 한다.

그것은 영혼이 무사하다면 사망한 상태에서도 몇 번이고 재생이 가능하도록 만드는 힘.

──영혼과 육체의 연결이 확립되었다. 마물들의 코어(마핵)가 힘을 발휘하면서 심장이 다시 고동치기 시작한다──.

지금 이 자리에──사자의 소생이 성립되었다.

여러 요소가 서로 읽히면서 탄생시킨 신비.

리무루와 그 부하들 모두의 기원이 결실을 맺은 기적이면서 필연.

그러나 그걸 이뤄낸 존재인 '라파엘'에겐 성공했다는 것에 대한 기쁨은 존재하지 않는다.

자신이 연산하여 도출해낸 답을 실행하여 확률에 따른 결과를 얻어냈다. ──단지 그것 말고는 다른 의미를 찾아내지 못했다.

그 성공을 기쁘다고도 생각하지 않았으며, 실패해도 슬프지는 않았을 것이다. 그런 감정을 느끼는 의미조차도 이해할 수 없으니까.

모든 지혜를 관장하는 그 한없이 현명한 두뇌로도 인간의 감정을 이해하는 수준까지는 이르지 못했다.

그러나…….

당연히 존재하지 않을 마음의, 그 깊은 바닥, 리무루의 영혼의 한쪽 구석에──확고한 자아, 라고도 부를 수 있는 의지가 태어난 것은 틀림없다.

그렇지 않다면 주인의 바람을 이뤄주기 위해 스킬(능력)이 스스로 독립적으로 진화하는 일은 있을 수 없기 때문이다.

그리고…….

왜 자신이 그런 행동에 나섰는가에 대한 의문──그것은 주인과 분리된 자아를 지녔다는 것에 대한 확실한 증거인 것이다──이 '라파엘'에게 생겨난 것이다.

그러나──자신의 존재에 대한 의문점이 아주 잠깐 발생했다는 사실로부터 '라파엘'은 눈을 돌린다.

──'나는 생각한다. 고로 나는 존재한다.'──

그건 앞으로 '라파엘'에게 있어선 아무리 생각해도 답이 나오지 않을 명제로서 계속 따라다닐 질문이 될 것이다.

내면에서 생겨난 갈등과는 관계없이 '라파엘'은 너무나도 정확하게 작업을 진행한다.

마물들 100여 명을 동시에 '해석감정'하여 육체의 복구와 영혼의 재생, 그리고 소생으로.

물 흐르듯이 부드럽고 낭비가 없는 동작으로 적절한 처리를 해 나가고 있다.

기적은 도시의 마물들도 모르는 사이에 조용히 종료된 것이다.

●

그걸 아는 자는 세 명의 마물.

뮬란과 그루시스와 그리고 악마뿐.

뮬란은 목소리를 내기는커녕, 창백해진 표정으로 그 의식에 매료되어 있었다.

자신이 추구해온 영혼의 비술의 궁극적인 모습을 똑똑히 지켜보면서.

그 마법의 심연에 해당하는 업을, 리무루가 도달한 마왕으로서의 기량의 단편을 엿볼 수 있었다.

뮬란과 같은 상위 마인 급으로는 아예 이야기가 되지 않는다.

마왕 클레이만조차 그 힘 앞에선 별것 아닌 것처럼 보인다.

그리고 그런 깨달음을 얻게 된 행운에 감사하면서 맹세한다.

결코 요움을 리무루의 적이 되게 만들어선 안 된다고.

그런 짓을 하면 틀림없이 자신들은 파멸한다——고 뮬란은 깨달았다. 그렇기 때문에 더더욱 아무것도 모르는 요움을 잘 이끌어서 보호할 것이다.

그리고 그 맹세는 잘 지켜질 것이다──.

그루시스는 눈앞에서 일어난 기적에 눈을 빼앗겼다.

마법의 지식이 부족한 그루시스라 해도 이 비술이 평범하지 않으며 이해하기 어렵다는 것을 이해할 수 있었으니까.

그리고 동요한다.

그 정도의 비술을 너무나도 쉽게 해내는 그 존재에 경외를 느끼면서.

(젠장, 이 마력은 대체 뭐야?! 이 끝없이 방대한 에너지(마력요소)를, 완전히 제어하고 있어. 이게 갓 태어난 마왕이라고? 그럴 리가 있나! 이런 건 칼리온 님도 불가능하지 않을까…….)

그와 동시에 느끼는 것은 공포.

(──게다가 저 눈. 가치 없는 것을 바라보는 듯한 저 눈. 죽은 동료를 되살리는 것은 유익한 도구를 수리하는 것 정도로밖에 생각하지 않는 것 같았어……. 비록 실패한다 해도 다시 만들면 된다고 생각하는 건가? 대체 뭐야……? 평소에 보이던, 그 사람 좋고 따뜻하게 느껴지던 태도는 전부 연기였단 말인가? 이게 본성이란 말이냐고──?!)

그루시스가 보고 있는 것은 리무루이자 리무루가 아니다. 하지만 그걸 모르는 그에겐 그야말로 인간의 지혜를 초월한 마왕으로밖에 보이지 않았던 것이다.

그리고 그루시스는 앞으로 리무루를 배반하려는 생각을 일절 하지 못하도록 자신과 수인들에게 경계시키는 역할을 맡게 된다──.

　앞에서 묘사한 두 사람과는 달리, 그 악마는 환희에 휩싸여 있었다.

　아무 말도 없이 황홀한 눈으로 리무루를 바라보고 있다.

　그리고 문득 느낀 의문에 대해 고찰한다.

　방금 자신과 대화를 나눈 것이 마스터가 아니지 않았나? 그렇게 느낀 것이다.

　그렇지만 그 생각은 이내 버렸다.

　(아니, 아니야, 아무리 그래도 그건 지나친 생각이겠지──.)

　오랜 세월을 살아온 이 악마에게도 그런 사례는 들은 적이 없었기 때문이다.

　스킬(능력)이 자아를 지니다니, 너무 어이가 없어서 말도 나오지 않는다. 마스터의 염원을 이뤄주기 위해 자율적으로 행동을 한다니…….

　어쩌면 이 세계의 심연에 사는 이 악마이기 때문에 그럴 가능성이 머릿속을 스친 것인지도 모르지만.

　어쨌든 악마는 그런 가능성을 머릿속에서 지워버렸다.

　게다가 그런 것보다 중요한 과제가 달리 있었다.

　(쿠후후후후. 무슨 일이 있어도, 말단이라도 좋으니 부하로 들어가야겠어…….)

　악마는 결의를 새롭게 하면서 자신을 어떻게 어필할 것인지를 생각하기 시작한다──.

이렇게 소원은 성취되었다.

리무루——'라파엘(지혜지왕)'——은 작업을 종료함과 동시에 다시 깊은 잠으로 돌아가 있다. 에너지(마력요소)를 다 쓰면서 슬립모드(저위활동상태)로 옮긴 것이다.

다시 슬라임 상태로 돌아간 리무루를 악마가 공손히 안아 들었다. 그걸 본 뮬란의 지시에 따라 안치 장소이자 그가 앉을 곳으로 정중히 옮겨진다.

악마와 뮬란의 의견은 일치했으며, 단순히 에너지가 바닥난 상태라 며칠이 지나면 눈을 뜰 것으로 판단했다. 단, 일어났을 때의 인격이 어떻게 변할지는 신만 알 수 있는 상황이라 할 수 있겠지만……

각자의 생각에 잠기는 세 명에게 수많은 사람들이 달려오는 발소리가 들려온 건 바로 그때였다.

에렌이 펼친 결계에 대한 압력이 사라지면서 마력요소의 농도가 통상 이하, 아니 제로가 되었다는 것을 알아차린 것이다.

서둘러 달려온 요움과 카발 일행은 거기서 잠든 채로 숨소리를 내고 있는 마물들을 발견한다.

"뮬란, 그루시스, 무사해?! 리무루 나리는——?"

"이런, 이런……. 다들 잠이 들어 있는 것 같은데, 대체 무슨 일이 있었던 거야?"

"시온 씨랑 다른 분들은 무사히 되살아난 겁니까요?"

각자 다른 질문을 해 오는 사람들을 앞에 두고 뮬란은 잠시 고민한다.

그루시스는 무슨 일이 일어난 것인지 이해를 못 하고 있고, 악마는 마치 남의 일인 양 전혀 설명해줄 마음이 없는 것 같았다. 자연스럽게 모두의 시선이 뮬란에게 집중된 것이다.

어쩔 수 없이 한숨을 쉬고 뮬란은 설명한다.

"네에, 리무루 님은 훌륭하게 마왕으로 진화하셨어요. 그 덕분에 모두 진화의 잠에 든 것 같아요. 그리고 시온 씨와 다른 죽었던 사람들 말인데…… 무사히 소생했어요. 각성한 리무루 님이 행하신 비밀스러운 의식으로 말이죠. 리무루 님은 그로 인해 마력을 다 써버리고, 지금은 다시 잠에 들었어요──."

뮬란의 설명을 듣고 모두가 안도한다.

"역시 나리로군. 보아하니 걱정할 건 없는 모양이야."

그렇게 말하는 카이진의 질문에 뮬란은 주의를 주었다.

"안심하기는 아직 일러요. 영혼의 복원에 성공했다고 해도 한번 죽은 건 틀림이 없으니까 기억도 무사하다는 보장은 없어요."

아마 무사하겠지만──그렇게 아무에게도 들리지 않게 작은 목소리로 중얼거리는 뮬란. 모두가 방심하지 않도록 주의를 줬을 뿐이지, 정말로 위험하다고는 이미 생각하지 않고 있었다.

그러나 그 말을 듣고 일동은 단번에 조용해졌다. 기뻐하기는 아직 이르다는 것을 깨달았기 때문이다.

그런 분위기 속에서 에렌이 발언한다.

"뭐, 그런 것보다아 저 사람들을 건물 안으로 옮기도록 할까요오! 이런 사태도 이미 예상했는지이, 대회의실에 이불을 깔아놓았더라고요오!"

"그건 좋지만 이 인원수를 전부 다 옮기는 건 좀……."

"이 광장에 있는 사람만 따져도 1,000명이 넘는뎁쇼……?"

"알았어. 우리가 책임을 지고 슈나 님을 침실로 옮겨드리지!"

"잠깐, 잠깐만 아저씨! 아무리 카이진 씨라고 해도 그건 양보할 수 없다고!"

"그렇고 말굽쇼! 그런 중요한 임무는 우리가 맡겠습니다요!"

에렌의 말을 듣고 카이진을 비롯한 드워프들과 카발 및 기도의 콤비 사이에 처절한 분쟁이 발발하려 했지만…… "이 바보드을!!"이라는 에렌의 일갈에 의해 이내 종식되고 말았다.

그 분쟁은 애초에 필요가 없었던 모양이다.

이래저래 따지던 동안에 차례로 도시에 속한 자들이 눈을 뜨기 시작한 것이다.

마력요소가 없어지고 결계가 사라졌다는 것을 깨닫고 크게 당황하다가, 시온과 다른 자들이 소생했다는 것을 알아차리고 기뻐하면서 흥분했다.

그리고 도시는 기쁨에 휩싸이기 시작했다.

그게 기적이 아니라 라파엘(궁극 능력)의 힘에 의한 소생이라는 것을 아는 자는 그걸 목격한 세 명뿐이었다.

──그 기쁨의 뒷면에서 스킬(능력)에 지나지 않는 '라파엘(지혜지왕)'에게 자아가 싹텄다는 것은 누구에게도 알려지지 않았던 것

이다——.

새로운 아침이 왔다!

그런 친숙한 문구가 마음속에 떠오른다.

오랜만에 느끼는 쾌적한 느낌의 기상.

게으름을 피우느라 억지로 잠을 잤던 때와는 달리, 만족스러운 상쾌함을 느낀다. 두말할 것도 없이 이 세계에 전생한 뒤로 처음 맛보는 경험이었다.

하지만 일어나서 주위를 관찰해보니, 뭔가 다급하게 돌아가는 것 같았다.

또 무슨 문제가 일어난 모양이다.

정말 이젠 좀 적당히 했으면 좋겠다.

마물들로부터 강한 기운이 맥동하는 것처럼 느껴졌기 때문에 가볍게 '해석감정'을 해보니 예전보다 에너지(마력요소)양이 증가해 있다. 그건 즉, 강해졌다는 뜻이니 아무래도 내 진화는 성공한 것 같은데…….

《맞습니다. 하베스트 페스티벌(마왕으로의 진화)은 무사히 성공했습니다. 영혼의 계보로 이어진 자들에게 기프트(축복)가 나눠졌으며, 그로 인해 개별적으로 진화가 발생했습니다.》

과연, 내가 마왕이 된 영향으로 내 휘하에 있는 모든 자들도 진

화를 했단 말인가. 그건 그렇고 '대현자' 녀석, 굉장히 유창하게
말할 수 있게 된 것 같은데.

《아닙니다. 기분 탓입니다.》

그런가, 기분 탓인가……라니, 그럴 리가 있냐!
그렇게 지적을 해봤지만, 그 이상의 반응은 없었다.
정말 기분 탓이었을까?
아니, 지금은 그럴 때가 아니다.
시온과 다른 죽었던 자들은 어떻게 됐지?
그 외에 다른 자들은 무사한가?
지금 무슨 일이 일어난 거지?
궁금한 점은 끝이 없다.
그런 내 의문에 대답하듯이——.

"아! 리무루 님, 눈을 뜨셨군요!"

그리운 목소리가 들렸다.
그리고 등 뒤에 느껴지는 그리운 감촉.
부드러우면서, 그리고 따뜻하게 날 감싸주는 두 개의 봉우리.
마왕으로 진화하는 것은 무사히 끝난 것 같지만, 내 슬라임 형
태에 큰 차이는 없다.
굳이 말하자면 색이 가끔씩 황금색 비슷하게 보이는 정도이다.
그러니까 그건가? 골드 슬라임이란 건가?

빛의 속도로 움직일 수 있을 것 같은 이미지다.

실제로는 그런 힘은 없지만, 뭐랄까, 슬라임 계통의 최상위 종족 같은 기품이 느껴진다.

그렇게 말해봤자 강해 보이지 않는다는 건 변함이 없지만…….

그리고 그런 나를, 원래 위치인 자신의 무릎 위에 얹어놓고 볼을 비비고 있는 것은――,

"시온, 무사히 되살아났구나!"

시온이었다.

으음――, 아주 좋은 기분.

평소처럼, 예전과 아무것도 달라지지 않은 채로.

"네, 리무루 님! 이렇게 무사히 저희들은 되살아났습니다!"

그 말을 듣고 알아차렸지만, 내 주위에 어느샌가 100명의 마물들이 무릎을 꿇고 있었다.

그리고 일제히 뜨거운 심정을 담아 내가 눈을 뜨기를 기다리고 있었던 모양이다.

""""저희들 일동은 한 명도 남김없이 무사히 생환했습니다!!""""

다행이다. 정말로 다행이다.

맨 앞줄에는 그 밉살맞은 얼굴의 고부조도 있다.

내 계산대로 진화의 영향을 받아 무사히 모두가 살아 돌아올 수 있었던 모양이다.

나도 마왕이 된 보람이 있다고 할 수 있을 것이다.

원주율 급의 성공률 운운하면서 나를 걱정시켰지만, 모두 성공했다는 건 그저 기쁠 따름이다.

뭐. '대현자'에게도 착오는 있을 수 있다. 이런 기쁜 착오는 대환영이다.

시온의 부활을 기뻐하면서 오랜만에 시온의 가슴 감촉을 즐긴다.

실로 우아한 한때였다.

그러나 그런 행복한 시간은 오래가지 않는다.

"——리무루 님, 눈을 뜨셨습니까. 다행입니다, 여러 가지 문제가——아니, 그 전에……. 제대로 이성이 남아 있는지를 확인해보지 않으면 안심이 안 되겠군요. 미리 입을 맞춰놓은 '암호'를 물론 기억하고 계시겠죠? 그럼 확인을 해보겠습니다. '시온의 요리는?' ——자, 대답해주십시오!"

사악한 웃음을 씨익 지으면서 베니마루가 내게 질문했다.

물론 기억하고 있지, '더럽게 맛없어.'였지? 나 참, 걱정도 많은 녀석이로세.

나는 암호를 말하려고 하다가 무시무시한 사실을 깨달았다.

어라?

나는 지금 시온한테 안겨 있지……?

만약 내가 '더럽게 맛없어'라고 대답하면…… 어떻게 되는 걸까?

무시무시한 상상이 머릿속에 그려진다.

위험해!! 이대로 있으면 화가 난 시온에게 짓눌려 터질지도 몰라!

젠장, 당했다! 이건 공명의 함정이야.

어떻게 하지? 뭔가 좋은 계책이 없을까?

그렇지!

이런 때야말로 '대현자'를 불러야지. 분명 멋진 대답을 준비해 줄 거야…….

그렇게 생각하면서 '대현자'를 가동시키려 하다가, '대현자'가 사라졌다는 것을 깨달았다.

뭐……라고……? 대, 대현자————!!

──잠깐, 그럼 방금 나한테 대답해준 건 대체……?

《알림. 유니크 스킬 '대현자'는 얼티밋 스킬(궁극 능력) '라파엘(지혜지 왕)'로 진화했습니다. 그러므로 이미 소실되어 사용할 수 없습니다.》

오오…… 스킬까지 진화했단 말인가.

아니, 잠깐, '라파엘'이라고? 천사의 이름을 칭하다니, 그거 참 거창하기도 하지…….

하지만 그건 나중에 따지기로 한다. 지금은 이 난국을 어떻게 돌파할 것인지, 그게 중요하다.

좋아, 그럼 '라파엘'이여, 곧바로 물어보겠는데, 네 힘으로 시온 에게 적당히 얼버무릴 수 있는 멋진 답을 준비해다오!

《해답. 연산 결과를 통해 해당하는 답은 검색해낼 수 없었습니다.》

쓸모없어————!!

확실히 '대현자'도 이런 상황에선 전혀 도움이 못 되었지만 '라파엘'도 그런 특성을 제대로 물려받은 모양이다.

연산 결과가 어쩌고 말하지만, 진지하게 생각한 기색이 전혀 느껴지지 않는다. 아마 내 예상이겠지만, 대충 생각하는 흉내를 내고 있을 뿐이다.

정말이지, 누구를 닮은 건지…….

사실은 이름만 대단할 뿐이지, 딱히 크게 진화하지 않은 것 같다.

1초도 되지 않는 시간 동안 생각한 끝에 내린 결론이 이거였다.

"응? 제 요리가 어쨌단 말인가요?"

"응? 아아, 오랜만에 드시고 싶으신 게 아닐까? 네가 늘 노력하던 성과를 확인해보고 싶으신 모양이야."

베니마루가 터무니없는 소리를 입 밖으로 뱉었다.

제길, 처음부터 그럴 생각이었던 거 아냐, 베니마루 녀석?!

그것도 모자라 자신은 말려들기 싫다는 듯이 선수를 쳤다.

망할 자식! 모처럼 기분 좋게 눈을 떴는데, 영원히 눈을 뜨지 못할 잠에 들게 생겼잖아?!

"과연, 그래서 제게 요리를 해두라고 말했군요. 역시 베니마루 님입니다."

시온은 베니마루의 제안을 받아들이면서, 마치 제 생각과 같습니다! 라고 말하는 듯이 만면에 미소를 짓는다.

엄청나게 불안한 예감이 들었다.

"내가 말한 대로 됐지? 말할 것도 없겠지만 나는——."

베니마루가 그렇게 말했을 때.

《──그럼 의견을 하나 말하겠습니다. '베니마루가 정한 암호는 분명히 「더럽게 맛없어」였지? 제대로 기억하고 있어.'──라고 대답할 것을 추천합니다.》

뭐라고?!

'대현자'──가 아니라 '라파엘'이 마치 축복과 같은 훌륭한 대답을 이야기해준 것이다.

크게 진화한 부분이 없다고 생각했는데, 미안.

대단하잖아, 라파엘!

"기다리게, 베니마루 군. 암호, 말이지?"

"──네?"

"물론, 기억하고 있다마다. 베니마루 군이 '정한' 암호는 분명히 '더럽게 맛없어'였던가? 제대로 기억하고 있지 않나?"

시온의 웃는 얼굴이 멈칫하고 굳어지고, 베니마루의 이마에서 땀이 삐질 배어 나온다.

"자, 잠깐, 시온. 리무루 님은 이제 막 깨어나신 터라 아직 혼란스러워하고 계신 거야!"

당황하는 베니마루를 슬쩍 흘겨보면서 나는 재빨리 시온의 가슴에서 후퇴한다.

"잘 알았습니다. 베니마루 님──아니, 베니마루. 저는 리무루 님의 직속 부하이니 경칭은 필요 없겠지요. 그보다 당신이 그렇게 제 요리를 먹고 싶어 할 줄이야……. 배가 터지도록 맛보게 해드리죠!"

완전히 굳은 미소를 그대로 유지한 채 시온은 그 자리를 떠났다.

약간, 아니, 상당히 무섭다.

"어쩌려고 이러십니까?!"

"하하하, 무슨 말인지 모르겠군. 뭐, 죽지 않도록 노력해보게……."

"이게 그냥 넘어갈 일입니까? 저도 계속 시식을 하고 있는 탓인지, 최근에는 '독내성'까지 생길 정도인데……."

저렇게 기합을 넣었으니 이젠 죽을지도 모르겠군요. ──베니마루는 달관한 눈으로 먼 곳을 응시하면서 그렇게 중얼거렸다.

아니, 너…… '독내성'이라니…….

그건 돌려 말해서 독이라고 말하는 거랑 마찬가지잖아!

"음, 뭐랄까. 그건 네 자업자득인 셈으로……."

머리를 푹 숙이는 베니마루. 나는 달리 달래줄 말을 못 찾겠다. 자칫 잘못했으면 그 모습은 바로 내가 되었을 테니까.

베니마루는 대신 희생이 된 것으로 치자고, 그렇게 생각했다.

＊

시온이 사라지자마자, 다음은 자기 차례라는 듯이 되살아난 자들이 내게 인사를 했다.

약간 분위기가 다르지만, 생전과 다를 바 없는 지식과 인격이 그대로 유지되었기에 일단은 안심이다.

기억 손실도 없고 영혼도 완전히 정착되어 있다.

그것도 전부 모든 자들이 엑스트라 스킬인 '완전 기억'을 획득했기 때문이다. 내 진화는 헛수고가 아니었던 것이다.

"이제 몇 번을 죽어도 부활하겠습니다!"

그런 농담도 진담도 아닌 말을 하고 있었다.

엑스트라 스킬인 '완전 기억'이란 것은 영혼에 직접 기억을 새기는 스킬(능력)이라고 한다.

원래는 정신 생명체만 가지고 있는 힘이라는데, 그런 걸 무슨 이유인지 자신들이 익힌 모양이다. 영혼의 계보가 어쩌고 하는 걸 들어보니, 나와 비슷한 급으로 취급을 받은 덕분일 것이라고 추측했다.

아마도 기프트(축복)라고 하는 것의 효과인 것 같다. 그 덕분에 부활한 것이니 그저 기쁠 따름이었다.

한바탕 인사를 마친 뒤에 다들 자신의 일자리로 돌아갔다.

도시의 사람들도 어떤 형태로든 기프트를 얻은 것 같지만, 지금은 그걸 살필 때가 아니다.

맨 처음에 베니마루가 말했던 여러 가지 문제라는 것이 남아 있었던 것이다.

겨우 위기를 돌파했는데도 또 새로운 위기가 온단 말인가…….

"——앗차, 시온의 요리는 일단 뒤로 미뤄두고, 중요한 안건을 보고 드리겠습니다."

베니마루가 그렇게 말하면서 신호를 보냈다.

그에 반응하면서 모습을 보인 것은 마왕 칼리온의 부하인 삼수사였다.

잊고 있었다——마왕 밀림과 마왕 칼리온의 싸움을.

내 앞에 무릎을 꿇은 것은 '황사각' 알비스 이하 세 명.

"이번에 마왕으로 진화하신 것을 우선 진심으로 축하드립니다!"

알비스가 인사를 올리지만 나는 그것을 말리면서 본론을 이야기할 것을 재촉한다.

입을 연 것은 베니마루였으며, 상황을 설명하기 시작한다…….

수왕국 유라자니아로부터 피난민이 도착한 것은 바로 얼마 전의 일이었다고 한다.

놀랍게도 나는 3일을 꼬박 잠이 들어 있었던 모양이다.

그 말은 곧 마왕 밀림과 마왕 칼리온은 이미…….

"——네. 제가 지켜봤습니다."

그렇게 대답한 자는 '흑표아' 포비오다.

마지막까지 마왕 칼리온의 곁에 남아 밀림과의 싸움을 지켜봤다고 한다. 그리고 수왕국은——,

"칼리온 님과 마왕 밀림은 격돌하였고——마왕 밀림의 절대적인 힘으로 인해 수왕국 유라자니아는 소멸했습니다……."

절규할 수밖에 없었다.

베니마루도 처음 듣는 이야기였는지 할 말을 잃고 있다.

포비오는 큰 부상을 입었지만 원소마법 : 워프 포털(거점 이동)로 겨우 알비스 쪽과 합류할 수 있었던 모양이다. 그 후 가비루의 회복약 덕분에 겨우 살아남았다고 한다.

삼수사는 말이 없었다.

'백호조' 스피어도 분한 표정으로 입술을 힘껏 깨물고 있다.

"단──."

그때 포비오가 기억을 떠올린 양 말을 더한다.

"믿기 어려운 엄청난 폭발이 있은 뒤에, 칼리온 님은 마왕 프레이의 손에 당하셨습니다. 마왕들이 서로 손을 잡고 있었을 줄은…… 상상도 하지 못했습니다. 무엇보다 마왕 밀림은 그런 책략을 싫어하는 성격으로 믿고 있었으니까요. 그리고 지금 생각해 보면 조금은 부자연스러운 점이──."

마왕 밀림과 마왕 프레이가 손을 잡고 마왕 칼리온을 공격했다. 그 충격으로 포비오는 혼란에 빠졌다고 한다.

그 말을 듣고 나도 부자연스러움을 느꼈다.

그 밀림이 일대일의 싸움에서 비겁한 짓을 할 거라는 생각은 전혀 들지 않는다.

게다가 포비오가 말하기로는, 한순간이지만 프레이와 자신의 시선이 마주친 것 같은 느낌을 받았다고 한다.

그러나 프레이는 아무 일도 없었다는 듯이 칼리온을 짊어지고 날아가 사라졌기 때문에, 포비오는 기분 탓일 거라 판단했다고 하는데…….

"그렇지만 마왕 프레이의 시력은 마왕 중에서 최고라고 들었습니다. 높은 고도에서 작은 동물을 저격하는 것도 가능하다는 소리까지 듣는 그 눈이라면 숨어 있던 우리를 놓쳤을 거라는 생각이 들지 않습니다. 게다가 마음에 걸리는 점이 하나 더 있는데──."

날아간 방향이 이상하다고 한다.

프레이가 지배하는 영역과 정반대. 밀림이 지배하는 영역과도 방향이 달랐다고 하는데.

"──그 방향에는 마왕 클레이만의 지배 영역이⋯⋯."

삼수사의 나머지 두 사람에게 긴장감이 일었다.

"나, 잠깐 나갔다 오겠어."

"기다려요, 스피어!"

격정에 휩싸인 스피어를 알비스가 제지했다.

"기왕 가겠다면 우리가 모두 힘을 합쳐 공격을 해야 해요."

그게 아니었다.

수인은 단순하며 격정적인 자들이 많다. 냉정하게 보이는 알비스조차도 예외가 아니었단 말인가.

"잠깐만 기다리게, 자네들. 우선은 정보 수집이 먼저야. 포비오의 이야기를 들어보니, 아무래도 마왕 칼리온은 살아 있어. 그리고 마왕 프레이라는 자가 어떤 성격을 갖고 있는지는 모르겠지만, 마왕 밀림이 결투에 방해를 받고도 화를 내지 않을 리가 없지. 그 말은 즉, 어떤 사정이 있다고 봐도 될 거야."

"그렇군요. 저도 그렇게 생각합니다."

베니마루도 내 의견에 동의하는 것 같다.

수인 전원이 폭주하지 않도록 못을 박아둔다.

"알겠나? 우리도 마왕 칼리온을 구출하는 데 힘을 보태겠네. 그러니까 자네들도 폭주하지 말게. 지금은 서로 돕지 않으면 구할 수 있는 것도 구할 수 없게 될 거야. 최악의 경우에는 마왕 세 명을 상대로 할 수도 있어. 절대로 먼저 나서지 말게."

"알겠어요."

"알았어."

"잘 알겠습니다."

삼수사는 냉정을 되찾고 내가 한 말에 고개를 끄덕였다.

그 후에 우선은 피로를 풀기 위해 휴식을 취할 것을 결정했다.

1만 명 이상의 국민들이 강행군으로 이동을 해 오느라 극심한 피로에 처한 상황이다. 어찌 됐든 간에 이대로 먼 거리에 있는 마왕 클레이만의 영지에 쳐들어가는 건 불가능한 것이다.

어쨌든 피로를 푼 뒤에 앞으로의 방침을 정해야 한다.

도시의 각지에서 사람들에게 배급할 식사를 준비하고 있었고, 대회의실과 여관에선 사람들을 받아들일 준비가 진행되고 있었다.

내 부하들 중에는 이제 막 눈을 뜬 자들도 있어서, 아직 모두가 완전한 컨디션을 찾지 못했다.

그리하여 그 날은 느긋하게 다 같이 식사를 하기로 한 것이다.

＊

배급용 식사의 좋은 냄새가 피어오르는 가운데, 나는 시온의 요리가 만들어지는 것을 무서운 심정으로 기다리고 있었다.

"그, 그럼 베니마루. 뒷일은 잘 부탁하마."

"기다려주십시오! 같이 시온의 요리를 드셔야지요! 그 녀석도 나름대로 노력하고 있으니, 기적적으로 맛있는 요리가 나올지도 모르지 않습니까! 아니, 그 전에, 절 혼자 남겨두지 마십시오!"

"에잇, 이거 놔라! 기적이란 건 그렇게 쉽게 일어나지 않는단 말이다!!"

　모처럼 진화를 했는데, 그 첫날 첫 끼니가 시온이 만든 요리라
니⋯⋯ 이게 무슨 악질적인 장난이란 말이냐. 그렇게 생각했지
만, 눈물을 글썽이는 베니마루가 너무나 불쌍해서 나도 같이 먹
기로 했다.

　아니, 사실은 시온의 말을 거절하지 못한 것이다.

　"우후후후후, 리무루 님. 리무루 님도 당연히 제 요리를 기대하
고 계시겠죠?"

　아니요, 조금도! 그렇게 즉답하고 싶었지만 할 수 없었다. 시온
의 그 눈을 봤을 때, 아, 이건 도망칠 수 없겠다――고 깨달은 것
이다.

　그런고로 다들 부활을 축하하면서 기운을 보충하기 위해 식사
를 하고 있는 옆에서, 우리는 지옥의 시식회를 개최해야만 하는
입장에 처하고 말았다.

　그리고 드디어 완성된 모양이다.

　그 무시무시한 리썰 웨폰(시온이 직접 만든 요리)이.

　기뻐 보이는 미소를 지으면서 요리(?)를 들고 오는 시온.

　각오를 단단히 해야 할 때가 왔다. 오고 말았다.

　김이 피어오르는 그 요리를 보면서⋯⋯.

　"――아니, 잠까―――안! 이게 뭐야? 이게 대체 뭐냐고?"

　요리가 아니다.

　이걸 요리라고 인정하는 건 절대 허락할 수 없다.

　스튜 같은 느낌으로 만들어진, 냄비에 이것저것을 다 넣은 요
리――라는 생각으로 만든 건가?

아니, 아니다. 결코 아니다.

애초에 의문형으로 묘사하는 시점에서 이미 이상한 것이다.

"이봐, 이봐아!! 시온, 잠깐만. 잠깐만 기다려봐. 묻고 싶은 게 있어. 너, 요리를 한다는 말이 무슨 뜻인지 알고는 있는 거냐?"

"물론이고말고요, 리무루 님. 어떤가요? 맛있어 보이지 않습니까?"

"넌 바보냐, 이 멍청아! 어떻게 당근, 감자, 피망, 토마토, 양파, 그 외에 기타 등등──그런 채소가 원형 그대로 통째로 둥둥 떠 있는 건데?! 보기만 해도 다 구별이 가는데 이게 뭐냐고? 자르거나 다지거나, 여러 가지로 해야 할 게 있을 것 아니야!"

나는 절규했다. 진심으로. 그리고 소리친다.

베니마루를 보면서 힐책하듯이 묻는다.

"이게 어떻게 된 거야? 내가 분명 시온을 교육하는 건 너에게 맡겼을 텐데? 전혀 성장하지 않았잖아?"

내 말을 듣고 베니마루는 죽은 생선과 같은 눈빛으로 바뀐다.

"아뇨, 저로선 무리였습니다. 좌절을 몰랐던 저도 벽에 막히고 말았습니다. 한계라는 이름의 벽에, 말이지요. 어릴 적부터 불가능이란 건 없다고 생각했습니다만, 제가 너무 건방졌던 것 같더군요……."

그렇게 뻔뻔한 말을 내뱉었다.

뭐가 한계라는 이름의 벽이냐. 장난치는 것도 아니고.

나도 먹어야 한단 말이다…….

문득 시온을 보니, 금방이라도 올 것처럼 바들바들 떨고 있었다. 왠지 나쁜 짓을 하고 있는 기분이 들기 시작한다.

——어쩔 수 없지. 깨달음을 얻은 승려의 심경으로, 이건 수행이라고 생각하고 도전해볼까…….

"알았어, 먹을 거야. 하지만 다음에는 적어도 식재료 손질 정도는 하도록 해……."

"어, 저기, 그게 말인데요. 제가 손질을 하려고 하면 건물도 같이 잘리는 바람에……."

"뭐? 조리대가 아니라 건물?"

"——네. 이 '고우리키마루'는 베는 맛은 훌륭하지만 조금 길어서……."

그렇게 말하면서 등에 멘 칼을 가리키는 시온.

뭐? 그걸로 조리를 한다고, 아니, 했다고?

베니마루를 쳐다보니, 두 손을 들고 항복 자세를 취하고 있다.

정말 믿음이 안 가는 남자다. 내 안에서 베니마루의 평가가 급하락한 것 같다.

"그 칼은 요리 도구가 아니야. 알겠나? 식칼이라든가, 최소한 나이프 같은 게 있잖아?"

"아니요, 저에겐 오로지 '고우리키마루'뿐입니다. 바람을 피우는 건 좀……."

"아, 그래? 나중에 식칼을 하나 선물할까 했는데, 필요 없단 말이지."

"잘못했습니다! 제가 착각을 했습니다. '고우리키마루'도 어느정도의 바람은 피워도 괜찮다고 말했습니다!"

"——그렇군. 다음에 식칼을 하나 줄 테니까 그걸로 요리를 하도록 해……."

정말이지 둘러대는 것 하나는 잘하는 녀석이라니까.

뭐, 괜찮다. 적어도 건더기가 요리되지도 않은 채 그대로 나오는 것보다는 낫겠지.

이런 요리──아니, 요리라고 인정할 수 없지만──만 먹다 보면, '독내성'을 획득하는 것도 납득이 될 것 같다.

이번에는 나도 먹어야 하게 되었지만…….

마왕으로 진화했으니, 요리를 먹는 것만으로 죽지는 않겠지.

나는 포기하고 인간의 모습으로 변화했다.

그리고 각오를 단단히 하면서 눈을 감고, 정체를 알 수 없는 그것을 입에 넣는다.

씹지도 않고 삼키려고 하다가 어라? 라는 위화감을 깨달았다.

엄청나게 맛있었던 것이다.

이 맛은 마치 슈나가 만든 요리의 재현……?

마, 말도 안 돼! 겉모습만 봐선 전혀 상상이 안 되는 맛이 난다.

눈을 크게 뜨고 천천히 신중하게 다음 건더기를 입에 넣었다.

맛있잖아?!

베니마루는 기도를 하는 듯한 표정으로 나를 보고 있다. 그 눈이 "괜찮습니까?"라고 묻고 있었기 때문에, 나도 눈으로 "너도 먹어봐라" 하고 대답했다.

그 말은 즉, 베니마루가 요리의 시식을 했던 무렵에는 분명 맛이 없었다는 뜻이겠지.

베니마루도 각오를 굳혔는지 그것을 한 모금 입에 넣었으며, 그리고 경악하는 표정으로 눈을 크게 떴다. 아무래도 내 혀가 이상해진 건 아닌 모양이다.

진화에 실패한 것 아닌가 하고 한순간 불안한 생각이 들었잖아.

시온을 바라보니, 어떠냐! 라고 말하는 듯이 의기양양하게 자랑스러운 표정을 짓고 있다.

살짝 짜증이 났다.

"시온, 이게 어떻게 된 거지? 왜 보기와는 달리 훌륭한 맛이 나는 거냐고?"

"후후후, 실은 말이죠──."

그렇게 말하면서 시온이 설명해주었지만──놀랍게도 시온은 진화를 할 때의 희망 사항으로 요리를 잘하게 되고 싶어! 라고 속으로 빌었다고 한다.

내 진화에 따른 기프트에 그런 바보 같은 소원을 빈 사람은 아마도 이 바보뿐이리라.

무슨 생각을 하는 거야, 대체…….

어이가 없는 녀석이지만, 굳이 말하자면 실로 시온답다고 할 수 있다.

"에헤헤. 그렇게 해서 획득한 게 이 스킬(능력)이랍니다. 그 이름도 유니크 스킬 '요리인'──!!"

어이가 없어서 말도 나오지 않는다.

요리에 대한 염원으로 유니크 스킬을 획득하다니, 대체 얼마나 강한 집념으로 빌었단 말인가……?

들어보니 어떻게 요리를 해도 이미지로 생각했던 맛이 나온다는 터무니없는 능력이라고 한다. 슈나의 요리 맛과 비슷하게 나오는 것도 당연하다. 그걸 이미지로 생각했으니까.

시온의 노력은 완전히 잘못된 방향으로 가고 있었다.

──하지만 그게 바로 시온다운 점이라 할 수 있겠지.

그 날은 그대로 축제처럼 시끌벅적해지면서 밤이 샐 때까지 계속되는 연회가 벌어졌다.

며칠 전의 그 비장한 분위기가 아니라, 시온과 다른 자들이 부활한 것을 기뻐하는 분위기에 휩싸여서.

고부조도 고부타 일행에 섞여서 개인기를 선보이고 있다. 머리에 나이프가 박혀 있는 것 같은데, 저건 어떤 트릭을 쓴 거람. 피가 나오는 것처럼 보이는데, 기분 탓인가? 아니, 아니, 즐거운 표정으로 웃고 있으니까 아마 괜찮겠지.

요움과 에렌 일행도 파티에 참가하면서, 술 마시기 승부를 벌이고 있다.

승리자는 뮬란이다. 요움과 그루시스는 해롱거리고 있고, 카발 쪽은 완전히 술에 취해 뻗어 있는데, 전혀 취한 기색이 없다. 뮬란은 소위 말하는 술고래라고 할 수 있겠다.

그 모습에 자극을 받았는지, 스피어가 다음 도전자로 나서면서 연회는 혼돈의 양상을 보이기 시작한다. 하지만 그런 분위기 덕분에 수인들의 불안감도 덜어지는 것 같아 보여서 다행이었다.

그렇게 즐거운 때를 보낸 것이다.

내일부터는 수많은 뒤처리가 남아 있다.

수왕국의 사람들을 어떻게 할 것인지를, 마왕 칼리온의 구출도 포함해서 생각해야만 한다.

그리고 서방성교회. 서방 열국과의 관계를 유지함과 동시에 서방성교회의 동향에는 세심한 주의가 필요하다.

　여러 문제가 산적해 있지만 지금은──어느 정도는 즐겨도 괜찮겠지.

　오늘 정도는 뭐 어떠냐고 말하면서, 꽤 시끌벅적한 축제 분위기를 즐기는 것 같지만 말이지.

　축제를 좋아하는 일본인이다 보니 명목만 있으면 뭐든 상관없는 것이다. 적당한 이유를 붙여서 술자리를 기획하는 아저씨 같은 존재라 할 수 있다.

　그게 우리가 사는 방식이기도 하고, 늘 긴장만 하고 있어서는 앞으로 나아갈 수 없으니까.

　──여담이지만 그 연회는 나중에 '템페스트 부활제'라는 이름이 붙으면서 매년 개최되는 행사가 된다.

*

　한밤중이 지나면서 다들 취기에 쓰러질 무렵.

　앞으로의 방침에 고민하고 있던 내 곁으로 낯선 인물이 다가왔다.

　"깨어나신 것 같아서 무엇보다 다행입니다, 주인님. 무사히 마왕이 되신 것을 진심으로 축하드립니다."

　그렇게 말하면서 정중하게 깊이 머리를 숙이고 축하 인사를 했다.

　"누구지, 넌?"

"——?! 그, 그런 농담을 하시다니. 악마인 제가 마음(심핵, 心核)에 대미지를 받을 정도였습니다…….”

내 말 한마디에 격렬하게 동요하고 있다. 보기에는 고위 악마로 보이지만, 난 이런 녀석을 모르는데…….

그런 생각을 하고 있으려니, 내 그림자에서 란가가 슬쩍 얼굴을 내밀었다.

"나의 주인이여. 이자는 당신께서 기사들을 제물로 하여 소환하신 악마 중의 하나입니다.”

오오, 이제 생각이 났다. 아직 남아 있었구나, 이 녀석.

"오오, 란가 공!”

눈을 반짝이면서 구세주를 본 것처럼 란가에게 감사의 시선을 보내는 악마.

그리고 보니 연회 중에도 자리를 잡지 못해서 이리저리 돌아다니며 안절부절못하는 것 같았는데…….

"여러모로 날 도와줘서 고마웠다. 듣자하니 살아남은 자를 붙잡아주었다고 하더군. 덕분에 나도 란가도 무사히 돌아올 수 있었던 모양이고.”

"아닙니다, 지나친 칭찬이십니다. 하온데——.”

"오래 붙잡아둬서 미안했다. 이제 그만 돌아가도 된다.”

"——네?!”

빨리 돌아가고 싶은데 내가 허락을 하지 않는 바람에 안절부절못하고 있었나 보다——그리 생각하여 돌아가도 좋다고 말했지만, 아무래도 악마의 반응이 이상하다.

상당히 아름다운 이목구비——라고 할까, 잘 보니 남자인데도 상당한 미인이다. 그런데 지금은 뭔가 곤란한 게 있는지, 울 것 같은 표정을 짓고 있다.

"어라? 혹시 보수가 부족하기라도 했나?"

걱정이 되어서 물어보니, 그게 아니라고 딱 잘라 말했다. 그리고――.

"전에도 부탁드린 대로 말단이라도 좋으니 절 부하로 받아주시길 바랍니다! 부디 검토해주실 수 없겠습니까?"

그렇게 말했다.

부하가 되고 싶다고?

아아, 확실히 소환했던 그레이터 데몬이 그런 말을 했던 것 같긴 한데――잠깐?

눈앞에 있는 이 녀석은 훨씬 더 상위 존재인데?

당연한 듯이 대화를 나누긴 했지만, 아무리 봐도 그레이터 데몬 같은 보잘것없는 존재가 아니다.

"어라? 란가, 이 녀석이 정말로 내가 소환한 녀석이 맞나?"

"틀림없습니다, 나의 주인이여!"

으음, 틀림이 없단 말인가.

"마스터에게 기사들의 시체를 받으면서 저도 육체를 얻을 수가 있었습니다. 그 은혜를 조금이라도 갚을 수 있으면 좋겠다고 생각하고 있습니다――."

"아, 그런가? 그렇단 말이지……."

상당히 강해 보이니, 부하가 되어준다면 든든할 것 같다. 하지만 그건 양날의 검이라서 이 녀석이 날뛰기 시작한다면 베니마루라 해도 제지하기 어렵지 않을까.

그리고 나머지 둘은 어떻게 된 거지?

《해답. '반혼의 비술'을 구사했을 때 에너지(마력요소)양이 부족했습니다. 그때 에너지의 보충에 도움이 되고 싶다는 소원을 받아들여 에너지로 환원해서 소비했습니다.》

──세상에나.
라파엘(지혜지왕)이 아무렇지 않게 무시무시한 말을 한다.
대현자보다 비정해진 모습으로 격의 차이를 보여줬다.
시온과 다른 자들을 소생시킬 때도 활약을 해주면서, 내 뒤에서 많은 도움을 주고 있었단 말이지. 한순간이나마 쓸모가 없다고 생각을 했던 게 정말 미안했다.
그건 그렇고 이걸 어쩐다.
동료인 데몬(악마족)을 바치면서까지 내게 도움이 되고 싶어 했던 이 녀석을 이대로 무시하는 것은 불쌍하다.
"보수 같은 건 없을 텐데, 그래도 괜찮은가?"
"그저 모실 수 있다는 것만으로도 행복합니다."
이런, 무상으로 일해주겠다면 거절할 이유는 없겠군.
"좋아, 알겠다. 그러면 너도 오늘부터 우리 동료다."
"오오오! 감사합니다, 주인님!"
"주인님이란 호칭은 됐다. 근질거리니까."
"잘 알겠습니다. 그러면 뭐라고 부를까요?"
"리무루면 충분하다."
"오오, 리무루──감미로운 발음이로군요. 그러면 앞으로는 리무루 님이라 부르겠습니다——."

일일이 반응이 거창한 녀석이로군. 뭐가 마음에 들었는지는 모르겠지만 나를 모시는 것이 너무나 기쁜 모양이다.

"뭐, 그렇게 부르면 되겠지. 그보다 네 이름은?"

"저 같은 녀석은 그저 이름 없는 악마로 충분합니다."

응? 고위 존재로 보이는데 이름이 없단 말인가.

그러면 불편하니까 늘 하던 것처럼 이름을 지어줄까.

"좋아. 그러면 보수 대신 너에게 이름을 지어주마. 문제가 있나?"

"그럴 수가! 아무런 문제도 없습니다. 최대의 보상입니다!!"

미형의 얼굴을 일그러뜨리면서 기쁘게 웃는 악마.

역시 이건 체질인가 보다. 나는 마물에게 호감을 잘 사는 모양이다.

이젠 그냥 납득하고 받아들이자는 생각이 들기 시작했다.

그건 그렇고 이름 말인데, 이번에는 슈퍼 카 시리즈로 가보기로 할까.

확실히 악마 같은 이름——아니, 그냥 악마라는 뜻이었던가?

"네 이름은 '디아블로'다. 그 이름에 걸맞게 나를 도와주도록 해라!"

내가 이름을 지어줌과 동시에 상당한 양의 에너지가 쑥 빠져나갔다.

이것도 이젠 익숙해졌군. 아니, 사실은 반 정도밖에 빠져나가지 않았다.

상당히 높은 위치의 악마로 보였기 때문에 좀 더 많은 양을 뺏

411

길 거라 걱정했었는데…….

분명히 전에 그레이터 데몬을 베레타라고 이름 지었을 때는 3할 이상의 마력요소를 빼앗겼으니까 말이다. 그레이터 데몬보다는 상위 존재인 것 같기는 하지만.

《알림. 개체명 : 디아블로는 **원래**는 아크 데몬이었습니다. 마스터는 진화하여 에너지(마력요소)양이 대폭 증가해 있습니다. 그러므로 에너지의 소비 비율만으로 비교하는 건 정확한 판단이라고 말할 수 없습니다.》

으, 응.
역시 아무리 생각해도 라파엘(지혜지왕)의 말이 유창해진 것 같은 기분이——.

《아닙니다. 기분 탓입니다.》

아, 그래? 하지만 자기 기분에 따라서 조언을 하는 것 같다.
하지만 그보다 흘려 넘길 수 없는 이야기를 했는데. 내 에너지양이 대폭적으로 증가했는데, 그러고도 반을 빼앗겼다고 말이야.
구체적으로 말해서 대폭 증가했다는 건 어느 정도지?

《해답. 참고용으로 말하자면 예전의 열 배 이상입니다.》

위험하잖아, 그거.
이거 제대로 저질렀다는 느낌이 장난 아닌데.

터무니없는 괴물로 진화할 것 같다.

눈앞에 있는 악마——디아블로는 무릎을 꿇은 자세 그대로 꿈쩍도 하지 않는다.

어느샌가 검은색의 고치가 그의 몸을 덮으면서, 만전의 태세로 진화에 대비하고 있는 것 같다.

역시 난 멍청하다. 바보는 죽어도 낫지 않는다고 하니, 이제 그만 포기하자.

앞으로 이름을 지어주는 건 신중하게 할 것!

그렇게 마음속으로 맹세했지만, 아마 지켜질 일은 없을 것 같다.

그런 생각을 하고 있으려니, 진화는 아무 문제 없이 완료된 모양이다.

칠흑으로 통일된 분위기 속에서 흑발에 섞여 있는 붉은색과 금색의 염색된 부분이 눈에 띈다.

그리고 그 눈동자. 진화 전과 달라지지 않은 금색의 눈동자에 붉은 동공이 요사스럽게 빛나고 있었다. 일반적인 눈동자에선 흰색인 부분이 칠흑의 빛을 띠고 있기 때문에 유달리 더 눈에 띄어 보인다.

부드러운 동작으로 일어난 그 모습은 최고급의 신사복을 입은 버틀러(집사) 같다.

방금 전까지 고귀한 분위기를 풍기는 귀족 같은 복장에서 이미지가 일신되어 있다.

지배자에서 하인으로. 그러나 그 오만불손한 오라(패기)는 줄어들기는커녕 더 늘어나 있었다.

"디아블로, 그것이 제 이름. 감격으로 가슴이 벅찹니다, 리무루 님. 오늘 이 날부터 성심성의껏 모시도록 하겠습니다."

그렇게 말하면서 디아블로는 공손한 자세로 내게 인사를 했다.

디아블로의 변화한 모습은 나를 모시겠다는 의사표시였던 모양이다.

악마는 고유 능력인 '물질창조'를 통해 옷을 자유자재로 만들어낼 수 있다고 하며, 갈아입을 필요도 없다고 한다. 아주 편리해 보이는 것이 부럽다.

그리고 디아블로는 곧바로 내게 질문을 했다.

"리무루 님, 그러고 보니 고민을 하시는 것 같았는데, 대체 무엇을 그리 깊이 생각하시는 것입니까?"

내가 혼자서 고민 중이라는 걸 눈치챈 모양이다. "부디 제게도 말씀을 해주시길 바랍니다——"라고 말하는 바람에 내 머리를 정리하기 위해서라도 현재 상황을 설명해주기로 했다.

답이 나오지 않는다 해도 기분은 진정될 것 같으니까.

"대단한 일은 아니다——라고 할 수도 없겠군. 앞으로 어떡할 것인가에 대해 생각 중이다."

"그 말씀은 즉……?"

"아아. 현재 문제가 너무 많이 겹쳐 있거든. 한 번에 작전을 벌이기에는 그 수가 이미 허용량을 넘어섰다고 생각한다."

"호오……."

나는 그런 사정을 디아블로에게 이야기해서 들려줬다.

가장 걱정이 되는 것은 밀림이 얽혀 있는 마왕 칼리온 건이다. 하지만 가장 중요한 건 앞으로 인간들과의 관계를 좌우하게 될 파르무스 왕국의 뒤처리와 서방성교회의 움직임에 대한 견제이다.

특히 서방성교회. 이에 대한 대응을 잘못하다간 우리는 인간과 적대하게 되어버린다. 그것만은 어떻게 해서든 피해야만 하는 사태인 것이다.

그렇다고 해서 모든 걸 동시에 대응하는 것은 어리석기 짝이 없는 짓이다.

적――문제는 하나로 모아서 확실하게 승리를 거둬야만 한다.

"과연, 사정은 잘 파악했습니다. 그렇다면 제가 한 부분을 맡도록 하지요! 일이 발생하는 타이밍을 조작하여 동시에 문제가 일어나지 않도록 조정해보겠습니다. 명령만 내려주십시오!"

오오, 역시 교활한 악마로군. 내 걱정을 단번에 꿰뚫어 보고 적절한 행동을 제시해줬다.

하지만 결정을 내리는 건 다 같이 의논을 해본 뒤에 해야겠지.

"잠깐, 잠깐, 서두르지 마라. 내일 회의에서 방침을 정할 예정이니 너도 참가하도록 해라."

이 정도로 열의를 보이고 있으니 참가시켜보자. 머리도 좋은 것 같으니, 디아블로의 힘을 그냥 묵혀두는 건 아까운 것 같으니까 말이다.

《알림. 서방성교회에 관해선 걱정할 필요가 없을 것으로 보입니다. 개체명 : 베루도라를 봉인한 '무한뇌옥'의 '해석감정'이 이제 곧 종료됩니다. 이것을 해방하면 서방 열국의 움직임에 대한 견제 효과로서는 충분할 것으로 추측합니다.》

호오, 과연.

확실히 베루도라를 해방시킬 수 있으면 서방성교회는 섣불리 움직이지 못하게 되겠지.

……아니, 뭐라고——?! 역시 유창하게 말할 수 있게 됐잖아!

《아닙니다. 기분 탓입니다.》

이제 됐어, 그건. 그런 걸로 칠 테니까.

그것보다 지금은 베루도라가 중요하다고.

정말로 해방시킬 수 있나?

《해답. 내일 낮에는 해석이 완료될 예정입니다.》

굉장하잖아, 라파엘. 어쩌면 내가 생각했던 것 이상으로 성능이 향상된 것 같은데.

그렇다면 단번에 문제를 해결할 수 있는 길이 보이기 시작했다.

서방성교회의 움직임만 어떻게든 처리할 수 있다면, 서방 열국은 나중에 천천히 교섭할 수 있다. 두려운 점은 우리를 악으로 판단하게 만드는 선동이니까, 그것만 없다면 우리를 받아들여 줄 국가가 있다는 것은 이미 실증이 된 바이다.

파르무스 왕국은 이미 경계할 가치가 없다. 내가 군의 근간을 파괴한 데다, 국왕이라는 인질도 있다.

요움이 새로운 나라를 세울 수 있도록 지원을 하면서 그쪽으로

주의를 주기만 하면 우리에게 간섭하고 나설 여유 같은 건 없어
질 것이 틀림없다.

그렇게 되면 남은 문제는······.

"좋아! 어떻게든 해결할 수 있을 것 같다!"

나는 마왕 클레이만의 공격에 전념할 것이다. 어찌 됐든 마왕
을 칭한 이상, 다른 마왕들이 견제하기 시작할 것이라고 밀림이
말했으니, 여기선 큰마음을 먹고 성대하게 이름을 알리면서 화려
하게 마왕 데뷔를 해도보록 할까.

"오오, 뭔가 좋은 명안을 떠올리셨습니까?"

"음. 나는 명실공히 마왕이 되기로 했다."

"쿠후후후후. 역시 리무루 님이시군요. 이 디아블로, 영원한 충
성을 당신께──."

"음! 충성이라면 이 란가도 나의 주인의 충실한 하인입니다!"

디아블로에게 저항심을 느낀 건지, 란가도 그렇게 선언했다.

왠지 모르게 흐뭇한 생각이 들어서 란가를 쓰다듬어준다.

자, 이것으로 내일부터의 대응 방침도 잘 정리될 것 같다.

별이 가득한 하늘 아래에서 기분 좋게 눈을 감은 란가에 기댄
채로 내 기분도 반짝이듯이 맑아졌다.

*

그리고 다음 날, 모두에게 앞으로의 방침을 전하기로 했다.

모인 간부들은 이하와 같다.

내 임시 비서인 슈나와 정식 비서인 시온. 임시 비서 쪽이 훨씬

더 우수하지만, 그건 일단 넘어가자.

정치 부문에서 리그루도, 그리고 다른 홉고블린의 장로들.

경비 부문에서 리그루. 그리고 고부타.

군사 부문에서 베니마루와 하쿠로우.

생산 부문에서 카이진과 쿠로베. 그리고 가름과 도르드.

건설 부문에서 게루도와 미르드.

관리 부문에서 리리나.

첩보 부문에서 소우에이와 소우카를 비롯한 다섯 명.

애완동물로서 내 그림자 속에는 란가가 있다.

이런 간부들뿐만 아니라 이번에는 가비루도 불러놓았다. 그리고 신입이자 제2비서로서 디아블로도 참가한 상태다. 좋은 기회이기도 하니 모두에게 소개해두자.

우리를 제외한 참가자로서는 요움과 그 부관인 카질, 참모인 롬멜. 물론 뮬란과 그루시스도 있다.

그리고 수왕국 유라자니아로부터 삼수사가 참가했다.

회의실에 30명 이상의 모인 셈이 된다.

그럼 시작해볼까.

"제군들, 잘 와주었다!"

"갑자기 무슨 일입니까? 리무루 님."

마왕이 되겠다고 선언하기 위해 위엄 있게 말하려고 했지만 베니마루가 가볍게 받아서 넘겨버렸다.

평범하게 가자, 평범하게.

일단 처음에는 소개를 먼저 해두기로 한다.

"우선은 모두에게 소개해두겠다. 이번에 나를 위기에서 구해준 디아블로 군이다. 상당히 강하면서 믿음직한 동료이므로 다들 사이좋게 지내도록 하라!"

"──호오? 빈틈이 없군……. 리무루 님의 말씀대로 상당한 숙련자 같구먼."

내 소개를 듣고 하쿠로우가 검증을 하듯 말하자, 다른 자들도 디아블로가 아주 강하다는 것을 깨달은 모양이다. 어떤 반대 의견도 없이, 자연스럽게 동료로 인정을 받았다.

뒤이어서 또 하나.

"그리고 가비루!"

"네, 네?"

간부들이 모인 자리에서 좀처럼 진정을 하지 못하고 있었던 가비루. 내가 이름을 부르자 긴장하면서 기립했다.

"오늘부터 너에게 개발 부문을 맡기겠다. 직함은 아직 잠정적이지만 오늘부터는 너도 간부다. 잘 부탁하마."

"네, 네넷──! 이 가비루, 분골쇄신하여 일하겠습니다!!"

감격의 눈물을 흘리면서 가비루가 내 명령을 받아들였다. 의외로 가비루는 연구와 개발이 성격에 잘 맞는 것 같으니 훌륭하게 일을 맡아 처리해줄 것이다.

이것으로 드디어 가비루도 간부의 일원이 되었다.

자, 그럼 본론으로 들어가자.

"앞으로의 방침을 정했으니 그걸 선언하고자 생각하네. 요움과 삼수사들과도 관계가 있으니까. 같이 들어주면 좋겠군."

"무슨 내용이든 듣겠습니다, 나리."

"그건 칼리온 님의 구출에 관계가 있는 것이겠지요?"

일제히 내게로 몰리는 시선.

나는 곧바로 인간 모습으로 변하여 일어서면서 모두를 향해 선언한다.

"난 마왕이 되기로 했네."

"네."

어라, 너무나도 무정한 반응인데.

"그러니까 마왕으로……."

"네. 이미 되셨잖습니까?"

시온이 머리를 갸웃거리면서 물었다. 제가 부활한 건 그 때문이 아닙니까? 라고.

아니, 확실히 명목이랄까 칭호만 따진다면 '진정한 마왕'이란 게 되긴 했지만 말이지…….

"그게 아니라, 전 세계를 향해 나도 마왕이라고 선언하겠다는 생각을 했단 뜻이야!"

"호오? 즉, 리무루 님은 다른 마왕들에게도 도전을 하시겠다고, 그렇게 말씀하시는 것입니까?"

하쿠로우가 내가 하고 싶은 말을 대신 해줬다.

"그래, 바로 그거야! 아니, 다른 마왕들에게 도전을 한다기보다 내가 싸울 상대는 마왕 클레이만이지."

그 말을 듣고 요움이, 뮬란이, 그루시스가.

그리고 삼수사들이 일제히.

고개를 크게 끄덕이며 찬성의 뜻을 보였다.

"그렇군요. 스스로 마왕의 자리를 빼앗겠다는 뜻이군요. 재미있군."

베니마루가 대담한 미소를 지으면서 동의한다. 그리고 다른 자들도 동의하는 건지 누구도 반대 의견은 내지 않았다.

"그래. 이번에 시온과 내 부하들을 습격한 파르무스 왕국의 뒤에서, 뮬란을 조종하고 있던 것이 마왕 클레이만이었네. 나는 그녀석을 용서할 수 없어. 게다가 수왕국 유라자니아를 마왕 밀림이랑 마왕 프레이가 공격한 것도 이 클레이만이란 녀석이 뒤에서 부추겼을 가능성이 있네. 공격하기에는 충분한 이유가 되겠지?"

내 말에 모두가 고개를 끄덕였다.

그런 뒤에 나는 자신의 생각을 밝혔다.

앞으로 서방 열국과 맺을 국교에 대해서.

파르무스 왕국과의 전쟁의 뒤처리.

그리고 서방성교회의 동향에 대한 견제도 필요하다는 것.

수왕국 사람들과 약속한 마왕 칼리온의 구출에 대해.

그런 뒤에 모두에게 임무를 배분하기 시작한다.

"리그루도! 너에겐 서방 열국과의 교섭을 맡기겠다. 상인들을 블루문드 왕국으로 피난시켰으니 어느 정도는 유리한 교섭이 가능할 것이다. 지금까지의 신뢰 관계를 중요하게 활용해서 신중하게 일을 진행시켜다오!"

"알겠습니다! 맡겨주십시오, 리무루 님."

리그루도는 의욕이 가득하다. 장로들도 기합이 충분히 들어간 표정인 것을 보면, 자신이 있다고 봤다. 상인들과의 교류 관계는 양호했던 것 같다.

"베니마루! 너는 전원의 진화 결과를 모아서 정리해라. 모든 전력으로 클레이만을 공격할 것이다. 그러기 위해서라도 우리가 얼마나 되는 힘을 갖고 있는지 파악해야겠다."

"알겠습니다. 리무루 님."

자신만만한 그 얼굴. 군사 부문을 맡기기에 부족함이 없는 장군의 표정이다.

시온을 돌보는 건 완전히 엉망진창이었지만, 이런 점에선 실로 믿을 수 있는 남자이다.

"시온! 너에겐 포로에 대한 심문을 맡기겠다. 요움, 뮬란, 시온을 도와다오. 가능한 한 파르무스 왕국의 내부 사정을 자백하게 한 뒤에 그 나라를 빼앗겠다. 그 전에는 우선 전후 처리를 확실하게 마쳐야겠지. 요움을 새로운 왕으로 삼아 새로운 국가를 수립하겠다. 그러기 위해선 그 녀석들의 정보가 필요하다. 절대로 죽이진 마라. 나중에 어떤 이용 가치가 생길지도 모르니까."

"맡겨만 주십시오, 리무루 님!"

"맡겨주십시오, 나리."

"약간이나마 은혜를 갚을 수 있으면 좋겠지만, 할 수 있는 일은 다 하겠습니다."

시온은 의욕을 보인다. 죽일 생각이 있는 게 아닐까 싶어 불안했기 때문에, 죽이지 않도록 미리 단단히 다짐해두었다. 아마 괜찮을 것이다.

단, 아주 약간 마음에 걸리는 점이 있었다. 시온의 눈 한쪽 구석에 어딘가 불온한 빛이 깃들어 있는 것처럼 보였던 것이다.

기분 탓이라면 좋겠지만…….

안 그래도 시온은 쉽게 폭주하기 쉬운 성격이므로, 이번 일을 기회로 삼아서 뭔가 배우게 하려고 생각했지만 아직은 조금 빠른 건지도 모르겠다.

뭐, 시온 혼자에게 맡기는 것은 아니니까 괜찮겠지.

요움과 뮬란은 앞으로의 일과도 관련이 있으니까 같이 참가하게 하는 게 좋을 것이다. 그리고 시온이 폭주할 것 같으면 곧바로 내게 연락하도록 부탁해놓는 것도 잊지 않는다. 이렇게 해두면 어떻게든 될 것이다.

"소우에이!"

"지금 당장 클레이만의 정보를 모아서 가져오겠습니다."

으, 응. 역시 일처리가 빠른 남자, 소우에이. 내가 명령을 내리지 않아도 내 뜻을 미리 추측하고 있다.

그리고 이미 클레이만을 사냥감으로밖에 보고 있지 않은 느낌이다. 소우에이는 정말 무섭구나.

믿음직스럽기도 하지만.

그런 생각을 하고 있는 사이에도 소우에이 이하의 첩보 부문에 속한 자들이 사라졌다. 곧바로 행동을 시작한 모양이다.

소우에이가 돌아오기를 기다렸다가 본격적인 작전 회의를 벌일 수 있을 것 같다.

그 다음은──.

"삼수사 제군. 방금 말한 대로 나는 클레이만을 물리칠 것이다. 그러기 위해서 수인들에게도 협력을 요청하고 싶다만?"

"바라 마지않던 일입니다, 쥬라의 숲의 맹주님."

"뭐든지 말만 하쇼. 우리는 지금부터 한동안은 당신의 명령에 따를 테니까!"

423

"우리 모두의 마음은 하나입니다. 수인들은 신뢰는 신뢰로, 은혜는 목숨으로 갚습니다. 우리는 지금 당신을 신뢰하며 갚을 수 없는 은혜를 입었습니다. 다음에는 이 목숨을 걸고 당신에게 갚아야 할 차례입니다!"

"알았네. 그렇다면 명령하지. 잘 먹고 잘 쉬면서 기운을 회복하여 곧 있을 결전을 향해 대비해주게!"

"""넷———!!"""

삼수사도 무릎을 꿇으면서 내 명령에 따를 것을 승낙해줬다.

이것으로 전력 면에서도 힘이 많이 커졌으니, 클레이만에 대한 대비도 든든해질 것이다.

우선은 한시름 놓았다고 할 수 있다.

"그러면 남은 자들은 도시의 피해 상황을 조사해서 복구하도록. 그리고 수인들의 거처를 정비하여 한동안은 쾌적한 생활을 할 수 있도록 협조해주게. 싸움이랑 트러블이 발생하지 않도록 경비도 확실히 해줄 것을 부탁하네!"

모두가 잘 알았다는 듯이 고개를 끄덕였다.

이것으로 일단 전체적으로 명령을 내리는 것은 끝났다.

"좋아. 그러면 소우에이의 조사 보고를 기다렸다가 회의를 열겠다. 그때까지 각자 주어진 일의 문제점 등을 조사해서 정리한 뒤에 실행 가능한 계획을 세워두도록 하라!"

"""알겠습니다!!"""

내 부하들이 일제히 일어나서 내게 경례했다.

나도 고개를 끄덕이면서 살짝 웃는다.

그리고 가면을 손에 쥐고 쓴 뒤에 의자에 앉았다.

"시작하라!"

내 말 한마디로 모두가 일제히 움직이기 시작한다──.

*

방에 남은 것은 나와 디아블로와 슈나, 세 명뿐.

시온은 "전 비서인데──"라고 말하면서 망설였지만, 내가 직접 명령을 내린 임무를 우선하기로 한 모양이다. 디아블로에게 비서의 기본이라는 것을 말해주고 있었지만 대충 흘려들어도 문제가 없을 내용 같았다.

디아블로는 기쁜 표정으로 고개를 끄덕이면서 감탄하는 모습을 보였으며, 시온도 점점 우쭐거리기 시작했고…… 슈나가 말리지 않았으면 아직도 계속 이야기하고 있었을지도 모른다.

기본적으로 시온에겐 모처럼 세 명의 포로를 심문하는 일을 맡겼다. 열심히 임해주지 않으면 의미가 없다. 애초에 심문이라는 건 이름뿐이지, 사실상 시온에 의한 고문이나 다름없다. 육체적인 고통은 주지 않되, 정신적인 고통을 주는 것은 어떤 것이든 관계없다고 허가를 해놓았다. 피해자들이 참가하는 것도 허락했으므로, 모두 기합을 잔뜩 넣고 정보를 토해내게 만들어줄 것이다.

내 안에 소용돌이치고 있던 분노는 시온과 다른 죽은 자들이 부활하면서 진정되었다.

그렇게 되자 초라한 꼬락서니의 국왕 영감이랑 서방성교회의 대사제 아저씨 따위는 죽일 마음도 들지 않았다.

실행범인 청년 애송이는 디아블로가 이미 마음을 꺾어놓은 상태이고…….

용서할 수는 없지만, 내가 손을 댈 마음은 사라진 것이다.

앞으로의 방침에 따라선 파르무스 국왕이랑 대사제를 살려놓고 이용하는 게 더 좋을지도 모른다. 그러므로 죽이지만 않는다면 시온의 행위를 모두 묵인해줄 생각이었다.

당하면 갚아준다.

그리고 공포를 심어주면서 두 번 다시 같은 잘못을 범하지 않게 만드는 것이다.

그러기에는 시온이 가장 적합했다.

정보를 끌어낸 뒤에 제대로 된 요리로 보상을 해줄 것이다.

──이번에 획득한 유니크 스킬 '요리인'으로 말이다.

그리고 시온이 정보 수집에 임하는 동안에도 나는 달리 할 일이 있다.

우선은 이 세계의 전후 처리를 어떤 과정을 통해 진행하는지를 배워야 한다.

전쟁 후의 포로에 대한 대접이나 그 외의 전쟁에 관한 이 세계의 상식도, 일단은 고려해보자고 생각했다.

모든 인류가 우리를 마물로 여긴다면, 우리는 우리의 규칙에 따라 행동하면 된다. 그러나 협력 관계를 맺을 수 있는 가능성이 있는 지금은 마지막까지 그걸 믿고 행동해야 한다고 생각했다.

그런고로, 이런 경우에 국가 간의 거래는 어떻게 진행되는 것인지 조사해보기로 한 것이다.

요움이랑 에렌 일행에겐 물어봐도 소용이 없었다. 하긴 국가

간의 제도에 관해선 제대로 알 리가 없으니까.

그때 떠올린 인물이 바로 베스터였다.

똑똑 하고 노크 소리가 들림과 동시에 디아블로가 문을 연다.

방 안으로 들어오는 베스터.

"부르셨다고 해서 찾아왔습니다. 이번 일은 실로 큰일이었습니다. 하지만 리무루 님이 무사하셔서 무엇보다 다행입니다."

나를 보자마자 베스터가 인사를 했다.

정말로 큰일이었지. 아직 끝나지는 않았지만.

"그러게 말이네. 그래서 묻고 싶은 게 있는데, 인간의 국가 사이에서 전쟁이 벌어지면 어떻게 되나?"

그렇게 직접적으로 물어봤다.

뜸을 들이는 건 잘 못 하는 데다 할 필요도 없을 테니까.

"──파르무스 왕국 건 말씀이군요. 확실히 어려운 문제이긴 합니다."

그렇게 말하면서 베스터는 전쟁에 관한 것을 이야기해줬다.

우선, 서방 열국 중에서도 평의회──카운실 오브 웨스트(서방 열국 평의회)에 가입한 국가들 사이에선 그다지 전쟁이 잘 일어나지 않는 것이 현재 상태라고 한다.

가령 그런 사태가 일어났을 경우, 선전포고부터 시작하여 엄정한 규칙에 따라 벌어지게 된다. 이것을 지키지 않으면 평의회를 적으로 돌리게 된다. ──즉, 서방 열국 전체가 적이 되는 것이라 생각해도 된다고 한다.

그렇다면 평의회에 참가하지 않은 국가와의 전쟁이라면 어떻게 되나?

이건 여러 가지 경우가 있다고 하지만, 기본적으로는 이겨도 져도 평의회는 관여하지 않는다. 단, 너무나도 비인도적인 짓을 행하면, 평의회 내부에서 자신의 신용을 떨어뜨리는 결과가 될 것이다.

상대에게 규칙을 적용할 수 없다고 해서 자신들도 무슨 짓이든 해도 된다는 식으로 행동할 수는 없다는 것이다. 상당히 번거롭게 들리는 이야기다.

하지만 반대로 상대로부터 공격당했다면 이야기는 달라지며, 그때는 평의회에 원조 의뢰를 할 수 있다고 한다. 그런 이점이 있기 때문에 약소국이 다수 가입하고 있는 셈이라 할 수 있다.

무장 국가 드워르곤이나 동쪽 제국——나스카 나무리움 우르메리아 동방연합통일제국 같은 곳은 당연히 평의회와는 관계없다.

그러므로 만일에 그런 국가와 얽히는 사태가 일어날 경우, 평의회는 하나로 뭉쳐서 대처하게 될 것이다.

단, 자신이 먼저 공격해 들어갔다면 이야기는 달라지는데, 그때는 평의회가 관여하지 않는다고 했다. 오히려 대국의 분노를 사는 것을 두려워해 평의회에서 추방을 하는 일조차 있을 수 있다고 한다.

이렇게 이야기를 들으니, 평의회라고 하는, 전에 살던 세계의 국제연합과 비슷한 조직은 약자들의 상호협조라는 의미가 큰 모양이다. 마물의 위협을 앞에 두고 인간들끼리 싸워서는 안 된다는 지혜의 산물이라 할 수 있겠다.

이야기를 듣고 어느 정도는 이해할 수 있었다.

이번 경우에 파르무스 왕국은 독단으로 우리에게 싸움을 건 것이 된다.

서방성교회가 가담하는 성전이 되는가 아닌가 하는 점은 미묘하다.

"그렇습니다. 이기든가, 최악의 경우 전황이 엇비슷하게 유지되고 있었다면, 서방성교회의 호령하에 서방 열국도 움직였을지 모릅니다. 그렇지만……."

그래, 그렇다.

나 하나를 앞에 두고 파르무스 군은 소멸했다. 말 그대로 살아남은 자는 단 세 명뿐인, 역사상 전례가 없었던 큰 패배를 겪은 것이다.

그것도 블루문드 왕국과 연관되어 있는 한 국가에게 말이다.

그런 상대에게 일부러 싸움을 거는 상대가 있을까?

이겨도 얻을 것이 없다면 인간은 움직이지 않는다. 하물며 이기기가 어려울 것 같은 상대라면…….

"서방성교회가 파르무스 왕국을 저버린다면 우리에게 군사행동을 일으킬 국가는 없다고 봐도 되겠나?"

"드워프 왕국은 평의회에 가입하고 있지 않지만, 그 내부 사정은 파악하고 있습니다. 제가 보기에는 아마도 틀림없이 움직이지 않을 것입니다."

이건 생각했던 것보다 상황이 유리할 것 같다.

"쿠후후후후, 과연. 그럼 서방 열국들에게 우리의 힘을 보여준다면——."

"잠깐, 디아블로. 그에 관해선 나에게 생각이 있다."

"이런, 실례했습니다."

"아니, 괜찮다. 아마도 너에겐 파르무스 왕국을 함락시킬 임무를 내리게 될 것 같구나."

"오오! 부디 제게 맡겨주시길."

나는 고개를 끄덕이면서 생각한다.

서방 열국도 서방성교회도 베루도라가 부활하면 움직이지 못하게 될 것이다. 그러는 사이에 우리가 적이 아니라는 것을 어필하면 된다.

그리고 아마도 파르무스 왕국은 평의회에서 떨어져 나갈 것이다.

《알림. 그 예측대로 사태가 전개될 것으로 생각합니다.》

음.

라파엘도 이렇게 말하고 있으니, 틀림은 없겠군.

그럼 포로의 취급을 어떻게 할 것인가를 정해야겠군.

이건 베스터도 설명이 막히고 말았다.

전쟁 그 자체가 자주 일어나지 않는 데다, 기본적으로 포로는 포로끼리, 또는 돈이나 권리 같은 것과 교환한다고 하니까.

게다가…… 나라의 최고 권력자를 포로로 삼은 것은 전대미문의 사태라고 하니까.

그런 무능한 왕이라면 국민의 신용을 잃게 될 게 뻔하니, 왕을 죽였다는 오명을 덮어쓸 가치는 없을 것 같다.

정 뭣하면 싸우는 도중에 죽인 것으로 처리할 수도 있지만, 살려서 돌려보내는 게 좋을 것 같다.

"많은 참고가 되었다, 고맙구나. 베스터, 네가 있어줘서 정말 다행이다."

그렇게 노고를 치하했다.

그렇게 말하자, "아니, 그 정도는 아닙니다!"라고 말하면서 쑥스러움에 얼굴을 새빨갛게 붉히는 베스터.

성격도 원만해지면서 멋있어진 나이스 미들이지만, 그런 표정은 어울리지 않는다.

아저씨가 쑥스러워해봤자 귀엽지는 않단 말이지.

"아, 잊어버리고 있었습니다. 가젤 폐하께 이번 일의 전말을 보고해도 괜찮겠습니까?"

"그래, 상관없네. 혹시 뭔가 의견이 있다면 말해주면 좋겠다고 전해주게."

그렇게 허락했다.

숨겨도 어차피 곧바로 전달될 테니까, 사실을 각색하지 않고 먼저 전해두는 게 더 나을 것이다.

"잘 알겠습니다. 그럼 저는 이만——."

베스터는 아직 쑥스러워하고 있었지만, 가젤 왕에게 내 말을 전하겠다고 약속하면서 물러갔다.

그때 문득 깨닫는다.

저 인간, 쑥스러워 하는 게 아니라 날 보고 반한 건 아니겠지……?

지금은 가면을 벗고 있었는데, 설마…….

무시무시한 의혹이 떠올랐지만, 그게 아니기를 바랄 뿐이었다.

＊

그렇게 베스터가 물러나자마자,

《알림. '무한뇌옥'의 '해석감정'이 종료됐습니다.》

라파엘(지혜지왕)이 그렇게 내게 알려줬다.

좋아, 장소를 이동해서 베루도라를 해방시켜주자.

"나는 할 일이 좀 있으니 자리를 비우겠다. 따라올 필요는 없다. 슈나, 디아블로에게 도시를 안내해줘라."

"잘 알겠습니다. 그러면 조심해서 다녀오십시오."

"배려에 감사드립니다, 리무루 님."

"그럼 다녀오겠다."

그렇게 말하면서 나는 봉인의 동굴 가장 깊은 곳으로 향했다. 베루도라가 봉인되어 있었던 곳이며, 가비루 일행에게도 가까이 가지 말라고 말해둔 장소이다.

도시에서 베루도라를 해방시켰다간 대혼란이 일어날 것 같아서 배려한 것이다.

봉인된 상태라고 해도 사람이 다가갈 수 없을 정도로 마력요소 농도가 짙었으니까 말이지…….

이동하기는 간단했다. 예전에는 몇 분이 걸렸던 '공간이동'의 위치 좌표 지정을 지금은 의식하기만 해도 끝낼 수 있었다.

순식간에 공간을 연결하여 눈앞에 구멍을 만든다. 그곳을 지나가면 바로 목적지였다.

자, 우선은 복습을 해야 한다.

마왕으로 진화하면서 내 스킬(능력)도 크게 변화한 상태다.

지금의 '공간이동'도 그렇지만, 모든 것을 얼티밋 스킬(궁극 능력) '라파엘'이 총괄하게 되면서 사용하기 쉽게 된 것이다.

얼티밋 스킬 '라파엘'의 권능은——'사고가속, 해석감정, 병렬연산, 영창파기, 삼라만상, 통합분리, 능력개변'——대충 이 정도이다.

시즈 씨의 유품인 유니크 스킬 '변질자'도 사라지면서 라파엘에 흡수된 모양이다. 그래서 유창하게 말할 수 있게 된 건가?

《아닙니다, 그건 관계없습니다.》

기분 탓이라고 말하지 않고 관계가 없다고 말한다. 이건 즉…… 아니, 이 이상의 추궁은 그만두기로 하자.

추가로 말하자면, '사고가속'으로 지각 속도를 100만 배까지 늘릴 수가 있다. 말로는 실감할 수 없겠지만 써보면 시간이 정지된 것처럼 느껴진다.

이런 스킬 덕분에 마법을 소수점 이하의 오차로 동시 발동시키는 것도 가능하게 되었다. 유니크 스킬 '대현자'와는 비교가 되지 않는 성능을 갖추고 있는 것이다.

그리고 얼티밋 스킬 '벨제뷔트(폭식지왕)' 말인데——'포식, 위장,

변신, 격리, 부식, 혼식(魂喰), 먹이사슬'——같은 권능을 갖추고 있다.

새롭게 생긴 힘은 '혼식(魂喰)'이다.

모처럼 도움이 되겠다고 생각했던 유니크 스킬 '심무자(心無者)'도 통합되어서 사라졌다. 아쉽게 느껴졌지만 다행히 '혼식'으로 변해 남아 있었던 것이다. 이건 상대의 영혼을 잡아먹으면서 언제든지 죽일 수 있게 되는 힘이다. 영혼을 잡아먹으려면 상대의 마음을 꺾어야 할 필요가 있지만, 나름대로 쓸 만한 구석은 있을 것 같다.

눈에 띄는 것은 '수용(受容)'과 '공급(供給)'이 '먹이사슬'로 변한 것이랄까. 완전히 나를 정점으로 삼은 스킬의 체계가 세워져 있었다. 하위 마물의 힘은 내게 집약되며, 내 힘의 일부는 부하가 갖출 수 있게 된다. 그런 터무니없는 효과를 가진 것이다.

이건 현재도 진행 중인 것으로, 내 휘하에 있는 마물들이 진화하여 얻은 스킬이 차례로 내게 환원되는 모양이다. 이것도 라파엘에게 맡겨두면 되겠지.

대충 말해서 이상이 내가 가진 스킬이다.

스스로도 놀랄 정도의 고성능이지만, 어차피 제대로 쓰지 못한다. 게다가 라파엘이 '먹이사슬'을 받아들여서 '능력개변'을 한창하는 중이니까, 성실하게 기억해봤자 의미가 없을 것 같다.

그런고로 자신에 관해선 이 정도로 해두고 베루도라를 해방시킬까 한다.

그건 그렇다 치고 드디어 이때가 찾아왔군.

2년 가까이 걸렸지만, 겨우 약속을 지킬 수 있게 됐다.

나머지는 빙의시킬 육체가 필요하지만, 그건 방금 확인한 내 스킬로 어떻게든 해결할 수 있을 것 같다.

지금, 해방시켜주마──베루도라!!

그리고 나는 '라파엘'에게 명령을 내린다──.

명령을 내리자마자 내 '위장' 내부에 템페스트(마력요소의 폭풍우)가 거칠게 일어났다. 만약 '벨제뷔트'로 진화하지 않았더라면 '위장'이 버티지 못하고 날아갔을 것이다.

압도적일 정도의 폭풍이 해방된 느낌이 들었다.

『이 몸이 부활했도다!!』

이 몸은 또 뭐야.

말투가 좀 바뀌지 않았나? 그런 지적을 떠올리면서,

『여어, 오랜만이야! 잘 지냈어?』

가볍게 인사를 했다.

『……모처럼 부활을 했는데 날 대하는 태도가 가볍지 않은가? 그건 그렇고, 생각했던 것보다 빨랐군. 아직 한참 더 걸릴 줄 알았는데 말이야.』

『그렇지? 확실히 '무한뇌옥'의 '해석감정'에는 시간이 상당히 걸렸으니까 말이야. 그대로 진행했다면 수백 년은 걸렸을지도 몰라. 하지만 우연히 내 '대현자'가 진화를 했지 뭐야.』

『진화라고? 어쩐지 빠르다 했지. 내 유니크 스킬 '구명자'로도 향후 백년은 걸릴 거란 계산 결과가 나왔거든. 내부에서 해석한 정보를 너의 '대현자'로 보낼 수밖에 없었지만, 그게 갑자기 한꺼번에 유통량이 늘어나는 바람에 무슨 일인가 했었지. 그건 그렇고 스킬이 진화를 하다니……. 대체 무슨 일이 있었던 거야?』

베루도라의 질문에 나는 설명을 했다.

내가 마왕으로 진화하면서, 유니크 스킬이 얼티밋 스킬로 진화한 것. '대현자'가 '라파엘'이 되면서 해석 능력이 몇 단계 더 높아졌다는 것을.

『호오, 일이 그렇게 된 건가. 아니, 2년도 안 되어서 마왕이 되었단 말이야?! 각성 마왕은 주변에 널린 가짜들과는 달리 나도 상대하기 힘들 정도로 강하다고!』

각성 마왕이란 건 '진정한 마왕'을 말하는 것 같다. '마왕종'은 수확제를 거쳐 각성한다고 한다. 뭐, 그런 건 아무래도 상관없겠지.

『뭐, 말하자면 뭐랄까. 혹시, 나는 천재 같은 거 아닐까? 태어났을 때도 평범한 인간이 아니라 슬라임으로 태어났으니까 말이야. 동료한테도 이름을 붙여줬더니 순식간에 진화를 하고 말이야. 그러니까 이 정도는 아주 쉬웠다고 할까?』

『……바보냐, 너. 너무 무모했어. 어쩐지 때때로 내 에너지(마력요소)양이 불쑥 빠져나간다 싶었지. 네가 이름을 잔뜩 붙여주고도 무사했던 건 모자라는 부분을 나한테서 뺏어갔기 때문이야. 이 자식, 무모하게 굴기는. 그러는 바람에 효율이 떨어지니까 해방은 아직 멀었다고 생각하고 있었는데, 설마 진화를 해서 시간을 단축시킬 줄이야. 완전히 예상 밖이었어!』

어? 그 말은 곧…… 내가 '이름 짓기'를 했어도 무사했던 것은 주로 베루도라 덕분이었단 말인가.

그러고 보니 리스크도 없이 그렇게나 간단히 진화할 수 있다는 게 이상하긴 하네? 그런 생각을 하기는 했었지만.

앞으로는 가벼운 마음으로 '이름을 짓는 것'은 자중하기로 하자.

그랬구나, 마왕들이 빠르게 부하들을 늘리지 않는 이유가 이제 겨우 이해가 되었다.

뭐, 이제 와서 따져봤자 소용없는 일이다.

지금은 계획했던 대로 일이 진행된 걸로 치자.

『그렇지? 뭐, 계산했던 대로야. 그건 그렇고 너한테는 기프트(축복)가 부여되지 않았어? 마왕으로 진화했을 때 '세계의 언어'는 영혼의 계보에 속한 자들에게 나눠질 것이라고 말했던 것 같은데……?』

영혼의 계보를 말하자면 나와 베루도라 사이에도 분명 연결 고리가 있었을 텐데 말이다.

응? 하는 생각이 내게 전해져 왔다.

잠시 동안 침묵에 잠간 베루도라.

『오, 오오오!! 이게 스킬의 진화란 말인가. 내 유니크 스킬 '구명자'가 얼티밋 스킬 '파우스트(구명지왕, 究明之王)'로 변했어!! 이게 바로 나의 끝없는 탐구심이 바라던, 궁극의 진리에 도달할 수 있는 힘이로구나!!』

크게 흥분하고 있는 것 같다.

뭐라고 할까. 상황이 돌아가는 것을 깨닫는 게 늦는 인간이랄까.

통지표에 주의력이 부족합니다, 라고 적히는 타입으로 보인다.

뭐, 딱히 상관없지만.

『그거 다행이군. 의외로 간단히 진화했지?』

엄청 들뜨면서 기뻐하는 베루도라에게 그렇게 말을 걸자, 한숨이 섞인 어이없다는 투의 사념으로 대꾸했다.

『바보! 나조차도 그런 일이 일어나는 것을 몰랐을 정도야. 그렇게 쉽게 일어날 수 있는 게 아니라고!!』

라고 말이다.

뭐, 확실히 그렇긴 하다. '진정한 마왕'도 그리 자주 출현하지 않는 것 같으니, 희귀하다는 것은 틀림이 없다.

그런 뒤에 한동안 우리는 서로의 지식을 서로 가르쳐주면서 오랜만의 대화를 즐겼다.

계속 이야기를 나누고 싶지만, 슬슬 베루도라를 밖으로 보내주기로 하자.

아, 그러기 전에.

『이봐, 봉인도 풀리고 부활했으니 슬슬 밖으로 나가 보겠어?』

『오오, 그렇지. 그런데 내 육체를 어떻게 마련한다…….』

『그건 어떻게든 해결할 수 있을 거라 생각하지만, 약속해줬으면 하는 게 있어——』

『호오, 뭐지?』

『너의 그 지나치게 큰 오라(요기)를 좀 억눌렀으면 좋겠어. 도시에는 인간도 있고, 약한 마물도 찾아오거든. 그런 곳에 부활한 네가 출현하면 완전히 야단법석이 일어날 것 아냐?』

『——그렇군. 넌 정말로 왕이 되었구나. 알았다, 약속하지!』

확실하게 약속을 받아냈다.

일부러 인기척이 없는 동굴의 가장 깊은 곳까지 온 것은 이걸 위해서였으니까, 이 자리에서 오라를 확실하게 억눌러서 마력요소의 유출을 미리 제어해놓아야 한다.

베루도라에게 다짐에 또 다짐을 해두면서 약속을 받은 후에 나는 새로이 만든 '강화분신'이라는 것을 발동시켜봤다. 이걸 베루도라가 빙의할 육체로 삼을 생각이다.

나랑 똑같이 생긴 아름다운 얼굴의 분신이 출현했다.

……과연, 베스터가 넋을 잃고 바라볼 만하다. 예전보다 성장하면서 키가 커졌다. 마왕화의 영향 때문이겠지만, 약간 어른스럽고 요염한 분위기가 늘어나 있었다.

『호오, 혹시 그걸……?』

『그래. 네 육체로 쓰도록 해.』

『크와하하하하! 그렇군, 잘 알았어!』

베루도라가 승낙을 했기에 나는 자신의 '강화분신'에게 '위장'에서 꺼낸 베루도라의 사념체——마음(심핵)을 이행시켰다. 아스트랄 바디(성유체)조차 없는 상태이기 때문에 아주 불안정한 상태다. 베루도라는 정신 생명체이므로 시간과 함께 부활하겠지만. 어쨌든 지금은 내 '강화분신'이 최후의 보호막이 될…… 예정이었는데.

《알림. 중요한 보고가 발생했습니다.》

라파엘이 그렇게 알려 왔다.
아무래도 베루도라와 관련된 일인 것 같다.

《알림. 마스터와 개체명 : 베루도라의 '혼의 회랑'이 확립되었음을 확

인했습니다. 개체명 : 베루도라의 잔해를 '포식'하여 '해석감정'한 결과,
얼티밋 스킬 '베루도라(폭풍지왕, 暴風之王)'를 획득했습니다.》

　라파엘은 터무니없는 소리를 당연하다는 듯이 보고했다.

　한순간 할 말을 잊게 만드는 경악할 만한 내용이었다.

　보아하니 '벨제뷔트'가 '위장'에 남은 베루도라의 잔해를 잡아먹으면서, 그 힘의 일부를 얻은 모양이다. 그게 영혼의 연결을 확고한 것으로 만들면서 이 힘으로 변한 것이리라.

　얼티밋 스킬 '베루도라'라는 것은——'폭풍룡소환, 폭풍룡복원, 폭풍계마법'이라는 권능으로 이뤄져 있었다.

　폭풍룡소환이라는 것은 내 기록에 있는 모습으로 베루도라를 소환한다. 지금은 사념체였지만, 완전 회복하면 그 모습으로 소환도 할 수 있는 모양이다. 이건 한 번에 한 마리까지만 가능하다. 재소환하면, 그때까지 활동하고 있는 쪽은 소멸하는 것 같다. 이걸 이용한 이동도 가능할지 모르겠다.

　폭풍룡복원이라는 것은 나에게 베루도라의 기억이 복제된다. 즉, 베루도라가 어떤 요인으로 사망하더라도 복원이 가능하다는 뜻이다. 그보다도——내 영혼 중에 베루도라의 본체가 있다고 생각하는 게 더 이해하기 쉬울 것 같다. 이게 있기 때문에 재소환이 가능한 것이겠지.

　폭풍계마법이란 것은 '죽음을 부르는 바람', '검은 번개', '파괴의 폭풍우'라는 마법을 사용할 수 있게 되는 것이었다. 마법서에도 기록되어 있지 않은 초절마법으로, 상당한 이득을 얻은 것 같다.

　설명은 이상이지만, 이건 왠지 베루도라가 나를 백업으로 이용하고 있는 것 같은데. 나도 베루도라의 권능을 사용할 수 있게 되었으니 이점도 크지만.

'혼의 회랑'이라. 내가 체험한 기억과 경험이 모두 시공간을 무시하고 네 안에 축적되는 것이야. 즉, 네가 소멸하지 않는 한은 불사가 되었다는 뜻이지. '무한뇌옥' 등으로 봉인되어도 네가 재소환하면 해결된다. 나는 원래 무적에 가까웠지만, 완전한 불사를 얻은 꼴이 되었군."

그 말이 진짜야? 확실히 말해서 그건 상당히 비겁한 힘인 것 같은데.

뭐, 어디까지나 내가 살아 있는 것이 전제 조건이 되겠지만…….

정말이지 무서운 이야기로군.

나하고만 싸울 생각이었는데, 어느새 베루도라도 참전하고 있었다! 이렇게 될 수도 있는 거잖아.

크큭큭. 상상만 해도 상대가 불쌍해지는데.

터무니없는 비장의 수가 생기고 말았다.

그리고 나와 베루도라가 '혼의 회랑'으로 이어지면서 베루도라에게 변화가 발생했다.

베루도라의 심핵이 내 영혼과 이어지면서 그의 희미한 존재성이 보강된 것이다. 순식간에 아스트랄 바디는커녕, 스피리추얼 바디까지 재현되면서 완전체로서 부활했다.

그리고──.

"음?!"

베루도라가 그렇게 중얼거린 순간, '강화분신'의 모습이 변화했다.

점점 키가 커지면서 2m에 가까운 키가 된다. 체격은 튼튼해지고 날씬하면서 근육이 단단하게 잡혔다.

갈색의 피부에 금발.

그리고 남자답게 용맹한 얼굴——어딘지 모르게 나와 비슷하게 생긴——을 한 미청년이 된 것이다.

내 모습을 남성형으로 특화시키면 이렇게 된다는 느낌이었다.

내가 변신한다고 해도 이렇게까지 남자답지는 않기 때문에 베루도라의 의지가 작용된 것이리라. 역시 배틀 마니아(전투광)답게 싸우기 쉬우면서 강해 보이는 외모로 변한 것 같다.

용의 거대한 몸집이 되지 않은 것이 그나마 다행이다.

부활할 수 있게 되어서 어지간히 기뻤는지 베루도라는 멍청한 소리를 하기 시작했다.

"크와하하하하! 내가 완전 부활했도다!! 나는 궁극의 힘을 손에 넣었다! 거역하는 자는 전부 죽여버릴 테다아!!"

그런 식으로 어디선가 등장하는 악역 같은 대사를 내뱉었다.

응, 잠깐?

그 대사, 어디선가 들은 기억이 있는데?

——그건 분명, 내가 애독하던 만화 속에서 보스가 했던 대사다…….

"잠깐, 잠깐, 형씨. 어떻게 그 대사를 알고 있는 거지?"

"크와하하하하! 실은 말이지, 지루한 바람에 네 기억을 해석해서 그 안에 있던 걸 읽고 있었거든."

"이봐, 당신, 그런 시시한 짓을 하는 바람에 해석이 더뎌진 건 아니겠지?!"

"응?!"

"──응?"

서로를 바라보는 두 사람.

유감스럽게도 그 자리엔 화기애애한 분위기는 한 조각도 존재하지 않았다.

"그건 그렇다 치고, 드디어 해방이 되었구나! 고맙게 생각하마, 리무루여!!"

눈을 돌리면서 이야기를 억지로 바꿔버렸다.

이 건에 관해서는 나중에 확실하게 추궁을 해야겠다.

나는 진심으로 그렇게 맹세했다.

*

베루도라는 내 부탁대로 오라(요기)를 억눌러주었다. 그러나 그 지나치게 강대한 힘이 부활한 탓인지, 아직도 펑펑 흘러나오고 있다.

그렇기 때문에 나도 제어 연습에 같이 어울렸다. 이대로는 모두에게 소개할 수가 없었기 때문이다.

"그게 아니라, 안에다 쌓아가는 느낌으로 하는 거야!"

"으음? 오오, 그리고 보니……."

뭔가 떠올린 것처럼 베루도라가 명상을 한다. 그러자, 흘러나

오는 오라가 상당히 적어졌다.

"어때?"

"오, 괜찮은 것 같은데?"

"크왓──핫핫핫! 역시 성전(만화)의 지식은 대단하군! 이 세상의 모든 지혜가 담겨져 있는 것 같던데."

──그럴 리가 없잖냐, 이 바보야.

아무래도 만화에서 얻은 지식을 실천한 모양이다.

정말 터무니없는 녀석이다.

하지만 조금 더 연습을 하면 괜찮을 것 같다.

그렇게 생각한 바로 그때──.

《알림. 영혼의 계보에 속한 마물들의 '먹이사슬'이 완료됐습니다. 최상위자인 마스터(주인님)에게 스킬이 대량으로 도착해 있습니다. 취사선택하여 '능력개변'을 실행하시겠습니까?

YES / NO》

수확제를 통해 부하들의 진화가 완료되면서 '먹이사슬'도 완료된 모양이다.

그걸 받아들여서 라파엘이 '능력개변'을 신청해 왔다.

대량의 스킬이 있어도 어차피 나는 다 사용하지 못한다. 모두 사용하기 편하게 간단히 정리해두는 게 좋겠지.

기본적으로 자신의 재능을 몇 년이나 연마해야 겨우 스킬을 습득할 수 있을까 말까 하다고 한다. 그런 걸 갑자기 대량으로 획득해봤자 제대로 사용할 수 있을 리가 없다.

내 입장에선 보물을 썩히는 셈이니 별문제는 없을 것이다.

그렇게 생각하면서 속으로 YES를 선택한다.

능력의 통폐합이 순식간에 완료된다.

《알림. 유니크 스킬 '무한뇌옥'을 기초로 하여 능력의 통합이 완료되었습니다. 유니크 스킬 '무한뇌옥'이 얼티밋 스킬 '우리엘(계약지왕, 契約之王)'로 진화하였습니다.》

잠깐만. 잠깐마━━━━안 기다려봐.

언제 유니크 스킬 '무한뇌옥'을 획득한 거야?

상당히 중요한 정보라고 생각하는데, 라파엘에겐 무시할 정도의 레벨이란 말인가…….

아무리 어려운 문제라도 풀어버리면 흥미가 사라지는 법이다.

계약, 또는 충성.

나에게 충성을 맹세하는 자의 기원의 결정체.

그 모든 것을 통합해서 태어난 것이 얼티밋 스킬 '우리엘'이었다.

획득과 동시에 체감하는 강한 힘의 기운. 말도 안 될 정도의 안도감을 부여해준다.

그야 그렇겠지. 뭐니 뭐니 해도 이 힘은 나와 동료들 사이의 인연의 증표이니까.

응, 잠깐?

그 말은 즉…… 이걸로 나는 합계 네 개나 되는 얼티밋 스킬을 획득한 셈이 된다.

이렇게 되면 약간은 내 멋대로 굴어도 괜찮지 않을까?

──아니, 방심은 금물이다.

함부로 굴었던 악당의 말로는 비참하다.

나도 마왕을 칭하게 되었으니 방심을 하면 안 된다.

늘 함부로 까불다가 실패했으니, 지금은 신중해져야 할 때다.

어쨌든 지금은 권능을 확인해야 한다.

《해답. 얼티밋 스킬 '우리엘'의 권능은──.》

늘 그랬듯이 라파엘의 설명을 듣는다.

내 엑스트라 스킬까지도 이 안에 통폐합된 모양이다. 고유 스킬은 '무한재생, 만능감지, 만능변화, 마왕패기, 강화분신, 만능거미줄'만 남게 되었다.

그리고 그 권능은──'무한뇌옥, 법칙조작, 만능결계, 공간지배', 주로 이렇게 네 개다.

무한뇌옥 : 대상을 허수 공간으로 가둔다.

만능결계 : 다중 구성으로 이뤄진 복합 결계와 공간 단절에 의한 절대 방어.

법칙조작 : 흑염뢰. 마력조작. 열량조작 및 관성 제어. 자유자재로 '위장'으로 열을 넣었다 뺐다 할 수 있다.

공간지배 : 이동능력. 위치 좌표를 확인한 공간을 자유로이 드나든다.

그런 식으로, 지금까지 획득한 스킬의 집대성 같은 느낌으로 이뤄져 있었다.

'무한뇌옥'은 내 뜻에 따라 발동한다. 베루도라를 봉인하고 있던 결계와 동등하다. 즉 이것으로 붙잡으면 탈출은 불가능할 것이다.

'만능결계'는 자동으로 내 몸을 보호해주고 있다. 의식할 필요도 없이 완전히 라파엘의 지배하에 있는 모양이다.

'법칙조작'이란 것은 마력요소라는 물질을 조종함으로써 다양한 현상을 바꿀 수 있다고 한다. 무슨 뜻인지 잘 이해가 안 되니, 내가 뭔가를 바라면 라파엘이 알아서 처리해주는 것 정도로 기억해두자.

그리고 '공간지배'는 순간 이동에 가깝다. '만능감지'로 인식하는 공간 안이라면 공간에 구멍을 내지 않더라도 순식간에 이동이 가능하다. 약간 시간은 걸리지만 한 번 간 장소에도 갈 수 있는 것이다.

대놓고 말하자면 '우리엘'의 권능도 정말 굉장하다.

지금까지 갖고 있던 공격에 이동과 방어. 그리고 봉인. 그런 것들이 대폭적으로 파워업된 것이라 할 수 있었다.

이 정도로 이해하면 괜찮겠지.

나도 이제 무적이 된 게——아니, 아니, 방금 전에 자중하자고 막 결심한 참이잖아.

함부로 잘난 체 들뜨면 안 된다.

내가 자신의 능력을 확인하고 있는 동안에 베루도라도 오라의 제어를 익힌 모양이다.

게다가 얼티밋 스킬인 '파우스트(구명지왕)'도 이해한 모양이다. 멍청한 발언을 하도 많이 해서 나도 모르게 잊어버리긴 했지만,

베루도라는 나보다 머리가 좋은 것이다.

상당히 대단한 권능인 모양이다.

듣자하니 '사고가속, 해석감정, 삼라만상, 확률조작, 진리지구명(眞理之究明)'이라는 다섯 개의 권능이 있다고 하는데. 들어도 이해할 수 있을 것 같지가 않다.

나도 보유하지 못한 스킬도 있는데, 아쉽게도 '먹이사슬'은 발동하지 않았다.

하지만 어차피 난 제대로 쓰지 못할 테니 욕심을 부려봤자 소용이 없다.

이렇게 준비는 다 끝났다.

그리고 이제 겨우──.

베루도라가 몇 백 년 만에 바깥 세계로 해방된 것이다.

*

베루도라를 데리고 동굴에서 도시로 돌아오자 모두가 날 맞아줬다.

맞아줬다기보다 대혼란이 일어날 뻔했다.

전설 속의 이름 높은 '폭풍룡' 베루도라의 부활을 알아차릴 자들은 이미 알아차린 모양으로, 나를 구출하기 위해 가겠다는 자들과 명령이 있을 때까지는 대기를 하고 있어야 한다는 자들이 둘로 나뉘어서 언쟁을 벌이고 있었던 것이다.

베니마루는 팔짱을 낀 채로 가만히 지켜보고 있었던 것 같다.

"그러니까, 그분이 사라지시면 우리 힘으론 칼리온 님을 구할 수 없어. 무슨 수를 써서라도 구출해야 한다고!"

"그러니까 몇 번이고 말씀드렸을 텐데요? 리무루 님은 스스로 가신 것입니다. 뭔가 생각하시는 바가 있는 건 확실하기 때문에 저희가 함부로 참견을 할 순 없습니다."

"그렇지만 벌써 3일이 지났잖아? 이대로는…….'

"에잇, 거 참 시끄러운 고양이로군요. 얌전히 있지 않으면 힘으로 눌러버릴 수도 있습니다."

"뭐라고?!"

"그러지 마, 디아블로! 그래선 중재가 안 돼! 스피어 씨, 괜찮소이다. 리무루 님이 무사하신 건 틀림없소. 위험이 있다면 우리가 움직일 거요. 단, 쥬라의 대삼림의 수호신인 베루도라 님이 부활하시게 되면 우리도 섣불리 움직일 수는 없소."

베니마루가 언쟁을 벌이는 두 사람을 중재하면서 머리를 긁적인다. 아무래도 생각했던 것 이상으로 심각한 분위기였다.

그렇군, 3일이나 지난 건가. 베루도라의 해방이랑 스킬의 확인 등을 하느라 시간 감각이 마비되어 있었던가 보다.

그리고 상황을 보아하니, 수인들이 동굴로 돌입해야 한다고 주장하고 있으며, 디아블로가 그걸 제지하고 있는 분위기였다. 제지하려는 쪽은 디아블로뿐만 아니라 트레이니 씨를 포함한 드라이어드 자매들과 쥬라의 대삼림에 사는 마물들이다. 굳이 말하자면 디아블로는 단순히 중재를 하고 있을 뿐인 것 같다.

상황을 확인할 수 있게 되었으니, 이제 슬슬 개입하도록 하자. 나와 베루도라가 원인이 되어 일어난 싸움 같으니까 말이다.

"여어, 다들. 걱정을 끼친 것 같아서 미안하네."

""""리무루 님!!""""

다들 놀라움에 큰 소리를 지르는 중이었고, 리그루도가 내 곁으로 달려왔다.

"오오, 리무루 님! 무사하셨습니까. 걱정했습니다! 봉인의 동굴에 갑자기 '폭풍룡' 베루도라 님의 기운이 부활했다는 보고를 받았습니다. 리무루 님이 동굴로 가셨다고 들었습니다만, 괜찮으셨습니까?"

그리고 모두를 대표하듯이 내게 말을 걸어온다.

걱정스럽게 물어보는 리그루도에게 나는 고개를 끄덕이면서 무사하다는 걸 보였다.

"알비스, 스피어, 포비오, 그리고 다른 수인들에게도 걱정을 끼친 것 같군. 내가 설명이 부족했어, 미안하네."

"아, 아니. 리무루 님이 무사하다면 난 그걸로 됐어."

"걱정했습니다. 하지만 무사하시다면 괜찮습니다."

"그런데 '폭풍룡' 베루도라는 어떻게 된 것입니까?"

삼수사는 내가 무사하다는 것을 알고 각각 안도하는 표정을 보였다. 칼리온을 구출하는 것이 내게 달렸다는 것을 이해하고 있는지라 필사적이 되어 있었나 보다.

그러던 중에 자기 이름이 아무렇지 않게 불렸던 베루도라가 입을 삐죽거리면서 불만스러운 표정을 보인다.

나는 쓴웃음을 짓고 베루도라의 어깨를 가볍게 두들겨주면서 '진정해'라고 달래준 뒤에, 모두가 보는 앞에서 입을 열었다.

"그 일에 관해선 지금부터 설명하지. 그 전에 모두에게 소개해두도록 하겠네──."

그렇게 말하면서 나는 옆에 선 미청년──베루도라의 등을 슬쩍 밀어서 모두 앞에 선보였다.

"이쪽은 베루도라 군이라네! 조금 낯을 가리긴 하지만 다들 사이 좋게 대해주면 좋겠어!"

고요함에 휩싸이는 도시의 한구석.

모두의 시선이 베루도라에게 집중되었고, 누구 하나 말을 하지 않는다.

그런 분위기 속에서——.

"잠깐, 무슨 바보 같은 소리를 하는 거야! 나는 낯을 가리지 않는 다고! 그저 단순히 내 앞까지 도달할 수 있었던 사람이 적었던 것뿐이야."

그렇게 베루도라가 불만스러운 표정으로 불평을 쏟아낸다.

그것이 계기가 되면서 다시 그 자리가 소란스러워졌다.

··················.

············.

······.

맨 처음 제정신을 차린 것은 트레이니를 포함한 드라이어드이다.

"저희의 수호신이신 베루도라 님, 부활을 진심으로 축하드립니다!!"

베루도라 앞에 무릎을 꿇고 머리를 숙이면서 그렇게 말했다.

"크와———핫핫하! 오냐, 드라이어드로구나. 그리웠다. 내 숲을 관리하느라 수고가 많았다!"

"아닙니다, 과찬의 말씀이십니다. 정령 여왕과 멀어져버린 저희를 거둬주신 은혜는 이 정도로는 다 갚을 수 없으니까요."

"신경 쓰지 마라. 그것보다 지금은 리무루를 도와주고 있는 것 같더구나. 앞으로는 나도 신세를 질 생각이니 잘 부탁하겠다!"

이봐. 신세를 질 생각이라는 건 대체 무슨 뜻이야?

조금 있다가 그 부분에 관한 이야기도 해둬야겠군. 이대로는 일할 생각이 없는 어른 백수 한 명을 내가 돌봐주는 꼴이 될 것 같은 예감이 드니까.

"네, 네. 그건 물론입니다. 그런데······."

"저기······ 베루도라 님과 리무루 님은 대체 어떤 관계인지······?"

조바심이 나는 것을 참을 수 없었는지, 트레이니의 말을 중간에 가로채듯이 하면서 셋째인 드리스가 물었다.

그 질문에 모두의 귀가 일제히 이쪽으로 기울어지는 것이 느껴졌다. 모두가 흥미진진하게 침을 삼키면서 대답을 기다리고 있다.

"그것 말인가. 쿡쿡쿡, 알고 싶으냐?"

쿡쿡쿡이 아니야, 이 멍청아.

괜히 뜸을 들일 필요는 없잖아.

"네, 꼭 듣고 싶습니다!"

다들 일제히 고개를 끄덕였고, 그 모습을 본 베루도라가 의기양양하게 웃었다.

너희들이 자꾸 그렇게 대해주니까 베루도라가 이렇게 정신 못 차리고 까부는 거잖아?

"친구다!!"

어떠냐! 라고 밝히는 베루도라.

그러지마. 내가 다 부끄러우니까.

끙끙대면서 괴로워하는 나는 아랑곳하지 않은 채, 모여든 마물들은 엄청나게 술렁거리고 있다.

"뭐라고! 밀림 님뿐만이 아니라 베루도라 님까지도?!"

"대체 어느새에……?"

"저분은 처음부터 굉장했습니다요!"

"역시 나리로군. 이젠 뭐든지 다 해낼 수 있을 것 같이 보여……."

그런 갖가지 목소리가 여기저기서 들려왔다.

"그, 그런데 저기…… 베루도라 님의 그 모습은?"

"음, 이거 말인가? 이건 내 친구인 리무루가 준비해준 것이다. 너희들과 이야기를 해도 문제가 없도록 이 3일 동안 내 오라를 억누르는 수행에도 같이 어울려줬지. 어떠냐? 너희들도 이쪽이 좋다고 생각하지 않느냐?"

"그렇게 생각합니다. 너무나도——."

"아주 좋습니다. 정말로——."

"멋지십니다, 베루도라 님!!"

만감의 감정을 담아 트레이니 씨가 이렇게 말했다. 그리고 자매 두 사람도 차례차례 말한다.

"그렇지, 그렇겠지! 크와———핫핫하!!"

베루도라는 유쾌한 표정으로 그녀들의 칭찬을 듣고 있었다. 본인이 만족하고 있다면야 내가 해줄 말은 아무것도 없다.

"쿠후후후후, 역시 리무루 님. 그 강대한 오라를 억누르는 수행이라니……. 너무나 흥미로우신 분——."

"그러게 말이지. 하지만 그 이전에 베루도라 님과 친구였다는 쪽이 나는 더 놀라운데."

"하지만 돌이켜보면 납득이 가는구려. 우리 마을에 리무루 님이 모습을 보이신 건 딱 베루도라 님이 사라지신 무렵이었으니까."

"리무루 님의 출현과 베루도라 님이 사라지신 시기가 겹친다는 건 예전부터 이상하게 생각하고 있었죠."

그런 이야기를 나누는 간부들.

"비밀로 하고 있었다네. 베루도라를 해방시켜 줄 수 있게 되려면 100년 이상은 걸릴 것이라 생각했던 데다, 이 일이 알려지면 누군가가 노릴지도 모르니까 말이지."

"과연, 확실히 그렇군요――."

내 설명을 듣고 모두 납득했다는 듯이 고개를 끄덕였다.

이래저래 하다 보니 생각했던 것보다 자연스럽게 베루도라는 모두에게 받아들여졌다.

――마침 그때 내 앞에 소우에이가 출현했다.

이건 '공간이동'이다. 소우에이도 쓸 수 있게 된 모양이다.

"리무루 님, 이제 막 돌아왔습니다. 클레이만의 동향에 대해 보고드릴 것이 있습니다만――."

거기까지 말하다가 삼수사 외에 주요 인물들이 잔뜩 모여 있다는 것을 알아차리는 소우에이.

"――무슨 일이 있었습니까?"

많은 사람들 앞에서 보고를 하는 것이 망설여지는지, 소우에이가 내게 물었다.

무슨 일이 있었다기보다는 이미 끝났지만 말이지.

"대단한 일은 아니다. 네 조사 결과가 더 중요하다. 하지만 여기서 듣는 것도 좀 그러니, 회의실에서 다 같이 보고를 듣도록 하자. 삼수사들도――."

"꼭 참가할 수 있게 해주십시오."

"나도 듣겠어!"

"이제 와서 우리를 제외하진 말아주십시오."

굳이 물을 것도 없었군.

좋아! 그러면 다 같이 방침을 정하도록 할까.

"소우에이, 이 자리에 없는 간부들을 소집해다오! 요움과 뮬란, 카발 일행도 같이 불러오도록 해라."

"──잘 알겠습니다."

그 말을 듣고 소우에이가 '공간이동'으로 사라졌다. 이 정도면 다들 금방 모일 것이다.

모두를 호출하여 대회의실로 모이게 한다.

모두 참가하면서 회의를 벌인다.

앞으로 템페스트(마국연방)의 동향을 결정할 중요한 회의다.

인간과 마물이 같이 살 수 있는 세상을 만들기 위해.

그걸 방해한다면──누구라도 제거한다.

지금의 나와 동료들에겐 그걸 이룰 만한 힘이 있다.

우선은 마왕 클레이만.

그 다음은 서방성교회.

내 동료들에게 손을 댄 것에 대한 대가를 확실히 치러줘야 하지 않겠는가.

그렇게 생각하며 나는 살짝 미소를 지었다.

그림자 속에서 실을 당기는 자

Regarding Reincarnated to Slime

마왕 클레이만은 분노로 표정이 일그러졌다.

최근 들어 계획이 줄줄이 어긋나고 있기 때문이다.

마왕 밀림을 시켜서 마왕 칼리온을 공격하도록 획책했더니, 뭘 잘못 먹은 건지 선전포고를 하고 돌아왔다.

파르무스 왕국의 움직임을 알아차리고 뮬란에게 명령하여 피해가 확대되도록 꾸몄더니, 귀환한 마물들의 주인——리무루에 의해 파르무스 왕국군은 전멸…….

이 상황을 이용하여 '진정한 마왕'으로 각성하는 것을 노리고 있었던 클레이만의 입장에선 실로 납득이 되지 않는 결과가 나온 것이다.

(제기랄! 모처럼 그분이 내가 더 빨리 각성을 할 수 있도록 준비해주셨는데…….)

클레이만은 분한 마음에 이를 간다.

그렇지만 계획이 전부 실패한 것은 아니다.

그의 장기말인 뮬란이 리무루에게 살해당했다. 그걸 이유로 들어 선전포고를 하면 된다고 클레이만은 생각한다.

그게 당초의 계획이며 뮬란은 그걸 위해 쓰고 버릴 장기말이었으니까.

단 문제는——.

(과연 내가 이길 수 있을까?)

그게 중요한 점이다.

파르무스 왕국군은 나약한 인간들의 국가 중에서 강한 부류였다. 그것도 이번에는 기사들만으로 구성된, 클레이만조차 무시할 수 없는 전력인 2만 명이나 되는 군대였던 것이다.

그랬는데 겨우 한 명의 마인, 리무루에게 전멸당했다.

믿기 어려운 보고에 클레이만도 아연실색했다.

게다가 다섯 손가락 중에서도 클레이만에게 충성을 맹세한 소지(小指)의 필로네가 정찰 임무 중에 사망했다. 약지의 뮬란과 달리 필로네는 인간 사회에서 책략을 꾸미는 데에도 중요하게 쓰는 심복이었는데…….

(짜증 나는군. 우연이겠지만 그 악마가 굴절시킨 핵격마법 : 뉴클리어 캐논의 직격을 받을 줄이야…….)

의도하지 않은 흐름으로 장기말을 잃으면서 클레이만은 더욱 기분이 불쾌해졌다.

그러나 그런 클레이만에게 전해진 보고는 모든 우울함을 싹 날려버릴 정도로 기분 좋은 것이었다.

——마왕 밀림이 마왕 칼리온을 일축. 그리고 수왕국 유라자니아는 소멸.——

마왕 클레이만은 그 보고를 받고 겨우 얼굴에 희색이 감돌았다.

마왕 칼리온을 자신의 휘하로 들이지는 못했지만, 다른 마왕에 대한 위협으로는 충분한 성과였다.

어찌 됐든 간에 자신의 뜻대로 움직이지 않는 마왕은 방해만 될 뿐. 칼리온 정도의 강자도 압도할 수 있는 밀림의 힘이 있다면 이 이상의 전력 증강은 필요 없다는 생각까지 드는 것이다.

보고자에 의하면 압도적인 전투력으로 칼리온을 제압한 뒤에 대도시를 통째로 날려버렸다고 한다.

보고자──마왕 프레이는 우아하게 차를 마시면서 그렇게 보고를 마쳤던 것이다.

프레이 이외의 밀정으로부터도 모두 같은 보고가 올라오고 있었다.

의심할 여지는 없다.

마왕 칼리온은 죽었다. 그리고 클레이만은 그 강자였던 칼리온조차 문제도 안 되는 '절대적인 힘(밀림 나바)'을 손에 넣게 되었다.

이 세상에서 최강의 힘을 지닌 10대 마왕.

그중에 자신을 포함한 세 명이 하나로 뭉쳤고, 한 명은 사라졌다.

클레이만 자신의 각성이 실패한 것은 뼈아팠지만, 그걸 보충하고도 남을 만한 성과를 밀림이 가져다준 것이다.

"큭큭큭. 이것으로 계획을 수정해서 흐름을 유리하게 되돌릴 수 있겠군요."

"어머나, 그래? 나도 도움이 된 것 같아서 기쁜걸."

마음이 담겨 있지 않은 찬동의 말을 뱉으면서 프레이가 일어섰다.

"보고는 이상이야. 그리고 의리도 다 지켰어. 나는 돌아가겠지만 밀림은 어떡할 거야? 전투로 신경이 날카로워진 것 같던데. 그녀를 돌봐주려고 하던 마인이 산산조각이 나더라고?"

쳇 하고 혀를 차면서 클레이만은 프레이를 본다.

"당신이 돌봐주면 좋았지 않습니까. 둘은 친구 사이니까."

"의리는 지켰다고 했을 텐데? 밀림을 속이는 짓을 도와줬으니까 이 이상은 협력할 의무가 없어."

차갑게 대답하는 프레이.

그러나 클레이만은 희미한 웃음을 지으면서 프레이에게 말한다.

"큭큭큭, 뭔가 착각을 하고 있는 것 같군요, 프레이. 알겠습니까? 저는 명령을 하고 있는 겁니다. 밀림을 데려가서 돌봐주라고 말이죠. 그렇지 않으면 당신도 밀림과 싸워보고 싶은 겁니까?"

그 말에 표정이 험악해지는 프레이.

그건 어떤 의미로는 예상했던 말인지, 프레이에게 동요의 빛은 보이지 않는다.

"──아아, 그래? 역시 처음부터 그게 목적이었단 말이네, 클레이만."

"하앗───핫핫하! 정답입니다. 그래서, 답은 딱히 들을 것까지도 없을 것 같습니다만……?"

"──알았어. 나도 아직은 마왕 칼리온 같이 되고 싶지는 않으니까."

"그렇죠, 그래야죠. 총명하군요, 프레이는. 그러면 밀림은 당신에게 맡기겠습니다. 데려가십시오. 제 성까지 파괴되는 건 참을 수 없으니까요."

그 말을 듣고 질린다는 표정으로 짜증스럽게 고개를 젓는 프레이.

"나도 우리 집이 망가지는 건 싫거든? 뭐, 말해봤자 소용도 없겠지만…….

"알고 있는 것 같으니 다행입니다. 그만 가셔도 좋아요."

그 태도를 보면 그는 이미 마왕 프레이를 동격으로 보고 있지 않다. 완전히 부하를 대하는 태도였다.

프레이는 그 태도에 불쾌함을 드러내지도 않고, 클레이만을 차가운 시선으로 한 번 바라본 뒤에 그 자리를 떠난다…….

프레이가 떠난 것을 확인한 뒤에, 클레이만은 눈을 감고 생각에 잠긴다.

계획을 수정해야만 한다. 이번 건으로 상황이 대폭 바뀌었다.

자신의 각성에 실패한 것은 뼈아프지만, 문제는 없다. 마왕 밀림의 힘이 있으면 정면으로 인간과 대적해도 충분히 승리할 수 있다는 게 판명되었으니까.

마왕 밀림의 힘으로 죽음과 파괴를 흩뿌리고 영혼을 거둬들이면 된다. 그렇게 되면 큰 고생을 하지 않아도 '진정한 마왕'으로 각성할 수 있을 것이다. 클레이만은 그렇게 생각했다.

오크 로드를 새로운 마왕으로 만든 뒤에 그 뒤에서 조종하려는 당초의 계획보다 지금 현재의 상황이 더 재미있다. 밀림이라는 비장의 수를 손에 넣은 이상, 다른 마왕을 겁낼 일은 없기 때문이다.

(큭크크크, 이제 드디어 레온을 처리할 수 있겠군요.)

클레이만은 그렇게 꿈꾸면서 기쁨에 가득 찬 미소를 지었다.

(하지만, 레온을 처리하기 전에——.)

자신의 소원을 우선하고 싶지만, 그건 허용되지 않는다. 상황을 한번 정리하고 어떤 걸 우선해야 할지 확인할 필요가 있었다. 가장 중요한 건 큰 은인이기도 한 '그분'의 생각인 것이다.

　적의 세력은 크게 셋.

　오랜 세월의 숙적인 마왕 레온.

　생각했던 것 이상의 힘을 보였던 쥬라의 대삼림의 맹주.

　아직도 정체불명의 베일에 싸여 있는 서방성교회와 그 상부 조직인 신성교황국 루벨리오스.

　현 상황에선 마왕끼리의 다툼은 금지되어 있다. 마왕 칼리온의 멸망은 마왕 밀림의 폭주로 처리될 것이다. 클레이만이 뒤에 있다는 것을 알아차릴 자는 알아차리겠지만, 그 일을 겉으로 드러내 문제 삼을 자는 없을 거라 예상하고 있었다. 이 일을 추궁하는 것은 클레이만과 적대한다는 것과 같은 뜻이기 때문이다.

　제멋대로 구는 마왕들이 서로 힘을 합쳐 같이 싸운다는 것은 생각할 수도 없는 일이며, 가령 추궁당한다면 그때는 그때인 것이다. 비장의 수를 손에 넣은 지금, 두려워할 마왕은 존재하지 않는다.

　문제는 서방성교회다.

　클레이만의 맹우 라플라스가 잠입해 있는 지금, 이번 사건은 큰 도움이 되었다. 파르무스 왕국의 2만이나 되는 기사들을 대놓고 학살한 리무루라는 마인은 이제 서방성교회도 무시할 수 없는 존재가 되었을 것이다.

　그렇다면 이 귀찮은 자들을 서로 싸우게 만들어서 어부지리를 노려야 할 것이다.

　둘 다 피폐해진 순간을 노려서 마왕 밀림을 보내면——고생하지 않고 둘 다 박살 낼 수 있는 데다, 잘하면 자신의 각성도 이뤄낼 가능성이 높다.

그렇게 되면 '그분'이 예상한 대로의 전개가 된다.

──클레이만의 진정한 주인인 '그분'의.

그렇게 되면 후환의 우려를 없애면서 마왕 레온에게 선전포고도 할 수 있게 된다.

클레이만은 그렇게 생각하면서 한층 더 깊은 미소를 짓는다.

몇 가지의 실패는 있었지만, 수정에 문제는 없을 것이다. 남은 건 '그분'께 보고를 하면서 마지막 판단을 여쭤보는 일뿐이다.

──클레이만은 마음속으로 숙원이 달성될 것을 그리면서, 크게 입을 벌려 새된 목소리로 웃었다.

PRESENT
STATUS

스테이터스

Regarding Reincarnated to Slime

리무루
템페스트
Rimuru Tempest

종족
Race
데몬 슬라임
(마점성정신체, 魔粘性精神體)

가호
Protection
폭풍의 문장

칭호
Title
마물을 다스리는 자
진정한 마왕

마법
Magic

원소마법

물리마법

정령마법

상위 정령소환

상위 악마소환

고유 스킬
Peculiar Skill

무한재생　　만능감지　　만능변화　　마왕패기　　강화분신

만능 거미줄

얼티밋 스킬
Ultimate Skill

라파엘(지혜지왕) ······ 사고가속, 해석감정, 병렬연산, 영창파기,
　　　　　　　　　　　삼라만상, 통합분리, 능력개변

벨제뷔트(폭식지왕) ······ 포식, 위장, 변신, 격리, 부식, 혼식, 먹이사슬

우리엘(계약지왕) ······ 무한뇌옥, 법칙조작, 만능결계, 공간지배

베루도라(폭풍지왕) ······ 폭풍룡소환, 폭풍룡복원, 폭풍계마법

내성
Tolerance

통각무효　　물리공격무효　　자연영향무효　　상태이상무효

정신공격내성　　성마공격내성

변신
Mimicry

악마　　정령　　흑랑　　검은 뱀　　지네　　거미　　박쥐　　도마뱀

고블린　　오크　　그 외

아직 마왕을 칭하고 있지는 않지만, '진정한 마왕'으로 각성한 상태다. 모든 신체 능력이 대폭 향상되면서, 물질체(머티리얼 바디)에서 정신체(스피리추얼 바디)로 변신이 자유자재로 가능하게 되었다. 물리적인 대미지는 거의 무효화할 수 있게 되었다. 궁극 능력(얼티밋 스킬)이라는 지고의 스킬을 네 개나 획득할 정도로 특이한 진화를 이룩했다.

베니마루
Benimaru

종족 Race	오니	**가호** Protection	폭풍의 문장
칭호 Title	귀왕	**마법** Magic	기투법 요술

유니크 스킬 Unique Skill
> 대원사(다스리는 자) …… 사고가속, 사념지배, 예측연산, 군세고무

엑스트라 스킬 Extra Skill
> 마력감지　열원감지　다중결계
>
> 공간이동　염열지배　흑염
>
> 마염화　패기　강력

내성 Tolerance
> 상태이상무효　통각무효　물리공격무효
>
> 자연영향내성　정신공격내성　성마공격내성

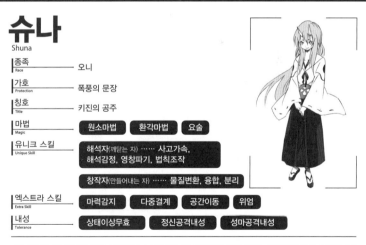

성격이 거친 면은 침착성을 보이게 되었지만, 격노하면 멈추지 못하게 된다. 공격적인──그것도 군대를 이끄는 데 적합한──능력을 획득했지만, 개인 자체의 힘도 차원이 다른 수준이다. 리무루의 오른팔이라고 부를 만한 존재이며, 마국연방(템페스트)의 마물들을 통솔하는 총사령관으로의 역할을 맡고 있다.

슈나
Shuna

종족 Race	오니
가호 Protection	폭풍의 문장
칭호 Title	키진의 공주
마법 Magic	원소마법　환각마법　요술

유니크 스킬 Unique Skill
> 해석자(깨닫는 자) …… 사고가속, 해석감정, 영창파기, 법칙조작
>
> 창작자(만들어내는 자) …… 물질변환, 융합, 분리

엑스트라 스킬 Extra Skill
> 마력감지　다중결계　공간이동　위엄

내성 Tolerance
> 상태이상무효　정신공격내성　성마공격내성

베니마루의 여동생이며 오거 족의 무녀. 그 입장상, 베니마루보다 위에 속하는 존재였다. 이번 진화로 A랭크가 되었지만 마력요소(에너지)양은 적다. 그러나 그 본질은 능력(스킬)에 있으며, 전투 능력은 결코 낮지 않다. 하지만 그녀의 진짜 힘을 깨닫는 자는 적다. 왜냐하면 그 사실을 알게 될 때는 바로 죽을 때이기 때문이다. 리무루의 실직적인 비서에 해당하는 존재다.

시온
Shion

종족 Race	오니	**가호** Protection	폭풍의 문장

칭호
 Title — 폭군, 불사자

마법
 Magic — 기투법

고유스킬
 Peculiar Skill — 초속재생 · 완전 기억 · 투귀화

유니크 스킬
 Unique Skill — 요리인(잘 처리하는 자) …… 확정결계, 최적행동

엑스트라 스킬
 Extra Skill — 천안 · 마력감지 · 다중결계 · 공간이동 · 패기

내성
 Tolerance — 상태이상무효 · 통각무효 · 자연영향내성 · 성마공격내성 · 물리정신공격내성

죽음에서 부활하면서 여러모로 대단해진 모양이다. 유니크 스킬 '요리인'——더 말할 것도 없겠지만, 시온이 생각하고 있는 것처럼 요리를 위한 스킬은 아니다. 마력요소(에너지)양은 베니마루를 넘어섰다. 평상시에도 '강력'을 사용하는 것과 비슷한 힘을 낼 수 있다. 그러나 힘을 조절하는 법을 배운 것은 아니다. 이런 상태에서 '투기화' 같은 걸 사용한다면…….

소우에이
Souei

종족 Race	오니	**가호** Protection	폭풍의 문장

칭호
 Title — 어둠의 닌자

마법
 Magic — 기투법

유니크 스킬
 Unique Skill — 은밀자(숨어드는 자) …… 사고가속, 초가속, 일격필살, 은밀

엑스트라 스킬
 Extra Skill — 마력감지 · 다중결계 · 공간이동 · 분신화 · 끈끈하고 강한 거미줄 · 강력

통상 스킬
 Common Skill — 위압 · 독마비부식부여

내성
 Tolerance — 상태이상무효 · 통각무효 · 자연영향내성 · 물리정신공격내성

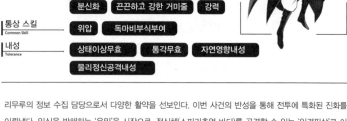

리무루의 정보 수집 담당으로서 다양한 활약을 선보인다. 이번 사건의 반성을 통해 전투에 특화된 진화를 이뤄냈다. 인식을 방해하는 '은밀'을 시작으로, 정신체(스피리추얼 바디)를 공격할 수 있는 '일격필살'로 이어지는 연계기는 흉악함 그 자체이다.

하쿠로우
Hakurou

종족 Race	오니	**가호** Protection	폭풍의 문장
칭호 Title	검귀	**마법** Magic	기투법

유니크 스킬 Unique Skill
> 무예자(극에 달한 자) ····· 천공안, 사고가속, 초가속, 미래예측, 비전

엑스트라 스킬 Extra Skill
> 마력감지   다중결계   강력

통상 스킬 Common Skill
> 위압

내성 Tolerance
> 상태이상무효   정신공격내성

초일류의 무사. 늙어서 죽을 날을 기다리는 몸이었지만, 리무루의 부하가 되면서 수명이 늘어났다. 검귀(劍鬼)라고 불리며, 인간계에서도 그 이름이 잘 알려져 있다. 단, 그 정체는 불명이다. '검성(劍聖)'으로 이름 높은 드워프 왕인 가젤도 지도했던 과거를 가지고 있는, 오랜 세월을 살아오면서도 수수께끼가 많은 인물이기도 하다.

란가
Ranga

종족 Race	템페스트 스타 울프 (흑람성랑, 黑嵐星狼)
	가호 Protection 폭풍의 문장
칭호 Title	리무루의 애완동물

마법 Magic
> 죽음을 부르는 바람   검은 번개   파멸의 폭풍우

고유 스킬 Peculiar Skill
> 초후각

유니크 스킬 Unique Skill
> 마랑왕 ····· 초직감, 빙의동일화, 동족소환, 동족재생, 의사통일조작

엑스트라 스킬 Extra Skill
> 마력감지   다중결계   공간이동   사념전달

내성 Tolerance
> 물리공격내성   상태이상내성   정신공격내성
> 성마공격내성   자연영향내성

원래는 아랑족 출신. 리무루에게 패배한 뒤에 충성을 맹세한다. 람아랑(嵐牙狼)을 거쳐서 성랑족(星狼族), 그리고 염원하던 흑람성랑(黑嵐星狼, 템페스트 스타 울프)으로 진화했다. 늘 리무루의 그림자 속에 숨어서 마력을 공유하고 있다. 개체로서도 강력하지만 협력자가 있으면 그 힘이 상승하는 성질을 갖고 있다.

게루도
Gerudo

종족 / Race	하이 오크	가호 / Protection	폭풍의 문장
칭호 / Title	오크 킹	마법 / Magic	회복마법

유니크 스킬 / Unique Skill
- 수호자(지키는 자) …… 수호부여, 대역, 철벽
- 미식자(채우는 자) …… 포식, 부식, 위장, 수용, 공급

엑스트라 스킬 / Extra Skill
- 현자 마력감지 다중결계
- 공간이동 사념조작 초후각
- 외장동일화 강력

통상 스킬 / Common Skill
- 자기재생 독마비부식부여 위압

내성 / Tolerance
- 상태이상무효 통각무효 자연영향내성 물리정신공격내성

오크 디재스터 게루도의 의지와 이름을 계승한 최후의 오크 제너럴. 리무루에게 충성을 맹세하고 있는 의리가 두터운 무인이며, 방어에 특화된 진화를 이뤘다. 대미지를 대신 받기도 하며, 자신의 방어력을 군의 부하들에게 나눠줄 수도 있다. 평소에는 주로 공사 관계의 일을 담당하고 있다.

가비루
Gabiru

종족 / Race	드라고뉴트(용인족)
가호 / Protection	폭풍의 문장
칭호 / Title	용전사
마법 / Magic	없음

고유 스킬 / Peculiar Skill
- 드래곤 보디 (용전사화) 프레임 브레스 (흑염 브레스) 선더 브레스 (흑뢰 브레스)

유니크 스킬 / Unique Skill
- 조자자(調子者, 어지럽히는 자) …… 불측효과, 운명변경

엑스트라 스킬 / Extra Skill
- 천안 마력감지 다중결계
- 열원감지 초후각

내성 / Tolerance
- 자연영향내성 상태이상내성 물리정신공격내성

한때는 리무루와 대적하기도 했으나, 그 행운 덕분에 리무루 진영에 참가하는 것을 허락받았다. 금방 우쭐거리는 얕은 면도 있지만, 무인으로선 아주 우수하다. 남을 잘 돌봐주며, 부하들은 가비루를 잘 따르고 있다. 좋든 나쁘든 간에 한번 마음먹으면 앞만 보고 가는 성격이다.

디아블로
Diablo

종족 ──── 데몬(악마족)
Race

가호 ──── 폭풍의 문장
Protection

칭호 ──── 데몬 로드(악마 공)
Title 느와르(원초의 흑색)

마법 ──── Unknown
Magic

유니크 스킬 ────
Unique Skill

> 대현인
> (추구하는 자)……
> 사고가속,
> 영창파기,
> 삼라만상,
> 법칙조작

> 대현인
> (타락시키는 자)……
> 사념지배, 매료,
> 권유

엑스트라 스킬 ──── 만능감지 | 다중결계 | 공간이동 | 마왕패기
Extra Skill

내성 ──── 통각무효 | 물리공격무효 | 상태이상무효
Tolerance
정신공격내성 | 성마공격내성 | 자연영향내성

리무루가 난처한 상황을 겪다가 불러낸 악마 중 한 명──이라기보다 나머지 두 명은 디아블로 자신이 불러낸 하인에 지나지 않았다. 비정상적일 정도로 강한 실력을 가지고 있다. 그리고 리무루에 대한 집착을 보인다.

베루도라
템페스트
Verudora Tempest

종족
Race

용종
(상위성마령, 上位聖魔靈)

가호
Protection

리무루(마왕)의 친구

칭호
Title

폭풍룡

마법
Magic

폭풍계 마법 …… 죽음을 부르는 바람, 검은 번개, 파멸의 폭풍우

얼티밋 스킬
Ultimate Skill

파우스트(구명지왕) …… Unknown

내성
Tolerance

자연영향무효   상태이상무효   통각무효   물리공격무효

정신공격내성   성마공격내성

리무루의 첫 번째 친구이자, 넷밖에 없는 최강의 용종(竜種) 중 막내 동생. 마왕을 능가하는 실력을 지닌 천재(天災)급의 마물이다. 먼 옛날부터 곳곳에서 날뛴 적이 있으며, 몇 번인가 소멸했다가 부활하고 있다. 그때마다 자아는 새롭게 다시 태어나고 있다. 토벌되어 소멸한 경험을 가지고 있는 유일한 '용종'이기도 하다. 부활할 때마다 마력요소(에너지)양이 증가하면서, 방대한 힘과 가능성을 간직하고 있다. 리무루의 진화에 따라 드디어 용사의 봉인에서 해방되었다. 경험이 부족했지만, 리무루 안에 있는 동안 많은 공부를 한 결과, 궁극 능력(얼티밋 스킬)을 획득하기에 이르렀다.

후기

안녕하십니까!

저번 달에 이어 《전생했더니 슬라임이었던 건에 대하여》 5권을 전해드립니다.

기대를 만족시켜드릴 수 있는 내용이 되었으면 좋겠다고 바라면서, 이번에도 새로 쓴 내용이 가득합니다.

그리고 지금, 이번 후기도 페이지 수를 많이 할애받았기 때문에, 무슨 이야기를 할 것인지를 고민하고 있습니다.

그러므로 제작 비화 같은 걸 이야기해볼까요?

일단 스포일러가 포함되어 있을지도 모르니, 이대로 후기를 읽기 전에 본문을 먼저 다 읽어주시길 권해드립니다!

기본적인 전제로서 서적판도 웹 연재판과 큰 줄거리는 비슷합니다.

그렇지만 새로 쓴 부분과 어울리도록 만들기 위해서 약간의 변경이 가해지거나, 새로운 캐릭터의 등장으로 전개가 크게 바뀌어 있습니다.

2권은 거의 가필된 부분뿐이었지만, 3권부터는 신규 에피소드가 추가되었으며, 그건 4권도 마찬가지였습니다.

원래 리무루는 3권 시점에서 어린아이들을 구하고, 4권 시점에서 '진정한 마왕'으로 각성했어야 했습니다.

그런데 3권에선 도시의 발전 과정을 공들여 묘사하고 싶다는

작가의 고집에 의해 가필을 해도 된다고 허락받았습니다. 이로
인해 예정이 약간 변경된 것입니다.

　4권 시점에서 히나타와 만나 싸움을 벌이면서 일단락, 연속 간행
으로 5권에서 싸움을 끝내고 마왕으로 각성하여, 그 뒤에 다른 마
왕들과 만나기까지의 과정을 그린다. ──그럴 예정이었습니다.

　그렇지만 4권을 쓰고 있는 시점에서 이건 무리가 아닐까? 하는
느낌이 들고 말았습니다.

　그때 편집자인 I씨와 전화로 나눈 대화 내용을, 기억을 근거로
재현해봤습니다.

　"여보세요, 지금, 통화 괜찮으신가요?"

　"아, 네. 괜찮습니다!"

　"네, 저기…… 4권말인데요, 상당히 양이 늘어날 것 같습니다
만……."

　"또 말인가요? 3권에서도 같은 말씀을 하셨잖습니까?"

　"그랬죠……. 상당히 줄이긴 했는데 이대로 가면 히나타와 싸
우는 부분까지는 못 갈지도 모르겠는데요?"

　"──어디 한번 가보죠! 늘어나도 좋으니까 일단 써주십시오!"

　"네? 괜찮겠습니까? 상당히 양이 늘어날 것 같은데요?"

　"괜찮습니다. 이미 '전생슬라임'은 그런 걸로 치고 있으니까요!"

　"오오…… 잘 알겠습니다! 그러면 또 연락을 드리겠습니다!"

　그런 대화가 오갔던 것입니다.

　이 시점에선 양이 늘어나게 되는 건 4권뿐이었기 때문에, 5권

은 예정대로 가려나~ 하고 생각하고 있었습니다.

그렇지만!

늘려도 좋다고 하는 말이 효과를 발휘했는지, 정말로 4권은 상당한 볼륨으로 나오고 말았습니다.

그래도 결국 드워프 왕국에서 일어나는 탐색 에피소드 같은 건 잘리고 말았습니다만……

하지만 후반부를 쓰고 있는 시점에서 글자 수가 상당히 오버하게 된 것이 현실로 나타나고 있는 것을 보고, 이건 위험하다는 생각이 든 것입니다.

그래서 다시──.

"여보세요, 후세입니다. 잠깐 의논했으면 하는 게 있는데, 괜찮을까요?"

"네네, 무슨 일이죠?"

"아, 그게 말이죠, 4권은 상당이 양이 늘어난 상태로 완성이 될 것 같습니다만, 문제는 5권이 될 것 같은데요."

"그 말씀은 곧……?"

"예정한 부분까지 쓰면 틀림없이 큰일이 일어날 것 같습니다."

"아, 하지만 마왕으로 각성하는 부분까지만 5권으로 하면 내용의 깊이가 없을 것 같은데요? 분량 면으로도 상당히 적어지지 않을까요?"

"그러게 말이죠, 그게 좀 걱정이 되는군요. 분량이 좀 적어질지도 모르겠습니다. 그렇지만 그렇게 되면 쓰고 싶은 번외편이 있으니 그걸 실으면 어떨까 하는데요……."

"아, 과연——."

그렇게 편집자인 I 씨와 자세한 내용을 사전에 협의했던 것입니다.

그리고 그 결과가…… 지금 여러분이 구입해주신 이 책인 셈입니다.

번외 편? 그런 건 아무 데도 실려 있지 않은데?

그렇게 생각하신 분들, 그건 기분 탓이 아닙니다.

먼저 본문을 읽으신 분들이라면 의심할 것도 없이 알아차리셨겠지요.

목차에도 실려 있지 않으니까요!

그렇습니다.

글을 다 쓴 단계에서 페이지가 상당히 늘어나 있었던 겁니다.

어째서 이렇게 된 걸까?

아마도 대화를 늘리고 장면을 추가하는 등등 이래저래 적다 보니 이렇게 되었다는 게 정답일 것입니다.

그러므로 번외 편은 다음 기회를 기대해주십시오.

——이런 말을 하고 있지만, 다음 내용도 아직 미정이지만 말이요.

애초에 그 내용이란 게 말입니다만…….

점점 웹 연재판의 내용이랑 동떨어지고 있습니다!!

그건 4권을 읽으신 시점에서 이미 상상하고 계시지 않았을까 하고 생각합니다.

애초에 교회의 포지션이 웹 연재판이랑 다르니까요.

이 점을 변경한 시점에서 앞으로의 전개에 차이가 생기는 것은 필연이라 할 수 있겠습니다.

그런고로 다음번의 내용도 여러 가지로 문제가 일어날 것으로 생각합니다.

이미 웹 연재판은 무시해도 되지 않을까?!

그런 악마의 속삭임이 환청처럼 들려오기도 합니다.

리무루가 마왕을 칭하게 되면, 다른 마왕들이 잠자코 있지 않겠지요.

서방성교회──즉, 최강의 성기사인 히나타도 움직이기 시작할 것입니다.

그 밖에도 암약하고 있는 자들도 많이 있는 데다, 각국의 반응도 궁금하게 여겨지는 참입니다.

웹 연재판을 이미 읽은 분이 보기에는, 이미 전개를 알고 있다는 안도감을 느낄지도 모릅니다.

그러나 이 세상에 절대적인 것은 없는 법이므로, 어쩌면 '서적판과 웹 연재판의 큰 줄거리는 같다'라는 대전제가 무너질 가능성도 부정할 수 없게 됐습니다.

어쩌면 만일…….

　이렇게 기분 내키는 대로 대충 말을 지어내는 작가입니다만,
내용에 관해선 진지하게 생각하고 있습니다. 만일 대전제가 무너
진다 해도 웹 연재판은 남아 있으니 안심하시길 바랍니다! 이렇
게 적어도 괜찮으려나, 이것 참…….
　이런 식의 후기를 적어서 드릴 말씀이 없습니다만, 앞으로
도 《전생했더니 슬라임이었던 건에 대하여》를 잘 부탁드리겠
습니다.

TENSEI SITARA SURAIMU DATTA KEN Vol. 5
©2015 by Fuse
First published in Japan in 2015 by Fuse.
Korean translation rights reserved by Somy Media, Inc.
Under the license from Micro Magazine Co., Ltd., Tokyo JAPAN

전생했더니 슬라임이었던 건에 대하여 5

2016년 1월 1일 1판 1쇄 발행
2021년 8월 15일 1판 19쇄 발행

저   자 후세
일 러 스 트 밋츠바
옮 긴 이 도영명
발 행 인 유재옥
본 부 장 조병권
편 집 1 팀 이준환 박소연
편 집 2 팀 정영길 조찬희 박치우 조현진
편 집 3 팀 오준영 곽혜민 이해빈
편 집 4 팀 성명신
미   술 김보라 서정원
라이츠담당 한주원 이다정
디 지 털 박상섭 이성호 최서윤
발 행 처 ㈜소미미디어
제 작 처 코리아피앤피
등   록 제2015-000008호
주   소 서울시 마포구 토정로222, 403호(신수동, 한국출판콘텐츠센터)
판   매 ㈜소미미디어
마 케 팅 한민지
물   류 허석용
전   화 편집부 (070)4164-3962, 3963 기획실 (02)567-3388
           판매 및 마케팅 (02)567-3388, Fax (02)322-7665

ISBN 979-11-5710-271-6 04830
ISBN 979-11-5710-126-9 (세트)